Über das Buch:
Vor zehn Jahren gingen sie daran, ihren Traum wahr werden zu lassen. Sven Severin und seine Lebensgefährtin Susanne Schmidt, beide Freiberufler aus der Filmbranche, kauften ein Grundstück am Rand von Rom – groß, mit Blick auf die Stadt, sanft abfallend, bestanden mit Eichen und Olivenbäumen. Der entscheidende Nachteil: Es war Ackerland, das nicht bebaut werden durfte. Doch die beiden taten etwas, was mancher Italiener tut, Ausländer lieber nicht tun sollten: Sie bauten ihr Haus trotzdem.
Damit beginnt eine hochdramatische und rasend komische Abenteuergeschichte. Ein Wettlauf gegen Bürokratie, Carabinieri und Abrissbagger, die das Haus vom Baubeginn an bedrohen. Die beiden machen heftige Erfahrungen: mit solidarischen Nachbarn, der klangvollen Sprache, der köstlichen Küche, der abgründigen Politik – namentlich unter einem gewissen Herrn Berlusconi – und ihrer eigenen deutschen Seele. Und sie lernen, wie lange ein Fundament braucht, bis es trocken ist, wie man eine Sickergrube baut und wo es die günstigsten Dachziegel in Rom gibt. Nebenbei erfährt der Leser manchen römischen Geheimtipp und genau die Pasta-Rezepte, die einen auch aus ausweglosen Lebenssituationen retten.

Die Autoren:
Susanne Schmidt, Jahrgang 1959, im Ruhrpott geboren, in Berlin promoviert, lebt seit 1989 als Drehbuchautorin in Rom.

Sven Severin, Jahrgang 1941, in Breslau (jetzt Wrozlaw) geboren, gelernter Fotograf, Musikstudium, Film- und Bühnenregisseur und -autor, lebt seit 1979 in Rom.

Susanne Schmidt
und Sven Severin
Spaghetti im Rohbau

Ein italienisches Abenteuer

Kiepenheuer & Witsch

Die in diesem Buch beschriebenen Ereignisse
sind authentisch.

Um die Persönlichkeitsrechte aller Beteiligten zu wahren,
haben wir einige Namen und Geschehnisse verändert.

Verlag Kiepenheuer & Witsch, FSC®-N001512

6. Auflage 2011

© 2003 by Verlag Kiepenheuer & Witsch, Köln
Alle Rechte vorbehalten. Kein Teil des Werkes
darf in irgendeiner Form (durch Fotografieren, Mikrofilm
oder ein anderes Verfahren) ohne schriftliche
Genehmigung des Verlages reproduziert oder unter
Verwendung elektronischer Systeme verarbeitet,
vervielfältigt oder verbreitet werden.
Umschlaggestaltung: Barbara Thoben, Köln
Gesetzt aus der Garamond Stempel/Futura (Berthold)
Satz: Kalle Giese, Overath
Druck und Bindearbeiten: CPI – Clausen & Bosse, Leck
ISBN 978-3-462-03227-7

INHALT

Spaghetti im Rohbau 13

Römische Pastarezepte

- Pasta con Gamberi (Riesengarnelen) und Broccoli 21
- Pasta mit Spinat und Gorgonzola 40
- Puttanesca (Hurennudeln) 46
- Spaghetti alla Pescatora (Fischernudeln) 56
- Aglio, Olio, Peperoncino 69
- Rigatoni alla Pagliata 79
- Pasta Primavera (Tomaten, Mozzarella, Basilikum) 87
- Sommerpasta »Was alles so im Kühlschrank ist« 126
- Fusilli mit Trüffel nach Mauros Frau 180
- Pasta mit Steinpilzen (funghi porcini) nach Flavio 192
- Pasta mit Radicchio/Sahne und Vecchia Romagna 207
- Spaghetti Carbonara 226
- Pasta Tonnata (bianca) 243

Anhänge

Anhang 1 Silvio Berlusconi. Eine kleine Chronik 261

Anhang 2 Pastatipps unter der Aufsicht von Rolf Wehmeier 270

Anhang 3 Schnelle Pastagerichte 274

- Polpo di pomodoro – Universal-Tomaten-Sugo 275
- Tomatensuppe 278
- Napoletana 278
- Napoletana Mozzarella 279
- Spaghetti Bolognese (con ragu) 279
- Fettuccine al tonno rosso 280
- Fettuccine con scampi (rosso) 280
- Penne all'arrabiata 280

Allen unseren Nachbarn,
die uns aus der Sache
rausgehauen haben

In Italien herrscht die Regierung nicht.
Im Allgemeinen herrscht in Italien niemand,
sondern alle setzen sich durch.

Italien ist weder demokratisch noch aristokratisch.
Es ist anarchisch.

In Italien ist nichts beständig, außer dem Vorläufigen.

Giuseppe Prezzolini (1917)

1.

Der Rechtsanwalt erschien an der Tür, grüßte kurz, setzte sich eilig, schlug eine lederne Mappe auf, fragte, ohne aufzublicken, ob die betreffenden Parteien anwesend seien, und begann, als man ihm dies versicherte, unverzüglich mit den Formalitäten. Er hatte ein rundes Gesicht mit knubbeliger Nase, umrahmt von spärlichen silbergrauen Haaren, an der Seite pomadiert, wie Uderzo einen römischen Rechtsverdreher in »Asterix« gezeichnet haben würde. Es fehlte nur die würdige Toga.

So sieht also ein Mafioso aus, dachte ich mir. Quatsch!, widersprach ich mir gleich wieder. Niemand wird bedroht und bestochen. Niemandem wird Gewalt angetan. Eine Fischhändler-Familie bietet irgendwo ihr Grundstück zum Verkauf an, und jemand will es kaufen, Sven und ich. Das Grundstück liegt am Stadtrand von Rom, am Rand eines wunderschönen grünen Tals. Etwas abschüssig, knapp 1.000 Quadratmeter groß. Zu einem akzeptablen Preis. Vielleicht zu akzeptabel?

Sven und ich lebten seit vier Jahren zusammen und hatten beide das Gefühl, dass das auch noch eine Weile so bleiben könnte. Aber wir hatten keine gemeinsame Wohnung. Genauer gesagt hatten wir überhaupt keine Wohnung. Gemeldet war ich bei meiner Mutter, aber meine Arbeit als Script- und Regieassistentin und Svens Arbeit als Regisseur trieben uns durch ganz Deutschland, eben überall dorthin, wo Filme gedreht wurden. Aber jetzt wollten wir sesshaft werden.

Moment mal! Sollte dieser Grundstückskauf letztendlich auf ein Eigenheim hinauslaufen? Ein Eigenheim! Dieser Albtraum von Idylle! Frustbunker! Gnadenlose Schuldenfalle! Dieses Festgenageltsein an ein Vorstadt-Reihenhäuschen mit genormter Giebelhöhe, genormtem Dachwinkel, genormtem Auto-Stellplatz, genormter Grasschnitthöhe! Das bürgerliche Eigenheim: der Anfang vom Ende jeder persönlichen geistigen und moralischen Entwicklung, das Todesurteil für jede einigermaßen funktionierende Beziehung! Auch die Nähe zu seiner Heiligkeit selbst oder zu Berlusconi oder zum Mittelmeer konnte die Eigenheim-Bombe nicht entschärfen! Ein Eigenheim? Wo immer es auch zu stehen käme: *NIEMALS!*

Der Erwerb eines Grundstücks bedeutet noch lange kein Eigenheim. Was sonst? Es bedeutet zunächst einmal »stilles Kapital«. Sind wir Kapitalisten? Geht's uns zu gut? Nein, es ist in erster Linie das Erbe meines Vaters, mit dem ich nicht leichtsinnig umgehen möchte. Andere Leute haben ein Schrebergärtchen. Ja, in Erbpacht! Außerdem schaffen wir das sowieso nicht. In Rom! Wer kommt denn auf so was! So diskutierten wir. Sven beruhigte sich allmählich wieder. Und ein Grundstück zu kaufen hieß ja nicht, dass man unbedingt darauf bauen musste. Man könnte zum Beispiel auch einen Wohnwagen draufstellen, schlug Sven ernsthaft vor. Einen großen, bequemen Dreiachser mit Zwillingsreifen. Wie wir einen Wohnwagen von brauchbarer Größe finanzieren sollten, wenn wir nicht einmal das Geld für das Grundstück zusammenhatten, das sagte er nicht.

Zunächst konzentrierten wir uns auf das Herunterhandeln unserer Immobilie, die unsere erste größere gemeinsame Anschaffung sein würde. Im gemeinsamen Kaufen hatten wir schon eine einschlägige Erfahrung. Wir hatten zusammen einen gebrauchten Peugeot-Familiare 404 erstanden, auf heimatlichem deutschen Boden. Und schon dieser Bagatellkauf deutete auf künftige Probleme hin. Die auf sieben Personen zugelassene französische Familienkutsche war schon 100.000

Kilometer gelaufen, trotzdem hatte Sven sie mit Leichtigkeit auf 3.500 DM runtergehandelt. Der rumänische Besitzer wollte sie offensichtlich loswerden. Das Auto hatte ein Zollkennzeichen, aber erst als wir mit unserem Neuerwerb zu Hause waren, wurde uns klar, dass uns das wichtigste Papier fehlte, nämlich das, was bei Autos mit Zollkennzeichen den Fahrzeugschein ersetzt. Die Adresse des Käufers stand im Kaufvertrag. Wir fuhren hin. Ein Hochhaus in Neuperlach, fest in rumänischer Hand. Überall abweisende Gesichter. Der Name unseres Verkäufers stand an keinem Klingelschild und war natürlich auch niemandem im Haus bekannt. Am nächsten Tag ging ich zur Kfz-Zulassungsstelle. Ohne dieses Papier könnte ich den Wagen verschrotten lassen, war die Auskunft. Die letzte Hoffnung war das »Zu-verkaufen-Schild«, das unser Rumäne samt einer Telefonnummer im Auto vergessen hatte.

Ich schnitt zu der Zeit in München einen Film, und die Produktion hatte Susanne und mich in einem preiswerten Hotel untergebracht, von dessen finsterer Atmosphäre ich mich inspirieren ließ. Ich drückte unserer rumänischen Reinemachefrau einen Fuffi in die Hand und bat sie für diesen Preis um ein Telefonat in rumänischer Sprache. Sie solle mit barscher Stimme sagen, sie riefe im Auftrag der italienischen Mafia an und man frage nach, wo jenes Begleitbuch des Peugeot Nummer soundso wäre, den sie einen Tag zuvor verkauft hätten. Und falls das fehlende Papier nicht nachgereicht würde, gäbe es gründliche Aufräumarbeiten, sie sei darin spezialisiert. Und genau das tat die nette Rumänin. Und sie tat es mit ungeheurer Bravour, vielleicht hat sie noch ein paar persönliche Varianten hinzugedichtet, zumindest musste sie am anderen Ende der Leitung so überzeugend gewirkt haben, dass der Verkäufer prompt reagierte. Ein konspiratives Treffen am Münchener Hauptbahnhof wurde vereinbart. Und tatsächlich, der Vorbesitzer unseres Autos erschien pünktlich, sah sich wie im Kino vorsichtig nach allen Seiten um und übergab uns eilig das Papier, fast beleidigt, dass wir ihm unlauteres Handeln unterstellten. Es sei nichts weiter als eine kleine Nachlässigkeit gewesen, dass er uns das Papier nicht gegeben hätte, da müsse man doch nicht gleich mit der Mafia auffahren. Dass er mit dem Papier an der deutschen Grenze die Mehrwertsteuer wiederbekommen hätte, erwähnte er nicht. Er verschwand im Gewimmel der Reisenden und war froh, dass er noch lebte.

Eigentlich war diese Erfahrung ein Fingerzeig in Richtung unserer kommenden Erlebnisse. Wir hatten den Autokauf versemmelt, wir waren gelinkt worden, und die Chance, dass wir den Mann noch einmal treffen konnten, lag praktisch bei null. Die Idee mit der Mafia war derart hirnrissig, dass der Verkäufer sich über uns hätte schieflachen müssen. Dass wir dennoch ins Schwarze getroffen hatten, weil unser Gegenüber zufällig jemand war, der dem Wort »Mafia« eine konkretere Bedeutung zumaß, als wir es je vermocht hätten, das war nur noch mit »buscio di culo« zu erklären, mit ungeheurem »Schwein«.

Trotzdem, wir hatten gelernt: So eine Unachtsamkeit wie damals in München sollte uns diesmal nicht passieren. Schließlich ging es um 40 Millionen, na ja okay, Lire – aber damals waren das immerhin 55.000 DM oder heute etwa 27.000 Euro. Ein bisschen gehandelt hatten wir auch diesmal.

Wir als redliche Deutsche – Deutsche gelten in Italien als redlich bis zur Einfältigkeit und grundsätzlich als reich – wollten natürlich alles bar bezahlen und damit den Preis senken. Wir wollten den Heimnachteil der Italiener zu unseren Gunsten ausnutzen. Italiener zahlen selten bar. Meistens zahlen sie jahrelang überhaupt nicht, und der letzte Rest muss häufig eingeklagt werden. Aber auch wir hatten trotz deutscher Zahlungswilligkeit keine 40 Millionen Lire in bar, fünf Millionen fehlten. Ein Film von Sven, der wiederholt werden sollte, wurde nicht wiederholt. Wir saßen fest. Dann eben nicht, sagte ich mir. Wir werden dieses oder ein anderes Grundstück sicherlich auch noch nächstes Jahr kaufen können. Sven, der notorische Eigenheimgegner, war plötzlich ganz anderer Meinung. So ein Grundstück findet man so schnell nicht wieder, davon war er fest überzeugt.

Wir versuchten noch einmal zu verhandeln. Sie hätten noch drei andere Interessenten, sagte uns der Besitzer, als wir ihm 35 Millionen anboten. Sven wollte nicht zocken wegen fünf Millionen Lire, er wollte dieses Grundstück. Aber woher die fehlenden fünf Millionen Lire oder 6.000 Mark oder 3.000 Euro nehmen? Bei den Banken waren wir zu diesem, wie zu den meisten anderen Zeitpunkten, nicht kreditwürdig. Und bei den italienischen sowieso nicht.

Ich fragte meine Mutter, ob sie uns fünf Millionen leihen wollte. Ungern, gestand sie. Vielleicht hätte ich besser in »DM« fragen sollen und nicht in Lire. Denn »Millionen« klingt in deutschen Ohren immer irgendwie absurd. Meine Mutter stand meinem Zigeunerleben in Italien ohne geregelte Arbeit sowieso sehr kritisch gegenüber. Und zu ihrem Schwiegersohn, der nach dem Gesetz noch nicht einmal ihr Schwiegersohn war, hatte sich ihr Verhältnis erst seit kurzem etwas verbessert.

Das erste Aufeinandertreffen vor vier Jahren war dramatisch gewesen. Svens Erscheinungsbild wich fundamental von ihren Schwiegersohn-Vorstellungen ab. Sie war entsetzt über diesen langhaarigen Jeansträger mit zerfleddertem Cordjackett, cowboyähnlichen Lederstiefeln, dazu noch 17 Jahre älter als ihre Tochter. Den Altersunterschied hätte sie vielleicht noch verkraftet, mein Vater war schließlich auch 17 Jahre älter gewesen als sie. Aber dieser 42-jährige Typ hatte auch noch Schulden. Sie war nächtelang in Tränen aufgelöst. Auch die

Fernsehserie, die Sven mit einem Freund zusammen geschrieben hatte und die gerade im ZDF gesendet wurde, trug nicht zur Vertrauensbildung bei. Die Serie handelte von einer netten deutschen Familie, die mit ihren beiden Kindern und einer Nichte nach Italien in den Urlaub fuhr. Gleich am ersten Tag wurde der Familie das Auto mit dem gesamten Gepäck einschließlich Pässen gestohlen. Von Folge zu Folge entwickelte sich nun diese Familie von rechtschaffenen Bürgern zu regelrechten Anarchisten. Kein Thema, mit dem meine Mutter sich anfreunden konnte.

Den ersten Silberstreif am Horizont sah sie, als Sven mit professioneller Souveränität die Hochzeit meiner Schwester auf einem Videofilm festhielt. Dass wir die Schulden innerhalb von vier Jahren zurückzahlten, hatte sie ebenfalls beeindruckt, und dass wir beide zusammen ein Drehbuch geschrieben hatten, das Sven verfilmte und das dann im Fernsehen tatsächlich zu sehen war, hatte zu einem fast normalen Schwiegerverhältnis geführt. Der bevorstehende Kauf des Grundstückes riss nun sämtliche alten Wunden wieder auf. Ein Grundstück am Stadtrand von Rom für nur umgerechnet 55.000 DM, absurd! Am Stadtrand von München würde man zehnmal so viel ausgeben müssen, und selbst in der Umgebung von Berlin im Wendechaos könnte man für dieses Geld nicht guten Gewissens ein Grundstück kaufen. An der Sache musste ein Haken sein, und zwar ein gewaltiger. Jede mütterliche Vernunft sprach dagegen. Sollte ich doch die von ihr so lange gehütete Erbschaft meines Vaters einem italienischen Betrüger in den Rachen schmeißen! Auf ihre Unterstützung konnte ihre traumtänzerische Tochter jedenfalls nicht rechnen. Ich fuhr zu ihr hin, um ihr Misstrauen zu uns und Italien auszuräumen. Umsonst. Eine Freundin hatte ihr die Nummer eines deutschsprachigen Anwalts in Rom gegeben. Den würde ich sicher sehr bald brauchen.

Völlig überflüssig – dieses schwiegermütterliche Misstrauen. Susanne und ich gingen absolut professionell an diesen Kauf. Die Besitzer des Grundstücks waren schlichte Fischhändler. Sie hatten vor Jahrzehnten das zum Verkauf stehende Gelände von den »Schwestern der barmherzigen Jungfrau« erworben. Aus meiner Lieblingslektüre »Asterix« wusste ich, dass die unseriösen »Fich-Händler« ihren Kunden immer nur alten »Fich« anzudrehen versuchen. Genau hier lag der Ansatzpunkt unserer Recherchen. Nach alter Väter Sitte gingen wir nun dran, »vom Kleinen auf das Große« zu schließen, und kauften zunächst einmal am Marktstand unseres Grundstücksbesitzers Fisch. Das taten wir gründlich und ausführlich. Wir probierten eine Woche lang sein gesamtes Angebot durch. Zum Schluss hingen mir die Garnelen zu den Ohren raus. Negative Nachwirkungen ergaben sich jedoch nicht. Daraus folgte unmissverständlich: Das Grundstücksangebot ging in Ordnung.

Die fehlenden fünf Millionen Lire liehen wir uns von unseren italienischen Freunden. Mauretta, die Englischlehrerin, bot sofort Hilfe an. Zwei Millionen könnte sie uns leihen. Die anderen drei Millionen kamen von Aldo, dem Kameramann, den Sven von der Arbeit kannte. Ugo und Annamaria, die Freunde, bei denen wir wohnten, hätten uns natürlich geholfen, aber sie hatten wie immer keine Lira übrig.

Drei Tage vor Weihnachten war nachmittags der Termin beim Anwalt. Die Grundstücksverkäufer hatten ihn ausgesucht, weil wir in Rom keinen Notar kannten. Das war ein Minuspunkt, denn man konnte natürlich nicht wissen, inwieweit der Anwalt mit den Fischhändlern unter einer Decke steckte. Mauretta hatte uns zum Mittagessen eingeladen, sprach uns Mut zu, sagte mit rührender Sachlichkeit, man müsste nicht jedem Italiener misstrauen. Dann begleitete sie uns, um zu überwachen, dass wir nicht doch noch über den

Tisch gezogen wurden. Die zwei Millionen Lire, die sie uns lieh, hatte sie ebenso in der Tasche wie wir die restlichen 38 Millionen in großen Lappen zu 100.000. Ihre lila Handtasche aus den 50er Jahren beulte sich aus wie ein voll gefressener Dackel.

Der Notar las jetzt den Vertrag vor, in dem erstaunlicherweise eine offizielle Kaufsumme von zwölf Millionen Lire festgehalten war und nicht 40 Millionen. Unsere roten Signallämpchen leuchteten auf. Zwölf Millionen, das war der normale Preis für den Kauf eines Ackers, zusätzlich der hohen Steuern.

Dann fragte der Anwalt beide Parteien, ob sie den Vertrag gelesen hätten und mit dem Inhalt einverstanden seien. Ich sah zu Mauretta. Sie nickte beruhigend. Also nickten wir alle. Der Notar gratulierte mit Handschlag zum Erwerb unseres römischen Grund und Bodens, dann stand er auf, sagte, er hoffe, dass wir uns auch sonst einigen würden, und verließ zu meinem Erstaunen den Raum. Wollte er pinkeln gehen? 40 Millionen Lire wechselten in diesem Augenblick hinter seinem Rücken ihre Besitzer.

Nach zehn Minuten kam er zurück. Sein fragender Blick ließ darauf schließen, dass dieser zweite Teil eines Grundstücksverkaufs nicht immer reibungslos vonstatten ging. Doch die gelassene Stimmung im Raum teilte sich dem versierten Notar sofort mit. Er atmete sichtbar auf. Der Kaufvertrag wurde von beiden Parteien unterschrieben. Fertig.

Eine halbe Stunde hatten die Formalitäten gedauert, und schon waren wir Besitzer eines Grundstücks am Stadtrand von Rom. Für mich war es das größte Geschäft, das ich je in meinem Leben getätigt hatte. Mein gesamtes gespartes Geld steckte in diesem Kauf. Ein Zurück gab es nicht mehr. Das Dasein hatte sich verändert, alles sah jetzt anders aus.

Aber draußen vor der Tür des Anwalts hasteten die Leute

wie sonst in der Dezemberkälte über die Straßen, eingemümmelt in Schals und Mäntel mit Pelzaufsätzen. Die goldgelbe Abendsonne versank in glasklarer Luft hinter den ewigen Kuppeln. Ich hatte nach dem Kauf nur noch den einen Wunsch, nach Hause, ins Bett. Mir versagte die Stimme, ich hustete, zum Feiern war mir nicht zu Mute. Nicht einmal die Pasta mit Broccoli und Gamberi, die Sven an diesem Abend kochte, konnte das ändern.

Rezept 1 / für 4 Personen

Pasta con Gamberi (Riesengarnelen) und Broccoli
(Herstellungszeit: 30 Minuten)

- 300 g Broccoli
- 300 g frische (oder 400 g tiefgefrorene) Garnelen
- 2-3 Knoblauchzehen
- 2 Esslöffel Olivenöl
- Prezzemolo (flache Petersilie)
- Fischbrühe oder -fond (wer hat, siehe Rezept 3)
- Pfeffer (aus der Mühle, wenn's geht)
- 350-400 g kurze Nudeln, mit großer Öffnung wie Conchiglie oder Pipe (»Muscheln« oder »Pfeifen«)

Conchiglie oder Pipe können in ihren Rundungen und Hohlräumen mehr Flüssigkeit aufnehmen. Und diese Soße sollte relativ flüssig sein. Wenn diese Pasta nicht zur Verfügung steht, geht's auch mit anderen kurzen Röhrennudeln. In letzter Verzweiflung tun's in Gottes Namen auch Spaghetti.

Wasser zum Kochen aufsetzen (siehe auch Anhang 2 »Pastatipps«).

Broccoli in Stücke schneiden. (Ich nehme lieber die so genannten »römischen« Broccoli, die ähneln eher Brummkreiseln als einem grünen Blumenkohl, man spart sich die Arbeit des Abschneidens der harten Schale an den Stängeln.) Dann die Broccoli-Stücke im Salzwasser kochen. Ich seihe die Broccoli-Stücke mit dem Sieb ab und verwende das Wasser weiter für die Pasta. Ob man das nachmachen will, ist eine reine Ideologiefrage.

Pastawasser salzen, bzw. wenn man das Broccoli-Wasser nimmt, ist das nicht nötig (siehe auch Anhang 2).

Garnelen schälen.

Knoblauchzehen schälen, längs oder quer in dünne Scheiben schneiden und im Olivenöl anbraten (Gedanken zum Knoblauch, siehe Rezept 5 »Aglio, Olio«).

Ein Drittel der Garnelen zusammen mit dem Knoblauch ebenfalls kurz anbraten (30 Sekunden auf jeder Seite) und wieder aus der Pfanne herausnehmen. Im richtigen (frühen) Moment die gekochten und abgetropften Broccoli-Stückchen in die Pfanne dazugeben und im Knoblauch-Öl wälzen. Damit ist der Knoblauch gelöscht. Pfeffer darüber.

Wenn die Broccoli-Stückchen gar sind, etwa ein Viertel der Stückchen aus der Pfanne herausnehmen und zusammen mit den bereits angebratenen Garnelen sowie mit etwas Nudelwasser (oder mit der zuvor erwähnten Fischbrühe oder dem Fischfond!) in einem Mixer zu einer Soße zerkleinern. Danach die so bereitete feine Garnelensoße wieder zum restlichen Broccoli in die Pfanne hinzugeben. Kurz vor dem Servieren noch die geschälten Garnelen hinzu und in der Flüssigkeit eine Minute gar werden lassen. Länger brauchen die Garnelen nicht.

Pasta abgießen, zuvor etwas Nudelwasser in einer Tasse aufheben! Pasta und die fertige Soße mit den Broccoli-Stücken und Garnelen in einer vorgewärmten Schüssel vermischen. (Zuweilen kippe ich auch die Pasta in die Pfanne mit den Garnelen und Broccoli-Stücken, vermische alles dort drin und serviere die Pfanne. Geht schneller.)
Am Schluss Prezzemolo drauf. Falls die Pasta zu trocken geworden ist, mit dem Rest aufgehobenen Nudelwassers wieder etwas verflüssigen. Im Winter unbedingt auf vorgewärmten Tellern servieren.

Nach dem Essen fiel ich ins Fieberkoma, das Thermometer kletterte auf über 40 Grad, Sven machte unermüdlich Wadenwickel und stellte eine Glocke ans Bett, mit der ich klingeln sollte, wenn ich etwas brauchte. Ich fühlte mich wie die *Contessa* im *Figaro*. Nach drei Tagen war ich wieder auf den Beinen.

Das Weihnachtstelefonat mit meiner Mutter fiel aus. Vielleicht hätte ich ihr sonst doch noch erklären müssen, dass wir ja nicht einmal Bauerwartungsland gekauft hatten, sondern ein schlichtes *terreno agricolo*, kein Bauland, sondern *agro romano*, römischen Acker. 995 Quadratmeter. Man darf auf dem Grundstück Blümchen pflanzen, Wein anbauen, Hühner aussetzen. Man darf eine Holzlaube zusammenzimmern oder einen Wohnwagen parken. Ein Haus darauf errichten darf man jedenfalls nicht. Das hätte ich alles meiner Mutter sagen müssen. Und dann hätte sie unnötigerweise die Frage gestellt, was wir eigentlich, die wir schon beim bloßen Anschauen eines Spatens Blasen an die Hände bekamen, mit einem popeligen Acker am Stadtrand von Rom wollten?

Genau genommen dürfte selbst das Grundstück, das wir gekauft hatten, gar nicht existieren, jedenfalls nicht in dieser Gegend. Und vor allem nicht in dieser Größe. Wir befinden uns in einer Zone des praktizierten Ackerbaues, im Umland von Rom, in Lazio, 20 Kilometer vom Petersdom entfernt. Es riecht nach Kuh, und man hört von ferne Hähne krähen. Vier Hektar Minimalgröße sind in dieser Gegend vorgeschrieben.

In dieser Gegend dürfte außer hin und wieder einem kleinen Bauernhof grundsätzlich kein Haus stehen. Es gibt ja Gesetze. Und die Gesetze sagen: Ackerland ist Ackerland und kein Bauland. Aber dennoch: Unser Grundstück hat Nachbarn. Viele, viele Nachbarn. Fröhliche zweihundert Häuser, Ein- bis

Vierfamilienhäuser mit Gärtchen und Garagen, mit Briefkästen und Wachhunden, vor deren Biss gewarnt wird. Strom und Telefon sind gelegt, Feldwege sind asphaltiert worden. Wieso können diese zweihundert Häuser hier so ruhig herumstehen, wieso können die Menschen hier in Ruhe leben, ihre Kinder mit Schulbussen zur Schule schicken, telefonieren, ihre Hunde füttern, wenn das Gesetz es doch verbietet?

Das alles konnte ich meiner Mutter am Telefon nicht erklären.

2.

Es war Weihnachten 1985, als ich das erste Mal nach Italien gekommen war. Ich wohnte mit Sven in seinem Zimmer in Ugos Bauernhaus (oder auch *casale* genannt), ohne ein Wort Italienisch sprechen zu können. Rolf, ein befreundeter Komponist, der uns dort einmal besuchte, stellte fest, dass unser Zimmer original ein Bühnenbild von »La Bohème« darstellte. Der Putz an den ehemals weißen Wänden bröckelte und zeigte kunstvoll die Wunden, die ihm das Regenwasser im Lauf der Jahre zugefügt hatte, kein Bühnenstuckateur bekäme das je so hin. Der alte Steinfußboden, der auf den morschen Balken des ersten Stocks lagerte, hing wie eine Hängematte durch, und er federte auch genauso, wenn man das Zimmer einmal entschlossenen Schritts durchquerte. Da, wo der Boden am tiefsten durchhing, etwa in der Mitte des Raums, stand ein gusseiserner altenglischer Ofen mit langem schwarzen Rohr quer durch den Raum, daneben die fußballfeldgroße, diskret von einer *zanzaniera*, einem Moskitonetz, verhängte Lustwiese. In der gegenüberliegenden Ecke eine abgeschabte von Katzen zerkratzte Ledercouch, Bücherstapel, die aus den Regalen quollen, und Aktenkörbe, die nicht eingeräumt waren. Die beiden gigantischen Studio-Lautsprecher und der gegen italienische Profieinbrecher mit einer Kette an die Wand zementierte Stereoturm, das dazugehörige Kabelgewirr und vor allem drei Kubikmeter alter LPs wiesen Sven als einen *sessantaottardi* aus. Das ist in Italien eine Bezeichnung für etwas verschrobene Kulturschaffende, meist unbelehrbare Leser der linken Zeitung »Il Manifesto« und besteht in einer Zusammenziehung der Worte *sessantotto* (achtundsechzig) und *tardi* (spät). Der Begriff bezeichnet Menschen, die immer noch ein Hauch der 68er-Zeit umgibt, auch *später* noch, wenn sie längst von der Hermes-Baby auf Schreibcomputer umgestiegen sind und Digitalfernseher besitzen.

Es war einer der kälteren italienischen Winter. In unserem damaligen Zimmer herrschten morgens, wenn der gusseiserne Ofen noch nicht gefüttert war, nie mehr als fünf Grad, und nur ein großes weißes griechisches Schafsfell, das über diverse andere Bettdecken gebreitet war, hatte mich vorm Erfrierungstod gerettet.

Das obere Stockwerk war in vier Räume aufgeteilt. Auf der Nordseite unser eisiges Zimmer, auf der Südseite das Schlafzimmer von Ugo und Annamaria, in dem auch ihre Tochter Chiara schlief, daneben ein geräumiges Bad. Das Zentrum des Hauses war die Wohnküche, auch *il salone* genannt, beherrscht von einem enormen Ausziehtisch, an dem gut 15 Leute essen und reden konnten. Die Wände des *salone* waren voll gepackt mit Bildern und Erinnerungsstücken, Ramsch neben Wertvollem. Die Decke bot freie Sicht auf die Unterseite der ehemals roten Dachpfannen, die ohne jede Isolation auf den Spanten lagerten und die bei kräftigem Regen durchaus das eintreten ließen, was man bei ihrem Anblick befürchtete: Wasserbäche. Trotzdem, dieser Giebel verlieh dem Raum durch seine Höhe und durch die mächtigen dunkelbraunen und fast versteinerten Holzbalken eine standesgemäße Großzügigkeit.

Bad und *salone* wurden selbstverständlich von allen benutzt, gekocht und gegessen wurde ebenfalls gemeinsam. So saß ich die ersten drei Wochen in Italien bei ausgedehnten Abendessen und verstand kein Wort. Es schienen mir profunde und weltbewegende Diskussionen über Politik und das Leben im Allgemeinen zu sein. Einen Ausdruck hörte ich schnell heraus: *Sono assolutamente contrario*. Immer wieder bereicherte Hausherr Ugo die Abendgespräche mit diesem Satz, der bis heute seine Lieblingswendung geblieben ist. *Sono assolutamente contrario*, das heißt: Ich bin absolut gegenteiliger Meinung.

Später, als ich Ugos gepflegtes Italienisch einigermaßen verstehen konnte, waren es weniger die eloquent vorgetragenen konträren Meinungen, die mich beeindruckten, es war auch nicht sein für die als Draufgänger bekannten italienischen Männer ungewöhnlich schüchterner Charme. Nein, was mich fesselte, war seine Art zu leben, die allem, was den deutschen Erziehungsidealen der 60er und 70er, also auch denen, nach denen ich erzogen worden bin, viel mehr entgegenstand als seine aktuelle Meinung zu irgendeinem Thema: Ugo arbeitet nämlich nicht. Bis heute nicht. Also, er arbeitet schon, kennt aber keine regelmäßige Arbeit wie wir, zum reinen Broterwerb. Man kann ihn daher auch nicht als »Arbeitslosen« bezeichnen. Denn er arbeitet *aus Prinzip* nicht. Dabei liebäugelt er keineswegs mit irgendeiner Stütze oder Hilfe vom Staat. Manchmal restauriert er Möbel, manchmal handelt er mit altem Kram, den er aus den Kellern von Verwandten und Freunden und bei Haushaltsauflösungen ausgräbt, wobei er bisweilen echte Raritäten aufstöbert, eine alte Bauerngarderobe, einen original russischen Samowar, einen Spiegel mit Intarsien des *Settecento*. Und er vermietet die ehemaligen Stallungen seines Hauses als Möbelzwischenlager für Leute, die aus irgendwelchen Gründen nicht wissen, wohin mit ihrer Einrichtung.

»*A Ugo fa schifo*«, für Geld zu arbeiten. Arbeit ekelt ihn an. Er kommt aus einer ehemals sehr reichen Familie, manche sagen sogar, seine Familie war einmal so reich wie die Fiat-Agnellis, aber das mag vielleicht ein bisschen übertrieben sein. Ugos Teil der Familie verarmte schon in seiner Kindheit derart, dass die drei Kinder, Ugo, sein älterer Bruder und seine jüngere Schwester, wenn sie zu Familienfesten und bei Bekannten eingeladen wurden, zuvor immer ermahnt werden mussten, sich nicht allzu auffällig auf die dargebotenen Köstlichkeiten zu stürzen. Niemand sollte merken, dass Dinge wie Lachs, Trüffel, Spargel oder Eiscreme im Hause Sandri-Boriani nicht selbstverständlich waren. Den finanziellen Abstieg hatte Ugo seinem Onkel, dem Bruder von Ugos Vater, zu verdanken, der mehr als sein eigenes Erbteil in Spielkasinos gelassen hatte und zudem einen sehr aufwendigen Lebensstil pflegte. Ugos Vater stand für seinen älteren Bruder ein. Mit dem Erbteil von Ugos Vater wurden dann die Schulden des Onkels getilgt.

Das klingt alles nach Entschuldigung! Da gibt's aber nichts zu entschuldigen! Seit 100 Jahren lebte die gesamte Familie Sandri-Boriani nicht von ihrer Hände Arbeit, sondern davon, dass sie ihren großen Landbesitz am Stadtrand von Rom veräußerte. Scheibchenweise – alle zehn Jahre eine weitere Scheibe. Und zwar immer so teuer, wie es zum jeweiligen Zeitpunkt möglich war. Aber jeder weiß: Was einmal vom festen Kapital weg ist, ist weg. Man hat bei den Sandri-Boriani vielleicht schon geahnt, dass spekulative Investitionen mehr bringen als produktive und vor allem mehr bringen, als selbst zu arbeiten, und man hat vielleicht bei den Sandri-Boriani die ständigen Verkäufe von eigenem Grund und Boden für eine gute spekulative Investition gehalten. Das war wohl ein Irrtum. Es ging so lange, bis die vorläufig letzte Scheibe am allerletzten Pflaumenbaum vor dem *casale* angekommen war, dem Sandri-Borianischen »Kirschgarten«. Denn Ugo und seine Familie sind die italienische Version der Treplevs, der Ranevs, der Tschechow'schen Figuren, in diesem Fall eben nur die levantinische Ausgabe. Es stimmt sogar bis zum Detail des Kirschgartens. Der Kirschgarten ist in unserem Fall jener winzige Gemischtobstgarten neben dem *casale*, ein Pflaumenbaum, ein Nussbaum, sechs mal sechs Meter, der letzte Landbesitz der einst begüterten Familie.

Ugos Vater war Bauingenieur. Die Arbeit an verschiedenen Projekten machte es nötig, dass die Familie dauernd umzog. Dennoch musste Ugo standesgemäß ein humanistisches Gymnasium besuchen, mit den klassischen Sprachen des alten Rom: Lateinisch und Griechisch, der Mindestbildungsstandard des gehobenen Bürgertums. Das hätte er ohne die Umzüge vielleicht noch geschafft. Aber für den zarten, schüchternen Ugo war es ein Albtraum, sich ständig in neuen Klassengemeinschaften mit neuen Lehrern zurechtzufinden, die in Italien in den 60er Jahren ebenso borniert und manche auch so autoritär waren wie seinerzeit in Deutschland. Ugo schaffte die Oberstufe nicht, wurde danach von seinen Eltern ausgerechnet auf eine Militärakademie geschickt. Ein Jahr hielt er durch, schaffte die ersten Examen, kniff dann aus Prüfungsangst vor einem Matheexamen, floh von der Akademie, ging mit 20 Jahren ohne einen Pfennig Geld nach Paris und schlug sich ein Jahr lang mit Gelegenheitsjobs durch. Dann kehrte er nach Hause zurück und bekam von seiner in österreichischen Internaten erzogenen und, als ich sie kennen lernte, immer noch Deutsch parlierenden Großmutter jenes *casale* geschenkt, in dem wir zusammen mit ihm wohnten.

Klar, nach deutschen Maßstäben lebten Ugo und die Familie seit den letzten 20 Jahren in Armut. Sie haben kein regelmäßiges Einkommen, besitzen keine Aktienpakete, haben keine Angestellten und warten an der Bushaltestelle. Aber es ist eine andere Armut, als sie in Fernseh-Dokumentationen unter dezenter Einblendung von Kontonummern beschrieben wird. In den 80er Jahren entstand rings um Rom durch kleine, in den meisten Fällen familiär geführte Handwerksbetriebe und Läden ein beträchtlicher Reichtum. Nur Ugo blieb, was er immer gewesen war. Ugo hätte kraft seiner Schulbildung und seiner Fähigkeiten locker am römischen Reichtum teilhaben können. Er hätte keine Grundstück-Scheiben verkaufen müssen. Für mich war es nicht sein Schicksal, es war seine Faulheit!

Ugo ließ sich die Haare wachsen und lebte das Leben eines Bohemiens mit immerhin eigener Behausung, die er an diverse Freunde vermietete. Bevor Sven einzog, war das Zimmer an Goffredo und dessen wunderschöne somalesische Prinzessin Mulki vermietet. Ugos diverse Versuche, sein Leben finanziell besser abzusichern, misslangen. Der Aufbau einer Kaninchenzucht scheiterte ebenso wie der Handel mit selbst bedruckten T-Shirts. Warum ihm alles misslang, da gehen die Meinungen auseinander.

Quatsch, Meinungen auseinander! Alle sind sich darüber einig! Die »Kampfhennen-Zeit« habe ich selbst erlebt. Ich wohnte das zweite Jahr bei den Sandri-Boriani. Ugo kam eines Tages auf die Idee, Hühnerzüchter zu werden. Davor war er erfolglos Kaninchenzüchter gewesen, davor erfolglos T-Shirt-Produzent und

Möbelrestaurator ohne Aufträge. Freitagabend hatte er beim Essen die Grundidee zur Hühnerzucht, und Samstagmorgen bat er mich, ihn zum Bauern zu bringen, denn konsequenterweise besaß Ugo nicht nur kein Auto, sondern konnte auch keins fahren. Also holten wir beim Bauern 60 niedliche Küken, die in einem gigantischen Karton mit Luftlöchern untergebracht waren. Ich weiß nicht, wie er über Nacht das Gehege allein hat bauen können. Aber am Morgen war das gesamte Hühneranwesen fertig und die 60 kleinen *pulcini* konnten sich fröhlich durch das Gelände picken. Im Zentrum dieses Hühner-Erholungsheims erhob sich nicht nur ein respektables hölzernes Hühnerhaus, sondern es war auch landschaftlich bemerkenswert, von steilen abwechslungsreichen Hügelchen durchzogen und bewachsen mit undurchdringlichem Buschwerk. Wenn es irgendwo auf der Welt frei laufende, glückliche Hühner geben konnte, dann war das hier.

Es dauerte einige Wochen, bis die ersten Tiere anfingen zu legen. Bis dahin hatten sie nur gefressen. Sie waren inzwischen zu stattlichen Junghennen herangewachsen. Sie legten zwar die absolut frischen Freiland-Eier – klein, verkrüppelt und dreckig –, nur wusste Ugo eben nie, wo sie lagen. Sie waren, so wie es sich für richtige Freiland-Eier gehört, ins freie Land gelegt. Und des Öfteren sah man Ugo bäuchlings durch seine imposante Hühnerfreilandschaft robben. Viele Eier wurden dabei unabsichtlich zerquetscht oder einfach übersehen. Und manche der rohen Eier, die Ugo mit Begeisterung trank, lagen schon seit Wochen in irgendeiner Mulde, in der Ugo sie dann fand.

Und noch etwas hatte Ugo nicht bedacht. Die Einzäunung um das Gehege war zwar geeignet, die Hennen an der Flucht, nicht jedoch die Füchse oder andere hungrige Tiere am Eindringen zu hindern. Die Füchse, Marder, Schlangen und Katzen gruben sich einfach unter dem Zaun durch und ernährten sich etwa drei Monate lang köstlich von unseren Hühnern. Ugo bemerkte den

Hühnerschwund mit Bedauern, regte sich auch über sämtliche frei laufenden Kleinsäuger bis hinunter zur Ratte auf, schien jedoch nichts Entgültiges zur Verstärkung seiner Einzäunung unternehmen zu können.

So ging alles seinen Gang. Schließlich blieben noch 20 Hühner übrig, dann 15, dann zehn. Die Hühner fraßen teures Spezialfutter wie Gewichtheber – aber sie legten nicht mehr. Das einzelne Ei hatte sich im Selbstkostenpreis allmählich von etwa 1,50 bis auf 3,50 DM oder 1.75 € verteuert. Ugo wurde täglich durch seine Hühner noch ärmer. Zuallerletzt war unser Bestand auf drei Hühner zusammengeschrumpft. Hühner, sage ich? Das tägliche Überlebenstraining hatte die drei zu gestählten Nahkampfhennen mutieren lassen, etwa 80 Zentimeter Schulterhöhe, Körper breit wie Bodybuilder, mit Schnäbeln scharf wie Rasierklingen und einem eiskalten Blick. Dem Eierlegen hatten sie vollkommen abgeschworen. Sie liefen abwechselnd im Gehege Patrouille und fraßen so ungeheuerlich, dass Ugo sich nach weiteren drei Wochen schweren Herzens entschloss, sie zu schlachten. Sie sollten zu einem Risotto verarbeitet werden. Allerdings war das Fleisch im Risotto so zäh und die Knochen so stahlhart, dass selbst die Hunde sie verweigerten.

Mitte der 70er Jahre hatte sich Annamaria in den aristokratisch attraktiven Ugo verliebt und ihn sich als Ehemann ausgeguckt. Eine Ehe mit schweren Hindernissen, denn Annamaria kam aus kleinbürgerlichen neapoletanischen Verhältnissen, Teil der italienischen Mittelschicht, die man sofort an ihrer ausgeprägten Liebe zu Plastikgeschirr, Resopal und ununterbrochen laufendem Fernseher erkennt. Annamaria war der Stolz der Familie, weil sie intelligent und fleißig war, in der Schule ein Überflieger. Die Schule war für sie, die sich selbst dünn und wegen ihrer dicken Brille hässlich vorkam, ein nicht versiegender Brunnen der Selbstbestätigung. Diese berühmte dicke Brille hat sie heute, trotz allen Geldmangels, mit Haftschalen vertauscht. Nur morgens sehr früh kann man ihr manchmal noch mit diesem jetzt mit Heftpflaster zusammengeklebten Ungetüm begegnen. Man zuckt zusammen und hat den Eindruck, es muss etwas Schreckliches passiert sein, aber Annamaria geht dann nur Zähneputzen.

Annamaria durfte auf die Universität, aber sie schmiss das Studium, als der Vorgänger von Ugo sie kurz vor der schon angesetzten Hochzeit einfach sitzen gelassen hatte. Die intellektuelle Bestätigung der Uni konnte die Schmach, die sie als Frau erlitten hatte, nicht auffangen. Ihr von Gesellschaft und Familie vorgegebenes Lebensziel war zu heiraten und eine Familie zu gründen, die berufliche Karriere war zweitrangig.

Sie arbeitete an der Rezeption eines Sportzentrums, lernte den langhaarigen Outsider Ugo kennen und verliebte sich in ihn. Annamaria wollte endlich heiraten. Ugo hatte damit überhaupt keine Eile. Aber für Annamaria war die Sache klar. Und der nächste Schritt in Richtung Hochzeit war es von alters her, den Auserwählten ihren Eltern vorzustellen. Annamarias Vater arbeitete in der Verwaltung der italienischen Marine, entsprechend militaristisch waren seine Lebensmaximen. Ihm Ugo als Schwiegersohn vorzustellen musste auf Probleme stoßen. Und erst recht die Präsentation seines *casale*.

Ugos Selbsteinschätzung war immerhin so lebensnah, dass er kritische Bemerkungen aus dem Mund des ehemaligen Marine-Infantristen zu seiner Person oder zu seinem Anwesen ahnte. Diese Bemerkungen würden ihn unvermeidlich zu wütenden Repliken und politischen Grundsatzäußerungen veranlassen, beginnend mit dem Satz *sono completamente contrario*. Das hätte dann zu ernsteren Komplikationen in der Sache selbst führen können, und die wollte er vermeiden. Annamaria sah das sofort ein. Man überlegte, wie man das Problem lösen konnte. Und da bot sich Folgendes an: An Ugos Stelle nahm Annamaria ihren gemeinsamen Freund Goffredo als Vorzeigeperson mit zu ihrer Familie. Goffredos äußeres Erscheinungsbild, seine bei Bedarf verfügbare bürgerliche Wohlerzogenheit ließen ihm die Herzen aller Schwiegermütter zufliegen. Naturgemäß war er an der ganzen Angelegenheit emotional auch weniger beteiligt, und das hatte den Vorteil, dass Annamaria beim gemeinsamen Abendessen keine beiderseitigen Ausfälle befürchten musste. Goffredo erschien pünktlich bei Annamarias Familie, war gut gekämmt, vermied den Abend über jede politische Diskussion, säuselte und scherzte locker, und die Eltern waren hocherfreut über den sympathischen jungen Mann, den sie noch bis kurz vor der Hochzeit für ihren Schwiegersohn hielten.

Der Gegenbesuch von Annamarias Eltern in Ugos *casale* ließ sich irgendwann nicht länger aufschieben. Das *casale* war damals kaum als Wohnhaus zu bezeichnen. Der Stall unten war noch von Ugos Pferd bewohnt. In dieser Zeit hatte er die Idee, Pferdezüchter zu sein. Die zum Haus führende unbeleuchtete Straße wurde von herumstreunenden Hunden unsicher gemacht, im Garten kämpfte Schilf gegen Brombeergestrüpp, Risse im Außenputz, ein Dach, durch das es bei starkem Regen durchregnete (wenn es in Italien regnet, weiß man erst, was Regen ist), im Bad keine Wassertoilette, geschweige denn eine Badewanne oder Dusche, die Küche kaum als solche zu bezeichnen, die Bodenfliesen teilweise gesprungen, die Wände eines neuen Anstrichs bedürftig, die Fenster undicht, außer einem großen Kamin im Küchenwohnraum keine Heizquelle.

Nach etwa drei Wochen hatte sich Annamarias Vater von seinem Schock erholt und bot an, über seine Militärbehörde eine Kompanie Leute zu organisieren, die das Haus auf seine

Kosten von Grund auf renoviert hätten. Ugo lehnte ab. Auf keinen Fall wollte er sich in die Abhängigkeit irgendeines Schwiegervaters begeben. Annamaria folgte ihm darin schweren Herzens, aber in allem anderen blieb sie stur. Sie fand sich mit den meisten der vorliegenden Gegebenheiten ab, obwohl sie alles andere als ausgezogen war, um ein alternatives Leben zu führen. Sie hatte bislang noch nie eine Tomate gepflanzt, besaß auch keinerlei Ambitionen als Blumenzüchterin. Hunde und Katzen waren ihr suspekt, und Hühnereier kaufte sie ebenso wie ihren Salat lieber im Supermarkt, in Plastik verpackt und mit einem Schild mit der Bezeichnung *offerta*, Sonderangebot, darauf. Ugo hingegen wollte Eier von frei laufenden Hühnern. Das war zu einem Zeitpunkt, als noch kein Mensch von artgerechter Hühnerhaltung sprach.

Auch Ugos Eltern waren nicht gerade beglückt von der Wahl ihres Sohnes, sie hätten sich für ihren Sohn eine Frau aus einer Familie ihres Gesellschaftskreises gewünscht, eine *contessa* (Adelige) vielleicht oder eine *dottoressa* (Promovierte) oder wenigstens *un buon partito*, vielleicht ein Unternehmerstöchterchen.

Aber Annamaria hatte sich genau in diesen Mann mit dem aristokratischen Touch und dem feinsinnigen Gemüt verliebt, die Frage der Eierbeschaffung und andere Grundsatzfragen konnte man später regeln. Die beiden heirateten. Annamaria wurde schwanger und hörte auf zu arbeiten, als ihr Bauch zu dick wurde. Die Aussicht auf ein Kind brachte Ugo dazu, endlich eine Dusche und eine funktionierende Wassertoilette zu installieren, die später auch Sven und mir zugute kam. Im Schlafzimmer baute Ugo eine Art Kamin-Zentralheizung ein, die über einen Wasserkreislauf gespeist wurde, den der Kamin im Wohnzimmer erwärmen sollte.

Die Konstruktion der »Zentralheizung« war zwar genial, aber noch nicht ganz ausgereift. Die größeren geselligen Abende begannen häufig mit einem Aperitif vor dem prächtig flackernden Kaminfeuer. Ein lebendig dahinplätscherndes Gespräch erfüllte dabei den Raum. Allmählich gesellte sich jedoch zu dem Gespräch ein weiteres geheimnisvolles Plätschern, das in der Regel nur von Ugo, Annamaria und mir wahrgenommen wurde. Dieses Plätschern kam aus dem Überlaufbecken, das Ugo hoch über den Köpfen unter dem Dach an die Wand des Salons montiert hatte. Der Grund war: Das kräftig dahinflackernde Kaminfeuer hatte inzwischen das Wasser der hauseigenen Zentralheizung auf Siedetemperatur gebracht. Zu diesem Zeitpunkt dämpfte Ugo durch dezentes Umschichten der brennenden Scheite die Kraft des Feuers etwas ein. Wenn diese Rettungsaktion jedoch zu spät geschah, begann das Becken in der Höhe zu speien und zu fauchen wie ein Drache. Mehrmals mussten sich Besucher und Einwohner vor überlaufendem kochenden Wasser in Sicherheit bringen. Ugo bremste dann den Prozess schlagartig durch einen Schwall heißen Wassers aus der Spaghetti-Schüssel, das er übers Feuer kippte (siehe die Vorwärm-Anleitung zum Spaghettikochen im Anhang!).

Ugos und Annamarias Tochter Chiara wurde im Januar 1982 geboren. Januar und Februar sind die beiden einzig wirklich kalten Monate in Rom. Und als Mutter und Kind aus dem Krankenhaus nach Hause kamen, herrschten auch in ihrem Südschlafzimmer selten Temperaturen, die über fünf Grad hinausgingen. Ugos unerschütterliche Schwester Rosaria nahm Mutter und Kind zu sich, bis sich die häusliche Situation durch den natürlichen Umstand verbesserte, dass sich in Italien die Temperaturen schon im März wieder über die 20-Grad-Marke schieben.

Dennoch, die Beziehung zwischen Ugo und Annamaria

blieb belastet. Es waren zwei unvereinbare Welten, die da aufeinander prallten, Kontroversen hervorriefen und sich durch den ständigen Geldmangel potenzierten. Aber so viel und so heftig sich die beiden gestritten haben – obwohl es ein Widerspruch zu sein scheint –, selten über Geld. Wenn Annamaria, was hin und wieder passierte, eine Haftschale in den Abfluss gerutscht war, hat Ugo nie ein Wort darüber verloren. Und sie betitelt seine mangelnde Arbeitseffizienz mit »eben einfach kein Glück haben«.

Bevor Sven einzog, bewohnten der schon erwähnte Goffredo und Prinzessin Mulki das Nordzimmer. Goffredo mit seinem unzerstörbaren Hang zu Widersprüchen hatte seinen Militärersatzdienst in der ehemaligen italienischen Kolonie Somalia abgeleistet, dort zum Entsetzen seiner Eltern jene somalische Prinzessin geheiratet und seine Frau ganz herkömmlich nach Italien mitgebracht. Dass er, um seine Prinzessin heiraten zu können, vom römisch-katholischen Glauben zum Islam übertreten musste, hat er seinen Eltern nie erzählt. Sie hätten ihn augenblicklich enterbt.

Die Flitterwochen hatte Goffredo weniger herkömmlich im afrikanischen Busch verbracht. Der erste heftige Ehestreit, der beide in getrennte Richtungen weg vom Lagerfeuer marschieren ließ, wurde von einer Hyäne geschlichtet. Die Hyäne ist gefährlicher, weil angriffslustiger (und keineswegs feige, wie uns Karl May immer einreden wollte) als ein Löwe. Und als die beiden Streitenden sie bemerkten, haben sie sich schleunigst und gemeinsam ins Zelt zurückgezogen, die Öffnung mit Dornenzweigen unpassierbar gemacht und sich wieder vereinigt. Ich habe nie ein Foto der Prinzessin gesehen. Sie muss eine wunderschöne Frau gewesen sein. Aber letztendlich, so lernten wir, ist eine Märchenhochzeit mit Geisterbeschwörer in Westafrika auch keine Garantie für die Haltbarkeit einer Ehe in Italien. Dazu kam, dass ihre vor allem zu

Beginn der Ehe prinzessinnenhaften Manieren der bodenständigen Annamaria aus Neapel ganz und gar nicht zusagten. Die Prinzessin, deren Hauptbeschäftigung als *coloured model* darin bestand, ihren Körper zu pflegen, hatte überhaupt keinen Sinn für die Sorgen und Nöte einer jungen italienischen Mutter. Annamaria fühlte sich allein gelassen. An ihre Eltern konnte sie sich nicht wenden, diese Blöße wollte sie sich nicht geben. Ihre gemeinsamen Freunde vertraten in den frühen 8oern eher Ugos universellen Lebensstil als ihre kleinfamiliären Vorstellungen, und Ugo selbst wollte auf keinen Fall als italienischer Familienvater enden. Kurz, es gab Streit zwischen den beiden Frauen, der zu einem allgemeinen Streit zu eskalieren drohte, und Goffredo, mit dem wir alle heute noch befreundet sind, brachte seine Prinzessin vor Annamarias Angriffen in Sicherheit. Die Zimmernachfolge von Goffredo und Mulki trat Sven an, der in der Gegend eine bescheidene Behausung suchte, bescheidener jedenfalls als die Villa, die er drei Jahre zuvor zusammen mit seiner damaligen Freundin, der schönen Malerin, gemietet hatte. So zog er ins Nordzimmer.

Ich hatte gerade mein Studium in Berlin beendet und Sven kennen gelernt, der Fernsehregisseur und Autor mit einem gewissen Namen, aber auch gewissen Schulden war. Er hatte in den letzten drei Jahren keinen Film mehr gedreht. Eines hatte er mit Ugo gemein, auch er bekam keine Unterstützung vom Staat wie Arbeitslosengeld, sondern ging lieber nach Italien und lebte im Bühnenbild von »La Bohème«. Und ich jetzt mit.

Warum zieht einer nach Italien? Die Frage muss anders gestellt werden: Warum verlässt einer Deutschland? Warum verlasse ich das Land, dessen Sprache ich spreche, dessen Kultur ich in mir

trage, dessen gepflegte Sozialversorgung ich beanspruchen könnte? Diese Frage zu beantworten, so nahe liegend und simpel sie auch sein mag, scheint mir ebenso schwierig wie der Versuch, weibliche Schönheit ohne einen Anflug von Chauvinismus beschreiben zu wollen. Beide Probleme liegen auf einer Linie: Es ist die Summation von Details, die mehr darstellen als die Summe. Es ist jedenfalls nicht das idiotische Steuerrecht allein, das mich aus Deutschland vertrieben hat, nicht die Sturheit im Autoverkehr, nicht die Rechthaber-Mentalität im menschlichen Umgang, nicht die alles übergreifende Disposition zur Effizienz, schon gar nicht das Wetter, auch nicht die Kälte der Fußgängerzonen-Architektur, auch nicht das dumpfe Schweigen im Fahrstuhl – oder doch?

Manchmal gibt es auch einen winzigen, kleinen, albernen, profanen Grund, der einen große Entscheidungen treffen lässt. Meine Liebe zu gerade dieser Gegend von Rom wurde durch zwei Squashcourts gefestigt. Ich habe eine Macke, eine Achillesferse, meine Leidenschaft für sportliche Betätigung. Damals spielte ich Squash, eine in der Sonne Mittel- und Süditaliens eher selten betriebene Sportart.

Ich hatte Susanne kennen gelernt, wie sie harte Squashbälle über die vier Kanten des Zimmers fetzte und die Männer schwitzen ließ. Gott sei Dank war ich von Sport und ähnlichem Bewegungskram meilenweit entfernt, und nur ein einziges Mal zu Beginn unseres Zusammenseins habe ich einen dunklen und wenig gelüfteten Squashcourt mit einem Schläger in der Hand betreten. Nach einer halben Stunde war ich dem Infarkt nahe, diagnostizierte zusätzlich eine Oberschenkelzerrung und musste mich von da ab nie wieder mit ihr in einem Squashcenter messen. Ich saß immer hinter der Scheibe und zuzzelte an der Cola. Pah, zuzzelte an seiner Cola, er vertiefte sich nach den ersten Ballwechseln in eine herumliegende Bild-Zeitung, seitdem habe ich ihn auch als Fan abgeschrieben. Es ist mir bis heute noch schleierhaft, wie Susanne es mit einem solchem Anti-Sporttyp ausgehalten hat. Wenn sie mich heute zu irgendwelchen Sport-Treffs mitnimmt, sehe ich immer die Blicke ihrer Kolleginnen, die über meinen Körper gleiten und sich schließlich auf meinen Bauch konzentrieren. Wahrscheinlich vermuten die in mir irgendwelche ominösen anders gearteten Qualitäten.

In Rom mit seiner ewigen Sonne standen damals die Karten für Squashinteressierte denkbar schlecht. Aber ausgerechnet in unserem kleinen unbekannten Vorort der Sechsmillionenstadt baute der verrückte Besitzer eines privaten Sportcenters (Sport, selbst Fußball ist in Italien fast ausschließlich privatwirtschaftlich organisiert) zwei Squashplätze. Er hatte dieses Zimmer-Ballspiel einmal bei einem Besuch in New York ausgeübt, war von Haus aus reich und wollte den Spaß auch in seinen eigenen vier Wänden haben. Keiner ringsum wusste so richtig, wie man diesen Zimmersport richtig spielt, auch der Besitzer hatte nur vage Erinnerungen. Und so verdiente ich meine ersten italienischen Lire als Squashlehrerin.

Zu dieser Zeit war ich bei Ugo und Annamaria kein Gast mehr, ich gehörte dazu. Die Offenheit und Selbstverständlichkeit wog ebenso viel wie die Squashcourts. Wir hatten viel Besuch in unserem *salone*. Ugo und Annamaria lieben es, wie in Italien üblich, mit anderen Menschen zusammen zu essen. An einem dieser Abende traute ich mich, meine erste Pasta vor italienischen Gnaden zu kochen. Man kann sich meine zittrige Seelenlage damals vorstellen, denn mit Pastagerichten gehen die Italiener kritischer um als mit ihren Gästen. Das war meine erste Pasta mit Spinat und Gorgonzola:

Rezept 2/ für 4 Personen

Pasta mit Spinat und Gorgonzola
(Herstellungszeit: 30 Minuten)

- 1 kleine Zwiebel
- etwas Olivenöl oder Butter
- etwas Milch (oder Sahne, wenn's nicht auf die Kalorien ankommt)
- eine Hand voll gekochter Spinat nebst dem Spinatwasser
- Salz, Pfeffer, Muskat
- 400 g Penne oder Rigatoni (kurze Röhrennudeln mit seitlichen »Riegen«, daher Riga-toni, denn die »Riegen« in den Nudeln nehmen mehr Soße auf).
- 100–150 g »Gorgonzola al Mascarpone«, das ist eine bereits fertige tortenähnliche Mischung aus geschichteten Scheiben von Gorgonzola-Käse und Mascarpone-Quark, fifty-fifty. Gibt's eigentlich überall. Und wenn nicht, kauft man beides einzeln und mischt es sich selbst.

Man kann auch Pennone, Pipe (»Pfeifen«) oder Mezze Rigatoni (halbe Rigatoni) nehmen, aber jedenfalls keine »lange« Pasta, wie Spaghetti oder Linguine, außer man verwendet zu diesem Gericht frische Pasta, dann wären Fettuccine angesagt.

Spinat in etwas Salzwasser kochen, heraussieben, in kleine Blättchen schneiden und das Spinatwasser aufheben.

Nudelwasser (siehe auch Anhang 2) zum Kochen aufsetzen.

Zwiebeln sehr fein schneiden, in einem Pfännchen mit Öl oder Butter andünsten, dann mit etwas vom aufgehobenen Spinatwasser und Milch (Sahne) verrühren, so dass das Gemisch gewärmt ist.

Pasta ins Wasser.

> Gorgonzola in Stücke schneiden. Wichtig ist: Der Käse darf erst zum Schluss hinzugegeben werden, wenn die Pasta fast fertig ist! Wenn man das zu früh macht und der Käse erkaltet wieder, kann er zerfallen wie eine misslungene Majonäse! Unter Rühren die Gorgonzola-Stückchen zu den Zwiebeln in das warme Spinat-Milch-Gemisch geben, so dass er sich darin auflöst, dann schnell den klein geschnittenen Spinat hinterher. Etwas Muskat hineinreiben und abschmecken. Kein Salz.

Die Pasta ging in Ordnung. *Complimenti per la tedesca*!

Ich war vorher nie in Rom gewesen. Im Winter hat die Stadt einen besonderen Flair. Die Ockertöne, die das *centro storico* beherrschen, wirken durch das flach einfallende Sonnenlicht intensiver, man wird regelrecht aufgesogen in die Wärme dieser Farben.

So wie viele Touristen war ich sofort fasziniert von den kleinen schmalen Gassen, den auch im Winter grünen Dachterrassen und Hinterhöfen. Um die klassischen Sehenswürdigkeiten wirklich in mir aufzunehmen, habe ich Jahre gebraucht. Sven machte aber damals, wie ich später herausfand, auch mit mir nichts anderes als seine übliche »Touristenrundfahrt«. Er ist der Meinung, das wirkliche Rom eröffnet sich nicht durch seine touristischen Sehenswürdigkeiten. Daher ist seine »Rundfahrt« begrenzt. Sie geht so: Einfahrt nach Rom vom Norden her durch den Flavius-Triumphbogen über die von 2.000 Jahre alten römischen Wasserleitungen gesäumte Via Aurelia Antica, mit Halt vor der Fontana Paola oben auf dem Gianicolo-Hügel. Von diesem Platz vor dem Brunnenprospekt hat man einen Überblick über den ganzen Westteil der Stadt, man sieht über 2.000 Jahre Geschichte. Am eindrucksvollsten ist der Blick kurz vor Sonnenuntergang, wenn die Stadt wie in Kupfer getaucht erstrahlt. Dort lässt Sven immerhin zehn Minuten Verweilen zu. Von der Fontana Paola geht es eine breite, platanenbestandene Straße herunter nach Trastevere. Der Platz von St. Maria in Trastevere ist ihm ebenfalls einen Halt wert, die berühmte Kirche mit ihren dicken ionischen Säulen aus ungeschliffenem Granit im Kirchenschiff, den Marmorfußboden mit Intarsienarbeiten und die mittelalterlichen Mosaiken mit dem Schäfchenfries in der Kuppel über dem Altar musste ich mir jedoch später allein anschauen.

Ich brauchte zehn Jahre, um mir den Petersdom einmal von innen anzusehen. Und mein Eindruck war der, den ich von außen vermutet hatte: klerikaler Faschismus. Machtdemonstration. Warum passt denn die Architektur des von Bernini 1656 erbauten Petersplatz so mühelos an die Architektur der 1925 von Mussolini in Auftrag gegebenen Prachtallee Via della Conciliazione, die den ehrfürchtig staunenden Besucher vom Tiber zum Petersplatz hinführt? Nicht, weil Mussolinis Architekt so genial gewesen wäre, sondern weil der Stil des Faschismus sich auf ganz natürliche Weise dem Renaissance-Stil des Vatikans verbunden fühlt. Diese als Geschenk Mussolinis für den Papst deklarierte Prachtstraße hat sehr trickreich bewirkt, dass dem Petersplatz ein beträchtlicher Teil der vorher so überwältigend beschriebenen Wirkung genommen wurde. Früher irrte man durch die kleinen engen Gässchen des Stadtteils Borgo Pio, bog irgendwann um eine Ecke und stand wie geplättet vor diesem beeindruckenden Beweis kirchlicher Macht und Reichtums. Mit dem »Geschenk« der Prachtstraße an den Papst hat Mussolini diesen Effekt der kirchlichen Macht relativiert.

Die nächste Station ist üblicherweise das Pantheon, das berühmte Kuppelmausoleum mit dem Loch in der Decke, durch das sie Pfingsten Rosenblättern regnen lassen. 43,20 Meter

Spannweite hat die Kuppel. Eine Spitzenleistung der 2.000 Jahre alten antiken Baukunst. Bruneleschi hat die Konstruktion eingehend studiert und vermessen, bevor er sich 1.650 Jahre nach den alten Römern an den Bau der Kuppel des Doms in Florenz gewagt hat. An dem sechs oder sieben Meter tiefen Graben, mit dem um das Pantheon herum die Grundmauern freigelegt worden sind, wird sichtbar, wie die Stadt Rom in den 2.000 Jahren auf Schuttbergen nach oben gewachsen ist.

Dann kommt in Svens »Rundfahrt« meistens der aus einer Marmorwand herausbrechende 20 Meter breite und 26 Meter hohe Trevibrunnen an die Reihe. Das ist der, in den man das Geld schmeißen muss, um wieder nach Rom kommen zu dürfen. Ich glaube, um die Großartigkeit dieses Brunnens zu erspüren, muss man nachts hingehen oder bei strömendem Regen, wenn er nicht von Hunderten von Touristen verstellt ist. Nach den *fontane di Trevi* folgte noch der Campo dei Fiori, der Platz, auf dem Giordano Bruno verbrannt worden ist, aber weniger wegen Giordano Bruno, sondern wegen der zahlreichen Cafés und Trattorien in seinem Umfeld.

Sven erzählt immer gern die Story, dass einer der Gastwirte am Campo beim Ausbau seines Kellers als Bar in den 80er Jahren auf alte Jutesäcke gestoßen war, in dem menschliche Asche, wohl die verbrannter Ketzer, aufgehoben worden war, höchstwahrscheinlich auch jene von Giordano Bruno. Der Kneipenwirt habe die Aschensäcke nachts in aller Heimlichkeit in den Tiber geworfen, um bloß nicht die Denkmalschützer auf den Hals zu bekommen. Die hätten ihm den Ausbau der Bar gestoppt. Diese Story glaube ich zwar nicht – woran erkennt man die Asche von Giordano Bruno? –, aber die Geschichte erzählt über ein Dilemma von Rom:

Man kann keinen Zentimeter nach unten buddeln, ohne sofort auf Altertümer zu stoßen. Deshalb gibt es in der Sechsmillionenstadt Rom nur zwei funktionierende U-Bahn-Linien.

Gerade wollten sie in unserer Gegend eine Straßenbrücke verbreitern, rumms, sind sie schon auf alte Mauern gestoßen, und die Brücke wird höchstwahrscheinlich auf Jahre hinaus gesperrt sein, was den auch in den Vororten mittlerweile erheblichen Berufsverkehr schwer behindert.

Vom Campo dei Fiori ist es ein Katzensprung zum Piazza Navona, das ist der Platz in Form eines Stadions. Der heute so viel bewunderte Vierströmebrunnen in der Mitte hat damals das Volk gegen die reiche Familie Pamphili aufgebracht, die das Geld hatte, diesen Brunnen zu bauen, nicht aber dafür, den aufs Doppelte gestiegenen Brotpreis wieder zu senken. Die Schwägerin des damaligen Papstes soll den Bäckern empfohlen haben, menschliches Knochenmehl ins Brot mit einzubacken.

So, das war Svens Führung. Den Rest Roms habe ich mir selbst meistens mit Besuchern aus Deutschland erobert. Was heißt »Rest«? Man kann Jahrzehnte hier leben, suchen und entdecken – und kommt doch nie zum Ende.

Bei meinem zweiten Besuch in Rom verbesserten sich meine Italienischkenntnisse rapide, weil Annamaria und ich halbe Nächte bei einfachem Landwein aus Lazio verquatscht haben. Annamaria hatte, ebenso wie Ugo, die Fantasie und die Geduld, mein Ausländer-Italienisch zu verstehen, und hielt die richtige Balance von Redenlassen und Verbessern. Auch Chiara hatte ihre anfängliche Schüchternheit gegen den neuen Gast aufgegeben. Sie erkannte, dass sie langsam reden musste, wenn ich sie verstehen sollte. Meine umgekehrten Versuche, ihr deutsche Worte beizubringen, stießen auf Unverständnis. Die Vorstellung, dass eine andere Sprache als ihre Muttersprache zu irgendetwas nütze sein könnte, war ihr zu exotisch. *Grazie* heißt auf Deutsch danke, erklärte ich ihr beispielsweise. Sie schaute mich ernsthaft an und nickte. Aha. Dann stellte ich die Prüffrage: Was heißt also *grazie in tedesco*? Sie schüttelte verständnislos über so viel Dummheit den Kopf. *Grazie in tedesco* heißt *grazie in tedesco*, was sonst?

Dieses Leben Ende der 80er Jahre im *casale* war völlig bescheuert, aber die Haushaltsorganisation funktionierte reibungslos. Jeder machte etwas, wenn er dachte, es sei jetzt halt nötig, bis auf Ugo. Ugo rührte keinen Finger. Nach dem abendlichen Menü, vor allem in Anwesenheit von Gästen, servierte er hin und wieder den Espresso, wenn sich wirklich kein anderer erweichen ließ, dann aber mit einer Grandezza, als ob das Wohlgefühl im Haus einzig und allein von diesem Kaffee abhing. Auch wenn die Verhältnisse ringsum zusammenbrachen – die echt große Geste überlebte eben alles!

Über die Frage, welches das Mindestmaß von Ordnung und Sauberkeit war, hatten sich Ugo und Annamaria mehr oder weniger verständigt. Beim Kochen war Ugos Haltung sehr viel anspruchsvoller, wenn er auch seine Kritik meistens mit ironischem Charme vorbrachte. Wie in vielen italienischen Familien herrschte auch in seiner eine hoch entwickelte Kochkultur. Seine Schwester gilt allgemein als die *regina della cucina*, die Königin der Küche, und konnte nach Ugos Aussage mit fünf Jahren schon besser kochen, als Annamaria es je beherrschen würde. Solche Urteile waren natürlich nicht dazu angetan, Annamarias Ehrgeiz anzustacheln, und so hatte sie nicht die geringsten Probleme damit, ihre drei Gasflammen Sven und mir zu überlassen. Dies ist das erste originale Pastagericht, das ich in Italien gelernt habe.

Rezept 3 / für 4 Personen

Puttanesca (Hurennudeln)
(Herstellungszeit mit fertigem Sugo: 20 Minuten, sonst 40)

- 350–400 g Spaghetti
- 1 1/2 Dose Tomatenstücke
oder
- 1kg frische abgezogene, in Stücke geschnittene Tomaten
- 6–10 Anchovis (Sardellen in Öl, nicht Sardinen!)
- 100 g schwarze, in Salzlake eingelegte Oliven
- 1/2 Glas Kapern in Essig
- 2 Knoblauchzehen
- Olivenöl
- Pecorino-Käse (»stagionato«, also hart)
- evtl. Salz u. Zucker

Tomaten zum Enthäuten für den Sugo sollten reif sein, d. h., sie müssen dunkelrot, aber nicht unbedingt schön aussehen und keinesfalls »schnittfest« sein wie Handelsklasse »A« aus Holland, aber sie sollten »süß« sein (siehe auch Anhang 3). Ein paar Minuten in kochendes Wasser werfen, ihre Haut platzt, unter laufendem Wasser abkühlen und dann ihre Haut abziehen. Den »Strunk« nah am Stiel wegschneiden. Es bleiben Körper und Flüssigkeit, die wir mit etwas Basilikum und Prezzemolo 15-20 Minuten einkochen.

Diese Arbeit müsste also der Putanesca vorausgehen. Wer allerdings sich glücklich schätzen kann, sich zuvor einen »Universal-Sugo« zubereitet zu haben, nimmt natürlich diesen und spart sich das Einkochen der Tomaten. Wo alles dies nicht vorhanden ist, tut es in Gottes Namen auch die Dose. (Man kann übrigens auch mischen: drei, vier frische Tomaten, der Rest Dose.)

Nudelwasser (siehe auch Anhang 2) zum Kochen aufsetzen.

Knoblauch in Scheiben klein geschnitten in Öl anbraten (siehe Rezept 1), Anchovis (Sardellen) bald dazugeben, mit einer Gabel zerdrücken, warten, bis sich die Fische im Öl mehr oder weniger aufgelöst haben.

Dann Tomatenstücke und -saft dazugeben. (Sind die Tomaten nicht »süß« genug, kann man ruhig mit einer Prise Zucker nachhelfen. Man sollte sie dann unbedingt auch länger köcheln lassen. Einkochen, d. h. Zeit ist die halbe Miete für den ultimativen Geschmack. 15–20 Minuten müssen drin sein.)

Zwischendurch Wasser salzen und die Pasta hinein
(siehe auch Anhang 2).

Inzwischen die Oliven entkernen und wie die Kapern klein schneiden. Die Hälfte der Oliven und Kapern zu den Tomaten geben und vermischen. Diesen Sugo dann noch einmal 10 Minuten köcheln lassen. Nicht extra salzen, denn das Salz liefern normalerweise die Anchovis!

Dann die Pasta abseihen und mit dem Sugo vermischen, den Rest Kapern und Oliven dazugeben. Wenn überhaupt nachsalzen, dann mit Käse, mit römischem oder sardischem Pecorino. Pecorino ist sehr viel salziger als Parmesan. Heiß servieren.

3.

1989, das Jahr des Grundstückskaufs, verbrachten wir zum großen Teil in Italien und Spanien. Wir hatten dort einen Film gedreht, zu dem wir auch das Drehbuch geschrieben hatten. Dies war mein erstes Drehbuch gewesen, und wir hatten es sofort verkauft. Naiv, wie ich war, dachte ich, das würde jetzt immer so weitergehen. Bei einem Drehbuch pro Jahr würden wir wunderbar leben können. Damals wusste ich noch nicht, wie wichtig in unserem Gewerbe das ständige Prüfen, Pflegen und Erneuern von Verbindungen, Bekanntschaften und Beziehungen waren. Wir kümmerten uns nicht um solche Feinarbeit. Folglich verkümmerten die alten Beziehungen, und neue waren nicht allzu viele entstanden. Wir lebten gut, gingen nach Italien und erfanden neue Geschichten. Wir liefen von Redaktion zu Redaktion, einen unterstützenden Verlag im Rücken, sachlich, ohne Anbiederung, mit einem gewissen Selbstbewusstsein, aber auch ohne Autorenängste, jederzeit bereit, unsere Storys zu hinterfragen und zu diskutieren.

Es wurde aber gar nicht diskutiert. Die Verhältnisse in den Sendern hatten sich inzwischen »feudalisiert«, das entscheidende Argument in den Büros war die Richtung des herrschaftlichen Daumens der Abteilungsleiter geworden: hoch oder runter. Die Erlebnisse dieser Zeit brachten meinen massiven Widerstand gegen ein Eigenheim, gegen den »Frustbunker«, ins Wanken. Langfristig bekam ich's mit der Angst. Sie konnten mich in Deutschland, wenn sie wollten, am ausgestreckten Arm verhungern lassen. Da konnten meine fertigen Filme so gut sein, wie sie wollten.

Wir fingen an, uns in der näheren Umgebung umzuschauen. Sven wollte auf keinen Fall zu weit aufs Land. Er wollte kein »Aussteiger« sein, der irgendwo auf dem Land versauert, er wollte die Anbindung zum Flughafen und die Infrastruktur einer Großstadt mit Kino, Theater und Konzerten, Technik für die gerade aufkommenden PCs und natürlich auch die Nähe unserer Freunde. Gemeinsam mit unserem Freund Aldo schauten wir uns verschiedene Anwesen an, die zum Verkauf standen, die aber unsere finanziellen Verhältnisse weit überstiegen. Unsere einzige Rücklage war etwas Geld, das mein Vater mir vererbt hatte. Meine Mutter hatte es so geschickt angelegt, dass es in 16 Jahren auf 40.000 DM angewachsen war. Dazu kamen noch ein paar Aktien, alles in allem 45.000 DM. Aber was bekommt man für 45.000 DM in der Hauptstadt Italiens, in der die mittlerweile freien Mieten auf das Niveau von München angestiegen waren? Und die Gegend, in der wir wohnen wollten, gehörte zum Randgebiet von Rom und war ca. zwölf Kilometer (Luftlinie) vom Petersdom entfernt. Man stelle sich die Preise für eine ähnliche Lage in München oder Hamburg vor. Logisch, dass uns alle Freunde und Verwandten rieten, lieber in Berlin zu suchen. Natürlich haben wir das sehr ernsthaft diskutiert, und vor allem die auf berufliches Vorwärtskommen bezogenen Gründe sprachen eindeutig für Deutschlands kommende Hauptstadt. Aber die Logik konnte sich, wie so oft bei uns, nicht durchsetzen. Während wir noch diskutierten, sahen wir uns um. Ein Landhaus mit 2.000 Quadratmetern Land drum herum sollte 600 Millionen Lire kosten, umgerechnet waren das damals ca. 900.000 DM. In dem großen Gebäude hätte man bequem mit zwei Familien wohnen können: Sven und ich, dazu unser Freund Aldo mit seiner Frau Sandra, und zusätzlich wäre Platz gewesen für Arbeitsräume, Ferienwohnungen, Weinlager oder von was immer wir mal geträumt hatten. Der Preis war gerechtfertigt, aber für uns unerreichbar. Aldo hätte theoretisch seine Wohnung verkaufen können. Wie viele Italiener hatte Aldo von seinen Eltern eine Eigentumswohnung geschenkt bekommen, obwohl sein Vater ein einfacher Maurer war. Und nicht nur er, seine beiden Geschwister waren ebenfalls mit Wohnungen bedacht worden.

Wie das möglich ist für einen Handwerker in Italien? Die Antwort ist so traditionsreich wie einfach: durch die Bauweise des Abusivismus. Abusivismus ist kein Baustil, sondern eine Baumethode.

Abusivo heißt genau übersetzt rechtswidrig, unbefugt, widerrechtlich, missbräuchlich, das Wort Abusivismus steht in Italien für das, was in Deutschland »schwarz bauen« heißt, aber mit anderem Unterton. Bauen ohne Baugenehmigung, ohne Bebauungsplan, illegal, also »wild bauen« gehört in Deutschland in die Kategorie des Verbrechens. Im anarchistischen Italien ist es zwar auch strafbar, steht aber gefühlsmäßig für das Durchsetzen eigener Rechte. Der Italiener ist durch keine preußische Schule gegangen. Er vertraut dem Staat nicht, keinem Staat. Die da oben können beteuern, was sie wollen. Obwohl er selbst ständig irgendetwas beteuert, verlässt sich im Grunde kein Italiener auf irgendwelche Beteuerungen anderer. Und je edler der Beteuernde daherkommt, desto mehr wird ihm applaudiert, aber desto weniger glaubt man ihm auch. Der Staat wird seiner Meinung nach auch heute wie eh und je von einem Haufen Betrüger regiert. Und dagegen gibt es nur ein Mittel: Köpfchen! Augen auf! Und sich seinen eigenen Anteil sichern!

Das Schwarzbauen in Italiens Hauptstadt hat eine lange Tradition. In den Nachkriegsjahren war Rom Magnet für Arbeitssuchende aus den umliegenden ländlichen Gebieten. Rom war Verwaltungszentrum. Für Beamte und kleine Angestellte wurden in Windeseile im Billigbauverfahren mehrstöckige Hochhäuser hochgezogen (von denen gerade in den letzten Jahren einige aufgrund der schlechten Statik wieder eingekracht sind). Auf den Baustellen wurden Arbeitskräfte gebraucht. Arbeitsuchende Söhne der Bauern und Fischer aus den Abruzzen, Umbrien, den Marken, Kalabrien und Apulien kamen, schufteten als ungelernte Arbeiter Tag und Nacht und wohnten provisorisch bei Verwandten oder Bekannten, die ihr Heimatdorf schon vorher in Richtung Hauptstadt verlassen hatten. Aus dem Provisorium wurde eine Dauersituation, denn die Arbeiter verdienten gerade genug zum Leben, mehr nicht. Die horrenden Mieten, die bei dem herrschenden Wohnungsmangel selbst für die letzten Löcher verlangt wurden, konnten sie sich nicht leisten. Der Staat hätte in Wohnungsbau investieren müssen, aber dazu fehlte das Geld und der politische Wille. Damals war die »partito communista« noch nicht so einflussreich wie später in den 70ern. Als sie an der Macht beteiligt wurde, versuchte sie in klassischer Form, das Problem durch Festfrieren der Mietpreise zu beheben, ein, wie wir inzwischen wissen, ebenfalls untaugliches Verfahren. Aus dieser Situation entwickelte sich das ungeschriebene Gesetz, dass man sich sein eigenes Haus selber bauen durfte. Es musste allerdings über Nacht ein Dach darauf sein. Der neorealistische Regisseur De Sica hat mit seinem Film »Il Tetto« (Das Dach) diesen Zustand detailgenau beschrieben.

Von Regierungsseite war die Art der Wohnraumbeschaffung zunächst als Provisorium geduldet. Sobald genug *palazzoni* (Wohnpaläste) gebaut waren, würde man die kleinen Dinger wieder abreißen. Aber wie so oft in Italien blieb das Provisorium nicht nur bestehen, die Praktiken und die ungeschriebenen Gesetze des Schwarzbauens wurden kontinuierlich weiterentwickelt. Denn die Häuschen hatten für den Besitzer große Nachteile, sie waren wegen der Eile schlecht konstruiert und auf Dauer für eine ganze Familie zu klein. Aber auch die Stadtverwaltung konnte diesem Wildwuchs nicht lange zusehen. Die Hütten wurden kreuz und quer auf freies Land gesetzt, in der Regel auf Eigentum der Stadt Rom oder der Kirche. Um die Menschen aus ihren »Häusern« zu vertreiben, hätte man ihnen woanders Wohnraum anbieten müssen. Das Recht auf eine Wohnung ist im italienischen Gesetz so respektiert und umkämpft wie in Deutschland das Recht auf Arbeit. Anderer Wohnraum war aber nicht vorhanden. In den 60er und 70er Jahren begann man das abusive Bauen zu unterbinden, aber nur das Bauen auf staatseigenem Land. Dafür entstanden in der Umgegend von Rom ganze abusive Viertel auf privatem Grund. Die Handwerker, die tagsüber für große Baufirmen *palazzoni* hochgezogen hatten, sparten eisern, kauften sich von dem verdienten und nicht für Miete ausgegebenen Geld Land, aber natürlich kein Bauland, sondern ein *terreno agricolo*, das oft nur ein- oder zweihektarweise zu bekommen war. Man teilte das Ackerland unter den Familien oder unter Freunden in 500 oder 1.000 Quadratmeter große Grundstücke, auf denen man die kleinen *villini* baute, ohne Architekt, manchmal sogar ohne Statiker und mit Hilfe aller verfügbaren Verwandten und Bekannten. Quadratisch, praktisch und schnell. Schönheit war nach wie vor kein Kriterium. Man nutzte die vorhandene Grundfläche bestmöglich und ließ nur kleine Grünstreifen zum Gemüseanbau oder zur Hühnerhaltung. Erst ein Stockwerk, später mehrere. So entstanden Häuser, in deren unteren Geschossen die Eltern wohnen. Darauf wurde für die schon vorhandenen oder auch zukünftigen Kinder jeweils ein weiteres Geschoss gesetzt. Wenn das Geld nicht für alle Geschosse ausreichte, wurde der Bau vorübergehend mit einem Flachdach unterbrochen und, wenn wieder genug Geld da war, weiter aufgestockt. Durch diese abusiven Siedlungen in der römischen Peripherie führt ein labyrinthisches Straßengewirr ohne Bürgersteige mit meist nicht gekennzeichneten Sackgassen, Einbahnstraßen, die im Kreis herumführen, Alleen, die in Feldwege münden, Zufahrten zu Hauptstraßen, die von einem Haus blockiert werden. Und Bushaltestellen sind, falls überhaupt vorhanden, auf der Straße eingezeichnet, so dass sich bei jedem Halt eines Busses der Verkehr über 100 Meter staut.

Alle zehn bis 15 Jahre erlässt der italienische Staat einen so genannten *condono edilizio*, eine Amnestie für Bausünder.

Und zwar jedes Mal *l'ultimo*, den allerletzten. Der Schwarzbauer, der häufig lange Jahre auf diesen Augenblick gewartet hat, atmet auf, lässt dann sein Haus offiziell vermessen, stellt einen Antrag auf Eintrag ins Katasteramt, zahlt eine Strafe (die sich von *condono* zu *condono* in etwa verdoppelt) und dann eine nachträgliche Erschließungsgebühr (die sich ebenfalls verdoppelt) und verfügt danach über eine eigene und legale Immobilie.

Sozialpolitisch eine Wohltat, denn er befreit Tausende von existenziellen Ängsten und schafft klare Besitzverhältnisse, ist der *condono* ordnungs-, also innenpolitisch gesehen ein Desaster, denn jede Amnestie erneuert in den Köpfen der Bauwilligen das Vertrauen auf den nächsten anstehenden *condono* und verewigt damit das Prinzip des Wildbauens, das die Autorität des Staates aushöhlt, unnötiges Geld kostet und die Landschaften zersiedelt. Gleichzeitig ist der *condono*, wie Politiker aller Farben mit treuherzigem Blick in Richtung Europa verkünden, eine Armutserklärung für das Prinzip vernünftiger gesellschaftlicher Ordnung. Und in diesem Fall machen sich die italienischen Lokalpolitiker allzu gerne die »deutsche Sicht« – genannt *germanismo* – zu Eigen. Denn eine Gemeindeverwaltung oder eine Regierung, die nicht fähig ist, die Bebauung des eigenen Landes ordentlich zu planen und zu überwachen, verdient den Namen nicht. Sieht man sich jedoch Rom an, das alte Rom, eine der schönsten Städte der Welt, stellt man fest, es haben sich dort zu allen Zeiten Ordnung und Chaos in den Armen gelegen. Das wilde Bauen inmitten konstruktiver Gestaltung ist eine reale Form des chaotischen Prinzips, denn es schützt vor formaler Enge und ästhetischer Langweile. Das alte Rom selbst ist der lebende Beweis.

Nicht weit von Ugos *casale* entdeckten wir mitten im lieblichen Lazio-Grünland eine namenlose Siedlung mit ungefähr

200 Häusern in ganz unterschiedlichen Baustilen, vom eingeschossigen Flachdachbau, auf denen die hervorstehenden Eisen verrieten, dass der Besitzer noch vorhatte aufzustocken, über schmucke kleine Ein- oder Mehrfamilienhäuser bis hin zu den schon beschriebenen quadratischen oder rechteckigen Klötzen, die auf die abusive Bauweise in dieser Gegend hinwiesen. In den meisten dieser Klötze waren nur ein oder zwei Wohnungen ausgebaut. Kaum ein Haus war verputzt. Einige hatten zwar das im südlichen Mittelmeerraum übliche schräge Zementdach, was bewies, dass sie die vorgesehene Endhöhe erreicht hatten, aber es fehlten noch Dachpappe und die -schindeln, die das Haus nachhaltig vor Regen schützen würden. Von anderen Bauten war nur ein Säulenskelett vorhanden, darum herum stand das Gras meterhoch, offensichtlich kümmerte sich seit Jahren kein Mensch mehr um diese Baustellen. Zwischen den Häusern wurde auf 1.000 oder 2.000 Quadratmeter großen Flächen Gemüse und Obst angebaut. Einige Areale schienen ganz und gar ungenutzt und waren entsprechend verwildert. Andere standen zum Verkauf.

Am Ende einer Stichstraße in dieser Siedlung lag rechter Hand ein *terreno*, in das wir uns sofort verliebten. Es war über und über von Brombeeren berankt, hatte eine leichte Hanglage. Der linke Zipfel, der von vier großen alten Steineichen beherrscht wurde, fiel steil ab und ging in ein mit Eichen bestandenes Tal über. Es roch nach Minze und wildem Fenchel. In den Bäumen hatte sich ein Schwarm Vögel auf der Reise in den Süden eine Ruhepause gegönnt. Kein Auto war zu hören, nur eine Zementmischmaschine rappelte leise in der Ferne. Auf diesem Grundstück war ein Pfahl aufgestellt mit einem leuchtend grünen Schild: »*vendesi*« (zu verkaufen) und einer Telefonnummer. Ich sammelte meine sämtlichen Italienischkenntnisse zusammen und telefonierte. Keine Irritation wegen meines Akzentes auf der anderen Seite der Leitung. Das

Grundstück sollte 45 Millionen Lire kosten. Mit der Wiederholungsgage und meinem Geld hätten wir uns das gerade leisten können.

Wir mussten die Sache jetzt angehen, jetzt! Einen, zwei Monate später würde es garantiert zu spät sein. Susanne wollte sich noch weiter umschauen, eine Alternative haben. Aber für mich war die Sache klar. Das Grundstück stand jetzt zum Verkauf, es war jetzt für uns bezahlbar, und es war ein besonderes Grundstück. Es gab keine Alternative. Anfang Dezember hatten wir dann ein erstes *appuntamento* mit den Besitzern. Sie waren, wie schon erwähnt, »in Fisch« tätig, ein Verwandter führte ein Fischrestaurant direkt am Strand in der Nähe von Ostia. Kein Nobelschuppen mit raffinierten Gerichten und erlesenen Weinen, sondern eine von jenen Osterien, die normalerweise im Winter schließen. Provisorisch vornehmlich in Holz eingerichtet und sichtlich abusiv gebaut, stand die Baracke auf verbotenem Gelände am Strand. Mitten im Sand. Es war Dezember, und eine steife Brise wehte durch den verlassenen Badeort. Wie in den meisten Restaurants Roms und erst recht in diesen Strandrestaurants gab es keine Heizung. Auf dem blanken Beton-Fußboden an der Tür bildeten sich kleine hereingewehte Sandhäufchen. Wir saßen in unsere Mäntel gehüllt und aßen, was die Besitzer uns anboten, und das war nichts Geringeres als eine köstliche *Spaghetti Pescatora*, ein typisch römisches Fischgericht auf Tomatenbasis, das die Verhandlungen um das Grundstück um einiges erleichterte. Noch heute neigen wir dazu, eine solche *Pescatora* zu kochen, wenn wir schwierige Verhandlungen oder anstrengenden Besuch hier in Rom haben.

Rezept 4 / für 6 Personen (!)

Spaghetti alla Pescatora (**Fischernudeln**)
(Vorbereitungen: 1 Stunde, Zubereitungszeit: 45 Minuten)

- 500–600g Spaghetti (manche Restaurants hier nehmen auch »buccantini«, das sind dicke Spaghetti mit Loch oder Maccaroni)
- 1 kg Miesmuscheln (Cozze, manche nehmen auch noch Vongole dazu, die sind zwar optisch gut, wenn man sie in der Schale lässt, aber teuer und klein)
- 300 g Calamari, Größe egal, ich sage dem Händler immer: eine Hand voll
- 300 g Gamberetti oder Gamberoni (Shrimps), desgleichen
- 1 kleiner (oder halber) Oktopus, muss nicht sein, die Römer stehen drauf
- 200 g Fischfilet oder was immer noch gut aussieht und aus dem Angebot des Meeres stammt
- 1 große Dose Tomatenstücke oder entsprechend frisch abgezogene Tomaten (siehe Rezept 2) oder natürlich auch zwei Kellen unseres »Universal-Tomaten-Sugo« (siehe Anhang 3)

Ähnlich wie die *Bouillabaisse* oder alle Sorten von Fischsuppen ist die *Pescatora* ursprünglich auch ein Restegericht. Ein Rezept dazu ist kein Katechismus. Man schmeißt rein, was man findet. Sie wird immer gut.

Vorbereitungen:

Den Oktopus in ganzer Größe in etwas Salzwasser im Dampftopf 15 Minuten garen. Wenn er weich ist, aus dem Topf nehmen, abkühlen lassen, Wasser wegschütten.

Derweil: Muscheln säubern, falls sie nicht schon beim Verkäufer gesäubert worden sind.

Reichlich Wasser für Pasta aufsetzen. Nicht salzen!

Zwiebeln grob in Scheiben oder halbe Ringe schneiden. Paprika, Karotte, Stangensellerie und Knoblauch klein schneiden. Petersilie hacken. Alles in Griffweite beiseite stellen.

- 3 mittelgroße Zwiebeln
- 1–2 Karotten
- 1 Paprika (gelb oder rot)
- 1 Stück Stangensellerie
- 1 halbe Knolle Knoblauch, also mindestens 6 Zehen
- 1 Pfefferschote (»peperoncino«)
- etwas Fischbrühe oder gekörnte Brühe oder Fischfond od. dergleichen
- Prezzemolo (flache Petersilie)
- Olivenöl
- $1/4$ l guten Weißwein zum Ablöschen

In einer Pfanne die gesäuberten, in Ringe geschnittenen Calamari in Olivenöl anbraten, bis sie leicht anbräunen und in der Pfanne zu knallen und zu springen anfangen, wenn sie nach etwa 10 Minuten gar sind, beiseite stellen.

Je nach Laune die Gamberoni von der Schale lösen, Köpfe entfernen. Beinhaare abreißen. Manche Römer lassen Schale und sogar Köpfe auch dran. Es gibt mehr Geschmack, aber auch mehr Fummelarbeit und Sauereien beim Essen. Beiseite stellen.

Den inzwischen abgekühlten Oktopus in kleine Stücke schneiden. Beiseite.

In einem Dampftopf (kann auch eine andere Kasserolle sein) eine der vorbereiteten grob geschnittenen Zwiebeln andünsten, ein Stückchen Peperoncino (Pfefferschote) dazu, dann eine Hand voll Karotten-, Sellerie- und Paprika-Stückchen, zum Schluss einige Knoblauchscheibchen hinzufügen und einen Schuss Brühe drüber. Dann das Ganze mit dem Wein ablöschen, so dass im Topf ein Sud entsteht, der köcheln und Dampf abgeben muss. Kein Salz!

In diesen *soffritto* genannten Sud gibt man die gesäuberten Muscheln hinein, stellt sie auf die Flamme und schließt den Topf möglichst dicht, damit die armen Kerle im Dampf nicht so lange leiden. (Ich nehme dazu unseren Drucktopf, den ich völlig schließe und während dieses Vorgangs ein paarmal schüttele und auf den Kopf stelle, so dass die Muscheln besser vom Sud umspült werden, was später geschmackliche Vorteile bietet.) Nach einigen Minuten des Leidens (kann bis 10

Minuten dauern) haben sich die Muscheltiere verzweifelt geöffnet, und ihr Inhalt verbindet sich mit dem *soffritto* zu einer köstlichen scharf-salzigen Brühe. Die Brühe ist desto salziger, je frischer die Muscheln waren, als sie gekauft wurden (wegen ihres Salzgehaltes sind ganz frische Muscheln manchmal gar nicht so praktisch zum Kochen, denn die Brühe wird allzu salzig). Die Muscheln aus der Brühe heraussieben. Brühe und Muscheln beiseite stellen. Den Rest dieser Brühe kann man, soweit er nicht für das aktuelle Gericht verwendet wird, einfrieren und bei anderen Gelegenheiten wieder auftauen (siehe z. B. Rezept Nr. 1).

Bislang war das Vorspiel. Jetzt kommt der eigentliche Akt:

Im zuvor genannten Drucktopf (oder einer anderen Kasserolle) einen weiteren *soffritto* herstellen. Wie gehabt: Die restlichen Zwiebeln, Karotten-, Peperoni-, Selleriestücke und Knoblauchstücke im Öl dünsten. Etwas Brühe dazu. Diesmal keinen Wein! Als Flüssigkeit die Tomatenstücke in ihrem eigenen Saft dazugeben. Falls die Tomaten zu sauer, eine Prise Zucker dazu. (Auch hier lässt sich übrigens unser »Universal-Sugo« verwenden, siehe Anhang 3, man spart mit ihm 15 Minuten Kochzeit) 15 bis 20 Minuten köcheln lassen. Im Laufe des Köchelns allmählich die zuvor erstellte Fischbrühe hinzugeben. Vorsicht ist geboten, je nach Salzgehalt der Brühe!

Bei der *Pescatora* gibt es übrigens einige ideologische Differenzen darüber, wie »rot« man den Sugo letztlich machen soll, das heißt, wie viele Tomaten man hinzugeben soll. Es gibt ganz Hartgesottene, die verwenden keine einzige Tomate in der Fischbrühe, andere machen den Sugo »rossiccio«, also rötlich, mit einer oder zwei Tomaten.

Inzwischen einen Teil der Muscheln aus der Schale nehmen. Die schönsten Exemplare, aus optischen Gründen, in der Schale lassen.
Das Nudelwasser dürfte inzwischen kochen. Da man inzwischen weiß, wie salzig tatsächlich die Fischbrühe geworden ist, richtet sich das Salzen des Nudelwassers nach diesem Geschmack. Die Pasta hineingeben.

In den nun verbleibenden 10, 12 Minuten (je nach Kochzeit der Pasta) werden nacheinander die zuvor beiseite gestellten Utensilien dem Tomatensugo hinzugegeben und verrührt. Also: zunächst die Oktopus-Stücke und Calamaris-Ringe. Dann die Muscheln, teils ohne, teils mit Schale.

5 Minuten bevor die Nudeln gar sind, auch noch das klein geschnittene Fischfilet und die Gamberis in der Tomatensoße gar ziehen lassen.

Pasta, wenn al dente, abgießen.

Soße mit der Pasta in einer vorgewärmten Schüssel (siehe Anhang 2) vermischen und mit der gehackten Petersilie bestreuen. Kein Käse!

Generelles zum Thema Muscheln.

Wirklich frische Muscheln (wenn sie unter Wasser gepflückt wurden) sind normalerweise mit Meerwasser gefüllt und sinken beim Saubermachen fest geschlossen auf den Grund. Wenn sie allerdings in der Auslage des Fischhändlers einige Zeit in Ruhe zum Verkauf gelegen haben, öffnen sie sich teilweise, verlieren das Wasser, werden vom Verkäufer besprizt, schließen sich aber wieder fest, sobald man sie berührt etc. Das heißt, die Muscheln sind dann nicht mehr völlig mit Wasser gefüllt.
Aber auch, wenn Muscheln trocken sind und beim Waschen nicht mehr untergehen, sondern auf der Oberfläche schwimmen, sind sie noch gut, wenn sie fest geschlossen sind. Muscheln dagegen, die sich beim Waschvorgang nicht mehr schließen, sondern halb geöffnet auf den Grund sinken, sind schon tot und müssen weggeschmissen werden. Sollten das mehr als zwei, drei Exemplare pro Kilo sein, sollte man den Fischhändler wechseln. Die Mär, dass man Muscheln wegschmeißen müsste, die sich beim Kochvorgang nicht geöffnet haben, stimmt nur insoweit, als man diejenigen wegschmeißen sollte, die nach dem Kochen tatsächlich noch fest geschlossen sind. Jene, die einen

> Schlitz geöffnet sind und sich jedoch durch das Einführen eines Messers gänzlich öffnen lassen und dann einen normalen Eindruck machen, sind O.K. Die fertigen Muscheln, in der geöffneten schwarzen Schale zur Form gekommen, bieten nun diesen typischen zu einem hübschen weichen muscheligen Knübbelchen zusammengezogenen Anblick, der bei genauem Hinsehen uns Männer an aufregende Stunden erinnert. (Übrigens ganz frische Muscheln leiden länger, ältere Kaliber geben ihren Geist schneller auf.)
>
> Muscheln können elfenbeinweiß bis dunkelgelb sein. Ich finde die dunkelgelben hübscher.

Den Preis wirklich zu drücken gelang uns nicht mehr. Sven redete sich heraus, dass es an der fulminanten Pasta lag und dem schlichten Frascati *sciolto*. Es hatte uns einfach zu gut geschmeckt. Ich sehe das anders: Auf dem römischen Flohmarkt Porta Portese kann er feilschen wie ein Filmproduzent bei der Gage seiner Mitarbeiter. Aber bei diesem Grundstück war er irgendwie sterblich. Wenn wir denn schon mal Besitzer eines Stück Landes werden sollten, ging es um dieses Grundstück und nicht irgendein anderes. Auf 40 Millionen Lire kamen die Grundstücksbesitzer uns entgegen, damit wir unser Gesicht wahren konnten, aber nur, wenn wir *contanti*, bar, zahlen würden, und nur, wenn die Sache noch vor Weihnachten über die Bühne ging.

Wir ließen das Grundstück von Aldos Schulfreund Marcello, der *geometra* ist, vermessen. *Geometra* ist ein Beruf, den es in Deutschland in dieser Form nicht gibt. Am nächsten kommt er unserem Vermessungsingenieur. Aber in Italien kann er auch Bauvorhaben überwachen oder bei Steuererklärungen behilflich sein. Marcello überprüfte für uns die Besitzverhältnisse beim Katasteramt und erkundigte sich, ob ein *vincolo* auf dem Grundstück läge. *Vincolo* heißt so viel wie Band oder Fessel, und ein *vincolo* auf »unserem« Grundstück hätte bedeutet, dass es unter einem besonderen Schutz gestanden hätte, zum Beispiel unter Denkmalsschutz, wenn man auf dem Gelände Altertümer vermutet, oder unter Naturschutz, wenn es in einem Wasserschutzgebiet liegt. Letztlich lag das Grundstück am Rande eines großen schönen Tals, durch das ein Bach floss. Ein Grundstück kann auch *vincolato* sein, wenn irgendeine Verwaltung dort für die Zukunft eine Umgehungsstraße oder die Einflugschneise des Flughafens geplant hat. Wenn das der Fall ist, sollte man unbedingt von einem Kauf absehen, es sei denn, man verfügt über so viel Geld wie Herr Berlusconi, dann kann man dafür sorgen, dass das Grundstück *svincolato* (entfesselt) wird. Nach Marcellos Nachforschungen gab es auf diesem Grundstück keine Fessel.

Nur Mut!, sagte der *geometra*! Nur Mut!, sagten unsere Freunde! Nur Mut!, sagten die Nachbarn. Sie hatten gut reden! Hatten sie es doch einigermaßen hinter sich: Ihre Häuser standen teilweise schon seit einigen Jahren unangefochten auf ihren Plätzen. Noch nie wäre in dieser Gegend beim Schwarzbauen etwas passiert, kein Abriss, keine Verhaftung. Warum sollte das ausgerechnet bei uns passieren? Warum nicht? Waren wir nicht Ausländer? Ja, das wären wir schon, aber doch keine wirklichen, keine *extracommunicari*. Also wir als Deutsche gehörten doch quasi dazu! Unsere Nachbarn waren in der Mehrzahl, wie wir erst später erfuhren, Maurer, Maler, Zimmermänner, Elektriker, Schmiede, Schreiner, Fenster-, Türen- und Baumittelverkäufer. Und sie waren froh über jedes Haus, das in der Gegend gebaut wurde. Legal oder illegal, das war ihnen scheißegal.

Eine gewisse Sicherheit war es in der Tat, dass schon so viele illegale Häuser drum herum standen. Aber auch nur eine gewisse

Sicherheit. Denn wer wollte schon seine Hand dafür ins Feuer legen, dass nicht ausgerechnet genau an der Stelle, wo unser Grundstück lag, die Straße oder Bahnlinie einmal hindurchführen sollte? Das war eben das so genannte Restrisiko, dem wir uns nicht entziehen konnten. Und, wie wir allmählich kapieren sollten, war der »Rest« bei unserem Restrisiko praktisch das Ganze.

Wir zogen uns auf den Gedanken zurück, dass 1.000 Quadratmeter Agrarland zu kaufen zunächst einmal nicht die geringste Festlegung bedeutete. So ein Stück Land konnte man ja auch wieder verkaufen, denn dass wir jemals auf diesem Grundstück irgendetwas Festes bauen würden, war zu diesem Zeitpunkt eine Melodie aus weiter Ferne. Es war so, als wenn man in der Via Condotti, der Straße in Rom, in der alle berühmten Designer der Welt einen Laden zum Repräsentieren haben, einen Einkaufsbummel macht. Man freut sich an den schönen Sachen, möglicherweise überwindet man die Schwellenangst und probiert ganz unverbindlich mal eines dieser verrückten Kleider an. Das Anprobieren verpflichtet zu nichts, aber man kann doch mal sehen, ob einem so ein Kleid überhaupt steht. Dann zieht man es wieder aus und schlüpft zurück in die Jeans.

Nach dem Kauf des Grundstücks hatten wir keine müde Mark mehr flüssig, nur eine deutsch-italienische Komödie über den Tod in der Tasche. Das war ein zweifelhaftes Kapital. Wir bekamen zwar eine Bayerische Filmförderung dafür, aber dann lief nichts mehr. Kein Regieangebot, nur hier und da kleine Schreibaufträge und Anfragen, aus denen dann letztlich nichts wurde. Einer der anfragenden Producer übergab uns seine Visitenkarte. Ein Doktor stand vor seinem Namen. Der Anblick der Visitenkarte war für mich der Anstoß dazu, einen lang gehegten Plan in die Tat umzusetzen.

Unermüdlich wurde innerhalb unserer Branche über die schlechten Produktionsbedingungen von Fernsehfilmen lamentiert, Bedingungen, die sich als Zwänge auf die künstlerische Arbeit auswirkten und dann wiederum schlechte Filme hervorbrachten. Warum nicht einmal alle unsere in der Praxis gesammelten Erfahrungen aufschreiben und mit dem richtigen theoretischen Ansatz eine Doktorarbeit daraus machen? Ich arbeitete ein Konzept aus, das einen aufgeschlossenen Professor der FU Berlin überzeugte. Nachdem er sich bei dem Geschäftsführer einer großen Filmproduktion über den Wahrheitsgehalt meiner Thesen informiert hatte, gab er grünes Licht. Der Geschäftsführer ließ mir ausrichten, dass mir ein erfolgreicher Abschluss dieser Doktorarbeit sicherlich die Türen der Filmfirmen für eine Karriere als Producerin öffnen würde. Wenn schon allein mein Konzept so eine Reaktion auslöste ... ich war stolz wie Oskar, machte mir aber nicht klar, dass zwar ein Grundstück in Rom, möglicherweise noch ein Ferienhaus in Rom, aber keinesfalls ein gelebtes Leben in Rom mit einer solchen Karriere in Deutschland zu vereinbaren war. Aber noch gab es kein Haus. Es gab bis dahin nur den Traum von diesem Haus.

4.

Zwei Jahre waren seit dem Grundstückskauf vergangen. Ich arbeitete als Set-Aufnahmeleiterin bei Fernsehproduktionen, machte Interviews für meine Doktorarbeit und wühlte mich durch die Fachliteratur. Es reichte wieder nur gerade zum Leben und nicht für ein Haus, zumindest nicht für ein echtes, sondern nur für ein Styropormodell, das Sven geduldig zusammenbastelte und aufs Grundstück trug, um die Lichtverhältnisse vor Ort in Übereinstimmung mit seiner vorläufigen Konstruktion zu überprüfen. Wir wohnten nach wie vor bei Ugo und Annamaria im Bühnenbild von »La Bohème«.

Es war eine raue Zeit. In Italien wie in Deutschland. Ugo und Annamaria erlebten gerade eine Ehekrise nach der anderen, die sich meistens an den unterschiedlichen Vorstellungen von der Erziehung ihrer inzwischen zehnjährigen Tochter Chiara entzündeten. Annamaria tendierte in einem Maße zu einem Overprotektionismus, der den meiner Mutter glatt in den Schatten stellte. Ugo dagegen tendierte zu der Einstellung, Kinder wachsen auf wie Pilze im Wald, irgendwann bemerkt man sie und prüft, wozu sie gut sind. Daraus entstanden familiäre Zerwürfnisse, die täglich messerscharf am Rand der Tragödie vorbeischürften. Ich wäre in dieser Zeit nicht überrascht gewesen, wenn wir eines Tages nach Hause gekommen wären und auf der schönen alten Steintreppe des Hauses wäre uns das Blut entgegengeflossen. Ich, an Annamarias Stelle, hätte mein Kind genommen und das Weite gesucht und habe ihr das auch mehrmals gesagt. Es mögen äußere Zwänge gewesen sein, die die beiden zusammengehalten haben. Annamaria hat Ugos Beleidigungen und Anfechtungen mit einer ihr eigenen Sturheit beantwortet, die selber wieder beleidigend war. Heute haben die zwei sich im wahrsten Sinne des Wortes zusammengerauft. Und das, obwohl die Scheidungsrate in Italien mindestens so hoch ist wie in Deutschland.

An das Wort »zusammenraufen« gehört seltsamerweise eine Bemerkung zur Stadt Rom. Was hat Rom mit Ugo und Annamarias Eheproblemen zu tun? Eine ganz schön gewagte Kurve, ich weiß, aber ich versuch's einfach mal: Rom zwingt niemandem einen Lebensstandard auf. Die Stadt hat exquisite Viertel. Armani, Gucci, Klein, Cardin, Dolce & Gabbana bestimmen das Straßenbild. Aber schon eine Straße weiter leben Rentner und schlurfen in Schlappen über den Asphalt. Es gibt keinen auffälligen sozialen Druck, in welche Richtung auch immer. Rom ist bei näherer Betrachtung trotz seiner sechs Millionen Einwohner keineswegs eine hektische Großstadt à la London oder N.Y. Sie bietet wie kaum ein zweiter Ort in Europa eine Mischung aus Betriebsamkeit und Kontemplation. Mama Roma gibt viel Zeit zum Nachdenken.

In den Jahren, in denen wir bei Ugo und Annamaria lebten, hatten wir durch unsere Herangehensweise an alltägliche Probleme unbewusst ein Stück Deutschland mit nach Italien gebracht. Und unsere Herangehensweise war so: Probleme haben gelöst zu werden, und zwar rasch, effektiv und geräuschlos. »Zusammenleben« geht nicht? Zack! Trennung, endgültig, kinderfreundlich und möglichst sozial abgefedert. Wir sagten Ugo und Annamaria: »Was treibt ihr für einen Aufwand! Eure Situation ist doch völlig normal, die Scheidungsrate wandert auf die 40-Prozent-Marke zu. Wer heute am Morgen aufwacht und hat kein Partnerschaftsproblem, ist tot.«

Gott sei Dank haben sich aber Ugo und Annamaria durch unsere Lösungsvorschläge nicht nachhaltig beirren lassen. Sie haben auf ihre Weise die Probleme gelöst. »Ihre Weise«, die italienische, bestand in täglicher Auseinandersetzung, in der ständigen Wiederholung der Konflikte, auf gut Deutsch, im stundenlangen Quasseln. Für uns dagegen war ihr Verhalten »inkonsequent« und fast beleidigend »ineffektiv«. Hatten wir ihnen nicht ständig vorgelebt, wie erfolgreich unsere Sichtweise funktioniert? Rasch, effektiv, geräuschlos, zack!? Wir hatten dabei aber nicht bedacht, welche ökonomischen Folgen unsere Vorschläge haben würden. Dieser Aspekt war für uns als »reiche« Deutsche zweitrangig. Wir hatten uns nicht vergegenwärtigt, dass ein Partnerwechsel mit den doppelten Wohnungen, Zweithäusern und Drittwagen, Bankverträgen, Versicherungsverträgen, Heerscharen von Anwälten, Richtern und Familientherapeuten für sie nicht zu finanzieren war.

Wir lebten Anfang der 90er zu ziemlich gleichen Teilen in Deutschland und Italien. Wenn wir in Deutschland waren, lebten wir in über Mitwohnzentralen organisierten Wohnungen, tage- oder wochenweise auch bei Freunden und manchmal monatelang in Berlin bei unserem Freund Rudi. Bei Rudi wohnte Sven auch, als ich ihn kennen lernte. Rudi war Filmproduzent, ein Eigenbrötler, wie es heute in dieser Branche wohl keinen mehr gibt. Er machte einen einzigen, aber ambitionierten Fernsehfilm im Jahr und angelte ansonsten in seiner Wahlheimat Irland Lachs. Er hatte Sven in einem Berliner Hotel aufgegabelt, dessen Rechnungen ein Teil seiner damaligen Schulden ausmachten, und ihn in seine Wohnung geholt. Sven schrieb ihm als Gegenleistung ein Drehbuch für das ZDF um, das eigentlich schon eingestampft werden sollte, und rettete damit Rudis nächsten Filmauftrag.

1992 bekam Sven den Regieauftrag für eine Hauptabendserie für RTL. Wir zogen vorübergehend nach Hamburg, wo die Serie gedreht werden sollte, Sven bereitete vor. Ich schrieb an meiner Doktorarbeit. Das Geld, was er an der Serie verdienen würde, könnte der Grundstein für das Haus sein. Nur hatten wir jetzt ein anderes Problem. Sven würde bis weit ins folgende Jahr beschäftigt sein. Aber um ein Haus zu bauen, musste man es erst entwerfen, und das wollte Sven auf keinen Fall einem Architekten überlassen. Es kam, wie immer bei uns, anders als wir gedacht hatten. Sven drehte nur drei Folgen dieser Serie. Dann verkrachte er sich mit dem Hauptdarsteller und wurde gefeuert.

Er saß Susanne und mir in der Kantine des Studios gegenüber, der schauspielende Sohn des berühmten Schauspielers. Er litt. Sein Blick suchte nach Worten. Er litt tatsächlich unter dem, was er tat – mich hinauswerfen zu lassen! Er erklärte uns den Grund seines Tuns und warb um Verständnis. Er sagte, er könne so nicht arbeiten, nicht so unordentlich, nicht so spontan, nicht so wie ein Kind, nicht wie ich. Er sagte immer, ich erinnerte ihn an ein Kind, das spielt und sich freut, was Schauspieler da so vor der Kamera treiben. Er liebte meine Filme, ertrug es aber nicht, wie sie zustande kamen. Er brauchte die Sicherheit eines systematischen Tuns. Eins, zwei, drei – nicht durcheinander oder umgekehrt. Sonst würde er wahnsinnig. Genau nach dieser Methode spielte er auch, er hatte seinen Beruf gründlich gelernt, konnte alles, eins, zwei, drei. Nur frei gespielt hat er nie. Seine Kollegen wurden von Tag zu Tag freier im Spiel. Meine Kinderaugen auf ihrem Tun ließen sie ihren Leistungsdruck vergessen.

Er nicht. Er hatte die Aura eines Garderobenständers. Er war der Sohn des Begabten. Und der Begabte war ein Despot gewesen. Er hatte ihm alles beigebracht – nur Kind zu sein und mit Freude zu spielen, das nie.

Aber jetzt war er der Protagonist. Er war auf dem Film zu sehen. Ich nicht. Sein Wunsch war der Produktion Befehl. Wir saßen in Hamburg. Durch ihn erhoffte man sich den Erfolg und viel, viel Geld. Es gab keine Diskussionen, ich flog. Das war für mich der entscheidende Anlass, endgültig Deutschland zu verlassen. Ich stellte mir die gleiche Situation vor, aber unter den Zwängen der Ratenzahlungen für eine standesgemäße Wohnung, für einen repräsentativen Wagen im Rücken, Raten für Lügen, im Rechtfertigungsdruck vor Kollegen, denen es nicht besser ging als mir. Ich wusste, ich war verloren für dieses Land der Effizienz. Und Deutschland verlassen hieß: ein Haus in Rom.

Es gab zwar weniger Geld, als wir berechnet hatten, dafür hatte Sven jetzt Zeit, in Italien das Haus zu entwerfen. Er kaufte sich für 200 DM eines der ersten Konstruktionsprogramme auf dem Markt, von Data Becker, »Der junge

Architekt«, und mühte sich auf seinem 300-Megabyte-Schlepptop ab, unser zukünftiges Haus zu entwerfen.

Eines Abends kam ich vom Squashspielen nach Hause, und zwischen Ugo und Annamaria herrschte eine merkwürdige Stille. Aber diesmal nicht, weil sie miteinander gestritten hatten. Etwas noch Fürchterlicheres musste passiert sein. Bedrückt sagten sie, irgendetwas hätte sich in Svens Zimmer ereignet, aber sie hätten sich nicht getraut, hineinzugehen, um nachzusehen. Sven habe vor einer Stunde einen schrecklichen Tobsuchtsanfall gehabt, dann hätte es drin im Zimmer gekracht. Seitdem sei jedoch wieder Ruhe eingetreten. Vorsichtig öffnete ich die Tür. Sven saß ganz normal an seinem Tisch, nur ein paar rote Flecken in seinem Gesicht deuteten darauf hin, dass Ugo und Annamaria Recht hatten. Und an seinem Hemd fehlten alle Knöpfe. Das Programm war ihm abgestürzt. Nichts Dramatisches eigentlich, so was passierte früher dauernd, dann war vielleicht die letzte Stunde Arbeit nicht gespeichert. Aber als er diesmal den Computer wieder hochfuhr, war nichts mehr von seinen Zeichnungen vorhanden gewesen. Alles weg! Alle Zeichnungen unauffindbar. Drei Monate Arbeit! Nach einem Tobsuchtsanfall, dem die Knöpfe seines Hemdes zum Opfer gefallen waren, hatte Sven sich dann aber noch ein letztes Mal an den Computer gesetzt und merkwürdigerweise im Computer-Papierkorb alles bis auf den letzten Strich wiedergefunden. An diesem Abend gab es eine *aglio-olio*, eine Pasta, die Nerven und den Magen beruhigt.

Rezept 5 / für 4 Personen

Aglio, Olio, Peperoncino
(Herstellungszeit: 20 Minuten)

- 350–400 g Spaghetti oder Linguine
- Olivenöl extravergine
- 1 getrocknete scharfe Paprikaschote (Peperoncino)
- 1 halbe Knolle Knoblauch
- glatte Petersilie (Prezzemolo)
- Parmesan-Käse zum Reiben
- Salz

Obwohl scheinbar die anspruchsloseste Pasta in der Herstellung, ist *Aglio, Olio, Peperoncino* unter dem Gesichtspunkt italienischer Kochkunst eine der schwersten. Nur Knoblauch, Öl und Peperoncino, dazu Salz, Käse und Prezzemolo müssen in absolut ausgewogenem Verhältnis zusammengebracht werden, wenn man den typischen Geschmack erreichen will.

Wasser für die Spaghetti aufsetzen.

Knoblauchzehen in dünne Längsspalten schneiden, Prezzemolo mittelfein schneiden, dann warten, bis das Wasser kocht. Wasser salzen. Es sollte gut salzig wie eine Brühe sein.

Pasta ins Wasser.

Zwei gute Esslöffel Öl auf kleiner Flamme in Pfanne erhitzen, eine halbe (oder noch weniger) getrocknete Paprikaschote ins Öl bröseln, oder, wenn die Schote frisch ist, in ganzer Länge hineinlegen. Nach 2–3 Minuten die ganze Schote wieder herausnehmen. Vorsicht, man sollte wissen, wie scharf die Peperoncini sind, die man verwendet.

Zugleich: Knoblauchscheiben ins Öl geben.

Hier, wegen Wichtigkeit, einige Gedanken zum Knoblauch: Die Knoblauch-Scheibchen müssen mit niedriger Hitze im Öl gegart werden.

Sie müssen dabei allmählich einen Hauch angilben, aber sollten keinesfalls braun werden! Die Hitze also abstellen, bevor dieser Punkt des Garens erreicht ist, denn der Knoblauch bräunt im heißen Öl nach. Notfalls kaltes Öl zum Kühlen dazuschütten! Danach die Hälfte von der Petersilie ins Öl. (Manchmal nehme ich auch gefrorene Petersilie zum Abkühlen des Öls.)

In einer Tasse etwas heißes Nudelwasser abschöpfen, beiseite stellen.

Spaghetti abgießen, Pasta mit den Knoblauchscheiben und dem Öl und der restlichen gehackten Petersilie in der heißen *Spaghettiera* vermischen. Heiße Schüssel und im Winter auch heiße Teller sind obligatorisch, denn die Nudeln im Öl erkalten schnell (heiße Schüssel, siehe auch Anhang 2).

Zum Schluss unbedingt geriebenen Parmesan untermischen! Und nicht zu knapp. Echter Parmesan ist daran zu erkennen, dass sich der Begriff *Parmeggiano reggiano* in die Außenrinde der runden Käsescheibe eingebrannt findet. Irgendein Stückchen von diesem Schriftzug lässt sich immer finden. Der in Deutschland häufig als Parmesan verkaufte »Grana padana« (der Schriftzug ist ebenfalls in die Rinde eingebrannt) ist weniger geschmacksintensiv und vor allem billiger, geht aber auch.

Variation: Petersilie durch Rosmarin ersetzen
Variation: frische Tomatenstückchen dazugeben

5.

Als wir aus Hamburg kamen, erhob sich neben unserem Grundstück zwischen den umgesetzten Olivenbäumen der Rohbau eines dreistöckiges Hauses. Ein Stockwerk unter, zwei Stockwerke über der Erde. Polizei war zwar erschienen, erzählte Angelo, der Gärtner von gegenüber, hatte auch die üblichen *cartelli* (Verbotstafeln) aufgehängt, und zwar drei Schilder innerhalb von fünf Wochen, aber weiter war nichts passiert.

Unser neuer Nachbar hieß Vittorio und war Sarde. Seine Frau hieß Letizia und kam ebenfalls aus Sardinien. Beide waren jung und auffallend attraktiv. Eine Art Traumpaar vom Land, so schien es auf den ersten Blick. Vittorio hatte als Erstes zwischen seinem und unserem Grundstück eine Mauer gebaut – da wir für ihn nicht erreichbar waren, hatte er das erledigt, ohne uns zu fragen.

Beim Grenzziehen zwischen zwei Grundstücken gibt es ein paar »klassische Tricks«: Zum Beispiel, man bietet dem Nachbar an, einen Zaun oder, noch besser, eine Mauer zu ziehen, für einen Freundschaftspreis versteht sich, fast geschenkt, und dabei, *managgia! miseria!*, gerät die Mauer ein wenig krumm, wenn man genau hinsieht. Kann ja passieren! Die Mauer endet jedenfalls nicht dort, wo sie enden soll, sondern einen halben Meter weiter auf dem Nachbargrundstück, und prompt ist das eigene Grundstück ein wenig größer, sofern man sich in der richtigen Richtung geirrt hat. Der Gewinn solcher Mogeleien ist denkbar klein, aber der Versuch gehörte auch bei unserem sardischen Nachbarn zum täglichen Handwerk. Vito, dessen riesiges Grundstück hinter Vittorios und unserem lag, redete immer wieder davon, dass er seinen *geometra* holen wollte, um den Schwindel offiziell bestätigen zu lassen. Aber wir wollten uns nicht gleich mit Vittorio wegen zwei oder drei Quadratmetern streiten, und auch bei Vito blieb es nur beim Schimpfen. Vittorio hatte seine ausgeschachtete Erde über unser Grundstück auf Vitos Terrain gefahren und füllte ihm auf diese Weise kostenlos einen hässlichen Graben aus. So half Vittorio wieder Vito, und der Streit um den falsch gesetzten Zaun war vorläufig vergessen. Nur unser Grundstück war jetzt etwas kleiner geworden.

Vittorio und Letizia hatten ein süßes Töchterchen, immer auffällig adrett gekleidet und extrem folgsam. Die Miniaturausgabe einer schwarzlockigen Barbiepuppe. Bei der ersten Vorstellung dauerte es bestimmt eine Viertelstunde, bis ich ihren Namen erraten hatte. Zunächst verstand ich so etwas Ähnliches wie Sushi oder Shushin und dachte auch wegen der grazilen Figur der Mutter an etwas Japanisches. Nein, es sei ein englischer Name, erklärten die Eltern, die selber kein Wort Englisch sprachen. Nach einigem Hin und Her kam ich drauf, dass sie das Mädchen auf den Namen »Sunshine« getauft hatten. »Sonnenschein«.

Es gibt eine Szene in Bertoluccis Film »1900«, wo der Patriarch, der gerade auf dem Feld arbeitet, von der Geburt seines Sohnes benachrichtigt wird. Man fragt ihn, wie der Junge heißen soll, er sieht sich suchend um, sein Blick erfasst einen Baum, eine Ulme, er runzelt die Stirn und antwortet: »Olmo« soll er heißen.

Einige Monate später zog Vittorio mit seiner Frau Letizia und Sunshine in sein Haus ein. Seine Frau hatte in unserer von kleinen Handwerkern bewohnten ländlichen Gegend eine auffallende Art sich anzuziehen. Absätze, auf denen ich seekrank geworden wäre, Minirock mit Netzstrümpfen, durchsichtige Bluse über engen Tops, Klunker von Modeschmuck. Sie wusste, dass sie sich das mit ihrer grazilen Figur leisten konnte, und sie hatte durchaus ihren eigenen Stil. Natürlich machten die Nachbarn hier und da ein paar Bemerkungen, zumal niemand sie je mit einem Gartengerät in der Hand gesichtet hatte. Und ein Gemüse- oder Blumengarten ist in unserer Gegend so selbstverständlich wie ein Kamin im Wohnzimmer. Aber es blieb bei den Bemerkungen, ansonsten war sie eine Nachbarin wie alle anderen auch.

Bei der nächsten Gelegenheit wurden wir von Vittorio und

Letizia zu einem Drink in der frisch in Rosa und Weiß gekachelten Küche eingeladen. Es gab Campari und Bier. Zu einem *drink* eingeladen zu werden ist in Italien und besonders auf dem Land ungewöhnlich, es sei denn, es handelt sich um eine Einladung in die nächste Bar. Zu Hause eingeladen bekommt man in der Regel einen Espresso oder einen oft grauslichen selbst gekelterten Wein vorgesetzt. Noch gewagter sind die selbst fabrizierten hochprozentigen Sachen wie dieser Zitronenfusel Limoncello oder der gemeine Grappa, der so schmeckt wie rostiger Stacheldraht. Mit dem *drink* erwiesen sich die sardischen Nachbarn als *international people*. Und so präsentierte uns Vittorio auch sein Haus.

Er zeigte uns die Details seines Reichs, seine Erklärungen trug er im kantigen sardischen Dialekt und der überlauten Stimme des Mannes vom Land vor: Zunächst eine riesiggroße Eingangshalle *ingresso*, auf die alle Italiener so viel Wert legen, obwohl sie außer Repräsentation null Sinn hat, weil sie zugig und ungemütlich ist und nur Wohnraum wegnimmt. Aber »ingresso« muss sein. Dahinter kam der *salone*, ebenfalls ein sinnloses Gemach, das nur zu offiziellen Besuchen benutzt wird. Vergleichbar mit der alten deutschen »guten Stube«. Gegessen wird sowieso in der Küche, wo sich auch meist die einzige benutzte Wärmequelle der italienischen Landhäuser befindet: der *caminetto*. Eine große Treppe führte aus dem *ingresso* weiträumig in die Schlafgemächer im ersten Stock. In Abweichung zu den in dieser Gegend üblichen Häusern fiel bereits im Rohbau auf, dass die zahlreichen Balkone seines Hauses modisch abgerundet waren. Allerdings in einer vergangenen Mode. Es musste ein Haus aus den 30er Jahren gewesen sein, nach dessen Grundriss Vittorio sein Haus konstruiert hatte, eine Zeit, in der die Reichen im Stil des Faschismus bauten, eine merkwürdige Mischung aus »Bauhaus-Sachlichkeit« mit anheimelnden Rundungen und zugleich einem eisigen

Repräsentationswillen. Wie viele Abusive hatte auch Vittorio den Bauplan eines Freundes oder Bekannten genommen und sein Haus einfach kopiert. Korrekturen, sogar simple Spiegelungen werden dabei selten gemacht. Das hat zur Folge, dass die Häuser zuweilen merkwürdig in der Landschaft stehen. Es passiert, dass eine ganze Balkonfront völlig unsinnig nach Norden heraus liegt, weil keiner auf die Idee gekommen ist, den alten Plan im neuen Gelände einfach einmal seitenverkehrt zu kopieren.

Vittorio kam als Schafhirt aus Sardinien, wurde in Rom Maurer, und seit der Erstellung seines Hauses war er in gewisser Weise auch Baumeister. Von der Form einmal abgesehen war Vittorios Haus solide gebaut. Eine Mischung aus Betonbauweise und dennoch tragenden Außenmauern. Das Prinzip leuchtete mir ein. Die Beton-Skelette lassen sich zwar relativ schnell hochziehen, und sie sind auch antizysmisch, also erdbebenfest. Aber die Außenwände, die man dann zwischen die Betonpfeiler einziehen muss, wirken provisorisch und austauschbar und werden auch nie richtig dicht. Bürohäuser mag man so bauen, erklärte uns Vittorio, aber das »eigene Haus« braucht richtige stabile Grundmauern, 40 Zentimeter sollten sie im Kellergeschoss schon haben! In den oberen Geschossen kann man ja dann leichter werden.

Diese bodenständige Betrachtungsweise gefiel mir gut. Zumindest wirkte sein Haus äußerst stabil. Später sollten wir noch froh sein, dass wir in der Bauweise seinen »sardischen« Vorstellungen gefolgt waren. Vittorio schien uns jedenfalls kompetent. Und er war unser Nachbar. Und wir kannten außer dem alten Vito und Angelo, dem Gärtner, weder andere Leute aus der Gegend noch andere Bauunternehmer, die fähig und bereit waren, uns ein solches Haus ohne Baugenehmigung zu bauen, ohne uns zugleich komplett über den Tisch zu ziehen. Also fragten wir Vittorio, den Sarden, ob er nicht, wenn es mal so weit sei, unser Haus bauen wollte. Er kratzte sich am Kopf, zögerte, und man sah ihm an, dass er sich sehr beherrschen musste, um seine Freude über dieses Angebot nicht zu zeigen. Mit unserem Auftrag, Auftrag eines ausländischen Bauherrn!, würde er zum allgemeinen Stand der Bauunternehmer aufsteigen, nicht nur zum Bastler seines eigenen Hauses. Das würde eine grundlegende Änderung seines gesamten Lebens bedeuten.

Vorerst konstruierten wir mit Vittorio zusammen nur einen Brunnen, eine unabdingbare Voraussetzung für abusives Wohnen. Denn selbstverständlich gibt es in Schwarzbaugegenden wie der unseren keinen Anschluss an das Wassernetz. Ugo machte ein bedenkliches Gesicht, als wir ihm von diesem gemeinsamen Projekt mit dem Nachbarn erzählten. Wasser ist ein empfindliches – weil lebensnotwendiges – Objekt, und Unstimmigkeiten bei der Wassernutzung führen nicht nur in Italien zu erbitterten Streitigkeiten zwischen Nachbarn. Auf der anderen Seite ist das Brunnenbohren eine teure Angelegenheit, und die damals erforderlichen 14.000 DM oder 7.000 Euro für das Bohren eines Brunnens hatten wir einfach nicht. So setzten wir einen gemeinsamen Brunnen genau auf die augenblickliche Grundstücksgrenze. Aber da Vittorio die Grenze beim Zaunbau ja heimlich um einen knappen halben Meter zu seinen Gunsten verschoben hatte, was er natürlich nicht zugeben wollte, stand der Brunnen zwar offiziell auf der Grenze, aber faktisch auf unserem Grundstück. Bei einer genauen Überprüfung würde das dann herauskommen. Immerhin eine Karte, die man ausspielen konnte, wenn es tatsächlich zu Schwierigkeiten kommen sollte.

In den 60er und 70er Jahren durften diese Brunnen ganz offiziell gebohrt werden, allerdings nur zur landwirtschaftlichen Nutzung. Mindestens 40 bis 50 Meter tief muss man hinunter, um erstklassiges Wasser zu erhalten. Das bedeutet, der Brunnen muss 60 bis 70 Meter tief gebohrt werden. Man braucht einen gewissen Spielraum für Sandablagerungen. In diesen Tiefen kann man dann die Ressourcen der nördlich und südlich von Rom gelegenen *laghi* anzapfen. Die wunderschönen Kraterseen Lago Bracciano und Lago Albano sind außer in den beiden Hauptsaisonmonaten Juli und August kaum von Touristen frequentiert und erstaunlich sauber. Anfang der 90er Jahre wurde das Brunnenbohren grundsätzlich verboten, weil natürlich das Heer der schwarz bauenden Italiener Brunnen für ihren Haushalt bohrte. Man bohrte trotz des Verbots, anders kamen die Abusiven nicht an Wasser. Man bohrte und gab im Bauamt an, dass man, hoppla, was für ein Zufall!, und welch ein glücklicher Umstand!, einen alten Brunnen auf seinem Grundstück gefunden hatte. Wir machten es so, wie die 200 anderen Hausbesitzer in unserer Gegend es vor uns auch gemacht hatten.

Der Film, den Sven und ich zusammen geschrieben hatten, wurde wiederholt und, womit wir überhaupt nicht gerechnet hatten, die Urlaubsserie, die meiner Mutter so missfallen hatte, ebenfalls. Der finanzielle Grundstock für unser Haus war gesichert. Noch einmal diskutierten wir die Risiken unseres Vorhabens mit unseren Freunden durch.

Flavio zum Beispiel, der mit seinem Vater und seinem Bruder Aluminiumfenster baute, war strikt gegen abusives Bauen. Nicht aus moralischen Gründen. Flavio war einfach dagegen, erwischt zu werden. Er hätte sich als Verlierer gefühlt. Er fuhr auch nicht gerne schwarz im Bus. Zuweilen wurde tatsächlich kontrolliert, obwohl Kontrollen sich bei einem Fahrpreis von 800 Lire (90 Pfennige) gar nicht lohnten.

Flavio, der damals Ende zwanzig war, arbeitete nicht nur im Betrieb seines Vaters, weit unter der Tarifgrenze bezahlt, er wohnte zusätzlich auch noch bei seinen Eltern, was die familiäre Abhängigkeit noch verschärfte. Junge Italiener bleiben sehr lange im Haus ihrer Eltern wohnen, selbst dann, wenn sie sich mit Geschwistern ein Zimmer teilen oder im Wohnzimmer auf der ausgezogenen Couch schlafen. Sehr viele ziehen erst dann aus, wenn sie selber heiraten, es sei denn, sie haben von ihren Eltern ein Apartment finanziert bekommen. Das liegt zum einen an den teuren Mieten, zum anderen an der traditionellen Bequemlichkeit, die das Elternhaus als Versorgungseinrichtung bietet. Dazu kommt die aufgeheizte Konsumfreudigkeit. Klamotten und Freizeitaktivitäten sind wichtiger, als sich von den Eltern zu emanzipieren.

Flavio also wohnte zu Hause, liebte Pferde, die freie Natur und die Pop-Gruppe »Genesis«. Mit seinen 1,63 Höhe hätte er gerne Jockey werden wollen, aber er traute sich nicht, sich über die Wünsche seines Vaters hinwegzusetzen. Als Dank für seinen Gehorsam und seine Bescheidenheit kaufte ihm sein Vater ein zwei Hektar großes Grundstück etwa zehn Kilometer außerhalb der Stadtgrenze von Rom. Dort wollte Flavio, das war sein Lebenstraum, einmal sein eigenes Haus mit dem Pferdestall direkt nebendran stehen haben, aber nicht *abusiv* und wild wie wir, sondern untypischerweise legal und ordentlich. Als wir mit unserem Bau begannen, hatte auch Flavio seinen ersten Antrag beim Bauamt eingereicht. Die Geschichte seines Hauses nahm viel Zeit in Anspruch, so viel, dass wir uns auch Zeit lassen können, sie später zu erzählen.

Flavio hat sich an das zunächst ungeliebte Handwerk als Fensterbauer gewöhnt, obwohl die Arbeit in einem Familienbetrieb schon allein von den Arbeitszeiten her hart ist. Natürlich gibt es in Italien meist keinen freien Samstag, und von einer 40-Stunden-Woche wagt kaum einer zu träumen. Ferien erlaubt man sich wie alle Handwerksbetriebe eine Woche nach dem Feiertag *ferie agosto* am 15. August. Wenn dieser Feiertag günstig liegt und kein Kunde mit einem nicht zu verschiebenden Auftrag drängelt, können sich auch schon einmal eineinhalb Wochen ergeben.

Das war's dann aber. Die knappen Ferien in der Arbeitswelt werden auch nicht von Feiertagen ausgeglichen. Viele katholische Festtage sind in der Zeit des Faschismus abgeschafft und nach der Abschaffung des Faschismus nicht wieder eingeführt worden. Zusammengerechnet arbeiten die Italiener mehr als die Deutschen. Der Journalist Guiseppe Prezzolini schrieb bereits 1917: »Eine einzige Beschäftigung reicht nicht aus, um sich durchzuschlagen. Mit zweien kommt man über die Runden. Mit dreien lebt man gut. Man muss schlau sein, um vier zu haben.« Genau so sieht's heute noch aus. Zum Ausgleich haben die Italiener sich aber ein gutes System geschaffen, um dieses Missverhältnis einigermaßen wieder auszugleichen: *ponte*, was so viel heißt wie »Brücke«. Viele der Angestellten nutzen also einen Feiertag mitten in der Woche, um *ponte* zu machen. Wenn Feiertage auf einem Dienstag oder einem Donnerstag liegen, wird der entsprechende Montag oder Freitag freigenommen. Das ist der Ausgleich für die miserable Bezahlung, oft ohne soziale Absicherung der Arbeitnehmer. Gar nicht oder lächerlich bezahlte Überstunden, willkürlicher Lohnabzug bei Krankheit, grundsätzlich zu spät ausgezahlte Gehälter sind hier normal. Das schafft zwar auf der einen Seite mehr Arbeitsplätze, zwingt aber viele Italiener, neben ihrer festen Arbeit noch einer zweiten (meist schwarzen) Arbeit nachzugehen, und erklärt die schlechte Laune vieler Angestellter in öffentlichen Diensten.

Jedes Wochenende war Flavio auf seinem Grundstück, saß auf dem Bretterzaun und betrachtete seine Stute »Nirwana« in der Natur. »Nirwana«, die er hin und wieder zu einem teuren Hengst befördert, bringt Fohlen zur Welt, die Pferdekenner in Begeisterung versetzen. Verkaufen kann er sie auf dem italienischen Markt kaum so, dass wenigstens Futter und Deckgeld wieder hereinkommen. Früher hat er selbst einmal geritten und sein Pferd in einem regelrechten Reitstall untergebracht. Unterdessen hatte er das Reiten aufgegeben, wahrscheinlich weil ihm der kleine Familienbetrieb zum Reiten kaum Zeit ließ. Vielleicht war es ihm zu gefährlich geworden, nachdem er einmal abgeworfen worden war, oder, was am plausibelsten scheint, er hatte den Reitstall und das regelmäßige Reiten wegen seines eisernen Sparwillens aufgegeben, den man durchaus als eine ausgewachsene Geizeritis bezeichnen kann. Flavio ist übrigens ein sehr begabter Koch, am liebsten kocht er Dinge, die im Einkauf für wenige Lire zu haben sind. Aus Innereien zum Beispiel kann er wunderbare Pastasoßen herstellen, und aus Hühnermägen, die er mit unendlicher Geduld säubert, einen herrlichen *secondo*.

Flavios berühmteste Pasta ist aber:

Rezept 6 / für 6 Personen (!)

Rigatoni alla Pagliata
(Herstellungszeit: 1 Stunde)

- 500 g Rigatoni (fingerdicke kurze Röhrennudeln) oder Penne
- 1 Pfund Pagliata (vom Milchkalb, kann auch vom Lamm sein)
- 2 mittlere Zwiebeln
- 1 Stange Stangensellerie
- 2 Karotten
- 1 Zehe Knoblauch
- 1 große Dose geschälte Tomaten und
- $^1/_2$ Flasche passierte Tomaten

Pagliata ist der Darm eines jungen Milchkalbs, in dem die geronnene Milch noch drin sein muss. Auch wer Vorbehalte gegen Innereien hat, kann dieses Gericht lieben. Denn Pagliata ist weder zäh noch schmeckt sie aufdringlich noch ist sie eklig. Pagliata ähnelt sowohl äußerlich als geschmacklich am ehesten der Münchner Weißwurst. Schmeckt aber bei weitem besser. Pagliata muss absolut frisch vom Metzger kommen, denn

- Salz, Pfeffer, Olivenöl, Petersilie
- geriebener Pecorino und
- geriebener Parmesan
- Haushaltsgarn

nach dem zweiten Tag beginnt ihr Inhalt bitter zu werden. Es ist ja reine Milch drin. In den letzten Jahren, nach der Verbannung der Kalbsinnereien zum Hundefutter (wegen dem Rinderwahnsinn-Wahnsinn), sind die Italiener offiziell auf Lamm ausgewichen.

Inoffiziell muss man halt vor seinem Metzger auf die Knie fallen.

Das Aufwendigste an der Herstellung dieser Pasta ist das Säubern des zarten Darms von Fettresten. Dafür sollte man 20 Minuten einrechnen. Dann wird der Darm in einigermaßen handliche Stücke zerschnitten, und die einzelnen Darmstücke werden zugebunden, damit beim Kochen möglichst wenig von ihrem Inhalt, der geronnenen Milch, in die Soße gelangt. Traditionell bindet man den Darm mit Hautstreifen und Sehnen zu, die einem der Metzger mitgibt. Man kann das natürlich auch mit Küchengarn tun.

Zwischendurch werden Zwiebeln, Karotten und Sellerie klein geschnitten und in Öl angebraten, also ein *soffritto* erstellt (siehe auch Rezept 3), die geschälten und die halbe Flasche passierte Tomaten dazugegeben, salzen, das Ganze muss 20 Minuten köcheln, dann kommen die Pagliatastücke hinzu, die jetzt in der Soße etwa $1^{1}/_{2}$ Stunden garen müssen, wenn man diesen Kochvorgang nicht mit dem Dampftopf abkürzen will. Im Dampftopf dauert es 20 Minuten.

Irgendwann zwischendurch Nudelwasser aufsetzen.

Die Pagliata ist ursprünglich zäh, weil Darm eine stabile Struktur hat, selbst bei einem Milchkalb. Sie ist gar, wenn sie sich leicht durchstechen lässt. Dann wird sie aus dem Sugo herausgefischt und in Stücke geschnitten, die genauso groß sind wie die Rigatoni, die inzwischen wie üblich im gesalzenen Salzwasser gekocht worden sind.

> Die Rigatoni werden mit dem Sugo vermischt, dann die Pagliatastücke mit der gehackten Petersilie wieder dazugegeben und mit einer Mischung aus Pecorino (dem römischen) und Parmesan serviert.

Da Flavio wie viele Handwerker und Ladenbesitzer bis acht Uhr abends arbeitet, kann man mit seiner Pagliata nicht vor 22 Uhr rechnen, eine in Italien durchaus noch übliche Zeit fürs Abendessen. Überhaupt stellen die italienischen Essensgewohnheiten die in Germania allgemein bekannten Gesundheitsratschläge auf den Kopf. Gefrühstückt wird hier wie ein Bettler, wenn überhaupt. Ich kenne viele Italiener, die morgens nichts weiter als einen Espresso zu sich nehmen. Das Mittagessen (*pranzo*) ist meistens leicht, weil die wenigsten heute noch Zeit zu einer Siesta haben. Die Hauptmahlzeit (*cena*) wird am Abend eingenommen, weil man sowohl etwas mehr Zeit zur Vorbereitung als auch zum Essen hat. Inzwischen haben die Ernährungswissenschaftler festgestellt, dass die mediterrane Art, sich zu ernähren, wahrscheinlich gesünder ist als alles andere.

Im Gegensatz zu Flavio redeten uns unsere anderen Freunde Aldo, Ugo und Annamaria zu unserem abusiven Bauvorhaben zu. Sicher war abusives Bauen illegal. War aber nicht der gesamte (jetzt sanierte) Vorort, in dem Ugos Haus eines der wenigen legalen war, ebenfalls abusiv gebaut worden? War nicht halb Rom, eine der schönsten Städte der Welt, abusiv gebaut worden? Und in unserer Gegend waren, seit wir das Grundstück gekauft hatten, bestimmt ein Dutzend neuer Häuser entstanden, und keines von ihnen war wieder eingerissen worden. Die Leute wohnten längst drin.

Der verrückte Sportcenterbesitzer, der die beiden Squashcourts gebaut hatte und dessen Center ganz sicher auch nicht legal zustande gekommen war, schüttelte allerdings bedenklich den Kopf. Ende der 80er hatte die Verfilzung von Politik, Kapital und Mafia einen Sättigungsgrad erreicht. »Kein öffentlicher Auftrag, bei dem nicht Schmiergelder geflossen wären, kein Unternehmen, von Fiat über Olivetti zu den Staatsholdings IRI und ENI, das nicht zugleich Geldmaschine für die Parteien gewesen wäre«, hatte Werner Raith geschrieben. Die Günstlingswirtschaft hat das Land über 75 Milliarden Euro gekostet.

Aber jetzt hatten wir das Jahr 1993. Die Zeiten des abusiven Bauens seien vorbei, sagte der Sportcenterbesitzer. Seit dem Jahr 1992 schien das Land, in dem Schmiergeld und Korruption zum politischen und gesellschaftlichen Alltag gehörten, einen Wandel durchzumachen, mit dem niemand gerechnet hatte. Täglich las man haarsträubende Dinge in der Zeitung. So im November 1991 ein Abhörprotokoll des Gesprächs eines Politikers mit einem Reinigungsunternehmer. Der Politiker fällt aus allen Wolken, dass der für die Region tätige Unternehmer noch nie Schmiergeld gezahlt hatte, und belegt ihn umgehend mit einer »Geldbuße für entgangene Bestechungsgelder«. Die Verhaftung des Mailänder Lokalpolitikers und Direktors eines kommunalen Altersheims, Mario Chiesa, der beim Inkasso einer relativ bescheidenen Schmiergeldsumme von umgerechnet 10.000 DM erwischt worden war, löste schließlich eine regelrechte Lawine von Ermittlungen aus. Mario Chiesa, Bettino Craxi nahe stehend, fühlte sich seit seiner Verhaftung fallen gelassen, packte vor der Staatsanwaltschaft über die Umstände und Hintergründe aus und brachte die Bewegung *mani pulite* (saubere Hände) der Staatsanwälte um Antonio Di Pietro und Saverino Borrelli in Gang. Die beiden Chefankläger ermunterten durch einen geschickten Schachzug Unternehmer und Geschäftsleute zum Reden. Bestechung war nämlich kein aktives Delikt mehr, sondern nur noch ein passives. Wenn ein Unternehmer nachweisen konnte, dass er keinen Auftrag mehr erhalten hätte, sobald er kein Schmiergeld mehr gezahlt hätte, konnte er straffrei ausgehen, wenn er aussagebereit war. Industriegrößen wie Benedetti und Romiti, Generalmanager von Fiat, sagten vor der Staatsanwaltschaft aus und brachten ihre Nutznießer ins Schussfeld der Ankläger. Denn wer Schmiergeld (*tangenti*) verlangte, war nun nicht nur der Korruption schuldig, sondern auch der Erpressung. Im Sog dieser »Aufräumarbeit« sahen sich Hunderte von Abgeordneten, Senatoren und ehemaligen Ministern in peinliche Skandale verwickelt, straf- oder zivilrechtlich verfolgt, von den Medien verhöhnt. »Der Vorwurf der umfassenden Bereicherung hat der politischen Klasse gleichsam den Kopf abgeschlagen«, schrieb der Journalist Werner Raith. Selbst der ehemalige Ministerpräsident Bettino Craxi wurde wegen illegaler Bereicherung angeklagt und zu acht Jahren Haft verurteilt, der er sich durch Flucht nach Tunesien entzog. Den ehemaligen Staatspräsidenten Giulio Andreotti bewahrte nur ein sehr fadenscheiniger Freispruch zunächst einmal vor der Verurteilung. Staatsanwalt Di Pietro wiegelte den Erfolg seiner *mani pulite* ab, denn »die Korruption war in Italien so selbstverständlich geworden, dass die Leute schließlich mit unerhörter Frechheit agierten – entsprechend einfach entdeckten wir ihre Spuren«.

Wir ließen uns von solchen Nachrichten aber nicht abschrecken. Im Gegenteil, sie reizten uns. Wir diskutierten mit Ugo über Di Pietro, wir hörten vom Selbstmord des Ferruzi-Managers Raoul Gardini, aber wir brachten die neuen Entwicklungen mit unseren Bauplänen nicht in Zusammenhang. Korruption und Schmiergeld war natürlich auch ein Teil des abusiven Alltagslebens. Aber jetzt plötzlich trauten sich viele nicht mehr zu zahlen oder anzunehmen. Diese Unsicherheit bremste abusive Bauaktivitäten deutlich. Wir hörten aber lieber auf die positiven Verstärkungen. In unserer Siedlung gab es allein drei abusive Baustellen, warum sollte ausgerechnet uns etwas passieren?

Sven ließ seine fertigen Zeichnungen von einem Statiker überprüfen und war mindestens so stolz wie auf einen gelungenen Film, dass der Statiker nur unwesentliche Korrekturen vorgeschlagen hatte. Einem Bauvorhaben, auch wenn es abusiv ist, steht in der Regel ein *geometra* zur Seite. Wir wählten leider nicht Aldos Schulfreund, sondern ließen uns zu dem von Vittorio vorgeschlagenen Mann überreden. Zum einen deswegen, weil er sich auf schwarze Bauvorhaben spezialisiert hatte, zum anderen, weil er ein Duz-Freund von Ugos Vater, dem *ingeniere*, war. Ugos Vater, ein drahtiger agiler Mann Mitte siebzig, war einer der größten Befürworter unseres Projekts. Er, dessen politische Ansichten äußerst konservativ waren, fand, dass jeder Italiener das Recht auf ein eigenes Haus hat. Dass wir gar keine richtigen Italiener waren, änderte nichts an seiner Überzeugung: Jeder Mensch, also auch wir, hatte das moralische Recht, auf seinem eigenen Grundstück zu bauen. Und mit seiner Haltung stand er nicht allein da. Nach Irland ist Italien das Land, in dem es prozentual die meisten Haus- bzw. Wohnungsbesitzer gibt. Miete zu zahlen verursacht vielen Italienern Kopfschmerzen. Sie haben das Gefühl, dem Hausbesitzer etwas bezahlen zu müssen, was ihnen selbst grundsätzlich zusteht, nämlich ein Dach über dem Kopf.

In der Zeit, in der wir unseren Bau vorbereiteten, lag Ugos Mutter im Sterben. Sie hatte Krebs. Rosaria, Ugos unerschütterliche Schwester, hatte sie aus dem Krankenhaus nach Hause geholt und sie, Ugos Vater und Schwiegertochter Annamaria wechselten sich bei der Pflege ab. Niemand sagte der alten Dame, dass sie Krebs im Endstadium hatte. Sie schmiedete Pläne, was sie alles tun würde, wenn sie wieder gesund sei. Schon früher hatte sie ganze Mittagessen mit ihren

Zukunftsplänen beherrscht, von denen sie selten bis nie etwas realisiert hat.

Wie Ugos Vater stammte sie aus einer gut situierten Familie und hatte dem finanziellen Abstieg mit ihrer klassischen Höheren-Töchter-Ausbildung nichts Praktisches entgegenzusetzen. Fraglos zog sie, als Ugos Vater pensioniert wurde und nicht mehr durch die Welt reisen musste, zusammen mit ihm ins renovierungsbedürftige Haus der Schwiegermutter, mit der Vorgabe, dort das Dachgeschoss auszubauen. Der Dachausbau zog sich hin. Die Schwiegermutter kommandierte Ugos Vater wie einen Schuljungen und drangsalierte ihre Schwiegertochter mit unsinnigen Vorschriften. Ugos Mutter lebte weiterhin zwischen unausgepackten Kisten und Koffern und flüchtete sich in Krankheiten und Zukunftspläne. Die Schwiegermutter hatte nur Verachtung für diese kränkelnde, realitätsferne Frau übrig. Krankheiten gab es für die 100-Jährige nicht, auch ihr eigenes Alter und die damit verbundenen Schwächen wollte sie nicht zugeben. Ein Hörgerät kam nicht in Frage, obwohl sie nur noch gut sitzende männliche Stimmen wahrnehmen konnte. Als sie inkontinent wurde und Ugos Mutter rachelustig nachfragte, ob es nicht besser sei, wenn sie Windeln trüge, ging die 103-jährige Frau mit ihrem Krückstock auf die 76-Jährige los. Sie starb in dem Jahr, in dem wir unser Grundstück kauften, mit 104 Jahren.

Als Ugos Mutter ihrerseits im Sterben lag, wurden all diese Konflikte nicht mehr berührt. Die Familie tat das Möglichste, dass sie keine Schmerzen hatte, und hörte sich ihre sinnlosen Zukunftspläne an. Ugos Vater, der sich in dieser Zeit vielleicht mehr um seine Frau kümmerte, als er es in ihrem ganzen gemeinsamen vorherigen Leben getan hatte, war froh, sich mit unserem Bauprojekt ein bisschen von seinen traurigen Gedanken abzulenken. Ich werde nie seinen Gesichtsausdruck vergessen, als er kerzengerade auf einem Stuhl saß und beobachtete, wie seine Frau in den blumengeschmückten Sarg gelegt wurde. Schmerz, Haltung bewahren und ein Stück weit ging er mit ihr mit.

Es war reine Blasphemie, dass der *geometra*, der mit Ugos Vater befreundet war und den auch Vittorio ausgesucht hatte, Santino, also »der kleine Heilige« hieß. Ugos Vater begleitete uns zu jenem Santino, um einen Vertrag aufzusetzen, der festlegte, bei welchem Baustand unser Bauunternehmer Vittorio welches Geld bekommen sollte. So wurde darin auch festgehalten, dass im Falle eines Bauabbruchs nach den bis dahin umbauten Kubikmetern abgerechnet werden sollte. Da wir für jeden Bauabschnitt die Hälfte im Voraus zahlten, konnte es laut Vertrag in bestimmten Situationen zu Rückzahlungen kommen. Die bestimmte Situation trat ein, zur Rückzahlung seitens Vittorios ist es aber nie gekommen. Der Vertrag war genauso unsinnig wie vieles andere, was »der kleine Heilige« tat oder sagte. Wie unheilig er wirklich war, wurde uns allen klar, als er einige Jahre später Ugo um ein Teil seines Erbes zugunsten seines älteren Bruders betrog und dabei sicherlich seinen Teil daran verdient hat.

Wir hatten den Baubeginn für Ende Juni angesetzt. Juli und August galten angeblich als »abusivismusfreundliche« Monate, weil ein großer Teil der *vigili*, der städtischen Polizeibeamten, zu dieser Zeit im Sommerurlaub sei. Eine Woche vorher hatten Sven, Vittorio und sein auf Zementarbeiten spezialisierter Kollege genau vermessen, wo das Fundament hinkommen sollte. Sechs Meter von Vittorios Grundstück entfernt, sechs Meter von Vitos Grund, sechs Meter von der Straße, ganz nach Gesetz. Zum Südwesten, dem Blick von der Terrasse auf das Tal mit den alten Eichen wollten wir so viel Platz wie möglich gewinnen. Sven war gut vorbereitet, es gab, ganz unitalienisch, kaum Diskussionen zwischen Bauherrn und Unternehmer. Schon zum Mittagessen war Sven wieder zu Hause.

Es war Mitte Juni, der Stern knallte vom Himmel, der Sommer war ja bereits einen Monat früher, Mitte Mai, angeschaltet worden, dementsprechend fiel die Pasta aus. Ein Nudelgericht mit kalter Soße.

Rezept 7 / für 4 Personen

Primavera (Tomaten, Mozzarella, Basilikum)
(Zubereitungszeit: 25 Minuten)

- frisches Basilikum
- 1 mittlere Zwiebel
- Olivenöl
- Salz, Pfeffer, Parmesan

Die Pasta Primavera, auch Caprese genannt, ist ein Rezept aus Capri. Da sich kein Mensch dort im Winter aufhält, ist mit der Caprese, egal, ob mit Nudeln oder als Salat, immer der Sommer verbunden.

350–400 g, ja, was für Nudeln? Kurze oder lange? Wegen der Mozzarellastückchen bin ich eher für kurze, aber man kann auch Spaghetti oder Linguine nehmen, nur von Spaghettini, Fedelini oder noch Dünnerem würde ich abraten.

Ein gutes Pfund reife, aromatische Tomaten (Dose wäre hier blasphemisch, es ist ein Sommergericht!)

100–150 g Mozzarella, wenn man ihn bekommt, ist Mozzarella di Buffalla besser als der von einfachen Kühen. Schmackhafter und weicher. (Es gibt allerdings einen Trick, normalen Mozzarella weicher und aromatischer zu machen: Man gibt in die Mozzarellalake einen guten Teelöffel Salz und lässt den Mozzarella 1–2 Tage darin ziehen.)

Nudelwasser (siehe auch Anhang 2) zum Kochen aufsetzen.

> Frische Tomaten in bereits heißes Wasser, bis Haut platzt. Tomaten unter fließendem Wasser abkühlen lassen. Haut abziehen, in Würfel schneiden, den Saft möglichst auffangen und für die Soße verwenden.
>
> Wenn kocht, Nudelwasser salzen. Pasta hinein.
>
> Mozzarella in möglichst kleine Stücke schneiden.
> Zwiebel klein schneiden, in etwas Öl goldgelb anbraten.
>
> Die fertigen Nudeln abgießen und in eine Schüssel mit den gebratenen Zwiebeln, den rohen Tomatenstücken und dem Basilikum vermischen. Zum Schluss den Mozzarella untermischen.
>
> Am Tisch mit Parmesan nachsalzen und evtl. -pfeffern.

6.

Am Samstag ging es ab in die Illegalität. Am Tag zuvor waren die Bäume versetzt worden, die beiden Olivenbäume rechts und links neben das zukünftige Einfahrtstor, der Aprikosenbaum mit seinen leuchtend orangefarbenen Früchten auf der Mitte des Grundstückes hatte zur Westseite weichen müssen. Die Baggerfahrer pflückten sich die Aprikosen.

In unserer kleinen Straße wünschten uns die Nachbarn, die wir bis dahin kaum kannten, viel Glück. *Tanti auguri!* Und: *In bocca al lupo!* Man antwortet: *Crepi!* Was wörtlich übersetzt heißt: Hinein ins Wolfsmaul! Verrecke! Auch wir transportierten unsere Erde zum großen Teil auf Vitos Grundstück, vergaßen dabei, den guten Mutterboden für uns selbst aufzuheben. Fehler Nr. 1. Abgehakt. Dem Garten hat das später keinen Abbruch getan, aber vielleicht spricht da aus mir der Gartenamateur. Der Samstag verlief ohne Zwischenfall. Als ich am Abend zum Grundstück kam, klaffte ein tiefes, viereckiges Loch im Boden. Es sah aus wie eine Wunde. Es tat weh. Bei anderen Grundstücken war mir das nie aufgefallen. Aber dieses Grundstück kannte ich in- und auswendig, hatte es gesäubert, zugesehen, wie es geglättet wurde, und hatte es mit Bäumen bepflanzt. Es war mir riesig groß erschienen, jetzt war es nur noch ein hässliches Loch, beschienen von der roten, römischen Abendsonne. Ich fühlte mich an einen Ritus der Indianer erinnert, die ein Tier, das sie erlegt hatten, um Entschuldigung baten. Sven empfand es ähnlich, wir entschuldigten uns bei unserem Grundstück und versprachen ihm ein Haus, das seiner Schönheit gerecht würde.

Als Sven am späten Sonntagvormittag zum Grundstück ging, wollten die Baggerfahrer gerade nach Hause fahren, obwohl die vorgesehene Tiefe noch nicht erreicht war. Der Boden sei einfach zu hart, wenn man tiefer als drei Meter ging. Sven insistierte, schließlich hatte er mit Ugos Vater, dem *ingeniere*, genau ausgemessen, wie tief die Ausschachtung sein musste, um in dem zur Straße liegenden Teil ein reines Kellergeschoss zu haben und nach Südwesten heraus das Fundament über die Erde zu legen. Hier sollte später eine kleine Apartmentwohnung entstehen. Sven stockte den vereinbarten Preis der Ausschachtung mit ein paar 100.000-Lire-Scheinen auf, was angesichts des größeren Zeitaufwands durchaus gerechtfertigt war. Sonntagabend waren die Ausschachtungsarbeiten abgeschlossen.

Als wir am Montagmorgen zum Grundstück kamen, fanden wir ein großes, amtlich aussehendes Pappschild vor, das in einem der umgesetzten Olivenbäume hing. Auf dem Pappschild stand der Hinweis, die vorliegenden Bauarbeiten wären illegal, dann die Anweisung, die Arbeiten auf der Stelle abzubrechen, schließlich der Hinweis, dass laut dieser und jener

Paragraphen der weitere Aufenthalt für Bauarbeiter auf dem Grundstück verboten sei und eine Zuwiderhandlung geahndet würde.

Vittorio kam uns fröhlich grinsend entgegen, deutete auf das Schild und sagte: »*La licenza!*«, was so viel bedeutete wie: »Die Bauerlaubnis!«. Wir wussten von diesen Schildern. Mehr als drei davon sollte man nicht bekommen, bevor das Dach auf dem Haus ist. Und wir hatten noch nicht einmal das Fundament gelegt, da hing schon das erste! Irgendjemand musste uns angezeigt haben.

Diese Verbotsschilder wurden in der Umgangssprache des Abusivismus deswegen *licenza* genannt, weil durch den administrativen Akt später bewiesen werden konnte, wann der Bau tatsächlich begonnen worden war. Es war wichtig, ein amtliches Datum im Zusammenhang mit dem Hausbau zu besitzen, um später das Haus im Falle einer Bauamnestie legalisieren zu können.

Am Dienstag begannen die Arbeiten zur Fundamentlegung. Schon bei der Ausschachtung hatte Vittorio dafür gesorgt, dass das Fundament einen halben Meter weiter weg als vorgesehen von seiner Grundstücksgrenze entfernt gesetzt wurde, was zur Folge hatte, dass wir auf der gegenüberliegenden Seite bei der Ausschachtung fast die Wurzeln unserer Eiche gekappt hätten. Die Kellermauer auf dieser Seite ist deswegen leicht schräg geworden, aber mit den rechten Winkeln nimmt man es beim abusiven Bauen sowieso nicht so ganz genau.

Eisen wurden in die Verschalung gepackt, Freitag surrte die Zementmischmaschine ununterbrochen. Ein Bauarbeiter schaufelte den Zement in die Maschine, zwei andere fuhren unermüdlich mit Schubkarren hin und her, ihre braunen Oberkörper glänzten vor Schweiß. Am Abend war das Fundament fertig gegossen und konnte über Samstag und Sonntag trocknen. Unsere erste abusive Woche klang bei Feierabendbier mit den erschöpften Arbeitern aus.

Mitten in der Nacht schreckt Sven hoch. Kerzengerade sitzt er im Bett. Bei der Ausschachtung hatte Vittorio zwei Welpen auf dem Grundstück gefunden, schwarzbraunweiß gefleckte Mischlinge, von denen jeder bequem in einem Schuhkarton Platz fand. Die Hunde blieben auf dem Grundstück, von uns und den Bauarbeitern gefüttert. Wir nannten sie »Lemmon« und »Matthau«.

Nachdem das Fundament gegossen worden ist, hat er die beiden Welpen nicht mehr gesehen! Auch wären die Bauarbeiter seiner Beobachtung nach irgendwie merkwürdig gewesen.

Ich war felsenfest überzeugt, die Männer hätten »Lemmon« und »Matthau« in den Zement geschmissen. Kein Zweifel! Das war nichts weiter als ein alter Ritus! Man musste etwas Lebendiges opfern, um den Bau gelingen zu lassen. Schließlich warf man ja auch Münzen in den flüssigen Beton! Ugo lachte mich beim Frühstücksespresso aus, er tat es allerdings in seiner Art, dezent, mit Worten: Du glaubst wohl auch noch, dass wir mit Äxten um unsere Lagerfeuer tanzen wie die Wilden? Nein, widersprach ich heftig und breitete Ugo meine Theorie aus: Die meisten unserer Bauarbeiter waren, so wie der Baumeister, Sarden. Wahrscheinlich ist dieses Tieropfer ein alter sardischer Brauch? Auf den Inseln war alles anders. Schon die Sprache klang wenig italienisch. Da könnten sich wer weiß was für Bräuche erhalten haben. Was weißt du als Römer von den Bräuchen der Sarden? Ugo tippte sich an den Kopf, aber ich bin überzeugt, ich hatte ihn ein wenig verunsichert.

Endgültig ausgeräumt waren Svens Befürchtungen erst, als ihm die beiden Hunde am Vormittag erwartungsvoll entgegentollten. Sven hatte sowieso Mühe mit der »Deftigkeit« der italienischen Lebensweise hier auf dem Land. Wir halfen einmal Vittorio mit einem Ersatzkanister Benzin aus, als der Tank seines Alfas leer war. Am nächsten Tag stand er mit zwei mindestens 60 Zentimeter langen zappelnden Welsen als Dank vor der Tür des *casale*. Er hatte diese Raubfische, deren Kopf wegen der langen Barthaare unseren Katzen ähnelte und die daher hier *pesce gatto* genannt werden, gerade höchstpersönlich im Lago Bracciano gefangen. Da es Süßwasserfische seien, sagte er, bräuchte ich sie nur in eine große Plastiksschüssel zu legen und mit Salzwasser zu übergießen, dann würden sie sterben. Sven sah diese beiden zappelnden Lebewesen mit den dicken behaarten Mäulern an meinen Händen baumeln, und sein Gesicht verriet eine gewisse Panik. Er war heilfroh, dass er an diesem Tag nach Deutschland fliegen musste und so den Fischen und der Frage, wie sie ins Jenseits zu befördern seien, auf natürliche Weise entgehen konnte. Ugo war mit Annamaria in die Stadt gefahren, von ihm konnte ich mir keinen Rat holen. Ich tat also, wie mir Vittorio geraten hatte, legte die Fische in eine Plastikwaschschüssel, übergoss sie mit Salzwasser und brachte Sven zum Flughafen. Als ich wieder nach Hause kam, war die Plastikschüssel leer, und die beiden bärtigen Tiere flutschten in unserer Küche herum. Die Katze hatte sich vorsichtshalber auf die Balustrade verzogen. Ich fing die Räuber wieder ein, leerte jeweils ein halbes Paket Salz auf ihren Köpfen, was sie dann tatsächlich nicht mehr überlebten. An diesem Abend bewiesen Ugo und Annamaria einmal mehr ihre Freundschaft, sie kamen vorzeitig vom Besuch ihrer Schwester zurück und brachten sogar noch Freunde mit, die halfen, zumindest eines der Tiere aufzuessen. Vom anderen Fisch hat der Nachbarhund eine Woche lang gelebt.

Ein anderes Mal schenkte mir ein Nachbar, der Schulterpolster herstellte, eine ganze Plastiktüte voll von seinen Produkten in den unterschiedlichsten Größen und Farben, nur weil ich ein kleines Telefonat für ihn zu einem deutschen Schulterpolsterhersteller geführt hatte. Auf meine Frage, was ich angesichts meiner sowieso schon ziemlich breiten Schultern mit so vielen Schulterpolstern anfangen sollte, sagte er lapidar: »*Che ne so.*« (Was weiß denn ich.)

In der folgenden Woche fuhren zwei *vigili*, Beamte der örtlichen Baupolizei, bei Ugo und Annamaria vorbei und lieferten ein Einschreiben mit einer Vorladung für mich ab, das mich aufforderte, als Grundstücksbesitzerin beim Bauamt zu erscheinen. Tapfer packte ich meine Unterlagen zusammen, Personalausweis, die Grundstücksurkunde und die Eintragung ins Katasteramt. Ich hatte gewusst, dass diese Vorladung auf uns zukommen würde. Aber wenn man dann den Beamten ins Gesicht schauen und sich ihre im Bürokraten-Italienisch gehaltenen Zurechtweisungen anhören muss, ist das doch etwas ganz anderes.

Äußerlich gefasst betrat ich das für unsere Gegend zuständige Bezirksamt, dachte einen Moment lang darüber nach, ob nicht auch dieses Gebäude vielleicht einmal schwarz gebaut worden war. Unwahrscheinlich war das nicht! Ein vierstöckiger 70er-Jahre-Billigbau, Linoleum auf den Fußböden, kleine Bürokoben durch Leichtbauwände voneinander abgetrennt, an der Decke funzelige Neonröhren. Überall standen die Türen offen, es war Anfang Juli, und nicht jeder Beamte hatte einen Ventilator in seinem mit Akten voll gestopften Zimmer. Schreibmaschinen und Telefonanlagen stammten aus den ersten Tagen der Nachkriegszeit. Nur die modernen Fotokopierer in jedem Stockwerk auf dem Flur störten den verstaubten Eindruck. Unheimlich war mir dieses Interieur. Es erinnerte mich an die Atmosphäre in Nazifilmen. Ich erkundigte mich nach dem Bauamt. »Im dritten Stock«, bekam ich Auskunft. Mit immer weicher werdenden Knien schlich ich das düstere Treppenhaus hinauf. Ich musste es hinter mich bringen, es half ja alles nichts. Entschlossen öffnete ich die Tür, die vom Treppenhaus zu den Büroräumen führte, zeigte im ersten Zimmer einem Beamten meine Vorladung. Ohne eine Miene zu verziehen, verwies er mich ins Nachbarzimmer.

Ein junger *vigile* kommt mir auf dem Flur entgegen, schaut auf meinen Zettel, entziffert mühselig meinen deutschen Namen, ja, für mich sei er zuständig, sagt er freundlich und bittet mich in sein Büro, das er mit einem älteren Beamten teilt. Die beiden verständigen sich kurz, um welchen Vorgang es sich handelt. Der junge Beamte holt meine Akte hervor, bittet um meinen Ausweis, damit er meine Personalien eintragen kann. Kein unfreundliches Wort fällt, keine Zurechtweisung, keine Belehrung. Der Vorfall wird behandelt, als sei das Bauen ohne Baugenehmigung auf römischem Ackerland ein ebenso normaler bürokratischer Vorgang wie das Ummelden eines Kraftfahrzeugs. Der junge Beamte begleitet mich bis zum Treppenhaus, schließt die Tür hinter sich. Schnell und leise fragt er, ob ich wüsste, was im Falle der Fälle passieren kann. Nach drei *cartelli* (den Schildern, von denen das erste an unserer Olive hängt und den sofortigen Abbruch der Arbeit gebietet), erklärt er, werde ein Gerichtsverfahren gegen uns eröffnet, dann müssten wir uns einen Anwalt nehmen. Er weist mich noch einmal darauf hin, dass es sehr darauf ankommt, sich mit den Bauarbeiten zu beeilen. Dann gibt er mir die Hand zum Abschied und geht zurück in sein Büro.

Nach der Fundamentlegung ging alles rasend schnell. Sven fuhr jeden Tag zur Baustelle, diskutierte mit Vittorio, maß die Fenster- und Türöffnungen nach, während die Mauern des illegalen Kellergeschosses wuchsen.

Das Mauern ist ein Klacks gegen das Verschalen des Zwischengeschosses, das Sägen der Bretter zur Verschalung, das Zusammenhämmern, das Abstützen, das Verlegen der Eisen, das Verschweißen der Enden, das Verknüpfen der leichten Eisen mit Draht. Vittorios Männer arbeiteten trotz Julihitze im Akkordtempo. Nach einer Woche fuhr morgens um fünf Uhr (wegen der Baupolizei, die ihren Dienst erst um sieben Uhr antritt) die große Zementmischmaschine zum Zementieren des Kellerdaches vor. Hält die Verschalung das Gewicht des Zements? Bricht irgendeine Verschalung durch, platzt ein Betonpfeiler auf ... Undenkbar, wie viel Zeit man verlöre, wenn die Arbeit ins Stolpern käme. Endlich, um zehn Uhr morgens ist das Kellerdach zementiert. Keine Verschalung ist geplatzt, keine Polizei aufgetaucht!

Zwei der vier vorgesehenen Bauabschnitte sind fertig. Zufrieden steht Vittorio auf dem Zwischendach und wässert den frisch gegossenen Zement, der in der Hitze sonst zu schnell trocknen und deswegen reißen würde. Dann gönnt sich unser frisch gebackener Bauunternehmer die verdiente Dusche, dressed sich up mit Seidenhemd und einer neuen Replay-Jeans. Mit einer Zigarette im Mundwinkel, einem Packen 100.000-Lire-Scheinen von unserer zweiten Rate in der Brusttasche setzt er sich in seinen Alfa Romeo, braust ins römische Nachtleben, eine herb männliche Parfümwolke zurücklassend. Seine Frau und seine Tochter hatte er in dieser Zeit zu den Verwandten nach Sardinien geschickt.

Am folgenden Montagmorgen hing das zweite *cartello*, diesmal an der Wand des Kellergeschosses. Wieder musste ich zum Bauamt, die Zurkenntnisnahme des Verbotes jedweder weiteren Bautätigkeit bestätigen. Alles ganz normal, versicherte Vittorio. Der freundliche junge Beamte wies noch einmal darauf hin, dass man sich mit dem Bau beeilen solle, weil im Extremfall das Haus eingerissen werden kann, was aber niemand hoffe, weil ja in der Gegend schon etwa 200 von solchen Häusern stehen, die auch kein Mensch abgerissen hätte.

Schon wieder ist die Woche um, und wieder fährt am Freitagmorgen die Zementmischmaschine vor. Die Decke des Erdgeschosses wird zementiert. In erstaunlicher Geschwindigkeit werden die Mauern des Obergeschosses hochgezogen. Das dritte *cartello* kommt diesmal schon am Freitagnachmittag.

Plötzlich taucht am Eingang der Straße ein Polizeifahrzeug auf. Ein Pfiff. Jeder lässt fallen, was er im Moment in der Hand hat, verlässt blitzartig die Baustelle, einige springen vom ersten Stock hinunter in den Sand, verschwinden in den Büschen.

Die Beamten halten vor dem Haus an, steigen aus. Drei Männer sind es diesmal, unsere beiden *vigili*, die wir schon kennen und die wir freundlich grüßen, und ein älterer mit Schulterstücken auf der Uniformjacke. Sie betreten das Grundstück und umkreisen den etwa zur Hälfte fertigen Bau. Der frische Beton tropft durch die Verschalung.

Vittorio und ich sind auf dem Gelände geblieben. Man fragt mich, ob ich mit diesem Bau etwas zu tun habe. Ich verneine. Man fragt Vittorio, ob er mit dem Bau was zu tun hat, er verneint ebenfalls. Da stehen zwei Männer auf einer Baustelle, die Hände in den Hosentaschen, und tun so, als ginge sie all das nichts an. Und die Polizei fragt sie nicht, was sie denn hier zu suchen hätten, sondern hält ihnen einen Vortrag. Der Polizeioffizier erklärt, wildes Bauen sei ein Verbrechen wie jedes andere Verbrechen auch, abusives Bauen werde verfolgt und bestraft. Und zwar werde zunächst jedes Haus ohne Baugenehmigung auf Kosten des Besitzers abgerissen! Jedes! Ich sehe mich um und betrachte die 200 unbeschädigten Nachbarhäuser, soweit sie von diesem Ort aus sichtbar sind. Aber der Offizier bemerkt meinen Blick nicht oder will ihn nicht bemerken. Wahrscheinlich ist so ein ironischer Blick zu unauffällig für einen Beamten. Ich kann ihn ja nicht zur persönlichen Großaufnahme meines Gesichtes zwingen. Da müsste wahrscheinlich ein gepfefferter Dialog her, zum Beispiel: »Oh, ja, verstehe, jedes Haus!« Und dann mit Blick zu den Nachbarhäusern: »Und die da?« Oder: »Waren Sie für die auch zuständig?« Aber mein Hirn war wie abgeschaltet, kein einziges ironisch kritisches Wort bekommt er von mir zu hören.

Die Beamten verlassen das Grundstück, nicht ohne Vittorio darauf hinzuweisen, dass er augenblicklich hinter Gitter käme, wenn er tatsächlich mit diesem Bau etwas zu tun habe, denn es wäre sein zweites Zusammenstoßen mit dem Strafgesetz, und seine *convenzionale* (Bewährung) sei damit hinfällig.

Vittorio ist tatsächlich besorgt. Den höheren Polizeioffizier kannte er nicht. Den hat er noch nie in der Gegend gesehen. Das deutete auf Komplikationen hin. Jetzt ist Eile das oberste Gebot. Kann man nicht am Wochenende weiterarbeiten? Vittorio lehnt ab, nein, am Wochenende hat er etwas vor. Das römische Nachtleben ruft.

Erst am Montag wurde wieder weitergebaut, als wäre nichts gewesen.

Montagabend erschienen unsere beiden *vigili* an der Haustür vom *casale*. Zunächst geben sie routinemäßig ihre »Einladung« ab, die offenbar jedem *cartello* folgt. Dann fragt einer von ihnen unvermittelt: »Habt ihr einen guten Anwalt?« Wir heben die Schultern und sehen uns an. Wir haben uns nie so recht um einen Anwalt gekümmert, weil wir uns sagen, wenn der Prozess auf uns zukommt, ist immer noch Zeit genug, einen Rechtsverdreher zu suchen. Sie verabschieden sich höflich, und wir messen dieser Frage keine so überragende Bedeutung bei. Es gibt Momente im Leben, da können die Vorzeichen der Gefahr noch so offensichtlich sein, man will sie nicht wahrnehmen.

Am Donnerstag passierte dann, was in der ganzen Gegend noch nie passiert war. Wie jeden Morgen fährt Sven zum Grundstück. Ich hatte gerade meinen alten Schlepptop hochgebootet, als ich eilige Schritte auf den Travertin-Stufen in Ugos Haus höre. Zwei Sekunden später wird die Tür aufgerissen. Sven, kreideweiß im Gesicht: »Sie sind da«, sagt er. Seine Stimme unangemessen ruhig. Ich weiß sofort, wer mit »sie« gemeint ist. Zusammen rennen wir zum Auto. Kurz schildert mir Sven, wie ihm auf der Fahrt zum Grundstück Gianni, einer der Bauarbeiter, auf seinem Mofa entgegengekommen war und berichtet hatte, dass etwa 50 Beamte aller Gattungen, *carabinieri*, *polizia stradale* und *vigili*, mit einem Tieflader angerückt waren, auf dem ein Abrissbagger mit Birne stand.

In der kleinen Sackgasse, die zu unserem Grundstück führte, war die halbe Siedlung zusammengelaufen. Etwa 100 Menschen. Die Leute beobachteten, wie der Baggerführer unter Anleitung der *vigili* das Bauholz beiseite räumte, um Platz für den Bagger zu schaffen. Sie wichen respektvoll zur Seite, als unser alter blauer Peugeot vorfuhr. Wir kannten kaum einen von ihnen, und sie kannten uns nicht.

Wir suchten den *tenente*, den Einsatzkommandanten, wollten von ihm wissen, warum. Warum ausgerechnet unser Haus? Er reagierte wie alle kleinen und mittleren Befehlsausführer auf der ganzen Welt, zuckte mit den Schultern. Warum weiß er nicht, er hat nur den Einsatzbefehl. Wahrscheinlich läge ein *vincolo* auf unserem Grundstück. Nein, das hatten wir doch nachprüfen lassen. Und wenn unser Grundstück tatsächlich unter Denkmal-, Natur- oder sonst irgendeinem Schutz stünde, müsste dieser Schutz auch für das Nachbarhaus gelten. Den *tenente* interessierten unsere Argumente nicht. Er hielt uns ein Papier unter die Nase. *Ordine della demolizione* (Abrissbefehl) oder so etwas Ähnliches entzifferten wir. Sven sollte den Empfang bestätigen und das Formular unterschreiben. Sven weigerte sich.

Eine meiner italienischen Nachbarinnen, die ich bis dahin nie gesehen hatte, zog mich beiseite, nahm mich in den Arm und flüsterte mir ins Ohr: »Susanna, du musst jetzt in dein Haus gehen und so tun, als wolltest du dich aus dem Fenster stürzen.« Sie drückte mich noch fester an sich. »Aber tu's nicht wirklich, versprich mir das!« Damit schob sie mich zu den Holzbohlen, die zu unserem Eingang führten. Die Aufmerksamkeit der *vigili* war ganz auf ihren *tenente* gerichtet.

Die städtischen Polizisten, zusammen mit dem Baggerführer, arbeiteten sowieso schon im Schneckentempo, allein zwei Stunden hatte es gedauert, bis das Gerüst abgebaut war. Jetzt machten sie eine Pause, in der Hoffnung, dass der Einsatz des Baggers doch noch abgewendet werden könnte. Dem netten, jungen *vigile*, den ich aus dem Bauamt kannte, liefen die Tränen über das Gesicht.

Hat einer schon einmal einen bei Ausübung seines Dienstes heulenden Polizisten gesehen?

Keiner von ihnen hielt es für nötig, den Eingang unseres Hauses zu bewachen. Während Sven zum x-ten Mal dem *tenente* erklärte, er würde das Papier auf keinen Fall unterschreiben, schlich ich mich ins Haus, hinauf in den ersten Stock, und stellte mich ans Fenster. Aus mir heraus kamen merkwürdige Laute, eine Mischung aus Schreien und Weinen. Wie ein verletztes Tier habe es geklungen, erzählten mir die Nachbarn später. Die *vigili* wurden aufmerksam. Der *tenente* schickte eine Abordnung ins Haus, trieb den Rest seiner Leute zum Weiterarbeiten an.

Sieben blauweiße Uniformen standen um mich herum. Ein Beamter mit väterlichem Gesicht redete auf mich ein. Ich weiß nicht mehr, was er gesagt hat, ich hörte es gar nicht, antwortete nur mit meinen Jammertönen. Der väterliche Beamte wies einen Kollegen an, die Ambulanz zu holen. Die sieben schlossen einen Ring um mich, aber sie rührten mich nicht an. Auch das registrierte ich nicht. Ich ließ mich schließlich von ihnen herausführen, aber sie zogen mich nicht, ich ging selbst. Ein schwerer Fehler. Aber deutsche Demonstrationen und Hausbesetzungen im Kopf, hatte ich gedacht, wenn ich nicht gehe, werden sie mich heraustragen. Ein Irrtum. *Vigili*, die städtischen Beamten, haben in Italien nicht das Recht, jemanden aus einem Haus zu tragen. Sie hätten mich nicht anrühren dürfen.

Sven hatte inzwischen von Vittorio aus den Anwalt angerufen, den man uns für den Fall der Fälle empfohlen hatte. Dieser Anwalt wohnte zwar in unserer Gegend, aber er hatte sein Büro in der Innenstadt, fünf Minuten vom Vatikan entfernt. Seine Sekretärin hatte versprochen, dass er *doppo pranzo* (nach der Mittagspause) wieder in seinem Büro sei.

Ins Auto, nach Hause, die Hausunterlagen holen, wieder ins Auto, in die Stadt, Sven am Steuer, ich den Stadtplan auf den Knien. Gott sei Dank waren die Straßen an diesem heißen Augusttag wie leer gefegt. Alle vernünftigen Römer suchten nach Abkühlung am Meer oder in den Bergen. Die meisten roten Ampeln nach italienischer Sitte interpretierend erreichten wir das Büro des Anwalts in der Rekordzeit von zwölf Minuten. Wie seine Sekretärin angekündigt hatte, war der Anwalt da. Das ist keine Selbstverständlichkeit, er hätte nur zufällig einen Freund beim Mittagessen treffen müssen, dann wäre er eine halbe Stunde später wiedergekommen, und dann stünde unser Haus wahrscheinlich nicht mehr. Der Anwalt war ein älterer Herr an der Pensionsgrenze, saß hinter einem schweren dunklen Schreibtisch vor einem schweren dunklen Ölbild, auf dem eine hässliche Jungfrau Maria ihr dickes Kind an sich drückte. Gründlich studierte er die von uns überreichten Unterlagen und verkündete dann: Der Einsatz der *vigili* wäre ungesetzlich. Eine *demolizione* hätten sie mindestens 60 Tage zuvor ankündigen müssen, Paragraph soundso, *demolizione di opere*, um dem Delinquenten Gelegenheit zu geben, sein Haus mit eigenen Mitteln wieder abzureißen. Er war es auch, der uns erklärte, dass die Blauweiß-Uniformierten nicht berechtigt sind, uns aus dem Haus herauszuholen, wenn wir einmal drin sind, weil sie uns nicht anfassen dürften.

Wir rissen ihm förmlich unsere Papiere aus der Hand und flogen zurück zu unserem Grundstück. Unterwegs diskutierten wir scheinbar sachlich, was wir tun würden, wenn sie das Haus schon eingerissen hätten. Es würde nicht das Ende der Welt sein, versicherten wir uns gegenseitig, das Ende unserer Liebe zu Italien vielleicht, aber nicht das Ende, nein, das Ende nicht.

Kurz nach zwei kamen wir wieder auf unserem Grundstück an. Das Haus stand noch, aber der Bagger war im Einsatz. Einen Teil der Terrasse hatte er schon eingerissen und näherte sich bedrohlich einer tragenden Säule. Aber er schien nicht so rasch vorangekommen zu sein wie gewöhnlich. Später hörten wir, wie der Baggerführer geflucht habe: Das Haus wäre kein Wohnhaus gewesen, sondern ein *castello*, ein mittelalterliches. Dank der sardischen Bauweise! Wir sprangen aus dem Auto, schrien den Beamten schon von weitem entgegen, dass ihr Einsatz gegen das Gesetz sei. Dann wiederholten wir die Worte noch einmal vor dem *tenente*: »*Voi siete fuori legge!*« Diesmal wedelten wir mit unseren Papieren vor seiner Nase. Tatsächlich irritiert, ließ er sich von uns erklären, was er natürlich bestens wusste, dass es für seinen Einsatz ein *avviso*, eine Vorankündigung, hätte geben müssen.

Es war ein kurzzeitiger Punktgewinn, das wussten wir. Denn die Existenz eines Gesetzes in Italien schloss keineswegs die Existenz eines anderen Gesetzes oder einer Ausnahmeregelung aus. Im

Übrigen bestand die Taktik der Polizei darin, zunächst »vollendete Tatsachen« zu schaffen. Sie wussten genau: Selbst wenn ihr Einsatz außergesetzlich war, so war das im Nachhinein nur über sich jahrelang dahinziehende Prozesse zu regeln. Welcher Ausländer würde das Spiel mitmachen? Das illegale Haus wäre aber zunächst einmal weg. Ein Exempel wäre statuiert.

Unsere Nachbarn, durch unser laut verkündetes *»fuori legge, fuori legge«* ermutigt, drängten auf das Grundstück nach. Nur sehr halbherzig versuchten die *vigili* sie daran zu hindern. Andere umringten den Baggerfahrer, verwickelten ihn in eine Diskussion, die sie mit sarkastischen Kommentaren schmückten: Eine tolle Arbeit wäre das wohl, die er da gerade leiste. Und was würde er heute Abend seiner Frau und seinen Kindern erzählen? Dass er ein Haus zerstört hat, das arme Menschen unter großen Opfern gebaut hätten? Eine wahre Heldentat! Darauf kann er wirklich stolz sein! Der Baggerfahrer hielt dagegen. Er hatte am Morgen nur einen Anruf für einen Einsatz bekommen, aber für welchen Einsatz wäre ihm nicht gesagt worden. Aber jetzt, empörten sich unsere Nachbarn, jetzt sähe er doch, was das für ein Einsatz ist!

Während Sven und die Nachbarn diskutierten, setzte ich mich ab. Keiner der *vigili* sah oder wollte sehen, wie ich erneut ins Haus ging. Diesmal fest entschlossen, mich nicht wieder herausquatschen zu lassen. Ich blieb im Erdgeschoss, horchte nach draußen, ob der Bagger erneut zum Angriff ansetzte. Es mit anzusehen brachte ich nicht über das Herz. Aber der Bagger setzte nicht wieder an, sein Motor dieselte im Stillstand, Minuten, Stunden? Ich hatte kein Gefühl mehr für Zeit.

Stolz überbrachte mir ein kleines Mädchen die Nachricht: Der Bagger war kaputt. Irgendjemand hatte, während die anderen mit dem Fahrer diskutierten, die Hydraulikschläuche des Baggers durchgeschnitten. Der Arm mit der Kugel ließ sich nicht mehr anheben. Man musste die Arbeit vorläufig unterbrechen. Draußen ein großes Palaver. Der *tenente* telefonierte mit seinem Vorgesetzten. Ich blieb stur auf einem kleinen Klappstühlchen sitzen, das ich in einer Ecke gefunden hatte. Mittlerweile war es vier Uhr nachmittags. Um halb fünf hatten die *vigili*, die seit sieben Uhr im Einsatz waren, Dienstschluss. Ebenso die *poliziotti* und die *carabinieri*. Nur wenige wären bereit gewesen, heute Überstunden zu machen.

Sven fuhr zum Haus von Ugo und Maria und benachrichtigte telefonisch alle unsere Freunde. Ugo, Annamaria und Chiara selbst waren an diesem Tag schon sehr früh in die Stadt gefahren, riefen zufällig gerade an, als sich Sven im Haus befand. Unsere Freunde versprachen, alles stehen und liegen zu lassen, um unverzüglich zu kommen.

Inzwischen traten die *vigili* mit ihrem kaputten Bagger den Rückzug an. Vittorios Zementmischmaschine und die Kreissäge des *carpentiere* wurden beschlagnahmt und auf den Tieflader gehoben. Man avisierte für den kommenden Tag den nächsten Besuch, mit einem neuen schönen und doppelt so großen Bagger. Der Baggerführer fluchte. Ich saß immer noch auf meinem Klappstühlchen. Jemand brachte mir ein riesiges Brot mit gebratenen Auberginen und Tomaten, aber ich bekam nicht einen Bissen herunter. Ein *carabinieri*-Auto fuhr vor. Wieder ein Schreck wie ein elektrischer Schlag. Waren sie gekommen, um uns jetzt aus dem Haus zu holen? Sie sprachen uns nicht einmal an, richteten nur unser provisorisches Grundstückstor wieder auf und verdrahteten es mit einem Zaunpfosten. Damit war das Grundstück amtlich versiegelt. Nach dem Gesetz hätte es jetzt niemand mehr betreten dürfen. Die letzten *vigili* bestiegen ihre Autos und fuhren gemeinsam mit den *carabinieri* davon. Eine Staubwolke war das Letzte, was ich von ihnen sah.

7.

Wie fühlt man sich nach solch einem Tag? Man fühlt gar nichts. Man sitzt da, und der Kopf ist leer. Es läuft kein Film ab, man sieht die Dinge sachlich, so, wie sie sind. Es gibt keine Trauer, keine Hoffnung, keine Wut. In meiner Zeit als Dokumentarfilmer hatte ich einmal mit einem kaum 20-jährigen Marinesoldaten zu tun, dem beim »Ausrauschen« eines Schiffstaus beide Beine abgeschlagen worden waren. Das armdicke Stahlseil hatte sich wie ein wahnsinniger Rasenmäher um den Poller gedreht. Er erzählte mir, wie er sich dabei gefühlt hatte. Es sagte: Es machte »hopps!«, und ich saß einen halben Meter tiefer, meine Beine sah ich im Wasser verschwinden. Dann kippten nach seiner Meinung das Schiff und das Meer zur Seite.

Etwa 50 Nachbarn waren übrig geblieben, nachdem die Polizei abgezogen war. Sie standen in Gruppen herum und diskutierten. Eine halbe Stunde später ein erneutes Motorgeräusch in der Hitze. Es klang etwas altersschwach. Wahrscheinlich keine Polizei. Ein älteres, leicht verbeultes Modell eines Kleinlasters ratterte heran, beladen mit Platten, Eimern und Papiersäcken. Am Steuer ein junger Mann mit schwarzen Locken und unbekümmertem Gesicht. Wir kannten ihn nicht. In seiner Begleitung zwei Bauarbeiter. Es war der große Adriano persönlich, wie wir hörten, der anerkannte Baumeister der Gegend. Manche behaupten, er sei es selbst gewesen, der die Hydraulikschläuche des Baggers durchgeschnitten hätte. Er hat sich dazu nie geäußert.

Anerkannt war er nicht nur deshalb, weil seine durchweg schwarz gebauten Häuser nicht stümperhaft gefertigt waren, sondern auch weil es mit ihnen nie administrative Probleme gegeben haben soll. Offensichtlich waren es die gut gepflegten Beziehungen zur Stadtverwaltung und zur Polizei, die dieses Wunder bewirkten. Zu einem späteren Zeitpunkt, als wir uns schon besser kannten, fragte er einmal: Warum seid ihr nicht einfach zu mir gekommen, um euer Haus bauen zu lassen? Es hätte euch so manches Problem erspart. Dabei streifte sein sanfter Blick wie zufällig das Haus Vittorios, des ehemaligen armen sardischen Hirtenjungen, der mit seiner schönen Frau zusammen nach Rom aufgebrochen war, um es Leuten wie dem großen Adriano gleichzutun. Jetzt war sein erstes und einziges Prestigeobjekt unter dem Hammer des staatlichen Zerstörungskommandos zerbröselt worden. Vittorio hatte sich den ganzen Tag nicht mehr blicken lassen. Wahrscheinlich war er ähnlich traumatisiert wie wir. Wer würde ihm, dessen Vorzeigeobjekt nie zustande kommen würde, nochmal einen Auftrag geben?

Adriano und seine beiden Arbeiter luden die Gipsplatten und Säcke mit Gipskleber ab. Einige Nachbarn halfen. Was hatte das zu bedeuten? Es kam ein uns fremder Nachbar mit zwei Helfern und erklärte uns, dass wir jetzt schnellstens in unser Haus einziehen müssten, denn das verändere die Rechtslage. Wenn wir erst einmal offiziell im Haus wohnten, werde es die Polizei viel schwerer haben, es weiter abzureißen. Um zu beweisen, dass wir im Haus wohnten, brauchten wir nichts weiter zu tun, als dort einzuziehen. Einziehen in einen Rohbau? Ja, ein abgeschlossenes Zimmer bräuchten wir, das eingerichtet werden müsste, und dann könnten wir darin wohnen. Wie das praktisch in einer Nacht vor sich gehen sollte, Zimmerbau, Umzug, Einrichten, konnte ich mir nicht vorstellen.

Der »neue Wohnsitz«, von dem Adriano sprach, bestand in diesem Augenblick aus vier Außenwänden mit fünf Fensteröffnungen, einem offenen Türloch, einer halb abgetrockneten Zwischendecke, unter der noch die Holzstützen standen, und den bis zu den Fenstern hochgezogenen Mauern des zweiten Stockwerks. Kein abgeteiltes Zimmer, kein Dach, keine Türen, keine Fensterscheiben, kein Strom, kein Wasser, nichts. Nur vier Mauern und ein Trümmerberg an der Stelle, wo vor drei Stunden noch die Terrasse gestanden hatte. Ich traute mich nicht, die Trümmer genauer zu begutachten.

Die beiden Maurer, die Adriano mitgebracht hatte, machten sich unverzüglich ans Werk. Es war etwa 17 Uhr, eigentlich Feierabendzeit. Sie schleppten die Gipsplatten ins Haus, einer füllte einen Bottich mit dem pulverisierten Klebstoff und rührte ihn mit Wasser an. Nachbarn kamen dazu, es wurde überlegt, welcher Bereich des Hauses sich am besten zur Herstellung des Zimmers eignen würde. Etwa zehn Leute standen herum und diskutierten. Uns fragte keiner. Sven saß an einer Wand und sah den Nachbarn interessiert zu. Er brachte die Geschäftigkeit um ihn herum mit dem, was geschehen war, nicht in den richtigen Zusammenhang.

Adriano stand mit dem Zollstock auf der Talseite des Hauses und vermaß im Innenraum ein Viereck. Helfer entfernten in diesem Bereich die Zementabstützungen. Adriano schlug Nägel in zwei gegenüberliegende Wände ein und zog in 20 Zentimeter Höhe eine Strippe durch den Raum. Einer der beiden Arbeiter klatschte den fertigen Kleber auf den Boden und setzte die erste Gipsplatte 20 mal 80 Zentimeter senkrecht auf den Kleber. Dann die zweite, dann die dritte, bis eine Reihe auf dem Boden fertig war. Dann wurde die Kordel 20 Zentimeter höher gesetzt, dann kam der Kleber auf die fertige Gipsplatten-Reihe. Auf die erste Reihe setzten die Maurer eine zweite Reihe. Eine Wand aus Gipsplatten entstand, wurde hochgezogen bis an die Decke, rechtwinklig dazu eine zweite Mauer gebaut, an einer günstigen Stelle wurde

80 Zentimeter unterbrochen, danach weiter hochgezogen. In zwei Meter Höhe wurde ein Holzbrett über die Unterbrechung gelegt. Darüber setzte man weitere Gipsplatten. Es entstand eine Türöffnung, schließlich ein Zimmer mit vier Wänden.

Unsere ersten vier Wände. Alles ging mit sachlicher Geschäftigkeit vonstatten, mit knappen Bemerkungen, Zurufen, rasch, aber ohne besondere Eile. Nichts schien normaler, als dieses Haus einfach weiterzubauen, nachdem die Polizei weg war. Aber alle Menschen, die sich in diesem Moment auf unserem Gelände befanden, Nachbarn, von denen wir die meisten noch nie zu Gesicht bekommen hatten, machten sich im Sinne des Gesetzes strafbar. Das Gelände war polizeilich versiegelt. Das provisorische Tor war zu – und blieb auch zu –, aber neben dem Tor hatte man den Zaun aufgeschnitten, und man benutzte halt diesen neuen Eingang. Einige Frauen standen vor dem Haus, plauderten mit neugierig Hinzugekommenen, klärten sie über das Ereignis des Tages auf und hielten dabei sorgfältig die Straße im Auge.

Unterdessen traf als Erster unserer Freunde Flavio ein. Flavio, der Sohn des Fensterbauers, der Pferde liebte, die freie Natur und die Pop-Gruppe »Genesis«. Noch im verschwitzten Arbeits-T-Shirt vermaß er die Fensteröffnung im entstehenden ersten Zimmer unseres Hauses, murmelte ein paar tröstende Worte und verschwand wieder.

Ein uns unbekannter Nachbar erschien und balancierte auf dem Kopf eine alte Tür, die er vorsichtig im Haus absetzte. Die Türeinfassungen schleppte sein kleiner Sohn, der mit einer gewissen Lässigkeit das Geschehen betrachtete, als hätte er in seinem 13-jährigen Leben Dinge erlebt, von denen wir gar nichts ahnten. Adriano passte den Türrahmen in die frisch gemauerte Gipsplattenwand ein. Der nächste Nachbar brachte zwei flaschengrüne 60er-Jahre-Sessel, wieder ein anderer zwei Bettgestelle, irgendwoher kamen zwei Matratzen, ein weiß lackierter Küchenschrank und dann sogar noch ein Teppich, der sich später zwar als Herberge einer Hundertschaft von Flöhen erwies, aber er komplettierte unsere zukünftige Einrichtung.

Aldo hatte unseren Notruf auf seinem Anrufbeantworter abgehört. Aldo, der im Sternzeichen der Jungfrau Geborene und entsprechend Ordnungsliebende und Organisationstüchtige, hatte gleich Marcello, den *geometra*, der vor vier Jahren unser Grundstück vermessen hatte, mit angeschleppt. Gemeinsam begutachteten wir zum ersten Mal den Schaden. Die Terrasse war vollkommen eingerissen, Berge von Schutt und Geröll. Aus dem geborstenen Zement stachen bizarre Eisenverstrebungen heraus, wie man es von Fernsehbildern aus Kriegsgebieten kennt. Auch die schönen zementgegossenen Rundbögen darunter – nur noch Schutt. Einer der tragenden Pfeiler war angekratzt, aber die Eisen in ihm noch unbeschädigt. Es schien so, als habe der Baggerführer versucht, möglichst »drum herum« abzureißen, also möglichst lange gezögert, die tragende Substanz des Hauses anzugreifen.

Der 500er Fiat von Rosaria, Ugos unerschütterlicher Schwester, hielt ächzend vor dem Haus. Neben Rosaria kletterte die gesamte Familie Sandri-Boriani heraus, Ugo, Annamaria und Chiara. Stumm betrachteten sie das Desaster. Aber immerhin – das Haus stand ja noch. Nach Svens Anruf waren sie auf Schlimmeres gefasst gewesen. Und was geschehen war, war geschehen. Am Haus gab es im Augenblick nichts zu helfen, jetzt mussten andere Dinge getan werden: herausfinden, was die Polizei die nächsten Tage vorhatte – Ugo und Annamaria kannten jemanden, der jemanden kannte – Annamaria telefonierte. Man musste die Presse interessieren – Rosaria kannte jemanden, der jemanden kannte, sie telefonierte. Sven rief einen Kameramann bei der RAI an, den er kannte. Der versprach zu kommen. Wir telefonierten mit unserem Anwalt, informierten ihn, dass bis jetzt nur die Terrasse eingerissen worden war. Er versprach, am nächsten Tag, wenn die Polizei wiederkommen würde, uns rechtlichen Beistand vor Ort zu leisten. Chiara, die zu dieser Zeit gerade ihre Quengelphase hatte, erkannte den Ernst der Lage, saß still in einer Ecke und sagte gar nichts.

Wir genehmigten uns eine Dusche bei Ugo und Annamaria, bevor wir die erste Nacht in unserem Haus schlafen würden. Als wir wieder in unserem verwegenen *casale* unter der altersschwachen Dusche standen, fragten wir uns, ob nun wirklich das Ende der Zeit angebrochen war, die wir hier in diesem alten Haus bei Ugo und seiner Familie verbracht hatten. Oder ob wir ab morgen Abend wieder wie früher hier wohnen würden. Lediglich um eine böse Erfahrung reicher. Würden wir denn weiter hier wohnen?

Dann griffen wir unsere Zahnbürsten, eine offene Flasche Selterswasser, zwei Kopfkissen und zwei Wolldecken. Das war unser Umzug ins neue Heim. Ugo begleitete uns. Das ließ er sich nicht ausreden. Er trug einen Elektrokocher, einen alten Blechtopf und eine Kaffeetüte. Es war selbstverständlich und wurde auch nicht groß diskutiert. Uns konnte man in unserem momentanen Zustand nicht alleine lassen, jedenfalls nicht in unserer neuen Hausruine. Und falls am frühen Morgen das Polizeiaufgebot wiederkäme, wäre es auch besser, wenn ein Italiener mit ihnen verhandelte.

An das Stromkabel, an das vorher die Zementmischmaschine angeschlossen war, hängten wir eine Baulampe. Der Strom kam von Vittorio. Dreimal ermahnte er uns, das Kabel am nächsten Morgen zu verstecken, sobald es hell würde. Ihm stand die Angst in den Augen. Das Leihen von Strom an Bausünder war gesetzlich verboten. Und er stand durch einige weitere Delikte, die über den unerlaubten Bau seines eigenen Hauses weit hinausgegangen waren, mit einem Bein schon im Knast. Das wussten wir allerdings damals noch nicht.

Ich stand an dem von Flavio auf Maß eingebauten Fenster und schaute in den sternenklaren Himmel. Die erste Nacht im eigenen Haus! Vielleicht auch die letzte. Der fast volle Mond beschien die Eichen, die Grillen zirpten. Alles wie in einer ganz normalen Augustnacht. 70.000 DM steckte bis jetzt im Gemäuer drin. Wenn sie morgen das Haus einrissen, würde das die teuerste Übernachtung unseres Lebens werden. Eine Nacht in einem Zimmer ohne Strom und fließend Wasser: 35.000 Euro!
Erschöpft ließen wir uns auf die von den Nachbarn zur Verfügung gestellten Matratzen fallen. Es lag sich gar nicht so schlecht. Ugo schob die beiden flaschengrünen Sessel prüfend hin und her, bis er schließlich die Lösung fand: Er rückte sie so zusammen, dass sie zusammengestellt eine Art Wanne bildeten. Dort, in diese Wanne von der Größe eines Kinderbettes, legte er sich zusammengekauert hinein und brummte wie ein zufriedener Hund. Es gelang mir, wenn auch unruhig, zu schlafen.

Ich starrte an die frische Gipswand. Ein Geruch von technischer Feuchtigkeit stand im Raum. Das war wohl der typische Geruch des noch nicht getrockneten Klebers. Ich mochte künstliche Gerüche. Schon als Kind hatte ich Autowerkstätten wegen des Öl-Benzin-Geruchs und Schnellreinigungen wegen des Ammoniakgeruchs gemocht. Ich weiß nicht, ob ich geschlafen habe. Ich sah mich aufstehen, Susanne atmete gleichmäßig. Ich sah mich an Ugos »Kinderbett« vorbeigehen, das leer war, sah mich aus der Tür hinausgehen in den mit Holzstützen zugestellten Raum, der einmal Küche und »Salon« in einem werden sollte. Ich versuchte mich zu orientieren. Das fahle Licht des Morgens half mir. Eine Eisenleiter stand an der Wand. Dann hörte ich vom ersten Stock her ein Geräusch. »Ugo?«, flüsterte ich. »*Si, sono qui!*«, flüsterte es zurück. Ich stieg die Leiter nach oben bis auf den Zementboden des oberen Stockwerks. Dort saß er auf einem Zementblock und betrachtete das Panorama der in fahler Düsternis liegenden Landschaft.

Er rückte etwas zur Seite, als ich mich daneben setzte. Es gab eine lange stille Minute. Eine entfernte Grille war zu hören, die Musik des Sommers. »*Bell'aria!*«, sagte Ugo und zog tief die frische Luft der Nacht ein. Ich sah, wie die alten *querce*, die vier Eichenbäume, wegen derer ich das Grundstück so liebte, sich im Wind bewegten. Sie bewegten sich mit unendlicher Sanftheit, drei männliche und ein weiblicher waren es, hatte Flavio uns einmal erklärt. Oder war es umgekehrt? Eichenbäume stehen laut Flavio immer in Gruppen, die sich vertragen. Sie altern gemeinsam, und irgendwann nach Hunderten von Jahren sind sie morsch und brechen zusammen. Unsere vier waren noch im besten Eichenalter. »*Un posto magico*«, sagte Ugo, ebenfalls mit Blick auf die Eichen. Na gut, dachte ich, es ist ein schöner Ort und ein friedlicher Moment – aber »magisch«? Ich verstehe, dass der sanfte Wind im Zusammenhang mit der Bewegung der Bäume etwas mit Musik zu tun haben konnte, mit der unendlichen Sanftheit eines Vivaldi-Themas oder eines alten Pino-Daniele-Songs. Die Landschaft Lazios mit seinen Hügeln hatte nichts Hartes, und ich verstand, dass die Etrusker gern hier geblieben sind. Sind wir ja auch. Aber deshalb »magisch«?

»*Sono completamente contrario*«, sagte ich, und Ugo grinste. Klar, das sind Momente – ich, nachts mit Ugo auf dem Dach meines unfertigen Hauses, das am Morgen unter meinem Hintern eingerissen werden soll –, in denen jeder über sein Leben nachdenkt. Was willst du in solchen Momenten auch anderes tun? Schlafen war nicht mehr, kämpfen war noch nicht. Da sitzt du nun im grauen Licht und starrst auf das Resultat des nächtlichen Windeinflusses auf pflanzliche Emanationen. Denkst automatisch in den Schablonen der Dichter und Denker, fragst dich, was diese schaukelnden Holzteile mit den grünen Lappen alles schon gesehen haben mögen, fragst dich, wo der Unterschied besteht zwischen der Heiligkeit eines Eichenhains und der Heiligkeit gekreuzter Holzbalken in einer stillen Krypta. Kommst zu keinem Resultat. In unserer jetzigen Situation erschienen mir die Bäume fast heiliger, sie bewegten sich wenigstens, und ihre sanften Bewegungen schienen eine Form von Mitleid auszudrücken. Ein totes Holzkreuz an der Wand bewegt sich um keinen Millimeter. Wenn mein damaliges Gefühl ein Rückfall in den Animismus war, dann konnte ich jetzt die alten Gracchen und die Etrusker und die Barbaren verstehen, alle, denen Bäume heilig waren, nicht aber den Sinn eines einsamen zentralen Gottes irgendwo im Unbekannten, der Verantwortung für alles auf der Welt tragen soll, für jedes einzelne klitzekleine uninteressante Schicksalchen. Zum Beispiel für eins, das irgendwo in der Welt auf dem Dach seines halb kaputten Hauses saß, der Musik einer Sommernacht lauschte und auf den Morgen wartete. Ich konnte das nicht mehr nachvollziehen. Die Bäume standen wenigstens in der Nähe und äußerten sich. Und ganz hinten im Osten, durch einen graurosa Streifen am Horizont, äußerte sich auch die Sonne. Sie meldete sich fröhlich zurück. Wir beschlossen, uns noch einmal kurz aufs Ohr zu legen.

Wir erwachten alle drei mit dem ersten Tageslicht. Postkartenreif ging die Sonne hinter Angelos professionellem Garten auf. Wir kochten Kaffee auf Annamarias elektrischer Notbehelfsplatte. In den meisten Fällen ging die Gasflasche, mit dem sie ihren Herd betrieb, immer genau dann aus, wenn gerade das Abendessen gekocht wurde, und dann kam die elektrische Notbehelfsplatte zum Einsatz. Die hatte sie uns gestern mitgegeben.

Gegen sechs wurden wir durch ein Autogeräusch aufgeschreckt. Ugo sah nach. Kein Polizeiauto, meldete er. Weder *vigili* noch *carabinieri*. Zwei Zivilisten stiegen aus ihrem Auto, spähten mit professioneller Neugier über den Zaun. Es waren Reporter von der RAI-3, ihr Besuch war das Ergebnis der gemeinsamen telefonischen Bemühungen von Sven und von Ugos Schwester Rosaria. Während der Kameramann unsere demolierte Terrasse filmte, dann auch unser neues Schlafzimmer, in dem wir noch einige Fotos an die Wand genagelt hatten, trafen weitere Autos auf unserer Straße ein. Wieder nicht die Polizei, sondern unsere Nachbarn, die ihre Zweitwagen oder Autos, die sie tagsüber nicht benötigten, ganz ordentlich rechts und links in der Straße vor unserem Haus parkten, so dass sich vielleicht gerade noch ein Panda hätte hindurchschlängeln können, keinesfalls aber ein Bagger. Die Nachbarin, die mir am Tag vorher den Tipp gegeben hatte, in mein Haus zu gehen und so zu tun, als ob ich mich aus dem Fenster stürzen wollte, hatte aus alten Bettlaken Spruchbänder gemacht. Die Spruchbänder wurden jetzt von den Frauen an der Kreuzung über die Straße gehängt und an zwei Telefonmasten befestigt:

Hände weg von unseren Häusern!
Ihr habt nicht das Recht, euch an unseren Häusern zu vergreifen,
die wir mit so viel Opfern und Mühen gebaut haben!
Nur weil wir keine Schmiergelder zahlen,
macht ihr unsere Häuser kaputt!

Annamaria, Chiara und Aldo kamen, brachten uns von der Bar an der Ecke frische *cornetti* (Hörnchen) mit. Ich konnte nichts essen, zog mich in unser Zimmer zurück und setzte mich ins Halbdunkel aufs Bett. Ich überlegte, ob ich das Bett machen sollte, ließ es aber, weil ich dachte, das Zimmer sähe auf diese Weise »bewohnter« aus. Kinder rannten aufgeregt hin und her, versicherten mir, dass sie die ganze Zeit einfach auf der Straße Ball spielen würden, dann könnte der Bagger nicht vorbeifahren. Ein Bagger darf zwar Häuser einreißen, sagten sie überzeugt, aber er darf keine Kinder überfahren. Ab und zu hörte ich Svens Stimme, der sich auf dem Dach des Hauses befand. Er erkundigte sich, wie es mir ginge. Gut, sagte ich.

Ich kettete mich mit Motorradketten im ersten Stock an einen Betonpfeiler an. Der Tipp dazu kam von Adriano, dem Baumeister. Ich fand diese Geste zwar übertrieben und schrecklich theatralisch und hatte vor, das nur im äußersten Notfall zu tun, aber die Fernsehleute wollten das unbedingt filmen, und ich war eitel genug, um ihnen den Wunsch zu erfüllen. Ich schüttelte innerlich den Kopf über mich, denn ich war keineswegs dabei, die ganze Welt vor atomarer Bedrohung zu retten, sondern nur mein bisschen eigenes Haus vor der Rache der italienischen Justiz. Die Schlüssel der Kettenschlösser gab ich Aldo in die Hand. So, wie ich angekettet war, um die Hüfte und Fußgelenke, würden sie erst einmal eine Weile brauchen, um mich loszuschweißen. Und wie ich die italienischen Verhältnisse kannte, schätzte ich, dass unsere italienischen Polizisten weiß Gott nicht an ein Schweißgerät gedacht haben würden. Das Teil musste also erst einmal organisiert werden.

Es war schon sieben Uhr fünfzehn. Von den *vigili* noch keine Spur. Sollten sie es sich anders überlegt haben? Mir war schlecht. Ich trank einen Schluck Selterswasser. Das Bizzeln rollte angenem in meinen leeren Magen hinunter. Ein Nachbar, der ein Handy besaß, wurde von einem Freund angerufen, der an einer zwei Kilometer entfernten Bar wartete. Er informierte uns: »*Stanno vendendo!*« Sie sind am Kommen.

Schließlich, sieben Uhr vierzig, ein dröhnendes Geräusch: die Polizeieskorte. Der Bagger, den sie mitbrachten, war tatsächlich um ein Vielfaches größer als der vom Vortag, fast so groß wie unser Haus. An der letzten Straßenecke stießen sie, wie sie später ihren Vorgesetzten berichteten, auf den Widerstand der Bevölkerung. Etwa 100 Leute waren zur Gegenwehr noch entschlossener als am Vortag, weil die *vigili* verbreitet hatten, dass sie noch 20 andere *ordini della demolizione* in der Tasche hätten, also Zerstörungsbefehle für 20 andere Häuser in der Gegend. Die Nachbarn kämpften für uns, aber sie kämpften auch für sich selbst, für die ganze Siedlung. Sie konzentrierten sich auf den Baggerfahrer, von dessen Einsatz die Gefahr ausging, beschimpften ihn derartig, dass er nicht wagte, seinen Bagger an diesem gefährlichen Ort von seinem Tieflader herunterzuladen. Genau wie der Baggerfahrer vom Vortag verteidigte er sich damit, dass er doch nicht gewusst habe, für was für ein Vorhaben er engagiert worden war.

Unser Anwalt hielt sein Versprechen. Gegen neun Uhr fuhr er vor. Aldo hatte auch Marcello abgeholt. Alle kamen, um uns Beistand zu leisten. Da der Baggerfahrer wegen der bedrohlichen Haltung der Bevölkerung seinen Bagger nicht abladen wollte und selbst, wenn er ihn abgeladen hätte, erst mal die parkenden Autos hätten zur Seite geschafft werden müssen, wozu die *vigili* keine Anstalten machten, denn die Autos parkten absolut korrekt, schlug Marcello vor, mit mir zum Bauamt zu fahren. Sven blieb für den Fall der Fälle angekettet auf dem Dach. Jemand brachte ihm einen Sonnenschirm und eine Flasche Mineralwasser. Denn schon jetzt um halb zehn zeigte das Thermometer 30 Grad.

Marcello bestätigte dem Anwalt während der Fahrt, dass kein besonderer Schutz auf dem Grundstück lag, der den Abriss des Hauses besonders dringlich begründet hätte, jedenfalls nicht, als er es überprüft hatte. Das war allerdings dreieinhalb Jahre her. Es konnte natürlich sein, dass es eine neue Verfügung gegeben hatte. Während der Anwalt seinen Fiat Uno stur im zweiten Gang, Hügel auf, Hügel ab, zum Bauamt quälte, diskutierte Marcello mit ihm die Taktik. Man musste erreichen, dass wir die Erlaubnis bekamen, das Haus innerhalb von 60 Tagen selbst einreißen zu dürfen. Das musste erlaubt werden, das war sogar Gesetz. Nur wenn ein dringlicher Grund vorlag, konnte ein Haus von der Behörde eingerissen werden. Innerhalb von 60 Tagen selbst einreißen, fragte ich? Dann war es doch besser, die *vigili* würden es machen, dann hätten wir den Albtraum wenigstens hinter uns. Nein, beruhigte Marcello mich. Natürlich würden wir das Haus nicht einreißen. Wir müssten lediglich erreichen, dass sie diese Verordnung bei uns anwenden. Wir würden 60 Tage Zeit gewinnen. Die zwei Monate würden ausreichen, unseren Wohnsitz von Ugos *casale* in unser Haus zu verlegen, dann wäre es für die Behörde sehr schwer, uns wieder aus unserem Haus herauszubekommen. Sie müssten uns einen neue Unterkunft besorgen. Ugo brauchte nur zu behaupten, dass wir in seinem Haus nicht mehr wohnen konnten.

Dieser Vorschlag hätte eigentlich vom Anwalt kommen müssen. Er vertrat doch unsere Sache, er war doch der Fachmann für Bauprobleme. Aber es handelte sich hier um unseren ersten Anwalt, und ich konnte damals das Wesen der Anwälte im Allgemeinen und in Italien im Besonderen noch nicht einschätzen.

Durch Marcellos Vorschlag ergab sich allerdings ein neues Problem. Um unseren Wohnsitz von Ugo und Annamaria in unser Haus zu verlegen, brauchten wir eine gültige Aufenthaltsgenehmigung. Unsere waren vor einem halben Jahr abgelaufen. Wir hatten zwar gleich den Antrag auf Verlängerung gestellt. Die bürokratische Prozedur hatte übrigens Marcello für uns erledigt. Auch das gehört in das Berufsbild eines italienischen *geometra*. Wir hatten es vorgezogen, Marcello lieber für diesen »kleinen Dienstweg« zu bezahlen, als noch einmal wie bei unserem ersten Antrag zwei Tage lang um vier Uhr morgens aufzustehen, um uns in der *questura* in die Schlange der eine neue Heimat suchenden Flüchtlinge aus der ganzen Welt einzureihen und uns von den für Aufenthaltsgenehmigungen zuständigen Beamten wie Untermenschen behandeln zu lassen. Aber wir hatten nicht bedacht, wie lange die Bearbeitung eines solchen Antrags in Italien dauern kann. Offiziell hatte es geheißen, nach sechs Wochen könne man die Aufenthaltsgenehmigung abholen. Mit drei Monaten hatten wir gerechnet, aber jetzt, nach einem halben Jahr, war die Genehmigung immer noch nicht da.

Früher hätte man so etwas, wenn man den richtigen Mann kannte, mit einem unter der Hand über den Tisch geschobenen Hunderter erledigen können, aber jetzt, zu Zeiten von *mani pulite*? Nichts mehr war so wie früher, seufzten heimlich die Beamten.

In Palermo wurden in diesen Tagen 160 Mitglieder der »Cosa Nostra« zu teilweise lebenslangen Gefängnisstrafen verurteilt. So richtig und befreiend dieser Schlag auch war: Die von Di Pietro und Borelli ausgelöste Verhaftungswelle hatte nebenbei praktisch die gesamte italienische Bürokratie lahm gelegt. Kein kleiner Beamter traute sich mehr, die Hand aufzuhalten. Selbst einen simplen Kaffee konnte man ihnen nicht mehr anbieten.

Marcello versprach, sich darum zu kümmern. Aber selbst wenn wir die Aufenthaltsgenehmigung hätten, blieben wir immer noch Deutsche. Laut Anwalt waren die Behörden zwar verpflichtet, auch deutschen Staatsbürgern, deren schwarz gebautes Haus abgerissen werden sollte, eine neue

Unterkunft zu verschaffen. Aber »Schwarzbauen« war doch ein Delikt, und konnte man unliebsame Ausländer nicht einfach abschieben?

Susanne war kaum weg, als ich von meinem Dachposten aus sah, wie die Herren Leutnants in den Uniformen der *vigili* vor dem Haus eintrafen. Sie diskutierten, sahen zu mir hoch, deuteten in Richtung des Zimmers im Haus und forderten schließlich den Kameramann der RAI auf, ihnen die Bilder zu zeigen, die er im Haus gemacht hatte. Das tat der. Sie betrachteten das Material und machten bedenkliche Gesichter. Dann gingen sie diskutierend zu ihrem Einsatzwagen, der am Anfang der Straße stand, und zum Bagger, der immer noch nicht abgeladen war, zurück. War das der Anfang vom Rückzug?

Im Bauamt wurden wir quasi erwartet. Nach nicht mal einer halben Stunde Wartezeit gewährte uns der Bauamtsleiter Einlass in sein Büro. Unser Anwalt war ziemlich wortkarg, aber Marcello kämpfte wie ein Löwe, um die Erlaubnis zu bekommen, das Haus selbst einreißen zu dürfen. Warum der Einsatz der *vigili* ausgerechnet gegen uns? Gab es letztlich doch einen *vincolo* auf dem Grundstück? Hatte sich in den letzten drei Jahren irgendetwas geändert? Warum gerade wir, die Deutschen? Doch nicht etwa, weil wir Ausländer waren? Wusste der Herr Bauamtsleiter, dass das Fernsehen vor Ort war und einen Bericht machen würde? Sollte der Einsatz nicht hundertprozentig legal sein, würden die Leute von der RAI sicher nachfragen.

Der Bauamtsleiter wand sich. Als Begründung für den Einsatz berief er sich darauf, dass es sich um ein *terreno agricolo* handelte, auf dem man nun mal nicht bauen dürfte. Alle anderen Fragen oder Argumente ignorierte er. Ich weiß nicht mehr, wie lange die Diskussion gedauert hat, aber Marcello machte ein einigermaßen zuversichtliches Gesicht, als wir das Büro verließen. Er flüsterte schon beim Hinausgehen: Wenn es einen besonderen *vincolo* auf dem Grundstück gäbe, hätte der Beamte diesen Umstand garantiert als Argument benutzt. Wir kamen an der Kommandozentrale der *vigili* vorbei. Ich sah den *tenente*, der den Einsatz gegen uns geleitet hatte. »*Ci hanno fregato*«, gab er einem Kollegen gerade zu Protokoll. »*Stanno dentro*«: Sie haben uns reingelegt, sie wohnen schon drin.

Der Anwalt lieferte mich zu Hause ab. Zu Hause, das war ab diesem Tag das Haus ohne Dach und ohne Fenster zwischen Paletten noch nicht verbauter Steine, Sandhaufen, ohne fließend Wasser, ohne Strom, mit nichts als nackten Wänden aus grauem Zementstein und einem Schuttberg, wo eigentlich eine Terrasse hätte sein sollen. Sven, mittlerweile wieder losgekettet, erzählte, wie die Nachbarn den Baggerfahrer geradezu wütend verjagt hätten. Sie hatten ihn bis zur Schnellstraße eskortiert. Da die *vigili* ohne Bagger sowieso nichts ausrichten konnten, hätten sie sich ebenfalls zurückgezogen.

An diesem Nachmittag fingen wir an uns einzurichten. Das Wichtigste sei ein Tisch, sagte Ugo, der in den letzten Stunden einen enormen Schub an Aktivität gewonnen hatte, und Stühle, damit man wieder einigermaßen menschlich essen konnte. Er verschwand mit geradezu hektischen Bewegungen in den unergündlichen Tiefen seines *capanone*, seines Krimskramslagers, in dem ständig irgendwelche Möbel bis unter die Decke hochgestapelt lagen. Irgendwo in diesem undurchdringlichen Haufen stöberte er einen alten Gartentisch und Klappstühle auf. Mit den Möbeln transferierten wir auch einige Teller und Gläser ins Haus, etwas Bettzeug und vor allem auch unsere Schlepptops, sprich: unsere tragbaren Computer ins neue Heim, mit denen man damals schon eine Stunde stromunabhängig arbeiten konnte. Immerhin.

Gegen Abend hielt unerwartet ein Kleinwagen vor unserem Haus, der tief in den Kniekehlen hing und dessen Kofferraum weit aufgesperrt war. Ein Mann und eine Frau hoben ein mächtiges weißes Teil heraus. Gefährlich schaukelnd näherte sich ein klotziger Kühlschrank unserer Behausung, transportiert mit einer Sackkarre. Es waren Antonio und Francesca, die im *casale* einige Male zum Essen eingeladen waren, die wir als Freunde von Ugo und Annamaria kannten und die uns jetzt ihren Zweitkühlschrank aus dem Keller herbeischleppten. Zusätzlich hatte die campingerfahrene Francesca einen Karton mit einer Grundausstattung an Nahrungsmitteln zusammengestellt. Kaffee, ein Karton H-Milch, Zucker, eine Packung Spaghetti, ein paar Zwiebeln, eine Flasche und eine Dose Tomaten, Salz, ein Stückchen Parmesan, eine kleine Flasche Öl, ein Päckchen Cracker, wie die kleinen Knäckebrote hier genannt werden. Dazu noch eine fast volle Campingflasche Gas. Der Kocher war ihnen leider abhanden gekommen. Aber wir würden schon noch einen auftreiben. Bei uns war durch den Kühlschrank der Luxus eingekehrt! Zwar konnten wir ihn vorläufig nur nachts anschließen, aber er verschönerte zusätzlich unser neues Heim.

Bei Antonio und Francesca handelte sich um »Freunde von Freunden«, Leute die wir gar nicht besonders gut kannten. Wie so oft in Italien, wussten wir über die persönlichen Verhältnisse der beiden praktisch nichts. Sie hatten zwei Kinder, und Antonio arbeitete irgendwo als Computer- oder Softwareverkäufer. Jetzt im August hätten sie den Kühlschrank im Keller sicher selbst brauchen können, aber wir hatten ihn jetzt nötiger als sie, das stellten sie sich einfach so vor.

Wir waren gerührt von dieser Geste und öffneten sofort eine Flasche lauwarmen Fontana Candida. Bei allen Schwierigkeiten, die wir nun am Hals hatten, an einem mangelte es uns nie: an einer trinkbaren Flasche Wein. Das hat sich bis zum heutigen Tag nicht geändert. Den Wein offerierten wir in leicht vom Zementstaub berieselten Kaffeegläsern. Zementstaub war übrigens das Material, das wir im folgenden Jahr wohl am ausgiebigsten zu uns genommen haben, auf allen Wegen, die möglich waren. Und es wundert mich heute noch, dass aus dieser Zeit nicht eine gepflegte Staubalergie bei uns übrig geblieben ist. Quasi als bleibende Erinnerung.

Den fehlenden Kocher zur fast vollen Campingflasche Gas von Antonio und Francesca bekamen wir am nächsten Tag von Nona, der »Americana«, wie sie in der Gegend genannt wurde, obwohl sie eine waschechte Italienerin ist. Wir hatten bis zu diesem Tag nur von Nona gehört. Ugo hat öfters von ihr erzählt. Nona hatte 30 Jahre ihres Lebens in Amerika gelebt, weil ihre Mutter nach der Trennung von ihrem Mann dorthin gezogen war. Die kleine, damals sechsjährige Nona war in den Staaten aufgewachsen, hatte die Schule dort besucht, war Schauspielerin geworden, war aber durch ihr kommunistisches Engagement in den 50ern ins Visier von McCarthys Häschern geraten. Da diplomatisches Verhalten nicht zu Nonas Tugenden gehört, überredete ihre Mutter sie, zurück nach Italien zu gehen. Nonas Mutter hatte durch geschickte Landein- und -verkäufe in Arizona ein Vermögen gemacht, und so war die Umsiedelung nach Europa finanziell kein Problem. Nona kaufte fünf Hektar Land in unserer Gegend und war damit berechtigt, auf ihrem Land ein legales Haus zu bauen.

Eine Frau, Schauspielerin, attraktiv, allein – natürlich versuchten die Italiener bei ihr zu landen. Ugo hatte, als er 15 war und in den Ferien seine Großmutter auf dem Land besuchte, für diese eigenwillig schöne Nachbarin mit den stahlblauen Augen geschwärmt. Keine Chance. Mit Männern hatte Nona böse Erfahrungen gemacht und richtete sich ihr Leben ohne männliche Menschen ein, nur von männlichen Hunden und Katzen ließ sie sich anhimmeln.

Als Frau allein zu leben, das war in Italien während der 60er und 70er Jahre, dazu noch auf dem Land, nicht ungefährlich. Aber Nona war eine starke Frau. Ihr Mundwerk, das Italienisch mit leichtem amerikanischem Akzent sprach, war gefürchtet. Ihr selbst geschah nie etwas, aber mehrmals wurde ihr die Wohnung ausgeräumt. Ihre wertvollen antiken Möbel waren bald verschwunden, dazu das Familiengeschirr, die alten Kunstwerke an den Wänden, bis sie schließlich auf die Lösung der meisten Leute in dieser Gegend kam: Sie erwarb einfach keinen wertvollen Gegenstand mehr für ihr Haus, zumindest keinen, den ein erwachsener Mann mit eigener Hände Kraft noch hochheben konnte. Seitdem ist ihr Salon mit einem runden tonnenschweren Tisch und schlichten Holzbänken ausgestattet, man sitzt bei ihr wie an Ritters Tafelrunde, und an den Wänden hängen nur noch die abgrundhässlichen Ergüsse depressiver Freundinnen, die in ihren manischen Perioden künstlerisches Drängen verspürten.

Da es Anfang der 60er Jahre überhaupt keinen Strom in der Gegend gab und das original-amerikanische Western-Windrad, das heute knarzend an ihrem Haus vor sich hin rostet, zur Stromlieferung technisch noch nicht ausgereift war, kaufte sie sich ein mächtiges Diesel-Aggregat. Als sie einmal von einem längeren Auslandsaufenthalt zurückkam, hatte man ihr selbst dieses Ungetüm von Aggregat gestohlen. Sie kaufte einen neuen Diesel und ließ einen hölzernen Verschlag drum herum bauen. Es nützte nichts. Das Aggregat wurde wieder gestohlen. Sie baute als Nächstes eine Art Garage um den hölzernen Verschlag, die fest abzuschließen war. Der erhoffte Effekt blieb aus. Ein Jahr später war das Aggregat wieder weg. Daraufhin gesellte sie der Garage um den Verschlag eine Art Rumpelkammer hinzu, dann ein Schlafzimmer, damit sie ihren Diesel bewachen konnte, dann eine Küche, damit sie beim Bewachen auch etwas kochen konnte, schließlich ein Bad. Endlich hatte sie um das Diesel-Aggregat herum ein ganzes Haus gebaut. Der Diesel war danach nicht mehr aus dem Haus zu tragen, es sei denn, man hätte das gesamte Haus gesprengt. Kaum hatte sie das Problem gelöst, erhielt die Gegend Strom, und der Bedarf an Dieseln war ringsum gedeckt. Seitdem steht auf ihrem Gelände ein zweites, diesmal allerdings illegales Haus, in dessen Zentrum ein mächtiger Dieselmotor stinkend schweigt.

Seit sie nicht mehr als Schauspielerin vor der Kamera oder auf der Bühne steht, sondern nur noch Synchronarbeiten macht, wobei sie meist ihrem Akzent gemäß die Rollen der »Ausländerinnen« spricht, lebt sie sehr zurückgezogen mit einer Meute von Findelhunden und -katzen, die immer mehr Platz in ihrem 13-zimmerigen Haus in Anspruch nehmen. Sie ist rigorose Vegetarierin, selbst ihre Schuhe dürfen nicht aus Leder sein, sie steht mit den Hühnern ihres Nachbarn auf, sie selbst hat keine. Das liegt allerdings weniger an ihrer vegetarischen Einstellung, sondern daran, dass sie für ihre Hühner eine Festung hätte errichten müssen, so eine, wie sie auch Ugo versäumt hatte zu bauen, um sie vor ihren eigenen Hunden und den in der Gegend reichlich vorhandenen räuberischen wilden Fleischfressern schützen zu können. Ihr Nachbar, von dem sie die Eier bezieht, hat eine solche Hühnerfestung.

Im folgenden Herbst wurde es zur Gewohnheit, dass wir zu ihr zum Kaffee kamen. Dann backte sie eine Torte aus einer Fertigmischung, Zitrone oder Schokolade, die ihr in den meisten Fällen gelang. Selten brannte mehr als ganz unten der Boden ein bisschen an. Manchmal erschien ihr das Ergebnis zu trocken, dann beschmierte sie es mit Margarine, die sie für kalorienlos hält. Dazu gab es Kaffee mit Milch, den sie in der jeweils vom Gast gewünschten Mischung zusammenstellte. Wir spielten Theater: sie in der Rolle der Großmutter, wir in der Rolle der erwachsenen Kinder, die die Mama besuchen. Es fehlten nur noch die Enkel. Sie selber ließ sich dagegen nicht gern einladen, erfand immer neue Ausreden. Ein einziges Mal kam sie, als ihr Bruder aus Amerika bei ihr zu Besuch war. Offenbar vertraten Sven und ich ihrer Meinung nach mehr als andere den *modern way of life*, und deshalb hatte sie unerwartet zugesagt. Aber da brachte sie ihr eigenes Menü mit.

Im Winter hat sie die Kaffeeeinladungen nur bei strahlendem Sonnenschein ausgesprochen. Wir saßen dann in ihrem riesigen Salon an der Tafelrunde und froren. Denn Nona heizt nicht. Sie verbraucht im ganzen Winter so viel Holz zum Heizen wie wir in einer Woche. Und das liegt weder daran, dass sie kein Geld hat, noch daran, dass sie zu geizig ist. Sie hält Heizen für einen überflüssigen Luxus, der die Menschen frühzeitig altern lässt. Ihre eigene stattliche Erscheinung ist eigentlich der beste Beleg für ihre These. Nona ist ständig in action. Sie ist immer dabei umzubauen, elektrische Leitungen neu zu verlegen, einen neuen Weg zu planen, eine neue Terrasse, einen neuen Eingang, oft bleiben die Projekte auf halber Strecke stehen, wegen einer Schlecht- oder Heißwetterfront oder weil ihre Hilfsarbeiter nicht mehr kommen, die sie befehligt wie ein General. Allerdings werden ihre Leute, Nonas kommunistischem Gewissen gemäß, redlich bezahlt. Vielleicht werden die Arbeiten dann nach Monaten wieder aufgenommen. Aber zu Ende gebracht wird eher selten etwas. Das macht aber nichts, Bauen ist für Nona wie für Kinder Lego spielen, wichtig ist der Spaß am Spielen, das Ergebnis ist zweitrangig.

Nona ist immer auf dem Sprung, anderen Menschen zu helfen, aber sie muss es von sich aus tun. Um etwas bitten sollte man sie nicht, dann fühlt sie sich unter Druck gesetzt und zieht sich zurück. Sie kam den ganzen August über mit gefrorenem Eis in Plastikflaschen vorbei, die zunächst als Kühlaggregate für unseren Kühlschrank dienten und nach dem Auftauen ausgetrunken werden konnten. Denn sie wusste ja, dass wir anfangs tagsüber das Stromkabel verstecken mussten. Sie versorgte uns mit ihren Plastikflaschen auch dann noch, als wir den Strom längst von Vito, dem alten Nachbarn hinter uns, geliefert bekamen. Vito, der pensionierte Postbeamte, war längst nicht so ängstlich wie Vittorio. Wegen ihm konnten wir den Kühlschrank auch tagsüber anlassen. Er ließ sich seine Hilfsbereitschaft nicht von irgendwelchen Gesetzen nehmen. Also waren unsere Lebensmittel von da an gekühlt.

Dass Vito uns auch tagsüber Strom gab, war Nona nicht beizubringen. Ihre Wasserflaschen waren der Vorwand, täglich vorbeizukommen und nachzusehen, ob wir unseren Bau wieder vorantrieben. Sie hatte natürlich sofort erfasst, dass unser Haus nicht eines der Sorte »quadratisch, praktisch« werden würde. Deswegen war sie über den drohenden Abriss gerade unseres Hauses besonders empört. Ihrer Meinung nach hätte manch anderer Klotz in der Gegend viel eher dem Bagger zum Opfer fallen müssen. Sie war eine der Ersten, die uns ermutigte, einfach weiterzubauen, und steuerte zu jedem Schritt ihre reichhaltigen, wenn auch manchmal amateurhaften Bauerfahrungen bei.

8.

Der zweite Abend in unserem Haus. Damit war der Übernachtungspreis von 35.000 Euro schon mal halbiert. Wir hatten einen funktionierenden Kühlschrank, der ab etwa 19 Uhr kühlte, und wir hatten Wein. Und Annamaria hatte uns eine Pasta mitgegeben, die man auch lauwarm oder kalt essen konnte. In Krisensituationen lief Annamaria kulinarisch zur Höchstform auf. Hier ihr Rezept:

Rezept 8 / für 4 Personen

Sommerpasta »Was alles so im Kühlschrank ist«
(Herstellungszeit: 20 Minuten)

- 1 gekochtes Ei (kann kalt oder warm sein)
- 1 kleine Dose Thunfisch (können stattdessen oder zusätzlich auch Fleischreste vom Vortag sein, eventuell eine Boulette oder etwas übrig gebliebener Gulasch, direkt aus dem Kühlschrank in die Soße!)
- 1 kleiner Mozzarella
- 2–3 frische abgezogene Tomaten
- 1 Hand voll Gemüsereste aus dem Kühlschrank (vornehmlich Reste von so genannten »Gemüse-Antipasti«, gekochte Bohnen oder gebratene Zucchini, Paprika etc.)
- 6–12 schwarze Oliven (mit oder ohne Stein)
- 1 mittelgroße Zwiebel
- Extravergines Öl
- Salz, Pfeffer, Parmesan

Als Pasta eigenen sich am besten Farfalle, aber auch andere kurze Nudeln sind okay.

Zwiebeln anbraten, abgezogene Tomaten dazu, etwas einkochen, Gemüsereste dazu, Fleischreste oder Thunfisch dazu. Die Soße kann insgesamt lauwarm oder kalt serviert werden. Farfalle al dente kochen, wenn sie gar sind, mit der Soße vermischen, entweder in einer Schüssel oder direkt in der Pfanne. Klein geschnittene Oliven, Mozzarella und Ei dazugeben, salzen, pfeffern. Käse drüber. Fertig.

In dieser Nacht blieb Aldo bei uns. Ich schaffte es, einigermaßen zu schlafen. Sven nicht. Später erzählte uns Aldo, wie er durch ein merkwürdiges Geräusch mitten in der Nacht geweckt worden war. Er dachte erst an einen Fuchs in der Falle. Vielleicht hatte sich ein Tier irgendwo zwischen den Trümmern, zwischen den verbogenen Eisenstangen eingeklemmt. Aldo stand auf und ging dem Geräusch nach. Sven saß unter den Eichen und weinte hemmungslos.

Jaja, ich weiß. Es soll der Ton eines brünstigen Nashorns gewesen sein, wurde mir später berichtet. Ein Nashorn mit verstopfter Nase. Was erwartet man eigentlich von einem lebendigen Wesen, dessen kleiner piefiger Lebensraum ihm mit vollem Rechtsanspruch unter dem eigenen Arsch zerhackstückt wird? Was sagte ich eben? Raum oder Traum? Klar war ein solcher Frustbunker ein eklatanter Widerspruch zu meinem bisherigen Leben. Und ich wusste schon immer, dass, wie der Name schon sagt, mit einem Frustbunker Frust verbunden war, aber doch nicht DIESER FRUST! Bislang hatte ich glücklich und zufrieden gelebt, ohne Haus, mit einem uralten Auto, einigen Bücherkisten, einigen Bratpfannen, wechselnden Behausungen und wechselnden Beziehungen. Es war ein Leben in Schwung und in Schulden gewesen. Susanne meint zwar: eher Letzteres. Aber bislang war ich jedenfalls aus keiner scharfen Kurve geflogen, und meine Bankfiliale im Beiwagen hatte sich stets weit genug hinausgelehnt. Nun sollte alles aus gutem Grund gediegener werden. Ich sollte stets wissen: Hier war mein Heim, hier konnte ich meinen Kopf hinlegen, wenn die täglichen Probleme ihn zu sprengen drohten. Jetzt hatte ich mein Heim, mein Kastell, meine Fluchtburg. Aber jetzt fingen die wahren Probleme erst an! Wahrscheinlich hatte ich einen Schritt in die falsche Richtung getan, vielleicht waren aber alle bisherigen Schritte falsch gewesen, und dies war nur der letzte, deutlichste falsche? Warum musste ich unbedingt kritische Filme machen, und dann noch ehrgeizige, mit denen meine Auftraggeber ständig Scherereien hatten und mir den Ruf einbrachten, »schwierig« zu sein?

Am nächsten Morgen stellten die Nachbarn wieder ihre Autos in unsere Straße. Punkt sieben Uhr standen eine Hand voll an der Straßenkreuzung, um ihnen entgegenzugehen, wenn sie kamen. Aber die *vigili* kamen nicht. Marcello ließ uns sagen, wir könnten unsere Aufenthaltsgenehmigung abholen. Wir trauten der Sache nicht. Das Amt für Aufenthaltsgenehmigungen saß im selben Gebäude wie das Bauamt. Wir mussten doch Tagesgespräch im Haus sein. Und da wäre es bestimmt ein Leichtes, uns einfach die Aufenthaltsgenehmigung mit einer fadenscheinigen Begründung nicht auszuhändigen. Damit würden wir uns illegal in Italien aufhalten, und die italienische Behörde wäre das Problem los, dass sie uns beim Abriss unseres Hauses anderen Wohnraum zuweisen müsste. Sie könnte uns einfach ausweisen. Probeweise fuhr ich trotzdem hin. Wir griffen nach jedem Strohhalm. Diesmal begleitete mich Annamaria. Annamaria erklärte der Dame an der Information unser Anliegen, die schickte uns in das entsprechende Büro. Nach der üblichen Wartezeit von etwa einer Stunde kamen wir dran. In dieser Stunde legte ich mindestens fünf Kilometer zurück – 15 Meter Flur herauf, 15 Meter Flur herunter. Das Adrenalin bekam keine Chance, Unfug anzurichten. Ich hatte oft in meinem Leben bedauert, dass mir statt eines musikalischen oder zeichnerischen nur ein profaner Bewegungsdrang in die Wiege gelegt war, aber in dieser Situation rettete er mich vor nachhaltigen Herzproblemen.

»*No*«, sagte der Beamte genau wie ich es erwartet hatte, »*mi dispiace.*« Bei ihm war meine Aufenthaltsgenehmigung nicht angekommen. Ich hatte den Türgriff schon wieder in der Hand. Annamaria insistierte, doch, sie müsse da sein, wir wären benachrichtigt worden. Ach so, wenn Sie gerade erst benachrichtigt worden sind, dann sind die Papiere vielleicht noch im Zimmer meines Kollegen, die zweite Tür links.

Der Kollege war gerade dabei, in die Kaffeepause zu gehen. Annamaria hielt ihn zurück, indem sie auf mich deutete und ihm erklärte, ich hätte jetzt nicht die Nerven, noch eine Viertelstunde zu warten. Mein Anblick muss ihn überzeugt haben. Seufzend schob sich der Mann wieder hinter seinen Schreibtisch, wühlte den Stapel Aufenthaltsgenehmigungen durch, zuckte missmutig die Schultern und wurde dann doch ganz unten fündig. Er schob mir das Papier über den Schreibtisch, eine Unterschrift, fertig.

Ein Stempel, und ich hielt mich legal in Italien auf. Sie konnten mich nicht mehr rausschmeißen. Jetzt gleich als Nächstes die Ummeldung, wieder warten, diesmal mit Nummer. Schon nach einer Viertelstunde blinkte meine Nummer über einem Schalter. Ich reichte der Dame, die hinter einem Ungetüm von Schreibmaschine saß, meine frische Aufenthaltsgenehmigung herüber. Ich bin umgezogen, erklärte ich ihr so sachlich wie möglich. »Ja, und?«, sagte sie. Ich starre sie an. Sie starrte mich an. »Die neue Adresse brauche ich«, fordert sie ungeduldig. Ich buchstabiere ihr den Straßennamen. Sie haute auf ihre Tasten, schickt mich unterdessen zur Kasse. 12.000 Lire oder 6 Euro kostete das Papier, auf dem offiziell steht, dass ich *citadina di Roma*, Bürgerin von Rom, bin.

Der Erfolg machte mich mutig. Wenn ich schon mal hier war, würde ich gleich noch einen Antrag auf Müllabfuhr stellen. Ich bestand darauf, die erste Müllrechnung im Voraus zu zahlen, denn es ging das Gerücht, dass eine bezahlte Müllrechnung eine gute Voraussetzung sei, Strom zu erhalten. Man ließ mich bezahlen, gab mir eine Quittung. Niemand fragte, ob das Haus, von dem ich Müll abfahren wollte, legal war oder nicht.

Wir waren so früh wieder zu Hause, dass Sven es am selben Vormittag noch schaffte, sich ebenfalls umzumelden. Ich hatte eine Unterlage am Ummeldeschalter liegen lassen. Die Dame gab Sven die Unterlage mit, obwohl wir, da wir nicht verheiratet sind, nicht den gleichen Namen tragen. Wahrscheinlich hat sie es wegen der gleichen Adressen gemacht, aber wir wurden

den Eindruck nicht los, dass sowohl die zuständige Dame für die Müllabfuhr als auch die Dame im Einwohnermeldeamt sehr gut über die Geschehnisse informiert waren und uns ganz bewusst halfen.

Am Nachmittag kauften wir einen Stoß Gipsplatten, um uns ein zweites Zimmer einzurichten. Unter den Dingen, die unsere Nachbarn angeschleppt hatten, fanden sich zwei hübsche Holzfenster samt Klappläden. Wir nötigten Vittorio, der vor lauter Angst am liebsten mit unserem Bau nichts mehr zu tun gehabt hätte, sie einzumauern.

War er nicht der Mann mit der lautesten Stimme gewesen, als wir in der Vergangenheit Bedenken angemeldet hatten? *»Coraggio! Siamo tutti abusivi!«* Nur Mut, wir alle sind Abusive! Also konnte er jetzt nicht einfach kneifen, ohne sein Gesicht zu verlieren.

Ich ging noch einmal zu unserem Anwalt. Im Gegensatz zu Marcello, dem *geometra*, war er überzeugt, dass auf unserem Grundstück doch irgendein *vincolo* liegen musste. Wir fuhren zu Santino, dem »kleinen Heiligen«, der ja der eigentlich verantwortliche *geometra* für unser Haus war. Santino saß in der Abendsonne und betrachtete die zehn kleinen Pinien, die er, weiß der Teufel warum, mitten im August gepflanzt hatte. Er erzählte uns etwas von Freunden, die er im Bauamt habe, mit denen er reden würde. Die würden ihm verraten, was man mit uns vorhabe. Als das Gespräch auf den außergewöhnlichen *vincolo* kam, der möglicherweise auf unserem Grundstück liegen könnte, wand er sich wie eine Schlange. Von dem *vincolo paesistico*, unter den – wie alle Häuser ringsum – auch unser Grundstück fiel, wusste er. Aber der konnte nicht das Problem sein, der *vincolo paesistico* sagte nämlich lediglich, dass gewisse Bauauflagen erfüllt werden mussten, zum Beispiel Hausgröße im Verhältnis zu Grundstücksgröße, oder dass bestimmte Materialien zu verwenden seien. Dieser *vincolo* sagte jedenfalls nicht, dass Bauen in dieser Gegend grundlegend unmöglich war. Und das war der entscheidende Punkt für die Legalität des Niederreißens durch die Polizei ohne vorherigen Prozess. Es war das letzte Mal, dass wir mit dem »kleinen Heiligen« sprachen. Danach ließ er sich verleugnen, sowohl am Telefon wie auch persönlich.

Die Nachbarn, die in den folgenden Tagen zu unserem Haus wie zu einer öffentlichen Gedenkstätte pilgerten und sich den Schaden ansahen, diskutierten, welches von ihren Häusern in der Gegend wohl als Nächstes vom Abriss bedroht war und aus welchen unerfindlichen Gründen die Polizei begonnen hatte, bestehende Gesetze plötzlich anzuwenden. Einigermaßen sicher fühlten sich nur jene, deren Haus beim letzten *condono*, der Amnestie für Schwarzbauer, durch Selbstanzeige legalisiert worden war. Immer wieder stellten sie sich und uns die Frage, warum die Behörden, nach Jahren der stillen Duldung, gerade bei uns Deutschen zuerst zugeschlagen hatten – und nicht bei ihnen, die ja rechtlich gesehen in der gleichen Lage waren. Hatten wir Deutsche vielleicht auf einer wertvollen etruskischen Grabstätte gebaut? Das wäre dann ein schwerwiegender *vincolo archeologico*, der auf unserem Grundstück liegen müsste. Dieser Umstand traf übrigens durchaus für einige der Hausbesitzer in unserer Gegend zu, die diese Entdeckung zum eigenen Schutz nicht weitergegeben hatten und nun in den leeren Grabhöhlen ihren Wein kühlten.

Die Nachbarn spekulierten über die möglichen Besonderheiten unseres Grundstücks, aber sie ahnten längst die Antwort: Es war das Kalkül der Behörde, dass wir als Ausländer ein »leichteres Ziel« zum Durchsetzen verwaltungstechnischer Interessen darstellten. Warum sollten Verwaltungen hier in Italien anders funktionieren als in der gesamten übrigen Welt? Es berührte mich allerdings tief, wie heftig die Italiener auf der Straße vor unserem

Haus gegen diese simple und einleuchtende Erklärung Einspruch erhoben. Es kursierte stattdessen hartnäckig das Gerücht, dass uns nicht einmal das Grundstück gehörte, auf dem wir gebaut hatten, wir also »militante Abusive« wären.

Erst später erfuhren wir, woher der für uns abstruse Verdacht kam. Solche Gestalten gab es in unserer Gegend tatsächlich. Der größte Teil des noch nicht parzellierten Landes in unserer Gegend gehörte einer gewissen *contessa*, eine Gräfin, die in Australien lebte und sich nicht sehr intensiv um ihre ausgedehnten Besitzungen in Italien kümmerte. Diesen Umstand hatte Anfang der 80er ein kleinkrimineller Schweinezüchter ausgenutzt und auf dem Land der *contessa* und schon halb auf Nonas Grundstück ohne jede Rücksicht auf umweltliche Gegebenheiten zwei hässliche Stockwerke errichtet, die Basis seiner Schweinezucht. Beschwerden von Nona beantwortete dieses Fossil des Abusivismus mit wüsten Drohungen. Die damaligen *vigili* unternahmen nichts, denn er ließ sie gar nicht erst auf sein Grundstück, sie konnten nicht einmal ihre *cartelli* anbringen. Ich nehme an, sie hatten schlicht Angst vor ihm. Oder er hatte ihrer »Angst« ein wenig auf die Sprünge geholfen. Als die *contessa* endlich Anzeige erstattete, war sein Haus schon fertig, er und seine Schweine wohnten drin, und der Comune di Roma war es wohl zu umständlich, die ganze Sauerei umzusiedeln. Guiseppe Prezzoli hat auch diese Situation bereits vor 80 Jahren gültig formuliert: »In Italien werden neun Zehntel der sozialen und politischen Verhältnisse nicht durch Gesetze, Verträge und Versprechen geregelt. Sie beruhen hingegen auf praktischen Abmachungen, die man durch ein paar vage Worte, ein Augenzwinkern und das stillschweigende Gewährenlassen bis zu einem gewissen Punkt schließt. Diese Art von Beziehungen heißt Kompromiss. Es gibt nie klare Verhältnisse zwischen Gatte und Gattin, Käufer und Verkäufer, Regierung und Opposition, Dieben und Polizei, Quirinal und Vatikan« (Artikel 38 der »Regeln des italienischen Lebens« aus dem Jahre 1917).

Marcello, der *geometra*, brachte schließlich heraus, dass das ganze Gebiet schon seit 1991 vom Land Lazio zum Naturschutzgebiet erklärt worden sei, die Comune di Roma habe aber diese Entscheidung nicht bestätigt. Also gab es keinen erklärten *vincolo*! Diese Gegend pauschal im Nachhinein zum geschützten Gebiet zu erklären wäre auch ziemlich albern gewesen, weil in diesem Gebiet ja schon 200 Häuser standen, mit Bedarf an Wasser, Strom, Telefon, Buslinie, Anfall an Abwasser und Müll, teilweise längst legalisiert, die man wohl kaum alle wieder abreißen konnte.

9.

Die dritte Nacht. Diesmal hielt wieder Ugo bei uns Wache. Beim Abendessen erlebte ich Sven, das erste Mal, seit wir zusammen waren, sternhacke zu. Er fing gewichtige Sätze an, jeder für sich schien eine Grundsatzerklärung zum Leben und Sterben an sich werden zu wollen, aber er brach jedes Mal nach drei, vier Worten wieder ab, bis er irgendwann am Tisch einschlief. Ich brachte ihn ins Bett. Er schlief die erste Nacht in unserem Haus bis zum Morgen durch.

Der nächste Tag war ein Sonntag. Niemand erwartete die *vigili* an einem Feiertag, trotzdem stellten ein paar Nachbarn noch einmal solidarisch ihre Autos in unsere Straße. Während bei mir langsam das logisch praktische Denken zurückkehrten, war Svens Gehirn damit beschäftigt zu begreifen, was eigentlich passiert war. Er saß neben sich und schaute sich dabei zu. Aber wir hatten ja Gott sei Dank unseren Freund Aldo. Und Aldo war mit abusivem Bauen vertraut, weil ja auch sein Vater abusiv gebaut hatte. Das Wichtigste waren jetzt hydraulische Leitungen – Wasser und Abwasser, entschied er. Dann müssten wir so schnell wie möglich eine Sickergrube in unseren Garten setzen, und dann sollten wir uns darum kümmern, die Wände unserer beiden Zimmer zu verputzen. »Es ist eine beliebte Vorgehensweise«, erklärte er, »Leute wegen hygienischer Unzulänglichkeiten aus ihren unfertigen Häusern auszuweisen.« Aldo legte eine provisorische hydraulische Leitung von einem provisorischen Klo in unserem provisorischen Badezimmer zu einer noch nicht vorhandenen Sickergrube.

Aber wie sollten wir in dieser Situation zu einer Sickergrube kommen? Die Sickergrube musste wegen des Gefälles hinter dem Haus eingerichtet werden. Der Bagger für die Ausschachtung musste von vorne durch das von den *carabinieri* versiegelte Tor. Außerdem würde so eine Ausschachtung mindestens zwei, wenn nicht drei Stunden dauern. Was sollten wir machen, wenn ausgerechnet zu diesem Zeitpunkt die *vigili* kamen? Ein neues Delikt, Erbrechen des staatlichen Siegels, und selbst wenn nur eine Streife vorbeikäme, würden sie den Bagger beschlagnahmen. Sicher wäre kein Baggerbesitzer bereit, seinen Bagger einem solchen Risiko auszusetzen. Vito, der alte Nachbar hinter uns, der uns schon den Strom geliehen und zugelassen hatte, dass wir 100 Meter Kabel quer über sein Grundstück zogen, erlaubte auch dem Bagger, über sein Grundstück zu fahren. Wenn eine Polizeistreife an der Straße auftauchen würde, sagte Vito, könne dann der Bagger schnell über die Grundstücksgrenze zurückkehren, und niemand könne ihm verbieten, auf seinem Grundstück zu baggern, so viel er Lust hätte. Der Baggerbesitzer, Pipo, ein kleiner kugelrunder Mann mit lustigen Augen, derselbe, der schon mit seinen Söhnen unsere Kellerausschachtung gemacht hatte, und nicht nur unsere, sondern auch die der Häuser der gesamten Gegend, war damit einverstanden. Wir verabredeten einen Termin für Mitte der kommenden Woche.

Unterdessen machten wir das Dach des ersten Stockes regendicht. Es war zwar erst Mitte August und es war seit Monaten kein Tropfen Regen mehr gefallen, aber schon Ende August konnten die ersten Regenfälle kommen, und die sind in den Mittelmeerländern heftig. In die nicht fertig gemauerten Fensterhöhlen stellte ich Blumentöpfe mit Balkonpflanzen. Dieses Haus war bewohnt, das sollte jeder sehen.

Eigentlich war es ja nicht das geplante Dach, das wir abdichteten. Es handelte sich genau genommen um den Fußboden des zweiten Stockwerks über unseren Köpfen. Es war ein »aufgezwungenes« Dach, ein Dach aus Not. Wir verschweißten eine doppelte Dachpappe, in der Hoffnung, eines Tages könnten wir vielleicht einmal das »wirkliche« Dach bauen. Ich gebe zu, es schien mir damals eine mehr als illusorische Hoffnung.

In diesen Tagen rief uns Ugo an. Er habe da »etwas« für uns. Wir fuhren zum *casale*. Unterwegs versuchten wir uns vorzustellen, was er uns präsentieren würde, Ugo, der Kaninchen- und Hühnerzüchter mit seinen bourgeoisen Schnapsideen, war immer für irgendeinen Wahnsinn gut. Ugo war für seine Verhältnisse auch ziemlich aufgeregt und tat ganz geheimnisvoll, als er uns in seine Werkstatt führte. Dort stand, frisch glänzend, eine von ihm soeben renovierte geradezu hochkünstlerische Küchen-Kredenz des 19. Jahrhunderts, die er uns zur Verfügung stellen wollte. »Es ist wichtig, dass die *vigili* sehen, dass ihr mit richtigen Möbeln in eurem Haus wohnt. Das ist«, wichtig. *Kultur schützt!*«, flüsterte Ugo. »Und es ist auch wichtig für euch, dass ihr mit richtigen Möbeln wohnt, zahlt sie mir irgendwann, wenn ihr könnt.«

Ein fröhlich leichtes Möbel aus hellem Holz, mit geschwungenen Stützen im Oberteil, dem Jugendstil nachempfunden, aber dennoch schlicht, ohne jene Penetranz, der diesem Stil eigen ist, wenn er sich in seiner späten Phase selbst feiert. Ugo hatte den Schrank vollständig und in einer angenehm hellbraunen Lasur restauriert. Ob uns die Schönheit eines Möbels vor weiteren rabiaten Übergriffen der Polizei je schützen würde? Ich vermied, Ugo gegenüber meinen Zweifel auszudrücken. Wir mussten, ob wir wollten oder nicht, die Kredenz in unseren Rohbau aufnehmen. Und wir wollten es auch. Es war rational gesehen der größte Unsinn. Das schöne Möbel würde leiden, würde eine Zementallergie bekommen und husten. Aber in Ugos Geste zeigte sich etwas vom Stil und dem Atem der Welt, in der er lebte. Er war so sensibel, dass er tatsächlich an die unmittelbare Wirkung der Kunst auf das rohe Gemüt glaubte.

Das zweiteilige Möbel setzten wir vorsichtig auf das Dach unseres unermüdlichen Peugeots, fuhren im Schritttempo heim, luden es ab, wegen seiner Leichtigkeit hatten wir damit keine Probleme, und es wurde tatsächlich unser erstes »ziviles« Möbel im eigenen Haus. Die zarte *credenza* stand wie ein Fremdkörper vor den rohen Wänden und wirkte so zerbrechlich wie eine minderjährige Elfe, eingeklemmt in eine Felsenwand. Aber diese Kredenz hat uns nicht verlassen und schmückt auch heute noch unseren Wohnraum. Und sie ist bezahlt.

Am Anfang der Woche hatte ich einen erneuten Termin mit unserem Anwalt. Er hatte sich mit seinem Freund Santino, dem »kleinen Heiligen«, in Verbindung gesetzt. Santino habe bei nochmaliger genauer Durchsicht der Unterlagen entdeckt, das unser Grundstück aus zwei Parzellen bestand. Die eine davon, jene auf der die schönen alten Eichen stünden, nah am Hang, der in das weite Tal auslaufe, würde wohl unter Naturschutz stehen. Der Anwalt hielt mir eine Strafpredigt, dass es heutzutage leichtsinnig und dumm sei, abusiv zu bauen. Sie gipfelte in der Frage, warum wir kein legales Grundstück gekauft hätten, dann hätten wir jetzt keine Probleme. Abgesehen davon, dass auch sein eigenes schönes Haus, in dem er lebte, in dieser

Gegend niemals legal gebaut sein konnte, hatte er natürlich Recht. Mein gut geöltes Gewissen funktionierte vollautomatisch. Ich schwieg und erzählte nicht, dass wir uns auch in der Zeit, als wir unser Grundstück kauften, legale Baugrundstücke angeschaut hatten. Die wenigen, die es gab, waren unter 180 Millionen (damals 225.000 DM) nicht zu haben. Unser Grundstück hatte nicht einmal ein Drittel davon gekostet.

»Die italienischen Bürger unterteilen sich in zwei Kategorien: die Schlauen und die Deppen«, schrieb Giuseppe Prezzolini. »Es gibt keine Definition des Deppen. Aber: Wer den vollen Preis des Eisenbahnfahrscheins zahlt; nicht gratis ins Theater kommt; keinen Onkel mit Verdienstkreuz hat, der Freund der Gattin ist und Einfluss auf die Justiz, das Unterrichtswesen usw. hat; wer weder Freimaurer noch Jesuit ist; dem Finanzamt sein wahres Einkommen erklärt; seine Versprechen hält, auch wenn er dabei draufzahlt usw., der ist ein Depp.« Und Prezzolini schließt mit der lakonischen Bemerkung: »Die Deppen haben Grundsätze. Die Schlauen haben nur Ziele.«

Wir dagegen mit unserem Ziel, ein Haus zu bauen, also theoretisch zur Seite der »Schlauen« gehörig, fühlten uns schuldig, auch wenn wir unser Grundstück rechtmäßig erworben hatten. Wir waren Opfer, wie sie sich die italienische Justiz nur wünschen konnte: Wir zerbrachen uns den Kopf über das, was wir »über den normalen italienischen Durchschnitt hinaus« angestellt hatten. Irgendetwas hatten wir sicher übersehen. Anders war dieser Vorgang gegen uns einfach nicht erklärbar.

Ob unser Anwalt irgendetwas für uns unternehmen könnte, traute ich mich nicht mehr zu fragen. Ich ging nach Hause und versuchte, seine destruktiven Äußerungen, so gut es ging, vor Sven zu verbergen. Damals dachte ich immer noch, ein Anwalt, der sich bereit erklärt hat, für deine Interessen etwas zu tun, tut immer nur das Beste für dich.

Zu Hause überprüften wir die Grenzen der beiden Parzellen. Schritten die Wege ab. Tatsächlich, der allergrößte Teil des Hauses stand auf der nicht betroffenen Parzelle, nur die eingerissene Terrasse und eine winzige Ecke des Zimmers, das im Augenblick unser Bad war, standen auf dem angeblich unter Naturschutz stehenden Teil. War der Abriss nun möglicherweise genau kalkuliert gewesen, hatten sie die Terrasse wegen des Naturschutzes abgerissen? Sven glaubt bis heute daran. Ich bezweifele so viel Logik bei einem italienischen Abrisseinsatz.

Wir wissen es bis heute nicht und werden es wohl auch nie erfahren. Wir selbst haben niemals einen richterlichen Abrissbefehl in die Hand bekommen, wir wurden auch nie von den Beamten über die Gesetzesgrundlagen belehrt. Wenn es Paragraphen gab, auf die sich die *vigili* haben stützen können, dann habe ich sie nie zu Gesicht bekommen. Wahrscheinlich auch keiner unserer Anwälte.

Wir mussten überlegen, wo wir die Sickergrube hinsetzen konnten. Auf keinen Fall dort, wo sie eigentlich vorgesehen war. Dann hätten wir sie in die Parzelle gesetzt, die vielleicht unter Naturschutz stand. Sven rechnete, sie musste ja auch drei Meter Abstand zum Haus und drei Meter Abstand zum Nachbargrundstück haben und dann noch so zum Haus stehen, dass die Abwasserleitung genügend Gefälle hatte. Der Platz, der nach Svens Berechnungen jetzt noch in Frage kam, war mit Baumaterial voll gestellt. Wir verbrachten die halbe Nacht damit, es zur Seite zu räumen, und waren am Morgen so müde und mutlos, dass wir, bevor wir gegen vier Uhr einschliefen, beschlossen, die vorgesehene Ausschachtung erst mal abzusagen.

Die Entscheidung, wohin mit der Abwasseranlage, konnte uns, wenn sie erst einmal falsch getroffen war, hinterher jahrelang das Leben versauern. Ich ertappte mich tatsächlich bei solchen Gedanken, so absurd mir derartige bauliche Finessen wie Abwasser angesichts des Trümmerhaufens in unserem Garten auch erschienen. Aber in einem Eckchen meines Bewusstseins spielte die Zukunft schon wieder eine Rolle.

Gegen halb sieben wurden wir von einem heftigen Klopfen an unserer provisorischen Tür aus dem Schlaf gerissen. Unser kleiner runder Baggerfahrer wünschte uns einen fröhlichen guten Morgen. Wir erklärten ihm unsere grundlegenden Bedenken, aber er verstand sie nicht, und ich glaube nicht, dass es an unserem Italienisch lag. Wie? Sollte das heißen, wir wollten heute nicht ausschachten? Wozu sei er denn dann so früh aufgestanden? Der Bagger stände schon vor Vitos Tür. Alles wäre vorbereitet. Die Sache würde keine zwei Stunden dauern, dann hätten wir die Ausschachtung hinter uns. Eine Sickergrube würden wir unbedingt brauchen, wenn wir hier wohnen bleiben wollten. Einen Kaffee? Wir versuchten Zeit zu gewinnen. Die Sache mit den beiden Parzellen, von der eine möglicherweise unter Naturschutz stand, hatten wir ihm wohl nicht gut genug erklärt. Nein, er hatte schon gefrühstückt, nachher, so gegen neun, könnte ich ihm einen Kaffee bringen. Wir sahen ein: Der Mann war nicht zu bremsen.

Während Sven leicht resigniert die Ausschachtungsarbeit beaufsichtigte, setzte ich mich als Wache vor das Haus. Die Sonne stieg und kam hinter den Pinien hervor, mit wachsender Höhe begann sie zu brennen. Von wegen zwei Stunden! Nach zwei Stunden war gerade mal die Hälfte ausgeschachtet. Der Boden wurde nach anderthalb Metern steinhart. Es wurde zehn, die Sonne stand schon auf *full*! Angelo, der professionelle Gärtner von gegenüber, schenkte mir einen Eimer frisch gepflückte Tomaten und sprengte den Platz um mich herum immer wieder mit seinem dicken Schlauch, um mir ein bisschen Kühle zu verschaffen.

Kein *vigile*, nicht einmal ein Passant verirrte sich in unser Sträßchen. Es war fast Mittag, als ich doch ein Autogeräusch hörte. Ein grauer Alfa bog zögerlich in unsere Straße ein. Unser Nachbar Vittorio fuhr dieses Auto, also dachte ich, es wäre Vittorio, und widmete mich wieder der Vorbereitung auf mein Rigorosum. Erst als ich einen fremden Schatten ganz in meiner Nähe spürte, sah ich auf. Ein schwitzender, unscheinbarer Mann mit wenigen Haaren auf dem Kopf, im grauen Anzug und mit schwarzer Sonnenbrille, die seine Augen zuschaufelte, stand neben mir. Ob das das Haus sei, das eingerissen werden sollte, wollte er wissen. Und zeigte auf die Trümmer. Ich konnte vor Schreck nicht antworten. Gerade in diesem Moment kam Sven aus dem versiegelten Gartentor. Wir verständigten uns kurz auf Deutsch. Sickergrube drin, Bagger weg.

Das war Glück wie auf Bestellung. Denn der kleine, rundliche Herr stellte sich höflich als *commissario* vor. Also ein Polizeibeamter in Zivil.

Er habe den Auftrag, die Stimmungslage zu überprüfen.

Was für eine Stimmung?

Waren die Menschen, die uns und unser Haus verteidigt haben, bewaffnet?

Wir verstanden nicht.

Er hatte die Meldung zu überprüfen, dass die Bevölkerung an diesem Ort gegen den Einsatz der Beamten Widerstand geleistet hätte. Wenn das stimme und Waffen seien dabei im Spiel gewesen, sei das ein bewaffneter Widerstand gewesen. Er sei nun hier, das zu untersuchen. Wie aggressiv sei die Stimmung gewesen?

Eigentlich war die Situation komisch. Wir als Deutsche und dann noch als die eigentlichen Delinquenten wurden gefragt, wie aggressiv die Stimmung der Italiener war, die bei einem Einsatz der Polizei uns Deutsche verteidigt haben. Das wurde von einem richtigen Kriminalkommissar gefragt, der sich im abusiven Lager offensichtlich nicht besonders auskannte und der auch keine große Lust verspürte, sich in die Materie einzuarbeiten. Lieber begann er, als wir ihm seine Vorinformation bestätigten, dass wir Deutsche waren, einen Diskurs über das deutsche Recht, das ihn schon in seiner Studienzeit beeindruckt hatte, weil es, im Gegensatz zu dem italienischen, auf dem alten römischen Recht basierte. Er verabschiedete sich, bedankte sich für unsere Information, dass keine Waffen im Spiel gewesen seien, und riet uns am Schluss noch, »etwas zu unternehmen«. Er würde zwar nicht gerne kommen, aber wenn er einen Einsatzbefehl erhielt, um gegen uns vorzugehen, könne er sich dem nicht verweigern. Was konnten wir unternehmen? Das sollten wir einen guten Anwalt fragen. Für alle Fälle gab er uns seine Telefonnummer.

Wir hatten zwar keinen guten Anwalt, aber immerhin einen Anwalt. Wir bekamen noch am gleichen Tag einen Termin bei ihm. Er versuchte mit dem *commissario* zu telefonieren, bekam die Auskunft, der sei in sein verdientes Wochenende gegangen. Es sei daran erinnert, dass es Mitte August war, eine Zeit, in der es so heiß ist, dass man sich schon ab neun Uhr morgens nur im Schatten aufhalten kann. Es war die Woche um *ferie agosto*, dem 15. August, der Feiertag Mariä Empfängnis, in katholischen Ländern nach Weihnachten der zweithöchste Feiertag. Die meisten Geschäfte waren geschlossen. Die Straßen leer. Nur in den Lebensmittelläden gab es reihum eine Notbesetzung. Zu dieser Zeit, Anfang der 90er Jahre, hatten die hierzulande immer geöffneten Supermärkte noch nicht ihren Siegeszug angetreten.

Wir mussten unsere zwei Zimmer verputzen, um nach der Sickergrube die zweite wichtige Voraussetzung zu erfüllen, nicht aus hygienischen Gründen aus unserem Haus ausgewiesen zu werden. Aber wie in der heißesten Zeit einen Handwerker finden? Wir stellten bei dieser Gelegenheit fest, dass die Gegend, in die wir gezogen waren, eine ausgesprochene Handwerkergegend war. Wir waren umgeben von drei Schmieden, zwei Möbelschreinern, mindestens zwei Klempnern und Elektrikern. Zwei Baufirmen. Auch einen Verputzer gab es in dieser Ferienzeit. Fabrizio war seit einem Jahr wieder aus der Schweiz zurück, wo er eine neue Spritzverputztechnik erlernt hatte, die bei den alteingesessenen Römern auf profundes Misstrauen stieß. Die Römer verputzen nach der »römischen« Methode, das heißt: einmal rau Zement, darüber fein und darüber Kalk. Dann zweimal Farbe. Also vier bis fünf *passi*. Das war enorm zeitaufwendig und verdickte die Mauern dabei um gut drei Zentimeter pro Wand, mal zwei bei gegenüberliegenden Wänden, macht sechs Zentimeter. Sechs Zentimeter Verkleinerung eines Zimmers – und manche Möbel passen danach nicht mehr in die Ecken. Aber mit den römischen Handwerkern war über diesen Punkt nicht zu diskutieren. So wurde es hier immer schon gemacht, und so war es richtig. Fabrizio hatte das ganze Verfahren auf drei *passi* vereinfacht: einmal rau Zement, dann fein, dann dieses gute deutsche Produkt, das die Farbe schon enthält und atmungsaktiv ist.

Abgesehen davon, dass wir gar keine Wahl hatten, kam uns Fabrizios Methode sehr entgegen. Es ging doppelt so schnell. Und war auch halb so teuer. Aber für Fabrizio war es genauso gefährlich wie für alle, die für uns arbeiteten. Fabrizio und sein Team, zusammengesetzt aus ihm, seinem Vater und seinem Onkel, kamen trotzdem, abends, nach Feierabend, nachdem sie schon einmal acht Stunden lang im heißen Rom gearbeitet hatten. Drei Abende mal drei Stunden – und die beiden Zimmer waren in ordnungsgemäß verputztem Zustand. Fabrizio konnte sich übrigens bald vor Aufträgen nicht mehr retten und ist heute zu einem der reichsten Männer ins unserer Siedlung aufgestiegen. Sein Töchterchen geht mit ihren fünf Jahren in weißen Strümpfen, Hut und Mantel als kleine Dame spazieren.

Ferie agosto. In den umliegenden Häusern und Gärten kamen die Familien zu den typischen Festtagsmittagessen zusammen, die nahtlos ins Abendessen übergehen. Überall Musik und lautes Stimmengewirr. Wir saßen in unserem Abrisshaus, schwitzten still vor uns hin und dachten an nichts. Vor der Tür hielt ein Auto. Marcella, Ehefrau eines Kirchenschreiners und Übermutter von fünf Kindern, brachte uns eine selbst gebackene Lasagne, so gut, wie wir sie nie wieder gegessen haben. Ich persönlich traue mich gar keine zu machen, weil Sven doch nur wieder den Kopf schütteln und sagen wird: »Ganz gut, aber nicht ganz so gut wie die damals von Marcella...« Ich schreibe hier auch kein Rezept auf, die Zutaten und die Machart kann man in jedem Nudelkochbuch nachlesen. Marcellas Geheimnis war die richtige Mischung, nicht zu fett, nicht in Béchamelsoße schwimmend, aber auch nicht zu trocken, das Hackfleisch im richtigen Verhältnis zu den Nudelplatten, außen knusprig überbacken, ohne angebrannt zu sein, und innen weich, ohne die Form zu verlieren, und das alles durchtränkt von dem leichten Holzkohlearoma. Denn diese Lasagne war nicht in einem normalen elektrischen oder gasbetriebenen Ofen gebacken worden, sondern im Holzkohleofen, den viele Gartenbesitzer auf ihrer Terrasse haben, damit sich in der Sommerhitze das Haus nicht beim Kochen noch mehr aufheizt.

Pipo, der Baggerbesitzer, der gleichzeitig auch allen Häuserbauern der Gegend jegliches Baumaterial lieferte, stattete uns einen feiertäglichen Besuch ab und erkundigte sich ganz nett, wie es uns ginge, ob wir etwas bräuchten usw. Wir kapierten in diesem Moment gar nichts. Ob wir einen guten Anwalt hätten. Gut? Nein, das konnten wir wirklich nicht behaupten. Er kenne einen guten, sagte er, einen informierten und vor allem ambitionierten, der habe »Haare auf den Zähnen«. Er gab uns die Telefonnummer. Aldo rief ihn an, machte einen Termin aus. Marcello, der die Sache mit dem Naturschutz-*vincolo* auf unserer einen Parzelle für ausgemachten Unsinn hielt, bot sich an mitzufahren. Der Anwalt wohnte in Passo Scuro – übersetzt dunkler Schritt –, eine obskure Siedlung direkt am Meer, von der man sich nach dem Zustand und dem Stil der Häuser nicht vorstellen konnte, dass auch nur eines davon irgendwann einmal legal gebaut worden sein konnte.

Wir klingelten, ein junger Mann Anfang zwanzig mit blassem Gesicht öffnete uns. Trotz der sommerlichen Temperaturen war er korrekt angezogen. Es fehlte nichts: vom zugeknöpften Hemdknopf, über Schlips, Weste, Uhrenkette, Jackett und gepflegte spitze schwarze Stiefeletten. Er führte uns in das Zimmer seines Vaters. Wir warteten die üblichen fünf Mindest-Minuten. Und dann erschien er, ein großer Mann mit rotem vierkantigen Gesicht, gekleidet in ein Freizeitjackett, das ebenso vierkantig in verschiedenen Rot- und Brauntönen gemustert war, insofern also stilistisch einheitlich. Er ließ sich von uns und Marcello die Sache erklären und wurde dabei mit *signore avocato*, Herr Anwalt, angeredet. Dann sah er sich unsere Unterlagen an und nickte bedächtig mit dem Kopf. Er kannte die Staatsanwältin, die unseren Fall bearbeitet und unsere drei *cartelli* unterschrieben hatte, jene großen bedruckten Pappen, auf denen wir amtlich aufgefordert worden waren, jede Bauarbeit auf unserem Grundstück unverzüglich einzustellen. Eine *signora tosta* sei diese Dame, eine harte Nuss, sagte der Anwalt.

Marcello meinte, dass er an einen besonderen *vincolo* auf unserem Grundstück nicht glaube. Wieder wurde gemeinsam gerätselt, was der Grund war, dass sie ausgerechnet zuallererst auf uns als Bausünder gekommen waren. Nur der wohl gekleidete Sohn des Anwalts schwieg. Schließlich einigte man sich drauf, dass der Anwalt einen Brief in unserem Namen verfassen würde. Den hätten wir nur zu unterschreiben und dann an den Bauamtsleiter zu schicken. Man dürfe sich so etwas einfach nicht gefallen lassen. Man müsste sich wehren, und zwar mit allen Mitteln. Wir waren einverstanden, den Brief würde uns der Sohn in den nächsten Tagen vorbeibringen.

Bei der Verabschiedung stellte sich heraus, dass er, der Alte, also die handelnde und Rat gebende Person, gar nicht der Anwalt war, sondern lediglich der Vater des Anwalts. Als der eigentliche Anwalt entpuppte sich das Milchgesicht von seinem Sohn. Und auch der schweigende Sohn war genau genommen noch kein Anwalt, sondern befand sich lediglich im Referendarstatus. Aber getreu der italienischen Maxime, dass man nie etwas wird, sondern stets etwas ist, waren wir sein erster vorgezogener Fall. Sein viereckiger Vater gab sich als ehemaliger *carabinieri*-Offizier, nunmehr im Ruhestand, zu erkennen, der seinem studierten Sohn half, den Beginn seiner Anwaltskarriere anzukurbeln, und zwar auf der richtigen Seite des Lebens, nicht als armer Beamter, angewiesen auf eine klägliche Besoldung und kümmerliche Bestechungsgelder, sondern auf der Seite der reichen ausländischen Latifundienbesitzer, die in Problemen steckten. Eine Spezialisierung auf Abusivismus schien ihm ein viel versprechender Einstieg in so eine Karriere zu sein. Jetzt verstanden wir auch das rote Vierkantgesicht des Alten und seine »Ruck-zuck-Sprache«. Wir konnten uns ihn jederzeit in dieser rotschwarzen Protzuniform der *carabinieri* mit den krummen Schaftstiefeln und schwarzer Sonnenbrille vorstellen. Und natürlich wurde uns klar, dass wir selbst den Brief zu verantworten hatten, den sein Sohn uns schreiben würde. Es war ein Brief in unserem Namen, kein Brief eines Anwalts. Also wieder ein Schlag daneben.

10.

Der nächste Schritt war die Wasserversorgung. Ein illegales Haus hat natürlich auch keinen Anspruch auf das städtische Wassernetz. Und da in unserer Gegend sämtliche Häuser illegal waren, gab es hier überhaupt kein städtisches Wassernetz. Sondern jeder oder jeder Zweite hatte einen »zufällig gefundenen« alten Brunnen an seinem Haus oder in seinem Garten. Damit nun das Wasser im Haus wie gewohnt aus der Wand kommen konnte, brauchte es einen Wasserdruck. Der Brunnen, aus dem das Wasser an die Erdoberfläche gepumpt wird, hat selbst keinen Druck. Man lässt das aus der Tiefe mit einer ganz dünnen und langen Spezialpumpe hochgepumpte Brunnenwasser in eine Art Zisterne, ein *serbatoio*, laufen und füllt gleichzeitig damit ein Druckgefäß, genannt *autoclave*. Dieses Druckgefäß liefert ständig den Druck von knapp zwei Atmosphären an die Wasserhähne. Man dreht den Hahn auf und tatsächlich, das Wasser kommt herausgelaufen wie aus einer ganz normalen Wasserleitung. Nach ungefähr zehn Litern verringert sich der Druck des *autoclave* und es schaltet sich dann eine kleine Pumpe dazu, das Wasser stottert ein bisschen, aber der Druck bleibt bestehen. Diese kleine Pumpe füttert dann erneut den *autoclave*, wenn der Hahn abgedreht wird, und das Spiel kann von vorne losgehen.

Ein Hydrofachmann aus der Nachbarschaft legte dann die erste Wasserleitung vom Brunnen ins Haus. Es gibt in Italien Thermo-Hydrauliker und normale Hydrauliker. Der normale Hydrauliker ist das, was in Deutschland der Klempner ist. Und Klempner sind auch hier eigenartige Typen. Bei Enzio handelte es sich um den einzigen uns bekannten Italiener, der anerkanntermaßen Alkoholiker ist und dem man auch bei der Arbeit besoffen begegnen kann, der Einzige, der sich unverblümt zu einem Gläschen Was-auch-immer einladen lässt. Wenn er selber einlädt, kann man sicher sein, dass er in finanziellen Schwierigkeiten steckt und die Einladung benutzt, sich einen Hunderter zu leihen oder zwei. Uns ist es manchmal beinahe peinlich, wenn bei Einladungen in unserem Haus so wenig getrunken wird, dass man denken muss, unsere Gäste fühlten sich nicht wohl. Und es ist mir bis heute unangenehm, nachzufragen, wenn wir bei Freunden am Tisch sitzen, stundenlang reden, und die Flasche ist schon lange leer. In diesem Punkt sind wir absolut Deutsche geblieben. Zurück: Enzio war zwar stockbesoffen, als er unsere erste Wasserleitung verlegte, aber das Wasser kam einwandfrei dort an, wo es ankommen sollte, in unserer provisorischen Küche.

Unser Freund Aldo verlegte in der gleichen Zeit ein Abwasserrohr um unser Haus, die erste Installation, die nicht provisorisch war. Sven hatte einen Abwasserweg vorgesehen, der nicht unter dem Haus hindurch, sondern mit leichtem Gefälle im Lüftungsgang um das Haus herumführen sollte, weil er meinte, im Falle von Beschädigungen oder Verstopfungen kämen wir leichter an die Ursache heran. Und das hat sich inzwischen auch ein paarmal bewahrheitet. Man ahnt nicht, was sich in Abwasserrohren auf Dauer alles so anfindet!

Jetzt wohnten wir gerade mal eine Woche in unserem Haus und konnten schon eine eigene legale Toilette mit Wasserspülung benutzen! Das war doch immerhin schon ein kleiner Anfang.

Wir zerlegten unser Sechs-Quadratmeter-Lotterbett, das immer noch im Bühnenbild von »La Bohème« in Ugos *casale* stand, in seine Einzelteile. Vier Fahrten mussten wir machen, bis wir es vollständig in unser neues Haus geschafft hatten. Das Möbel war nicht für Umzüge geschaffen. Sven kaufte im »Türensupermarkt« eine äußerlich in Holz eingefasste, aber innerlich richtig gepanzerte Haustür mit Sicherheitsschloss, so eine, bei der man den Schlüssel viermal herumdrehen musste, bis alle Bolzen eingeschnappt waren. Absolut übertrieben damals, diese Panzertür, weil man, außer durch diese

Tür, durch alle anderen Öffnungen ohne Probleme ins Haus steigen konnte. Außerdem, außer unseren alten Schlepptops gab es bei uns sowieso nichts zu holen.

Das war auch nicht unser Problem. Wir wollten nach außen hin möglichst vom Eindruck der Häuser hier nicht abweichen: Halb fertig, aber bewohnt. Und von außen sah unser Haus jetzt bis auf das fehlende Dach und den Bauschutt auf der Rückseite aus wie viele Häuser in der Gegend.

Immer noch befürchteten wir jeden Morgen, dass die *vigili* zurückkommen würden. Mauretta (die Englischlehrerin, die vor vier Jahren mit ihrer spontanen Leihgabe den Kauf des Grundstücks ermöglicht hatte) wollte in den Urlaub fliegen und bot an, ihr Auto als »Hindernis« in unserer Straße stehen zu lassen. Wir stellten als zweites »Hindernis« unseren alten Peugeot die Nacht über so dazu, dass man mindestens eine der alten Kisten erst einmal hätte zur Seite schaffen müssen, damit ein Bagger durchfahren konnte, ohne alles breit zu treten. Dieser Umstand hätte uns die Zeit gegeben, unsere Nachbarn zusammenzutrommeln. Die meisten hatten uns für diesen Fall ihre Telefonnummer dagelassen. Die Zeit zwischen halb acht und halb neun morgens war die gefährlichste. Wir lenkten uns mit der Vorbereitung auf mein Rigorosum ab und beschäftigten uns mit der Frage, wie weit die Produktionsbedingungen eines Films seine Ästhetik bestimmen.

Die *vigili* kamen wieder, gerade als sich unser Leben etwas beruhigt hatte. Ihr Auto bog eines Nachmittags um die Ecke. Wir hielten die Luft an. Aber hinter dem blauweißen Fiat kam nicht die halbe Hundertschaft mit einem Bagger, es blieb bei dem einen Fiat. Einer von ihnen war der nette junge Beamte, dem beim Abriss der Terrasse die Tränen über das Gesicht gelaufen waren. Dennoch schlug uns das Herz bis zum Hals. Höflich, beinahe verlegen baten die Beamten um Einlass. Sie hatten den Auftrag, zu überprüfen, ob wir tatsächlich wie angegeben in unserem Haus wohnten und, wenn ja, ob wir die hygienischen Normen erfüllten. Mit gewissem Zweifel, ob sich die *vigili* mit dem, was sie bei uns so an Hygiene vorfanden, zufrieden geben würden, präsentierten wir ihnen so unbefangen, wie wir konnten: das fließende (natürlich kalte) Wasser, das aus Enzios Leitung kam, dann Aldos funktionierende Toilettenspülung und die verputzten Innenwände, an denen immerhin einige moderne originale Kunst hing.

War das jetzt der Moment der »tangenti«? Des Bargelds? Der »kleinen Gesten der Dankbarkeit«? Wie macht man das, »bestechen«? So was hatten wir nirgendwo gelernt, nicht in der Schule, nicht auf der Uni. Wie verhält man sich? Tut man dabei so normal, als wollte man bloß seine Miete bezahlen? Oder grinst man sich konspirativ an? Im Fernsehen lässt sich das immer so einfach inszenieren, aber in der Wirklichkeit fehlte mir der »spielerische Einstieg«. Wie fängt man das an? Mit einem Räusperer? Und was würde das bewirken? Vielleicht gar das Gegenteil? Zurzeit gingen die Enthüllungen der »mani pulite« in Milano durch die Presse und wurden allgemein schwer diskutiert. Hatten diese politischen Entwicklungen nun Auswirkungen auf die kleinen Beamten hier vor Ort – oder nicht? Und wenn, welche? Gott sei Dank hatte ich damals noch nicht Prezzolini gelesen.

»Das Trinkgeld ist die wichtigste stillschweigende Einrichtung Italiens, wo die Bräuche mehr als die Gesetze zählen und die Angewohnheiten mehr als die Vorschriften. Um eine bürokratische Angelegenheit zu beschleunigen oder um ein Abteil zu bekommen, um Auskunft über ein Gerichtsurteil zu erhalten oder um ein Frachtschiff entladen zu lassen, ist immer ein Trinkgeld nötig. Die Weise, es zu geben, ist verschieden und verlangt eine nicht geringe Lehrzeit und eine Kenntnis der gesellschaftlichen Rangliste und der gebräuchlichen Systeme. Sie reicht vom ordinären Sümmchen, das man in die Hände des zu bewegenden Beamten legt, und der Flasche, die man zu Ehren des abgeschlossenen Geschäftes öffnen lässt, bis zum ›kleinen Umschlag‹, der in den römischen Büros üblich ist, und zu den Tarifverträgen der Eisenbahnbeamten in Norditalien oder der Perlenkette für die Gattin und der Beteiligung an einer Aktienausgabe für den großen Geschäftsmann oder Journalisten« (»Regeln des italienischen Lebens«, Nr. 41).

Die beiden Beamten waren aber so sachlich und streng, dass wir es nicht einmal wagten, ihnen einen Kaffee anzubieten. Wenn sie jetzt angeben würden, dass unsere sanitären Bedingungen unzureichend seien ...

Sie machten Polaroidfotos, Ugos wunderschöner und renovierter Küchenschrank stand wie ein glänzender Juwel in unserer bescheidenen Hütte, er kündete von Geheimnissen der Lebenskunst, die den Beamten bisher verborgen geblieben waren. Und das überdimensionale Lotterbett machte tatsächlich den gewünschten Eindruck auf sie. Sie standen vor den Möbeln und nickten wissend mit den Köpfen. Sie würden weitergeben, dass wir hier ordnungsgemäß wohnen, sagten sie und schüttelten uns beim Abschied aufmunternd die Hände, bewunderten schließlich noch die gepflegte Panzertür und gingen.

Ich drehte meine fünf Hunderter mit feuchten Fingern in der Tasche, dass sie schon ganz verkrümelt waren.

Vittorio ließ sich bei uns nicht mehr blicken. Aber wir wollten wenigstens unser Dachgeschoss zu Ende mauern, damit das Haus nicht so abgebrochen aussah. Außerdem war es kreuzungemütlich, denn im gesamten Erdgeschoss standen überall, wie in einem dichten Wald, die hölzernen Stützen und Zementverschalungen im Weg. Adriano, der uns das erste Zimmer gebaut hatte und dafür niemals auch nur eine einzige Lira kassiert hatte, versprach, in den kommenden Tagen eine Lösung für uns zu finden.

Es war in der letzten Augustwoche, als wir morgens von dumpfen Schlägen aufschreckten. Die *vigili*? Der Bagger! Nein, die dumpfen Schläge kamen mehr vom hinteren Teil des Hauses. Es klang wie Hammer gegen Holz, nicht wie Baggermaul gegen Beton. Eine Raupe oder einen Bagger hätten wir auch vorher gehört, oder zumindest Lemmon, der zum Junghund herangewachsene Welpe, den Sven schon als Opfer für das Gelingen unseres Baus im Zement gesehen hatte. Aber Lemmon lag zufrieden neben unserem Bett und schlief. Hämmern auf Holz war er seit seiner Geburt gewöhnt. Die *vigili* hätten sich auch anders bemerkbar gemacht, hätten uns geweckt, aus dem Bett geholt. Einbrecher konnten es auch nicht sein, die würden nicht so geräuschvoll auf sich aufmerksam machen. Ein Blick durch den Türschlitz bestätigte – kein Polizeifahrzeug stand vor dem Haus, kein *vigile* weit und breit, nur ein unbekannter alter, aber gut gepflegter blauer Fiat Ritmo war vor dem Tor geparkt.

Wer konnte zu dieser Uhrzeit unangemeldet von der Rückseite durch die Fenster in unser Haus eindringen und gegen unsere Holzabstützungen hämmern? Wir sahen vorsichtig aus unserem Schlafzimmer in den hinteren Teil des Hauses. Dort stand eine drahtige Gestalt mit kantigem bäuerlichen Kopf und dichten Augenbrauen und schlug wie verrückt die hölzernen Stützen der Betonverschalung weg.

Es war Mauro, der Mann, den Adriano uns versprochen hatte. Der Mann fürs Grobe. Seine Frau arbeitete als Putzfrau in der amerikanischen Botschaft. Mauro brachte sie jeden Morgen um halb sechs zu ihrer Arbeit, dann frühstückte er für Italiener ganz und gar ungewöhnlich in aller Ausführlichkeit, und dann war er bereit, acht Stunden am Stück wie ein Hurrikan durchzuarbeiten, mittags nur gestärkt von einem Kaffee, gefolgt von einem Glas kühlen Weißwein. Mauro war über unseren Zaun geklettert und hatte einfach angefangen, auf seine Weise zu handeln. Ohne sich vorzustellen. Er wollte uns nicht wecken, entschuldigte er sich später.

Mauro wurde sehr schnell unser Freund. Er war erfahren mit allem, was mit Abusivismus zusammenhing. Natürlich wohnte er selbst in einem abusiven Haus. Von Berufs wegen war er Kranfahrer, aber er konnte letztlich alles, was zum Hausbauen gehörte – manches besser, manches schlechter. Er hatte, wie fast alle in unserer Gegend, sein Haus für sich, Frau und Kinder selbst gebaut. Mauro war im Krieg geboren, hatte wie viele Kinder damals nur die Grundschule absolvieren können und war dann als Handlanger zum Bau gegangen.

Die Tradition einer Lehrlingsausbildung, wie sie in Deutschland und den angelsächsischen Ländern üblich ist, gibt es in Italien nicht. In den meisten Fällen lernt der Sohn vom Vater oder vom Onkel. Vater oder Onkel ermöglichen dem Sohn so, überhaupt erst mal Arbeit zu finden, sehr oft in dem eigenen kleinen Familienbetrieb, wie es zum Beispiel bei Flavio der Fall war. Ohne den Schutz der Familie ist es sehr schwer, in einem Betrieb Anstellung zu finden. Das liegt daran, dass in diesen Betrieben immer irgendetwas nicht ganz einwandfrei ist, irgendwie schrappen sie alle an den Gesetzen vorbei, seien es gesetzlich vorgeschriebene Arbeitsplatzbedingungen oder irgendwelche an der Steuer vorbeigeschleusten Sondereinnahmen. Das liegt wiederum daran, dass die Kleinunternehmen, wenn sie tatsächlich alle in Italien gültigen Gesetze (wie zum Beispiel die europäischen Sicherheitsvorschriften) einhielten, alle Abgaben bezahlten, alle Auflagen beachteten, gar nicht existieren können. So bleiben die kleinen Betriebsgeheimnisse alle in der Familie, bei Kindern, Enkeln, Nichten und Neffen, alle schuften sich ab, und so kommen alle einigermaßen durch. Und jene jungen Leute, deren Familie keinen Betrieb hat, liegen auf der Straße, weil sie keine Arbeit finden.

Mauro gehörte zur letzten Gruppe, aber er hatte es dennoch auf dem Bau bis zum Kranfahrer gebracht. Seine Schwindelfreiheit sollte uns später noch sehr nützlich sein. Nachdem Mauro krachend die Holzverschalungen beiseite geräumt hatte, mauerte er das Dachgeschoss zu Ende, mit mir als Handlanger und Zementmischer. Aber was sollten wir mit dem Dach machen? Sven hatte als Zentrum des Erdgeschosses einen ausladenden Küchenwohnraum geplant, einen *salone* nach dem Vorbild von Ugos *casale*, der sich über zwei Etagen nach oben erstreckte, um dem Haus trotz baulicher Bescheidenheit mehr Großzügigkeit zu geben. Über diesen zukünftigen Küchenwohnraum musste unbedingt ein Dach konstruiert werden. Eine Verschalung für ein Zementdach war allein von Mauro nicht zu bewerkstelligen. An so etwas hätte eine ganze Mannschaft von Zimmerleuten drei, vier Tage arbeiten müssen. Dann hätte nachts oder ganz frühmorgens wieder ein riesiger Zementtransporter plus Zementpumpe kommen müssen. Die Nerven, so ein Riesentheater noch einmal durchzuziehen, hatten wir nicht mehr.

Die unauffälligere Lösung wäre ein Holzdach im »alten Stil«, also original wie bei Ugos *casale*. Wir zögerten. Für das Dach mussten wir allein für Holz und Ziegel mindestens noch einmal 15.000 DM ausgeben. Und wenn sie dann doch kämen und alles wieder einreißen würden?

An einem dieser Nachmittage kam wieder einer unserer *vigili* vorbei, nach Dienstschluss, er wohnte nicht weit weg von uns und wollte nur mal schauen, wie es uns inzwischen ergangen war. »Wie wollt ihr denn den Winter überstehen?«, wollte er wissen. Wir zögerten, konnten wir ihm vertrauen? Etwas wolkig redeten wir von einem provisorischen Dach, nur zum Schutz der schon gebauten Substanz, testeten quasi an, ob so was vielleicht sogar nicht völlig ungesetzlich war. Mithelfen sei nicht drin, meinte er daraufhin trocken, das könnten wir nicht von ihm verlangen, aber wir sollten mal langsam damit in die Hufe kommen.

Wir entschlossen uns endgültig für das Holzdach. Ugo kannte einen Holzhändler, der manchmal abgelagerte Holzbalken hatte. Sven fand bei ihm tatsächlich zwei sechs Meter lange, 30 mal 30 Zentimeter dicke Balken, die aussahen, als hätten sie schon 100 Jahre gelagert. Diese beiden tonnenschweren Kastanien- und Eichenbalken wurden zwei Tage später mit einem Auslegearm auf unser Dach gehievt. Mit einer Seilwinde kurbelten wir jeden der Eichenträger im Millimeter-Schneckentempo auf seine Position. Wie wir das bei dem Gewicht geschafft haben, ist mir heute noch ein Rätsel.

Nach wie vor war das für den Anlieferer gefährlich, denn wäre genau in dieser Zeit eine *vigile-* oder gar *carabiniere-*Streife gekommen, ihr Lastwagen wäre auf der Stelle beschlagnahmt worden. Und es war keineswegs so, dass keine Streifen kamen, aber merkwürdigerweise, obwohl wir heute wissen, dass keinerlei Hintergrundinformationen im Spiel waren, kamen die Beamten nie, wenn etwas angeliefert oder große Maschinen im Einsatz waren. So war es auch diesmal. Vielleicht hatten die Streifenpolizisten und die Geschäftsleute irgendeine geheime, aber niemals formulierte Vereinbarung für Zeiten von »Waffenruhe«.

Am 30. August fuhr ich nach Berlin, um zum Rigorosum anzutreten. Ich kaufte ein unendlich teures Ticket, jederzeit umbuchbar, damit ich, wenn zu Hause etwas passierte, zurückfliegen konnte. Und das war auch richtig so, denn später erfuhren wir, dass im Bauamt immer noch der gültige Einsatzbefehl, unterschrieben von der »herben Staatsanwältin«, gegen unser Haus vorlag. Der Bauamtsleiter war im August in den Urlaub gefahren, ebenso wie sein Vertreter. Daher die scheinbare Ruhe. Ich versuchte in Berlin meinem Professor zu erklären, in welcher Situation wir uns hier befanden. Aber der sensible Wissenschaftler sah mich nur mit leichtem Kopfschütteln an, hielt mich wahrscheinlich für etwas stressgeschädigt und kapierte nicht, was ich ihm da vom Schwarzbauen und Abrissgefahr erzählte.

Die Prüfungskommission fand meine Überlegungen, die wirtschaftlichen Entstehungsbedingungen eines Kunstproduktes in seine ästhetische Beurteilung mit einzubeziehen, einer Doktorarbeit würdig, denn damals gab es in den Medienwissenschaften noch keine Untersuchung, die sich mit Überstunden und Finanzierungsmodellen befasste.

Mein Doktorvater gratulierte mir, aber er verstand nicht, dass ich direkt nach bestandenem Rigorosum ohne die übliche Feier wieder in den Süden zurückfliegen wollte. Ich glaube, er hielt mich schlicht für überheblich, für jemanden, der das, was er tat, gar nicht ernst nimmt.

Dass ich die Promotion nicht als Basis zur Producerkarriere nutze, wie ich es mir eigentlich vorgestellt hatte, lag daran, dass bei unserem Lebensstil Ziel und Wege nicht immer ganz logisch aufeinander verweisen. Natürlich hätte ich jetzt Bewerbungen losschicken und Vorstellungsgespräche führen müssen, aber das Haus ließ das nicht zu.

Ein Donnerschlag läutete das Ende des Sommers 1993 ein. So gegen fünf Uhr morgens wachte ich auf, tastete neben dem Bett am Boden nach meinen Latschen und fühlte irgendwie Nasses zwischen den Fingern. Ich sprang auf und stand bis zu den Knöcheln in einer grauen Zementwasserbrühe. Draußen rauschte es wie unter einem Wasserfall. Wir hatten zwar das Dach des Erdgeschosses abgedichtet, aber das Wasser kam »von unten«, vom hinteren Teil des Hauses, jenem zukünftigen Küchenwohnraum, in dem bis jetzt das Dach durch die Balken nur angedeutet war. Es kroch auf dem Beton unter der Hintertür durch. Wir retteten von den am Boden liegenden Gegenständen, was noch zu retten war, vor allem retteten wir die Lichtkabel und Verteilersteckdosen, die auf der Erde lagen, und dann schippten wir Wasser. Eine Stunde lang. Denn der blanke Zementfußboden war nicht auf »provisorische Abflüsse« hin konzipiert worden und hing in Richtung unseres augenblicklichen Schlafzimmers durch. Wahrscheinlich nur wenige Millimeter, aber dem Wasser war das genug. Unverdrossen prasselte der Regen in unseren zukünftigen *salotto*, die Gipswand unseres provisorischen Zimmers bot dem Fluss keinen Widerstand. Gott sei Dank sind die ersten Septemberregen zwar nass, aber nicht kalt. Wir schippten. Es wurde sieben. Mauro kam nicht. Was sollte er auch bei dem Regen arbeiten? Es gibt eine stillschweigende Vereinbarung in Rom, dass bei Regen und Schnee alle Verabredungen automatisch gecancelt sind.

Vormittags klarte es sich auf. Sven fuhr zum »Arbeitsstrich«. Unser »Arbeitsstrich« ist eine Bar, an der sich morgens gegen sieben damals polnische, heute albanische Männer einfinden und darauf warten, dass jemand sie für diesen Tag oder auch für länger heuert. Sven brachte Adam mit. Normalerweise benötigten wir niemanden. Wir selbst und unser Freund

Mauro konnten das meiste selbst bewerkstelligen. Aber Mauro lag im Bett. Es regnete.

Zusammen mit Adam füllte Sven den Zementboden um einen Zentimeter in gegenläufiger Neigung auf, so dass das Wasser nach hinten abfloss. Adam wurde später Mauros persönlicher Assistent. Zunächst war Mauro damit gar nicht einverstanden. Die Polen waren bei den Italienern nicht besonders beliebt. Das hing mit dem Papst zusammen, denn der war damals bei den Italienern auch nicht sonderlich beliebt. Mit der Ernennung des Polen Woytila zum Papst hatten illegale polnische Billigarbeitskräfte das Land überschwemmt. Nach Öffnung des Eisernen Vorhangs sind die meisten wieder zurückgegangen. Heute sind es fast ausschließlich Albaner und Rumänen, die den schwarzen Arbeitsmarkt bevölkern. Damit stieg die Beliebtheitsquote des Papstes wieder.

Wir ärgerten Mauro oft damit, dass er als eingefleischter Kommunist doch dem polnischen Genossen ein Mindestmaß internationaler Solidarität zeigen müsste. Mauros dichte Augenbrauen wurden dann noch ein bisschen dichter, obwohl das eigentlich technisch kaum möglich war, er grummelte irgendetwas Unverständliches vor sich hin und kommandierte Adam herum wie der Feudalherr seinen persönlichen Kammerdiener. Nichts schien ihm der Pole recht zu machen. Meine bislang ganz positive Einstellung zum Italo-Kommunismus geriet ins Wanken. Die Überraschung kam, als Mauro dann eine Woche lang einen regelrechten Bauauftrag bekam: Er sollte bei einem Nachbarn die Garage zementieren. Er packte Adam, den ungeliebten Polen, ohne jede Diskussion in seinen Ritmo und nahm ihn als seinen Assistenten mit. Er nahm ihn mit und ließ ihn auch mitverdienen.

11.

Die Septemberregen in Süditalien sind heftig aber kurz. Hat es in der Nacht geregnet, scheint am späten Vormittag meist wieder die Sonne. Wir konnten weiterarbeiten. Sven klapperte die Baumaterialgeschäfte nach geeignetem Dämmmaterial für das Dach ab, und natürlich nach dem günstigsten Angebot für Dachziegel. Die Dachziegel von Pipo, dem Baggerbesitzer und Baumaterialverkäufer aus unserer Gegend, waren ihm um Längen zu teuer. Er entdeckte auf der anderen Seite des Racordo-anulare, dem Autobahnring um Rom, einen Großmarkt, der Dachziegel von guter Qualität um so viel billiger führte, dass ihm sogar das übliche Handeln sinnlos schien. Schließlich waren wir mit Pipo nicht verheiratet.

Am Morgen waren die sechs Ziegelstöße für die erste Dachhälfte mit einem der praktischen kleinen LKW-Kräne gerade auf unserem Obergeschoss abgesetzt worden. Da sahen wir vom Dach aus am Ende der Straße einen kleinen runden Punkt langsam größer werden. Von einer bestimmten Vergrößerung des Punktes an erkannten wir: Es war Pipo selbst, der Baggerbesitzer und Baumaterialverkäufer aus unserer Gegend.

Seine Rundlichkeit stattete uns einen Besuch ab. Freundliche Begrüßung. Der Grund seines Besuchs? Kein Grund, sagte er. Nur reine Neugier, wie weit wir denn schon gekommen seien. Wir zeigten ihm die hölzerne Dachkonstruktion, die er bewunderte und lobte. Dann entdeckten seine verschmitzten Äuglein die sechs Stapel von Dachpfannen, die noch werksmäßig zusammengebunden auf den Holzleisten des Dachs standen. »Oh!«, sagte er erstaunt. »Wo habt ihr denn die gefunden?« Ich sagte ihm den Namen des Geschäftes. »Ach, ja, kenne ich! Dieser Laden ist doch weit weg, das kostet doch viel Geld für den Transport!« »Stimmt«, sagte ich, »aber sie sind trotzdem noch 20 Prozent billiger als bei dir. Inklusive Transport.«

Sein Gesichtsausdruck ging in ein unbändiges Staunen über. »20 PROZENT!!!« »Ja«, bestätigte ich. »Glatte 20 Prozent.«

»Ja, Mensch! Managgia!« Das konnte er kaum fassen. »Und warum kommst du nicht zu mir und redest mit mir, mit deinem Freund und Nachbarn, der eine bessere Qualität von Ziegeln in seinem Hof stehen hat, und verhandelst mit mir über den Preis? Mit mir kann man doch reden! Oder nicht?«

Hatte ich ein winziges heimtückisches Aufblitzen in seinen Augenwinkeln wahrgenommen oder nicht? Ich war unsicher.

»Dochdochdoch!«, beeilte ich mich zuzustimmen.

»Diesen Ziegeln da«, sagte Pipo mit missbilligendem Blick auf meine Ziegelstapel, »gebe ich höchstens 15 Jahre, dann beginnen sie zu zerbröckeln, zerrieben vom Wechsel zwischen eisigen Nächten und glühender Sonne. Dagegen MEINE...«, er machte eine wirkungsvolle Pause, »originale Qualität aus der zentralen Toskana, die halten ein Leben lang! Und ich geb' sie dir...«

»20 Prozent billiger?«

»Na ja, 20 vielleicht nicht, aber 15 Prozent sicher. Bei besserer Qualität und ohne Transportkosten. Preise sind doch nichts Absolutes! Schwarz!« (Das Wort »Schwarz« hatte er deutlich ausgesprochen. Ich war irritiert, dann erinnerte ich mich: Sein Sohn nannte mich von Anfang an »Schwarz«, einmal, weil der Name Sven für ihn unaussprechlich war und weil er begeisterter Anhänger der hier ausgestrahlten deutschen Fernsehserie »Der Fahnder« war, deren Protagonist ja »Schwarz« hieß.) »Man muss sich doch helfen, Schwarz, von Nachbar zu Nachbar, nach so vielen Aufregungen!« Sein Blick wurde unermesslich traurig: »Wir alle kämpfen doch um unsere Existenz gegen die Willkür der Behörden, die ihr doch am eigenen Leibe erfahren habt! Seite an Seite!«

Ich versprach ihm, die Ziegel für die zweite Dachhälfte ausschließlich bei ihm zu kaufen, falls es bei uns je so weit kommen würde. Letztlich kamen unterm Strich 13 Prozent heraus. Dafür würde er uns für die Bodenfliesen, die wir ja auch demnächst brauchten, ein einmaliges Sonderangebot machen. Da ich sicher war, dass er von uns zwar die Mehrwertsteuer kassiert hatte, aber niemals verbuchen würde, war er trotz des Preisnachlasses voll auf seine Kosten gekommen. Und ich hatte meine erste Lektion im praktischen italienischen Mafia-Denken hinter mir.

Während Sven seine Runden machte, um Preise zu vergleichen, versuchte ich, wieder ein bisschen Normalität in unser Leben zu bringen und mich um so fern gerückte Dinge wie Drehbuchschreiben zu kümmern. Aber Drehbücher passten noch nicht wieder in unser Leben, kaum hatte ich den Schlepptop hochgebootet, als ich das Geräusch der Motorsäge aus dem hinteren Teil des Hauses hörte, von dort, wo die frei liegenden Balken auf den frei liegenden Mauern auflagen. In vier Meter Höhe balancierte Mauro ohne Absicherung auf der Mauer unseres zukünftigen Küchenwohnraumes und sägte mit der Motorsäge die über die Hauswand überstehenden Balken auf die richtige Länge. Ein im Grunde absurdes Verfahren, weil man es hätte vorher ausmessen und den Balken an sicherem Ort hätte sägen können. Aber Mauro misstraute dem theoretischen Messen nach Zentimetern. Mit Recht, würde ich sagen, es gibt nicht eine einzige Mauer von ihm, die von Natur aus senkrecht und im rechten Winkel stünde. Das Geräusch der Motorsäge übertönte jeden Versuch, ihn anzusprechen. Ich konnte nur zuschauen, zittern und warten, bis er fertig war. Mauro kletterte seelenruhig vom Dach, ließ sich einen Kaffee servieren. Wie wir es denn mit dem Strom machen werden, wollte er wissen, während er mit dem winzigen Löffel in seinem Tässchen rührte.

Strom ist das Problem aller Abusiven, genauso wie ein fester Telefonnetz-Anschluss. Fast alle Nachbarn, die in ihren Häusern um uns herum wohnten, hatten beides. Das eine bedingt das andere. Wenn man den Leuten von der *Telecom*, die damals noch *Sip* hieß und eine staatliche Gesellschaft war, eine gültige Rechnung der staatlichen Stromgesellschaft *Enel* von den Stadtwerken vorweisen konnte, schlossen sie einem das Telefon an. Und wenn man der *Enel* eine Telefonrechnung der *Sip* vorweisen konnte, bekam man den Stromanschluss.

Es gab in unserer Gegend einen Mann, nicht gerade gut beleumundet, aber mit Beziehungen, einer der Ersten jedenfalls, die hier gebaut hatten, von dem es hieß, er könne mit seinen obskuren Verbindungen zur *Enel* auf geheimnisvollen Wegen einen Stromanschluss ermöglichen. Umgerechnet 1.500 DM sollte sein Dienst kosten. Ich ging zu ihm hin. Nein, hatte er mir, ohne mich ins Haus zu bitten, durch die Sprechanlage beschieden, in unserer jetzigen Situation könne er uns nicht helfen. Das sei ihm zu gefährlich.

Mauro kannte dagegen jemanden, der uns vielleicht helfen konnte. Dieser jemand, sagte er, komme regelmäßig gegen zwei Uhr zu einem bestimmten Lebensmittelladen, einem *alimentari*, um dort sein Mittagsbrötchen zu essen. Noch am selben Tag fanden Mauro und ich uns dort ein. Wir warteten, ich erledigte meine Einkäufe, Mauro hielt einen Schwatz mit dem Ladenbesitzer. Und tatsächlich: Pünktlich um 20 nach zwei kam dieser Jemand. Der Jemand war ein Angestellter der *Enel*. Er ließ sich von Mauro und mir unsere geographische und logistische Lage beschreiben. Eine Siedlung sei es, in der unser Haus stünde, gab ich Auskunft, am Ende einer Sackgasse. Wie weit ist der nächste Stromanschluss entfernt? Keine fünf Meter. Ja, dann. Kein Problem. Er würde nächste Woche vorbeikommen und sich die Sache anschauen.

Gleichzeitig ging ich zur *Sip*. Der Dame am Schalter erklärte ich, dass ich die erste *Enel*-Rechnung, wenn sie käme, nachreichen würde. Damit fand sie sich zunächst ab, machte eine Fotokopie von meinem Personalausweis, notierte meine Adresse und ließ mich 500.000 Lire zahlen, also heute etwa 250 Euro.

Schon am nächsten Tag kam ein Techniker der Telefongesellschaft. Er schaute sich an, wo man den Telefonmast für unseren Anschluss aufstellen musste, und erklärte uns, wo wir am besten die Leitung vom Mast zu unserem Haus verlegen könnten. Darüber, dass unser Haus kein Dach hatte und auch sonst noch verdächtig unfertig aussah, verlor er kein Wort. Zwei Tage später kam er wieder zu uns und stellte uns mit zwei Arbeitern tatsächlich einen richtigen Telefonmast vor das Haus. In ungefähr einer Woche würden wir angeschlossen sein.

Der nächste Septemberregen kam. Diesmal regnete es den ganzen Tag, aber wir waren vorbereitet, unsere beiden Zimmer blieben trocken. Am Abend hatten wir uns zum Essen bei Ugo und Annamaria verabredet. Die beiden waren in gedrückter Stimmung. War etwas passiert? Mit Chiara. Nein, alles in Ordnung. Rosaria? Nein, nein. Sonst jemand aus der Familie? Ugo wollte es uns nicht erzählen, aber Annamaria sagte, wir würden es ja sowieso erfahren. Etwa fünf Kilometer entfernt von unserer Siedlung hatten sie ein Haus ganz und gar abgerissen. Das Grundstück war etwas abgelegen, keine Nachbarn in der Nähe, die sofort zur Hilfe hätten eilen können. Niemand hatte diesen Angriff rechtzeitig wahrgenommen. Außerdem hatte niemand damit gerechnet, dass die *vigili* ausgerechnet unter solchen extremen Wetterbedingungen ihre undankbare Arbeit erledigen würden. Wo bei Regen in Rom normalerweise sowieso nichts läuft.

Außer uns hatte sich an diesem Abend noch Marco Castracani zum Abendessen eingeladen. Obwohl Freund des Hauses, waren seine Besuche von uns allen gefürchtet, weil er sich mit der Entschuldigung, Vegetarier zu sein, in erstaunlicher Geschwindigkeit durch sämtliche im Haus vorhandenen nichtfleischigen Lebensmittelvorräte hindurchfraß. Zunächst äugte er ungefragt in den Kühlschrank und kramte hervor, was drin war, dann bearbeitete er die Käsevorräte bis zum Nullpunkt, alles langsam und akribisch und mit einem total angestrengten Gesichtsausdruck, später kamen noch die Gemüse dran, dann die Salate, zum Schluss die Plätzchen. Annamaria hatte ihm klar gemacht, dass sie jetzt, nach unserem Auszug, die alleinige Herrin ihres Kühlschranks war, und man *sie* zumindest zu fragen hatte, bevor man losschlug. Marco Castracani wollte daraufhin schuldbewusst als Gegenleistung zu seinem Rundumschlag irgendetwas Positives anbieten und erklärte, er kenne einen guten Anwalt.

Den konnten wir brauchen. Der junge Anwaltsreferendar aus dem Passo Scuro mit seinem zu entwerfenden Brief hatte bislang nichts von sich hören lassen. Und wir wollten keine weitere Zeit verlieren. Marco wälzte sich voll von Käse ächzend vom Sofa zum Telefon und machte für uns einen Termin mit seinem Anwalt am nächsten Abend. Es war inzwischen unser dritter Anwalt. Bezahlt hatten wir bis jetzt nur den ersten mit einer Abschlagszahlung.

Unser dritter Anwalt war Mitte fünfzig und überaus erfreut, als er hörte, dass wir im Filmbereich arbeiteten. Wir unterhielten uns ein bisschen über das international schwindende Renommee des italienischen Films. Dann hätten wir eigentlich mit unserem Anliegen zu Wort kommen sollen, aber stattdessen arbeitete sich der Anwalt langsam zu dem vor, was ihm selbst im Augenblick auf der Seele brannte. Sein Sohn hatte in der kommenden Woche eine Lesung in der berühmten Verlagsbuchhandlung *Riccordi*. Es war der erste Roman seines Sprösslings. Er, der Vater, hatte die gesamte erste Auflage von

500 Exemplaren finanziert. Stolz zeigte er uns die Bücherstapel, die in einer Besenkammer direkt neben seinem Büro lagerten. Unser Anwalt schenkte uns eine der Paperback-Ausgaben des Romans mit der dringenden Bitte, zur Lesung zu kommen. Dann kamen wir endlich auch zu unserem Problem. Er hätte uns sehr gern vertreten, meinte er, aber er stellte sehr schnell klar, dass er sich auf dem Sektor *abusivismo* überhaupt nicht auskannte. Wir sind trotzdem zur Lesung seines Sohnes gegangen.

Der junge Anwaltsreferendar mit seinem eckigen *carabinieri*-Vater aus Passo Scuro hatte uns aber doch nicht vergessen. Er kam tatsächlich eines Nachmittags durch unsere Gegend und brachte uns den versprochenen Brief, den wir unterschreiben und an den Bauamtsleiter unseres Bezirksamts schicken sollten. Den Brief zeigten wir noch am gleichen Abend Ugo und Annamaria, die ein bedenkliches Gesicht machten. Mit diesem Schreiben, unkten sie, kämen die *carabinieri* garantiert zu unserem Haus zurück.

Es war der Tag, an dem ich zum ersten und einzigen Mal meine Nerven verlor. Ich fand es unerträglich, dass ich mich zwar offiziell in einem Rechtsstaat, aber darin quasi in einem rechtsfreien Raum aufhielt. Ich war als Deutscher zumindest Rechtsklarheit gewohnt. Das Gesetz sagt: Wenn du das und das gegen die Verbote tust, sind dafür folgende Strafmaße vorgesehen. Das Ganze bewegt sich in einem bestimmten Rahmen, bei einem gewissen Ermessensspielraum der Urteilenden vor Ort. Das war meine Vorstellung von Recht. Aber hier stimmte nun überhaupt nichts mehr! Es gab ein Gesetz gegen Bausünder, okay, Bausünder, das war ich. Dieses Gesetz sah ein bestimmtes Verhalten des Staates als Antwort auf dieses Vergehen vor, und zwar in bestimmten Schritten bei bestimmter Schwere. In diesen gestaffelten »staatlichen Antworten« war auch die sofortige Zerstörung eines Hauses vorgesehen, allerdings nur bei einem Bauvorhaben, das eine unmittelbare Gefahr für die Öffentlichkeit darstellte oder das wertvolle Güter kultureller Art oder den Umweltschutz beeinträchtigte. Dieser Fakt musste zuvor erst einmal gerichtlich festgestellt werden. Das war aber in unserem Fall nie geschehen! Nun hatte ein junger Anwalt in diesem Brief nichts weiter getan, als diese Tatsachen zusammenzufassen und den Konflikt, wie ich damals meinte, in sehr dezenter Form auszudrücken.

Und jetzt plötzlich kamen unsere besten Freunde und machen bedenkliche Gesichter, als sie das lasen! Wieso dieses »Einknicken« vor staatlichem Unrecht? Ich hatte die Italiener als ein anarchistisches Volk kennen gelernt, vor unserem Haus, auf der Straße, mit Misstrauen gegen jede staatliche Einmischung. Aber was war das jetzt? Ein Haufen von kleinmütigen Duckern! Was ist denn an diesem Brief gelogen, was illegal, was impertinent?, fragte ich mit zornesrotem Kopf, dem Infarkt näher als irgendeiner Einsicht. Hätte ich damals Prezzolini zu Rate gezogen, dann hätte er mir gesagt: »Der Italiener verneigt sich nicht vor der Amtsmütze. Nichts verstimmt ihn mehr als die Uniform. Aber er gehorcht dem persönlichen Prestige ...« Hätte ich einen ganzen Flughafen mit drei Landebahnen über Kredite abusiv gebaut, 1.000 Fremdarbeiter illegal beschäftigt und nicht bezahlt, ein ganzes Bezirksratshaus inklusive seiner Pförtner anständig geschmiert, dann hätten unsere Freunde mir geraten, ruhig auf den Putz zu hauen. Aber ein kleiner Komödien-in-Szene-Setzer mit einem mühsam bezahlten Wohnhaus, ohne Reserven ...? Das konnte man nicht »persönliches Prestige« nennen.

Der Brief des Anwalts, so viel Italienisch verstand ich damals schon, wollte vom Bürgermeister von Rom eine »Erklärung für das haben, was uns gegenwärtig geschehe«. Er bat den unbekannten Leser aus dem Bürgermeisteramt, sich vorzustellen, wie es wäre, wenn eines schönen Morgens die »öffentliche Gewalt« in Form eines Abrissbaggers bei ihm selbst vor der Tür stünde, ohne vorherige Benachrichtigung, wie es das Gesetz vorsähe, wenn der Abrissbagger anfinge, sein Heim niederzureißen, das – auch wenn es »abusiv« gebaut wäre – dennoch sein »Ein und Alles« gewesen wäre? »Würden Sie nicht sofort glauben, Sie hätten wohl aus Versehen im abruzzesischen Nationalpark gebaut?«, setzte der Brief fort. »Sie würden erschreckt aus dem Fenster sehen und feststellen, nein, Sie befinden sich nicht in einem Nationalpark, sondern im Stadtgebiet von Rom, umgeben von lauter ähnlichen Häusern und lauter Menschen, die auch nichts anderes getan hätten als Sie! Würden Sie sich nicht auch fragen: Warum jetzt ausgerechnet ICH? Hatten Sie sich nicht selbst schon hundertmal die Strafe vorgestellt, die auf Sie zukommen würde wie auf alle anderen, die, arm wie Sie, das Gleiche getan hätten?« Und der Brief gipfelte in der Frage: »Was maßen sich denn jene Leute an, die in Personalunion als Eigentümer und Hüter des Gesetzes mit dem Bulldozer gegen diesen ›Gesetzesbruch‹ auffahren?« (»Zugleich Gesetzes-Eigentümer und -Hüter«, hier hat der Anwalt sehr dezent und ohne das Wort »illegal« zu verwenden den Umstand beschrieben, dass hier die Polizei zugleich als judikatives und exekutives Organ gehandelt hatte.)

Danach wurde sein Schreiben allgemein: »Hatten nicht gerade die Millionen abusiv Bauenden in Italien dem ›stato ladro‹, dem ›Dieb Staat‹ das Problem der Wohnungsknappheit und der Desorganisation gelöst? Und hatten sie nicht mit ihren Strafzahlungen und Erschließungsgebühren immer wieder vergeblich die Lücken in der staatlichen Haushaltskasse aufgefüllt, obwohl dieses Geld eigentlich dafür bestimmt war, die Sanierung der Stadtrand-Siedlungen vorzunehmen, Wasser, Straßenbeläge, Beleuchtung, Kanalisation, all das, was heute immer noch am Stadtrand fehlt?« Dann wurde die Sprache des Briefes geradezu politisch. »Sollte ausgerechnet mit uns, den beiden deutschen Abusiven, der Beweis angetreten werden, dass in Italien jetzt alles anders würde?«

Der Brief schloss mit der ironischen Alternative, der einzigen, die uns beiden wohl bleiben würde: Entweder müssten wir uns unter den Abrissbagger werfen, um ihn aufzuhalten. Und wenn das nicht klappte, würden wir wohl in Zukunft sowieso kein Haus mehr nötig haben. Oder wir könnten uns dem »neuen Italien« anvertrauen, das im Namen der neuen Gerechtigkeit unser Haus zwar zerstören würde, aber nur, um uns hinterher sicherlich eine andere Unterkunft zu besorgen.

Es ist tatsächlich so, dass die Gemeindeverwaltung unter bestimmten Umständen per Gerichtsbeschluss genötigt werden kann, dem Eigentümer eines von ihr zerstörten Hauses eine andere adäquate Wohnung anzubieten, was jede Behörde dann vor enorme praktische Probleme stellt. Der Anwalt hat aufgrund des illegalen Einsatzes des Baggers wohl genau gesehen, dass wir in diese Kategorie fallen würden.

Der Begriff des »neuen Italien«, so stand es am Schluss seines Briefes in Klammern, habe den Klang wie das Logo der Freimaurerloge. Dazu muss man wissen, dass viele Italiener die Freimaurerloge »P2« als die eigentliche heimliche Führung Italiens zumindest der 70er und 80er Jahre ansehen und es an Machtspielen bis zum Mord, politischer Einflussnahme und dunklen Geschäften kaum etwas gab, was die Italiener der »massoneria« nicht zutrauten. Das war eine eindeutige politische Stellungnahme gegen die kommende »neue Kraft«, »Forza Italia«, von Berlusconi, der Mitglied der »P2« gewesen war.

Ich weiß nicht, was unseren Anwalt geritten hatte, diese Zusammenhänge in dem Brief anzudeuten, zumal er wissen musste, dass große Teile der Beamten in den Verwaltungen sicherlich mit der *Forza Italia* sympathisierten. Unsere Freunde wussten natürlich genau, wohin die Argumente in diesem Schreiben zielten. Und sie ahnten im Gegensatz zu uns, dass der junge Anwalt in diesem Plädoyer für uns weit über das Ziel hinausgeschossen war. Sie glaubten nicht, dass er diesen Brief je so verfasst hätte, wenn er ihn selbst hätte unterschreiben müssen. In solchen Fällen wägen die Anwälte ihre Argumente doch sehr viel feiner ab. Aber so lange wir, die trotteligen »tedeschi«, unsere Rübe dafür hinhielten, konnte er sich schon mal politisch aus der Deckung hervorwagen. Und es stimmte auch, dass dieser Brief meiner radikalen Seele sehr entgegenkam.

Einer der Gründe, warum ich Deutschland verlassen hatte, war ja gerade die heimliche Herrschaft des kleinen Wörtchens »Prinzip« im Staate Kohls, Schröders und Stoibers. Und die Kälte, die aus diesem preußischen »Prinzip« entstanden war. Und jetzt geriet ich hier in Italien offenbar vom Regen in die Traufe. Oder besser: aus der Kälte des Prinzips in die Sintflut der Prinzipienlosigkeit. Von der Seite der »Deppen« auf die Seite der »Schlauen«. Auf der Ebene der Politik und Legislative gab sich Italien nach außen hin als braver Rechtsstaat, so brüllte ich meine Freunde an. Aber innen drin würde nur noch Scheiße gebaut! Waren die Italiener nicht drauf und dran, einen ausgewiesenen Kofmich und seinen Klan zum Staatsoberhaupt zu wählen? Ein Mann, dem die Firma »Parmalat« gehörte? Ein Puddingproduzent! Deutlicher ging es ja nun wirklich nicht mehr. Ein Geschäftemacher, ein »Rote-Grütze-Produzent« als Staatsoberhaupt! Da gäb's ja nun überhaupt kein Gefälle mehr zu unserem großdeutschen Anstreicher.

Betretenes Schweigen schlug mir entgegen.

Und warum durfte ich einen Scheißstaat nicht Scheißstaat nennen? Alle Italiener nannten ihn so. Ein Staat, der seine Hausaufgaben nicht machte, weil jeder, der an der Regierung säße, sich zunächst die eigenen Taschen voll stopfte, und der seine Bürger zur Illegalität zwänge und anschließend denen, die das Kind beim Namen nannten, das Maul verbieten würde. Das hier war doch nicht mehr Europa, das war Afrika! Afrika war das!

Sven beruhigte sich allmählich wieder. Ugo und Annamaria standen etwas hilflos herum und meinten, bei ihnen zu Hause wäre das schon in Ordnung, aber draußen auf der Straße sollte Sven diese Argumente doch etwas leiser vertreten. Und Annamaria fügte ganz sachlich hinzu, es sei halt die Rückseite der Medaille: Rechtsfreie Räume zu unseren Gunsten wie »wildes Bauen« hieße auch rechtsfreie Räume zu unserem Schaden – oder zugunsten anderer, die uns vielleicht schaden könnten. Ein System des Wildwuchses enthielte neben seinem Angebot an seltenen und schönen Tieren natürlich die Gefahr, dass sich im Wildwuchs auch wilde Bären, Tiger und Schlangen wohl fühlten. Das sagte sie zwar nicht wörtlich so, aber so habe ich es mir gemerkt.

Wir formulierten den Brief um, legten die Betonung mehr auf den ersten Teil, also die Gleichbehandlung vor dem Gesetz, und betonten unsere Beziehungen zum italienischen und deutschen Fernsehen. So ging er zur *circoscrizione*, und wir haben keine Ahnung, ob er je gelesen wurde, noch, ob er in der Entscheidungsfindung unser Haus betreffend etwas bewirkt hat.

12.

An nächsten Morgen stand ein schlecht gelaunter Angestellter der *Telecom* vor unserer einbruchssicheren Haustür und forderte, genau wie man es uns vorausgesagt hatte, eine Rechnung von der *Enel* oder vom Wasserwerk. Ich reichte ihm so selbstverständlich wie möglich unsere erste Müllabfuhrrechnung.

Der *Sip*-Mann warf einen flüchtigen Blick auf das Papier und verzog das Gesicht. Sollten wir etwa ein abusives Haus gebaut haben? Er schien entrüstet, weniger, weil wir abusiv gebaut hatten, sondern weil er die Umstände vor sich sah, die die *Sip* wegen uns jetzt hatte. Wenn wir nicht den Nachweis erbringen könnten, dass unser Haus legal sei, sähe er sich gezwungen, den Telefonmast vor unserem Haus wieder abzubauen. Ein doppelter Einsatz, doppelte Fahrtkosten, doppelte Arbeitszeit. Dass er vor unserem Haus mitten in einer abusiven Siedlung stand, umgeben von 200 illegalen Häusern, die die *Sip* bislang vollständig an ihr Netz angeschlossen hatte, schien ihm noch nicht zu Bewusstsein gekommen zu sein. Nein, wirklich abusiv seien wir nicht, log ich ihn an. Wir stünden gerade im Begriff, uns zu legalisieren. Seine unwirschen Falten im Gesicht glätteten sich ein wenig. Gut, er würde mit dem Abbauen des Telefonmastes noch ein bisschen warten. Eine Woche.

Aber das waren Lappalien. Ein Paukenschlag holte uns wieder in unsere augenblickliche Realität als Abusive zurück. Ein Abrissbagger fuhr erneut auf einem Tieflader in unsere Siedlung ein, eskortiert von *polizia, vigili* und *carabinieri*. Aber sie fuhren an unserer Straße vorbei. Grundsätzlich hatte der Angriff auf unser Haus und die Drohung, dass 20 weitere Häuser abgerissen werden sollten, die Bautätigkeit in unserer Siedlung sehr gedämpft. Nur ein einziger Italiener hatte unbeirrt seine Baupläne weiterverfolgt. Er hatte gerade sein Fundament fertig zementiert, da kam das Abrisskommando zu ihm. Wieder liefen die Nachbarn zusammen, um den Bagger aufzuhalten, obwohl die meisten insgeheim fanden, dass der Mann mit seiner ungebrochenen Baulust, nach dem, was uns passiert war, verrückt sein musste. Auch wir schlossen uns ohne Überlegung der Protestgruppe an, die sich dem Abrisskommando entgegenstellte. Der unbeirrbare Italiener, keineswegs ein schnell entflammbarer Jüngling, sondern ein gestandener Familienvater mit lichtem grauen Haarkranz, stand in seinem

Fundament mit seinem Jagdgewehr in der Hand und drohte, sich zu erschießen, wenn der Bagger auf sein Grundstück führe. Wie wir später hörten, war das kein ungewöhnliches Verhalten. Er war nicht der erste abusive Bauherr, der sich auf diese Weise der Obrigkeit entgegenstellte. Seine Drohung war nicht simuliert. Die meisten Menschen haben zu ihrem Landbesitz ein ziemlich archaisches Verhältnis. Dass man Land besitzen kann, aber trotzdem nicht alles damit machen darf, was man will, ist für viele Italiener nicht einsichtig.

Manche Schwarzbauer sind auch heute noch verzweifelt auf ihr neues Haus angewiesen. Sie haben ihre alte Wohnung womöglich schon verkauft, und mit der Vertragsrate haben sie den Rohbau finanziert. Sie würden mit einem Abriss auf der Straße sitzen. Dennoch war der *tenente*, derselbe Polizeileutnant, der den Einsatz gegen uns geleitet hatte, auf einen glaubhaften Selbstmörder nicht vorbereitet. Er telefonierte, wie schon bei uns, mit seinem Vorgesetzten zwei Stunden hin und her. Dann zogen die *vigili* ihren Bagger wieder ab, und wir waren stolz, dass wir, die beiden *tedeschi*, mitgeholfen hatten, sie zu vertreiben.

In derselben Woche kamen sie jedoch noch einmal. Diesmal zu einem Grundstück, das sich drei Geschwister geteilt hatten. Drei im Rohbau fast fertige Häuser fanden die *vigili* vor. Hier stellte sich ein neues Problem. Alle drei Häuser konnten sie zumindest an diesem Tag nicht abreißen. Mit welchem sollten sie anfangen? Was sie auch tun würden, es wäre immer höchst ungerecht gewesen, denn der Einsatzbefehl war gegen alle drei Häuser ergangen. Die drei Hausbesitzer waren vor Ort, so dass man sich nicht über ihren Kopf hinweg entscheiden konnte. Abwechselnd jammerten sie und stritten sich. Sie zogen eine fernsehreife Show ab mit gegenseitigen Anklagen und Morddrohungen, falls des einen Haus zum Vorteil der anderen beiden niedergerissen würde. Die Diskussion, in welcher Reihenfolge man vorgehen sollte, zog sich bis zu den frühen Nachmittagsstunden hin. Dann war es für diesen Tag zu spät für einen Einsatz. Wieder musste der *tenente* nach dem obligatorischen Telefonat mit seinem Vorgesetzten seine Leute unverrichteter Dinge abziehen lassen.

Natürlich hatten auch wir uns wieder zur Häuserverteidigung eingefunden. Der *tenente* erkannte mich wieder, und als er abzog, erklärte er mir, wir sollten ja nicht denken, dass schon alles erledigt sei. Ob er uns, Sven und mich, persönlich meinte oder die drei Häuser, von denen er gerade unverrichteter Dinge abzog, war nicht auszumachen. Aber niemand vor Ort nahm an, dass sie uns und unsere Gegend so einfach in Ruhe lassen würden. Von diesem Tag an stellten wir Wachen an die Einfahrtsstraße zu unserer Siedlung. Morgens von halb acht bis halb zehn. Zu zweit oder zu dritt mit einem Handy, um einen Rundruf zu starten, sobald *vigili* gesichtet werden würden. Immer wieder hielt ein Auto bei den Wachposten an, um ein kleines Schwätzchen zu halten.

Nach drei Tagen Wache wurde unsere Einsatz belohnt. Die *vigili* tauchten erneut samt Bagger am Horizont auf. Zwei Autos, deren Fahrer gerade mit uns schwatzten, parkten an der Seite und verstopften damit die Zufahrtsstraße. Die Fahrer verschwanden in der Bar. Der Tieflader mit dem Bagger, der nicht abbiegen konnte, verstopfte die Hauptstraße, im Nu stauten sich die Autos aus allen drei Richtungen. Wir starteten unseren Rundruf. Die Nachbarn erschienen zuhauf. Die *vigili* hatten keine Chance, diesmal kamen sie nicht einmal in die Siedlung hinein.

Fünf Jahre später hatten die Einsatzleiter aus den Fehlern, die sie in unserer Siedlung gemacht hatten, gelernt. Drei Kilometer entfernt von uns war eine neue Ansammlung von etwa zwölf Häusern entstanden. Diesmal wurde Militär eingesetzt, die gesamte Hauptstraße wurde abgesperrt. Passanten wurden auf der Straße vor dem Einsatzort festgehalten. Innerhalb von zwei Wochen war es ihnen diesmal gelungen, in zwei militärischen Einsätzen mit etwa 150 Soldaten, *vigili* und *carabinieri* ein Haus vollständig und zwei Häuser teilweise abzureißen. Ein militärischer Großeinsatz, der gegen einen Terroristenunterschlupf nicht anders ausgesehen hätte. Dennoch, unterm Strich war das Resultat auch nicht besser gewesen als sonst: Zwei von zehn Häusern waren auf der Verlustseite, die anderen Häuser dieser neu entstandenen Siedlung stehen dort noch bis heute und sind bewohnt. Die Logik, nach der zwei Häuser von zehn indizierten zerstört werden, gleicht der Logik des Krieges und dem Zufall von vom Himmel gefallenen Bomben. Und genauso müssen sich auch die Besitzer ihrer zerstörten Häuser fühlen: Ungerecht bestraft vom lieben Gott. (Sie sollen übrigens ihre Prozesse gegen die Kommune gewonnen und von der Stadt legale Grundstücke zugewiesen bekommen haben.)

Wieder suchte uns ein Mann von der *Sip* auf. Zwar ein anderer, aber es waren die gleichen Fragen, das gleiche griesgrämige Gesicht, die gleiche Drohung. Der Leitungsmast müsse abgebaut werden. Eigentlich war das kein grundsätzliches Problem. Wir hatten uns mittlerweile ein Handy zugelegt, konnten also telefonieren. Strom war realistisch gesehen weit wichtiger als das Telefon. Aber mit einem richtigen Festnetztelefon wären wir der Legalität ein Stück näher gerückt. Es waren die kleinen täglichen Fortschritte, die kleinen Hilfen der Nachbarn und ihr Zuspruch, der uns den Mut gab, trotz des drohenden Abrisses weiter in unser Haus zu investieren, nicht nur Geld, sondern auch den Wunsch, unseren Lebensentwurf aufrechtzuerhalten und in einem eigenen Haus in Rom zu leben. Wir hatten wahrscheinlich ähnliche Gefühle wie ein Bastard im vorigen Jahrhundert, illegitimer Sohn eines Gutsherrn und einer Magd, der im Schloss um Anerkennung buhlt. Und es waren diese kleinen Zurückweisungen, die den Mut zusammenschnurren ließen wie einen Luftballon, dem man die Luft ablässt. Hatte es noch irgendeinen Sinn? War die Abrissdrohung ein Hinweis des Schicksals? Rannten wir nicht gegen Wände an? Stand es irgendwo geschrieben, dass wir wieder brav an den deutschen Heimatherd zurückkehren sollten? Konnten wir denn als Deutsche überhaupt das gleiche Recht in Anspruch nehmen wie die Italiener?

Bei jedem Stromausfall zuckten wir zusammen. Und Stromausfälle gibt es in unserer Gegend häufig. Hin und wieder hatte aber auch Vitos Sohn, entweder weil er nicht groß drüber nachdachte, vielleicht aber auch aus Bösartigkeit unser Kabel einfach aus der Steckdose gezogen, so dass wir plötzlich beim Abendessen im Dunkeln saßen. Woher seine Aggression kam, wissen wir nicht genau. Sie war aber wohl weniger gegen uns gerichtet als gegen seinen Vater. Vito war, wie viele italienische Väter der älteren Generation, ein Patriarch. Kein Mann, der sich in Diskussionen überzeugen ließ, sondern ein Postbeamter mit festen Prinzipien. Zusätzlich zwang eine Kriegsverletzung ihn und damit die ganze Familie zu einer sehr einseitigen Essens- und zu einer für italienische Verhältnisse zurückgezogenen Lebensweise. Vito hatte das Grundstück hinter unserem Haus, über das unsere Kabel liefen, seinem Enkelsohn vermacht. Natürlich pflanzte er trotzdem in jedem Frühjahr Tomaten, säte Bohnen, Salat oder zu was er sonst Lust hatte, ärgerte sich schwarz, wenn die Hündin von Vittorio bei ihren nächtlichen Streifzügen über die Mauer sprang, über sein Beet spazierte und die Pflanzen zertrat. Im Sommer erntete er Feigen und Aprikosen, im Herbst die Oliven, und dreimal im Jahr mähte er auf einem kleinen Mähtrecker hin und her preschend sein Gras. Das alles durfte er irgendwann nicht mehr. Sein Sohn hat ihm eins nach dem anderen verboten. Der Hass zwischen Vater und Sohn ist zweimal so eskaliert, dass die Polizei eingreifen musste.

Noch heute, nachdem wir längst am Netz hängen, kann es aus heiterem Himmel, ohne besonderen Grund, einen Stromausfall geben: Sonntagmorgen um elf. Dienstagabend um neun. Eine Minute, zehn Minuten, drei Stunden. Keiner weiß, warum. Bei Gewitter passiert es eigentlich regelmäßig: Der CD-Player bleibt stehen, die Computer stürzen ab, die Tiefkühltruhen werden warm. Fast jeden Monat haben wir dieses Erlebnis, das uns immer wieder zeigt, dass die Energie aus der Steckdose nicht selbstverständlich ist. In diesen Momenten lernt man das Holzfeuer lieben, den spannenden Roman, das eindringliche Sachbuch. Man entdeckt das Pianoforte wieder und spielt die zweistimmigen Inventionen.
    Wir können einen starken Gewitterregen im Trockenen richtiggehend genießen. Wir sehen durch die Scheiben hinaus in die wehenden Regenfahnen, hören das Prasseln auf dem Dach, schimpfen auf Frizz, unseren Hund, weil sein Fell so stinkt, und vermissen nicht eine Sekunde die Glotze.

Am Abend waren wir bei Ugos unerschütterlicher Schwester Rosaria eingeladen. Sie kannte einen Vizedirektor von der *Sip*. Sie würde ihn anrufen. Inzwischen hatte sich der Mann von der *Enel* die Stromsituation in unserer Straße angeschaut und war überraschenderweise bei seinem »*no problem*« geblieben, das die Italiener gern in Englisch ausdrücken, so wie die Deutschen gern in Alfs Worten »*null problemo*« sagen. In einer Woche würde er vorbeikommen, was sonst noch vorzubereiten war, darüber wüsste Mauro Bescheid. Er gab mir einen verwaschenen, fast nicht mehr lesbaren Vordruck. Auf dem Vordruck soll man die Adresse seines Hauses eintragen und erklären, dass dieses Haus vor 1976 erbaut worden ist.

Vor 1976 erbaut! Wie das denn? Wir hatten den Grund doch erst 1989 gekauft! Mauro erklärt ungerührt, dass wir diesen Vordruck ausfüllen, unterschreiben und notariell beglaubigen lassen müssen. Damit könnten wir dann bei der *Enel* einen offiziellen Antrag auf Strom stellen. Wir halten die Luft an: eine notarielle Beglaubigung, dass das Haus vor 1976 erbaut sein soll? Sind wir nicht schon abusiv genug? Auch Ugo, den wir am Abend aufsuchen, rät uns ab. Jedenfalls im Augenblick, sagt er.

Am nächsten Morgen kommt Mauro ungewöhnlich spät; aber mit weißem Hemd und gebügelter Anzughose. Netterweise will er mich zur *Enel* begleiten. Wir haben die notarielle Beglaubigung noch nicht unterschrieben, versuchen wir ihn zu bremsen. *Non fa niente*, das macht nichts, das kann man auch bei der *Enel* selbst machen. Schließlich sind wir ein neuer Kunde für die *Enel*. So schonend wie möglich erklären wir ihm, dass es jetzt vielleicht nicht der richtige Moment sei zur Abgabe dieser notariellen Beglaubigung. Wir hätten uns entschieden, unseren Strom zunächst mal mit einem Aggregat zu erzeugen. Die Familie, der sie das Haus eingerissen haben, hat uns ihres fast ungebraucht zu einem guten Preis angeboten, weil sie ja jetzt keine Verwendung mehr dafür hätten.

Ein Aggregat? Ein Aggregat! Was so ein Ding an Dieselöl kostet! Mauro regte sich auf. Und wollen wir ewig diesen Lärm um die Ohren haben? Knatterknatterknatter! Damit hatte er Recht, das Aggregat zu dem guten Preis wird kaum akustisch gedämpft sein, wie wir es von den superschallgedämpften Filmaggregaten gewohnt waren. Mauro redete sich richtig in Rage. Erstens: Wir sollten doch gar nicht erklären, *wir* hätten das Haus vor 1976 erbaut. Sondern ES ist vor 1976 gebaut worden. Und von wem es gebaut sei, wäre damit absolut piepegal. Und es sei auch nicht *gebaut*, sondern es sei mit dem Bau *begonnen* worden. Es ist ja bis heute noch nicht fertig, also kann es auch nicht vor 1976 gebaut, sondern nur begonnen sein. Und Zeugnis für den Beginn der Bautätigkeit an unserem Haus sei jenes Stück Fundament gewesen, das wir als Bausubstanz mitbenutzt und über das wir nun unwiederbringlich unser Haus gesetzt hatten. *Chiaro?*

Wir starrten Mauro mindestens eine halbe Minute mit offenen Mündern an.

Er richtete sich vor uns auf. Ja, was wir denn glauben, wie die 200 Häuser in unserer Gegend zu Strom gekommen sind? Alle haben diese notarielle Beglaubigung unterschrieben. Und nicht einer von ihnen hat sein Haus vor 1976 zu bauen angefangen. Wenn wir so weitermachen mit unserer Zimperlichkeit, werden wir nie in einem richtigen Haus, sondern unser Leben lang in einer Bruchbude wohnen. Er machte eine Geste in Richtung unserer provisorischen Gipswände, die zeigte, was er meinte. Mauros Plädoyer überzeugte mich zwar nicht, aber ich hatte keine Chance gegen ihn. Er hatte sich extra für uns fein gemacht, sich gekämmt, geduscht und hatte gegurgelt. Außerdem hing ja an dieser Beglaubigung nicht nur der Strom, sondern auch das Telefon. Ich holte meinen Pass aus der Schublade von Ugos Küchenschrank, und auf ging es mit Mauros blauem Ritmo zur *Enel*, die damals noch in Trastevere ihren Publikumsverkehr abwickelte. Sven hatte sich in seinem Urteil feinsinnig zurückgehalten, aber sein Gesichtsausdruck sagte sehr deutlich, dass er keinesfalls vom guten Ausgang der Sache überzeugt war.

Die notarielle Beglaubigung ist von Anfang an und ausschließlich ein rein bürokratischer Akt. Man muss sich in einem bestimmten Büro einen *bollo* holen, eine Art Steuermarke. Der *bollo* ist das Allerwichtigste, denn er erklärt, dass man den vorliegenden Verwaltungsakt bezahlt hat. Diese

Steuermarke wird auf den ausgefüllten und unterschriebenen Vordruck geklebt. Fertig. Abfertigungsnummern ziehen, warten. Man muss dazu erwähnen, dass der besagte Vordruck hundertmal fotokopiert war, nicht von einem Original, sondern immer eins vom anderen, und dementsprechend war eine Kopie immer unleserlicher als die vorhergehende geworden. Wenn man nicht von irgendjemandem erfuhr, was drinstand, wusste man nicht, was man unterschreibt.

In kaum mehr als einer Stunde sind wir dran. Der Beamte von der *Enel* verlangt meine Dokumente, schiebt mir den Antrag auf Strom durch den Schlitz. Ich fülle aus, er prüft. Er prüft noch einmal alle Papiere durch. Er zögert. Ich halte die Luft an. Es fehlt das *foglio di residenza*, meine Meldebestätigung in Rom. Die braucht er. Mauro verzieht schmerzhaft das Gesicht. Irgendwas vergisst man immer bei diesem bürokratischen Mist. Fast eine Stunde in die Stadt hineinfahren, eine Stunde warten, alles umsonst. Nein, beruhigt der Beamte, das *foglio di residenza* kann man nachreichen, innerhalb von 60 Tagen. Er schiebt mir ein neues Formular zu, auf dem ich mich mit einer Unterschrift bereit erkläre, meine Meldebescheinigung nachträglich an die *Enel* zu schicken. Im Gegensatz zu der *Sip* muss ich nicht einmal etwas im Voraus bezahlen. Knapp drei Stunden später bin ich mit unterschriebenem Stromantrag wieder zu Hause.

Verhaltene Euphorie macht sich breit. Minutenlang umarmen wir uns.

Wir wollen uns bei Mauro mit einer Einladung zum Abendessen revanchieren. In unserer Bruchbude? Er lacht. Da sollen wir mal lieber zu ihm kommen. Seine Frau ist eine hervorragende Köchin. Ich glaube, es war weniger unser noch nicht sehr repräsentativer Essraum, weswegen Mauro unsere Einladung in eine Gegeneinladung umbog, es war mehr sein Misstrauen gegen uns Deutsche als italienische Köche. Schließlich war er im Sommer in Griechenland gewesen und hatte mit ausländischer Küche sehr schlechte Erfahrungen gemacht. Insgesamt sind die Italiener nicht besonders aufgeschlossen, was die Küchen anderer Länder angeht. Die einzige Nation, die in dieser Beziehung in Italien Fuß gefasst hat, sind die Chinesen. Und wie die überleben, weiß auch kein Mensch. Ich kenne keinen Italiener, der nicht fest davon überzeugt ist, dass die italienische Küche die beste der Welt ist, und wenn er sonst noch so auf sein Land schimpft, die Bürokratie, die Staus, die Unpünktlichkeit und, und, und, und, aber gibt es etwas Besseres als *la pasta*?! Was soll man dagegen sagen?

Mauro hatte von einem Freund einen kleinen schwarzen Trüffel geschenkt bekommen. Sven und ich kannten nur ein simples Rezept, das wir ein- oder zweimal versucht hatten (denn wer hat schon Trüffel haufenweise zu Hause herumliegen?). Nach diesem Rezept wird unter die al dente gekochten Fettuccine zerlassene Butter gemischt und das dann mit geriebenem Parmesan und dem fein gehobelten Trüffel bestreut. Wenn der Trüffel ein schwarzer mittelmäßiger in einem vornehmen Delikatessgeschäft zu lang gelagert ist oder wenn er aus der Büchse stammt, schmeckt das Ganze dann nach gar nichts.

Mauros Frau hatte dagegen ein anderes Rezept. Als wir sahen, wie sie es zubereitete, waren wir still entsetzt. Es widersprach allen kulinarischen Grundsätzen und wirkte in der Zubereitung wie die Axt im Wald. So grob konnte man doch mit dem Geschmack dieses feinen Pilzes nicht umgehen! Ein Irrtum, wieder einmal.

Rezept 9 / für 4 Personen

Fusilli mit Trüffel nach Mauros Frau
(Herstellungszeit: 35 Minuten)

Mauros Frau brauchte:

- 400 g Fusilli (es gehen auch »pipe« oder »farfalle«)
- 1 kleiner (walnussgroßer) schwarzer Trüffel
- $^1/_2$ Schote Peperoncino
- 2 Esslöffel Olivenöl – extra-vergine
- $^1/_8$ Liter Brühe (Hühnerbrühe, oder auch gekörnte Brühe)

Was ist ein Trüffel? Der »König des Pilzreichs« oder auch »schwarzer Diamant der Küche« genannt. Ein kompakter, fester, meist kugelrunder, außen schwarzer und innen dunkelbrauner Pilz, von feinen hellen Venen durchzogen, den früher Trüffelschweine und heute Trüffelhunde aus dem Unterholz, in feuchten und waldreichen Regionen des Mittelmeers, meist in der Nähe von Eichen ausbuddeln. Trüffel erhält man am besten von befreundeten Sonntagsjägern in Piemont zur Erinnerung an einen schönen Abend geschenkt. Die haben diese Dinger haufenweise in der Garage zum Trocknen gestapelt. Wie man allerdings in Detmold oder Paderborn einen befreundeten Sonntagsjäger aus Piemont findet, weiß ich auch nicht. Es gibt in Italien schwarze und weiße Trüffel. Der weiße kostet das Zehnfache des schwarzen, und der schwarze kostet etwa 500 Euro das Kilo. Aber er ist federleicht.

Im Grunde hat er einen etwas aufdringlich stechenden Geruch, der mich an Salmiak erinnert. Frisch sollte der Trüffel sein, nicht älter als zwei Wochen, und er kann in einem alten Marmeladenglas kalt gelagert und verschlossen aufgehoben werden, dem man zwei, drei frische Eier für spätere Omelettes beigibt, die dann seinen Duft aufnehmen. Geruch und Geschmack sollen, so heißt es, sich länger halten, wenn man ihn gründlich bürstet und mit einer Prise Salz in etwas Wasser drei Stunden kocht.

Letzteres habe ich noch nicht versucht. Aber eins habe ich kapiert: Das Aroma schwindet von Tag zu Tag. Und man muss sich beim Kauf den Trüffel unbedingt mit der Hand unter die Nase halten. Da kann der Verkäufer noch so indigniert gucken! Und der Geruch muss stark sein! Ich weiß nicht, welche geheimnisvollen Umwege die Pilzchen schon hinter sich haben, bevor sie in den Feinkostläden landen. Jedenfalls, die Wege sind zu lang! Wenn sie nicht stark riechen, kann man es gleich vergessen. Dann bleibt nur das vornehme Gefühl, gerade Trüffel gegessen zu haben.

So ein Trüffelchen für vier Personen kostet dann um die 20–30 Euro. Immerhin eine Idee für einen etwas »gehobenen« Abend. Mauros Frau hatte uns alle verzaubert, wir konnten nicht glauben, dass das, was uns so gut schmeckte, das Gleiche war, was sie vorher vor unseren Augen zubereitet hatte.

Mauros Frau briet ein bisschen fein geschnittenen Knoblauch mit einem Stückchen Peperoncino in 2 großen Esslöffeln Öl an, füllte dieses »soffritto« mit 1/8 Liter gekörnter Brühe auf, ließ es auf die Hälfte einkochen und hobelte den Trüffel in dieses Gemisch. Inzwischen hatte sie die 400 g Fusilli al dente gekocht. Mauros Frau mischte die eingekochte Soße unter die Pasta, rührte ein bisschen geriebenen Parmesan drunter und später ein bisschen Kochwasser zum Wiederverflüssigen der inzwischen etwas angetrockneten Pasta.

Fusilli sind die Nudeln, die aussehen wie die Spitze eines Korkenziehers, für meinen damaligen Geschmack die für Trüffel ungeeignetste Pasta überhaupt. Aber die gleichmäßig flüssige Soße (im Gegensatz zu einer Soße mit großen Gemüse-, Fleisch oder Käsestücken) zieht in die Korkenzieherritzen, verbindet sich mit der Stärke, die die Pasta abgibt, und entwickelt erst dadurch ihr volles Aroma.

Susanne und ich denken nach wie vor, dass Bandnudeln mit Butter sich wunderbar mit Trüffeln verbinden. Aber dass ein winziger Trüffel sich mit Peperoncini! und Knoblauch! und Fusillis! zu einem Wunder an Geschmacksintensität verbinden kann, war eine neue Erfahrung. Ich

> hätte geschworen, dass Peperoncino, Knoblauch und dann noch diese gekörnte Brühe den Trüffelgeschmack zermalmen wie der Abrissbagger unsere Terrasse, aber das Gegenteil war der Fall. Der Trüffel ist stark genug, sich zu behaupten, und erblüht in seinem Geschmack.

Wir kamen in der Nacht in unser zerstoßenes Haus wie aus einer anderen Welt.

13.

Mit dem quasi noch feuchten Antrag auf Strom in der Hand fuhr ich am nächsten Tag sofort zur *Sip*, der Telefongesellschaft. Damals gab es noch Publikumsverkehr mit richtigen *sportelli*, Schaltern. Man konnte an den Schaltern den Angestellten ins Gesicht sehen, sich beschweren, fehlerhafte Rechnungen überprüfen lassen, nicht pünktlich gezahlte begleichen und dadurch bewirken, dass das abgestellte Telefon innerhalb eines Tages wieder angestellt wird usw. Heute gleicht das Zentrum der *Sip*, die jetzt *Telecom* heißt, einer uneinnehmbaren Festung. Mit richtigen Menschen hat man dort nichts mehr zu tun, nur mit Stimmen am Telefon, meistens automatischen Stimmen, die einem irgendwelche unsinnigen Ansagen machen, zum Beispiel welche Nummer man für dieses oder jenes Problem anrufen soll, wobei sich herausstellt, dass es sich genau um jene Nummer handelt, die man gerade angerufen hat. Die Kunden, von denen viele telefonisch für Sondertarife, ISDN oder andere Dienste angeworben worden sind, werden behandelt wie lästige Fliegen. Man kann bei bürokratischen Problemen Tage am Telefon verbringen, um jemanden zu erreichen, der für das Problem zuständig ist. Tagsüber ist die grüne Nummer sowieso grundsätzlich tot oder besetzt. Hat man es nach Hunderten von Versuchen tatsächlich geschafft, sich über die Automatenstimme zu einem lebenden Menschen vorzuarbeiten, bekommt man von schlecht gelaunten und schlecht informierten Angestellten eine mit an Sicherheit grenzender Wahrscheinlichkeit falsche Auskunft. Aufregen sollte man sich jedoch nicht, dann wird auf der anderen Seite einfach der Telefonhörer aufgelegt.

Das Bürokratismus-Problem hat augenblicklich geradezu infernalische Züge angenommen. Früher gab es in Italien simplen, schlichten Bürokratismus. Das System stammte noch aus der Zeit der Bourbonen, wo es dazu diente, eine unzerstörbar staatstreue, aber schlecht bezahlte Beamtenschicht am Leben zu erhalten. Die einzelnen bürokratischen Schritte wurden in diesem System derart verkompliziert, dass man als einfacher Bürger ohne eine kleine Sondergefälligkeit überhaupt nicht mehr durchkam. Wer hat schon die Geburtsurkunde seines Großvaters oder zwei lebendige Zeugen aus seiner Geburtsstadt immer bei sich? Sich in der Bürokratie durchzubeißen hatte etwas mit dem »Kampf Mann gegen Mann« zu tun. Man stand im Gang vor dem Zimmer, machte die *fila*, wartete also in der Reihe, und wenn es einem zu dumm wurde, ging man zur Tür, riss sie auf und sah den betreffenden Beamten nasebohrend aus dem Fenster starren. Der schnauzte einen an. Man entschuldigte sich wortreich, aber keinesfalls duckmäuserisch, machte die Tür wieder zu und konnte sicher sein, dass man in den nächsten drei Minuten aufgerufen wurde. Es gab auch die Möglichkeit, gar nicht selbst zu gehen, sondern man schickte einem Mittelsmann, gab ihm einen Fuffi und wusste, der Mittelsmann ist dort jederzeit willkommen, muss keine Sekunde warten, schmiert mit der Hälfte des Fuffis den Beamten, und alles hat seine Ordnung.

Jetzt aber hat sich der Trend der »Privatisierung« europaweit durchgesetzt und sich unglücklich mit der Epoche der »mani puliti« und der Epoche der »elektronischen Vollautomatisierung« des Geschäftsverkehrs gekreuzt. Das bedeutet: Die bürokratischen Wege sind zwar nach wie vor kompliziert. Die Leute sitzen immer noch nasebohrend in den Büros oder trinken bei einem Schwätzchen »'na tazzulella é Café«, sie werden auch immer noch nicht besser bezahlt als früher. Genau genommen werden sie schlechter bezahlt als früher, weil sich die Anzahl der Angestellten nach den üblichen »Einsparungen« halbiert und ihr Aufgabengebiet bei gleicher Arbeitszeit verdoppelt hat. Da aber der Kontakt mit den Bittstellern auf ein unsichtbares »Blabla« am Telefon reduziert worden ist, das sich darüber hinaus auch noch mit einem kleinen Knopfdruck abschalten lässt, und finanzielle Überzeugungsarbeit auf elektronischem Weg gar nicht mehr möglich ist, gibt es überhaupt kein Motiv mehr für sie, irgendetwas Konstruktives zu tun. Die Bürokratie ist »spielerisch totalitär« geworden. Alles ist funktional vernetzt, ein Knopfdruck an der Spitze kann ganze Verwaltungsbereiche umpolen. Kein Mensch, kein Kritiker, kein Datenbeauftragter, keine Oppositionspartei kann solche Schritte mehr überprüfen, geschweige denn verhindern. Heute ist man sich über die Ziele und die Funktion einer Verwaltung noch einig. Aber wenn morgen die Ziele einfach »umbenannt« werden? Was dann?

Aber zu unserer Zeit war noch alles anders, man konnte mit den Angestellten persönlich reden. Mein kostbarer Antrag auf Strom von der *Enel* wurde fotokopiert und zu den Akten gelegt. Innerhalb von zwei Tagen würden wir angeschlossen, versprach mir eine hagere Angestellte mit einem Versace-Brillengestell auf der Nase. Ich staune immer wieder, wie modisch bewusst sich ganz schlichte Angestellte in den Büros kleiden. Der Typ der »grauen Maus« und »Alices schwarze Tochter« wurde in

Italien einfach übersprungen. Als ich die Treppen der *Sip* herunterkam, musste ich den Kopf schütteln. Das ging mir alles zu einfach. Das konnte nicht sein. Das dicke Ende musste noch kommen.

Die zwei Tage hielt ich mich eisern zurück, dann nahm ich vorsichtig den Telefonhörer des multifunktionalen Telefons auf, das Sven erworben hatte. Nichts. Stille. Wahrscheinlich hatten sie den ganzen Vorgang längst storniert, und wir würden die ganze Prozedur noch einmal von vorn angehen müssen, neuer Antrag, neue Anzahlung, neues Warten ...

Zwei Tage später brachte der Mann von der *Enel* den Stromkasten, den Mauro in die vorher von ihm gebaute Mauer einzementierte und einen Graben zog, in den Aldo die Leitung zum Haus legte.

Mittlerweile war es Anfang Oktober. Während es jetzt in der Toskana schon empfindlich kalt wird, ist dieser Monat in Rom und im südlichen Italien berühmt für die so genannten *ottobrate*, warmen Tage, die man nutzen kann, um an den leeren Stränden schwimmen, surfen oder paddeln zu gehen, weil das Meer noch die Wärme des Sommers in sich trägt. Das Klima ist so weich wie die Hügelketten von Lazio. Wenn man an den Obst-, Gemüse- und Weinplantagen vorbeifährt, hat man den Eindruck, als müsse in diesem Klima alles von allein reifen, was natürlich nicht wahr ist. Auch hier wird kräftig gedüngt und gespritzt.

Aber hin und wieder gibt es auch im Oktober Regentage, und es war ein solcher, drei Tage nachdem ich bei der *Telecom* gewesen war. Morgens nach neun, der übliche Griff zum Hörer. Wieder tot. Deprimiert zogen wir uns hinter unsere Computer zurück. Lemmon, der nicht im Zement geopferte Welpe, vertrieb sich die Zeit mit Fliegenfangen. Der Profigärtner von gegenüber hatte sich eine Wagenladung Pferdemist auf das Feld gekarrt, und wir konnten uns vor Fliegen nicht retten.

Beim Fliegenfangen warf Lemon den Hörer von der Gabel. Sollte ich tatsächlich hören, was ich hörte? Ich hatte ja eigentlich gar nicht »gehört«, der Hörer war lediglich heruntergefallen. Dennoch hörte ich etwas, einen ungewöhnlichen Ton. Ganz leise. Es klang wie eine in der Ferne losgegangene Einbruchssicherung. Ich hob den Hörer auf und lauschte hinein, stieß einen Freudenschrei aus, dass Sven fast vom Stuhl gefallen wäre. Wir hatten ein funktionierendes Festnetztelefon.

Wir waren mit der Zivilisation verbunden, wir gehörten nicht mehr zur Paria der Telefonlosen! Bevor man unser Haus niederriss, musste man erst den Telefonmast der ›Sip‹ niederreißen!

Es war nicht nur die praktische Seite, die diese Freude bei uns auslöste, es war der kleine Sieg, den wir in der großen Schlacht im Kampf um unser Haus errungen hatten. Ich musste, besonders in den ersten beiden Wochen, nachdem sie uns die Terrasse eingerissen hatten, öfters an die Nachkriegs- und Wiederaufbauerzählungen meiner Mutter denken, wie sie und mein Vater nach dem Krieg mit einem Regenschirm ins Bett gingen, weil das Bombenloch im Dach nur notdürftig mit Stroh abgedeckt war. Und welches Glück es war, als sie endlich echte Dachschindeln auftrieben, die sie gegen irgendwelche ihnen noch verbliebenen Habseligkeiten eintauschen konnten. Wieder ein richtiges Dach über dem Kopf! Und immer, wenn ich im Fernsehen Bilder aus Kriegsgebieten oder Flutopfer vor ihren zerstörten Häusern sehe, spüre ich wieder diese ohnmächtige Hilflosigkeit, die ich gespürt habe, als die Schaufel des Baggers in unsere Terrasse rammte.

Natürlich sind diese Vergleiche abgehoben. Als Filmemacher konnte ich sagen: Wir hätten hier in unserem Haus zurzeit zwar ohne weiteres ein Kriegsgebiet »türken« können. De facto waren wir aber nichts als übermütige Deutsche, Leichtsinnige, Glücksspieler, Gaukler. Wir hatten uns wie die Sport-Idioten vom Hang mit unserem Gleitdrachen abgestoßen, den Winden ausgesetzt und hofften jetzt verzweifelt, die Landung zu überleben, ohne uns zuvor in einer Hochspannungsleitung zu verheddern. Wir hatten den Montblanc erstiegen, ohne zünftige Ausrüstung, nur dem Wetter und unserem Glück vertrauend. Was war an solch einem Leichtsinn erwähnenswert? Wenn sie uns im Fernsehen Interviews zeigten, von Rentnern, Steuerberatern, Mathematiklehrern, die auf dem Gipfel des Montblanc standen, völlig fertig, ausgepumpt, kurz vorm Herzinfarkt, dann hörte man in der Regel auch nur dummes Gestammel aus ihren Münden. Warum hatten sie es getan? Wegen eines »symbolischen Siegs« über ihre Trägheit und ihren gewachsenen Bauch. Unser Haus war keine Heldengeschichte, es war bei genauerem Hinsehen totaler Wahnsinn. Wir hatten in einem vielleicht günstigen Augenblick die Unklarheit der Gesetze und das Zögern der Staatsmacht als Verbündete erwischt. Ein halbes Jahr länger gewartet oder ein halbes Jahr früher gehandelt, wir hätten in der Hochspannungsleitung gehangen. Und auch jetzt, nachdem die akute Gefahr vorbei schien, war die Sache noch keineswegs ausgestanden.

14.

Bis wir eigenen Strom hatten, konnten wir auch das Wasser unseres Brunnens nur mit Vittorios Pumpe heraufpumpen. Weil Vittorio irgendwo arbeitete oder, wie wir später erfuhren, irgendwo auf der roten Meile sein Geld verschleuderte, mussten wir immer Vittorios Frau Letizia bitten, den Knopf für die Pumpe zu betätigen, damit sich unser 300-Liter-Behälter mit Wasser auffüllte.

Die schöne Letizia war bereits Ende August aus Sardinien zurückgekommen. Sie begrüßte uns kaum, geschweige denn, dass sie uns in irgendeiner Form Hilfe anbot wie all die anderen Nachbarn ringsum. Selbst das Pumpeanstellen fürs Wasser schien für sie eine Störung ihres Privatlebens zu sein. Vittorio selbst hatte sich bei uns nicht mehr blicken lassen, nachdem er als letzte Tat noch geholfen hatte, unsere provisorischen Fenster einzumauern. Zwischen Vittorio und Letizia gab es offensichtlich eine Veränderung. Er, der im Sommer mit Geld nur so um sich geworfen, in den Nächten Rom unsicher gemacht und sich nebenher noch eine schöne, blonde, russische Putzfrau gehalten hatte, bezichtigte eines Tages vor seinem Haus seine Frau lautstark als Hure. Da es in den Abendstunden bei uns still ist, konnte die gesamte Nachbarschaft zuhören. Mindestens drei Liebhaber dichtete er ihr an. Das Echo seiner markanten sardischen Stimme hallte in der Stille aus allen Ecken der Gegend zurück und vermehrte so noch die Anzahl ihrer Liebhaber. Vielleicht hatte sie tatsächlich einen gehabt, sie hat es uns nie verraten. Sunshine, ihr niedliches Töchterchen, bekam in dieser Zeit ein ernsthaftes unbewegliches Puppengesicht. Als Chiara bei einem Besuch bei uns mit ihr spielte, war sie erstaunt, mit welcher Inbrunst dieses zarte Persönchen aus einem unerschöpflichen Reservoir an Schimpfworten schöpfte.

Letizia suchte später dann doch unsere Nähe, nachdem Vittorio sie schon verlassen hatte, als sie ihrerseits Hilfe brauchte, wenn ihr Auto nicht ansprang, ein Reifen platt war oder sie in den Ort mitgenommen werden wollte. Bei so einer Gelegenheit erzählte sie, dass sie die Scheidung eingereicht hatte.

Da gab es einmal einen sardischen Ziegen- und Schafhirten, der auf Absprache zweier Familien mit seiner wunderhübschen entfernten Cousine verheiratet worden war. Die Cousine war als kleines Mädchen Opfer eines Onkels geworden, dem später sehr daran gelegen war, dass die Kleine zum Festland hin verschwand, ehe die Sache ruchbar wurde. Man schenkte ihr also den drahtigen Schafhirten, etwas Bargeld und einen Farbfernseher, auf dem die beiden sehen konnten, wie das süße Leben in der Großstadt aussieht, und dann gingen die zwei Königskinder in die unbekannte Zukunft, um ihr Glück zu machen. Dort wurde ihnen ein niedliches Töchterchen geboren, aber es fehlte ihnen noch eine stattliche Bleibe. Zu dieser Zeit lernten sie einen reichen Ausländer kennen, der ihnen den Start in eine leuchtende Zukunft versprach durch nichts weiter als durch ein mittelgroßes Geschäftchen. Denn Ausländer sind in der Regel ein bisschen dumm, zahlen gern einen überhöhten Preis und das auch noch pünktlich.

Unser Schafhirt war außer sich vor Freude. Das Leben in der Fremde schien früher als erwartet seine Früchte zu tragen. Er würde sein Glück machen und konnte eines Tages als »reicher Onkel« mit seiner schönen Frau und dem Töchterchen nach Sardinien zurückkehren. Vor lauter Glücksgefühl hatte der kleine Ziegenhirt aber das Gesetz der Bosse vergessen. Man durfte ohne Genehmigung des Paten keine größeren privaten Geschäfte machen. Scheißpate!, dachte der Schafhirt und sagte sich: Ich bin Sarde, ich bin ein Mann, und ich bin das Gesetz, das über mein Schicksal wacht. Ich allein.

Nun war aber das Geschäftchen, das der kleine Schafhirt mit dem Ausländer vorhatte, schlicht ungesetzlich, und wenn jemand die Polizei entsprechend benachrichtigte, konnte die unter der Vorgabe von Pflichterfüllung dem Schafhirten sehr wohl das Geschäft vermiesen. So konnten mehrere Fliegen mit einer Klappe geschlagen werden: Der Pate brauchte keinen Finger zu rühren – außer einmal den Zeigefinger auf der Telefonwählscheibe –, um seine Macht zu beweisen. Die Ordnungskräfte des Landes hatten jetzt einen Anlass, um einzugreifen, nämlich eine private Anzeige. Proteste waren nicht zu befürchten, weil der Geschäftsmann Ausländer war, und es gab eine wunderbare Gelegenheit, die Existenz der funktionierenden Justiz des Landes zu beweisen. Und so nahm alles seinen Lauf. Das war der erste Teil der Geschichte vom Schafhirten Vittorio und seiner Frau, die ausgezogen waren, ihr Glück in der reichen Hauptstadt zu suchen.

Drei Tage nach dem Telefonanschluss schalteten sie uns auch ans Stromnetz. Jetzt konnten wir unsere eigene Pumpe in den Brunnen herunterlassen, sie anschließen, was uns wiederum dem fließenden Wasser aus der Wand näher brachte.

Jetzt waren wir weder von Letizia noch von Vitos Sohn abhängig, wir konnten sogar Nona überzeugen, dass wir keine gefrorenen Wasserflaschen mehr brauchten. Wir rollten die 100 Meter Kabel, die wir durch Vitos Garten gelegt hatten, wieder ein, bedankten uns. Als wir für seine Stromrechnung mehr zahlen wollten als unseren Anteil, wies er bestimmt ab. Es würde schon mal die Situation kommen, da würde er unsere Hilfe brauchen.

Inzwischen versuchten wir, uns auf den Winter vorzubereiten. Das Dach musste fertig werden. Wir beschlossen, auch die zweite Seite zu decken. Über die Eichen- und Kastanienbalken kamen zunächst Holzpaneele, dann als Isolation vier Zentimeter Kork, besser wären sechs Zentimeter gewesen, aber das hätte wieder 2.000 DM mehr gekostet. Und das Geld wurde immer knapper. Der Bau beschäftigte uns so, dass wir uns ums Geldverdienen nicht mehr kümmern konnten. Das Drehbuch, an dem wir die ganze Zeit gearbeitet hatten, wurde zwar fertig. Es handelte sich um eine Schülergeschichte, bei der sich eine Gruppe Mädchen gegen einen Jungen, den sie der Vergewaltigung bezichtigen, in eine Rachehysterie hineinsteigert und ihn zum Schluss steinigt. Die Geschichte fängt ganz leise und humorvoll an, um dann mit möglichst vielen Zwischentönen die »Chronik eines Konfliktes« zu erzählen, der lösbar gewesen wäre und trotzdem in die Katastrophe führt. Sven war überzeugt, dass sie uns das Buch aus der Hand reißen würden. Wieder mal ein Irrtum. Die erste Reaktion einer Producerin war regelrecht empört. Bei Vergewaltigung hatte in einem Drehbuch für das Fernsehen die Schuldfrage eindeutig zu sein.

Wir schickten das Buch an andere Redaktionen, und nach deren Stellungnahme bekam unser Dach eine etwas dünnere Isolation. Sven wird nicht müde zu erklären, dass das Holzdach im Sommer gegenüber den Zementdächern einen Riesenvorteil besitzt. Der Zement lädt sich tagsüber mit Hitze auf und gibt sie nachts wieder ab, so dass man es in Wohnungen unterm Dach kaum aushalten kann. Das stimmt. Bei uns dagegen herrscht immer ein leichter Windzug. Das Dach »atmet«, begeistert sich Sven. Im Winter ist dieser »Atem« halt kalt. Im Winter verbrauchen wir etwa so viel Energie zum Heizen wie ein Kreiskrankenhaus, da hätte ein verkauftes Drehbuch dem Dach gut getan.

Die ersten kalten Tage kamen in diesem Jahr schon Ende Oktober. Der *tramontana*, »vom Gebirge kommend«, ein eiskalter trockener Wind, fegte über unser fertiges Dach. Flavio und seine Freundin Victoria waren zu einem sonntäglichen Mittagessen da. Flavio hatte einen Steinpilz mitgebracht und zeigte uns, wie man mit einem einzigen mittelgroßen Steinpilz eine üppige Pasta für vier Personen machen konnte.

Rezept 10 / für 4 Personen

Pasta mit Steinpilzen (funghi porcini) nach Flavio
(Vorbereitung: 15 Minuten, Herstellungszeit: 30 Minuten)

- 1 mittelgroße Zwiebel
- 1 mittelgroße Aubergine
- 1 Steinpilz
- 1 frische Tomate oder die entsprechende Menge aus der Dose
- Öl, Parmesan
- 400 g Penne

Flavio nahm zu allen seinen Gerichten Penne, egal, was er machte. Warum, weiß ich nicht. Penne (oder Rigatoni) ist die derbste Form der Nudeln, die bäuerlichste, auch diejenige, die sich am leichtesten *al dente* kochen lässt.

Zuerst die Aubergine schälen, in kleine Würfel schneiden. Die Würfel werden mit Salz bestreut und eine halbe Stunde beiseite gestellt. Der Sinn ist: Es tritt in dieser Zeit eine bittere Flüssigkeit aus den Würfeln, tropft ab, und die Auberginen werden dadurch schmackhafter.

Inzwischen wird der frische Steinpilz, wenn möglich ohne Wasser, mit einer Serviette oder einer Bürste von Waldbodenresten gereinigt und in Scheiben geschnitten. Die Tomate wird enthäutet (Anleitung dazu in Rezept 3), die Zwiebel fein geschnitten und in zwei Esslöffel Öl angebraten.

Zwischendurch Nudelwasser (siehe auch Anhang 2) zum Kochen aufsetzen.

Wenn die Zwiebel glasig ist, Auberginenwürfel in die Pfanne geben, und nach weiteren 5 Minuten die Tomate dazu. Wenn die Auberginen fast gar sind, die Steinpilzscheiben dazugeben, alles noch 5 Minuten garen lassen. Diese Soße wird dann mit der Hälfte der klein gehackten Petersilie unter die al dente gekochten Penne gemischt. Das Ganze wird mit geriebenem Parmesankäse bestreut.

> Wenn nun nach diesem Vorgang die Pasta wieder zu trocken geworden ist, sollte man noch etwas Öl und/oder etwas Kochwasser von den Nudeln dazugeben.
>
> Wer will, kann noch Pfeffer über seine Nudeln mahlen. Der Trick an dieser Pasta ist, dass die im Ausgangsgeschmack neutrale Aubergine den Steinpilzgeschmack aufnimmt und man den Eindruck hat, man hätte für die Pasta ein ganzes Pfund Steinpilze verwendet.
>
> Es gibt noch einen Trick im Trick: Man kann noch zusätzlich einige wenige Scheibchen getrockneter Steinpilze fein schneiden und in Wasser auflösen und das dann zusammen mit den Tomaten in die Soße tun. Ebenso wie eine Prise gekörnte Brühe. Dadurch erhöht man deutlich das Pilzaroma, aber Vorsicht! Nur wenig davon! Sonst zerstört man den feinen Geschmack des frischen Pilzes!

Ich war gerade dabei, den nach einem sonntäglichen Essen obligatorischen Espresso zu kochen, als unser Handy klingelte. Es war der junge Anwaltsanwärter, der natürlich noch nicht wusste, dass wir inzwischen einen richtigen Telefonanschluss besaßen. Er wollte uns nur auf diesem Wege mitteilen, dass der Abrissbefehl gegen uns aufgehoben sei. Ehe ich nachfragen konnte, hatte er schon aufgelegt.

Wir standen da wie vom Donner gerührt und konnten es nicht glauben. Sollte das doch die Wirkung des Briefs gewesen sein, in seiner etwas modifizierten Form? War das eine Finte? Sollten wir uns nur in Sicherheit wiegen, damit man sicherer zuschlagen konnte? Die Aufhebung des Abrissbefehls würde uns in jedem Falle nur relative Sicherheit bringen. Denn selbst wenn die *ordine della demolizione* tatsächlich aufgehoben war, befreite sie uns zwar von der Angst, urplötzlich am Horizont den Abrissbagger sehen zu müssen, aber nicht davor, im Nachhinein mit juristischen Mitteln das Haus zu verlieren.

Schließlich war es im Moment immer noch von der Kommune beschlagnahmt. Und dann hatten wir noch einen Strafprozess am Hals, von dem wir nicht wussten, wie er ausgehen würde.

Wir begossen den Anruf mit einer Runde Grappa, möglicherweise waren es auch zwei, aber wir trauten uns nicht, uns richtig zu freuen. Der junge Anwalt hatte wohl Recht gehabt. Der Einsatz gegen uns hatte keinen tieferen Grund, als dass man ein Exempel statuieren wollte, um dem Abusivismus im Allgemeinen Einhalt zu gebieten.
Italien stand vor den Wahlen, Europa und die allgemein verbindlichen Grundlagen der Mitgliedsländer brauchten von Italien Signale, gegen »Schlamperei«, »Korruption« und »wildes Bauen« vorgegangen zu sein.

Das Recht bricht sich in Italien schubweise die Bahn. »Brechen« ist das richtige Wort, denn es erscheint in Schüben auf der Oberfläche der Ereignisse wie Eruptionen eines gequälten Magens. Wir als Ausländer, Deutsche, Fremde, als angenommen schwächster Punkt des abusiven Widerstands gegen die damalige Wohnungspolitik, mussten den ersten Schub ertragen.

Die Herren hatten sich aber mächtig verschätzt. Sie hatten sich an ihrem eigenen Volk verschätzt. Unsere Nachbarn machten dieses Theater nicht mit, sie wollten keine politische Demonstration, weder auf ihre Kosten noch auf unsere Kosten. Daher hatten sie uns geholfen. Allein schon dieser Akt der Solidarität gegenüber Ausländern verdient zumindest eine kleine Gedenktafel. Vereinigtes Europa auf Italienisch.

Wie hatte nun unser Anwalt von der Aufhebung erfahren und warum ausgerechnet an einem Sonntag? Aber das ist eine typisch deutsche Frage. Jeder Italiener weiß, dass solche Informationen gern in der Bar vor dem Amtsgebäude oder bei geselligen Abendessen weitergegeben werden. Nichts hat sich seit Prezzolini daran geändert, die Informationen laufen quer durch alle »Instanzen«: »Der Wert der Ämter entspricht nicht immer der Wirklichkeit. Sehr oft zählt der Wachposten mehr als der Oberst, der Amtsdiener weiß mehr als der Minister, der Sekretär kann das, was der Kardinal nicht wagt, usw. Auf der Straße und in den Salons bildet die Kenntnis dieses geheimen ›Jahrbuchs‹ der Mächte einen der unerlässlichen Punkte, um Karriere machen zu können« (Nr. 27 der »Regeln«). Unser junger Anwalt, ich glaube, er befand sich auf der richtigen »Straße«, wir konnten uns glücklich nennen, ihn getroffen zu haben.

Als wir Ugo und Annamaria erzählten, dass der Anwalt, der eigentlich keiner war, uns telefonisch mitgeteilt hatte, es habe immer noch einen Einsatzbefehl gegen uns gegeben, der jetzt aufgehoben war, nickten sie wissend. Wie, sie hatten von diesem Befehl gewusst? Dass es den Einsatzbefehl gab oder dass er aufgehoben war? Dass es ihn gab, räumte Ugo ein. Ihre Information stammte von dem Freund eines Freundes, der im Bezirksamt arbeite. Sie hatten uns diese Information nicht weitergegeben, um uns nicht noch mehr zu beunruhigen.

So, wie der Abrissbagger ohne »avviso«, das heißt, ohne die im eigenen Gesetz vorgeschriebene Form, wie ein grausliges »Naturereignis« vor unserem Haus erschienen war, so verschwand das Unheil auch wieder: ohne Ankündigung, ohne Form. Wir fühlten uns wie »terremotati«, wie vom Erdbeben Heimgesuchte, wenn das Rumpeln endlich aufhört.

Drei Tage später trafen wir unsere *vigili* in einer Bar. Von ihnen erfuhren wir es noch einmal, und diesmal als private Indiskretion von beamteter Seite: Der Einsatzbefehl gegen uns war aufgehoben. Man sah ihnen an, wie zufrieden sie waren, uns diese Botschaft zu bringen.

Zuerst hatte ich jedes Mal weiche Knie bekommen, wenn ich die Uniformen sah, aber mit der Zeit entspannte sich unsere Verhältnis. Sie waren Baupolizisten, offiziell dazu da, abusives Bauen zu verhindern. Sie taten ihre Arbeit, indem sie an Neuausschachtungen oder neuen Fundamenten ihre *cartelli* aufhängten, die, auf denen stand, dass die Bauarbeiten sofort einzustellen seien, wohl wissend, dass es eine Praxis und eine Bürokratie gab, die diese »Verbotstafeln« in den meisten und vor allem in den bauwirtschaftlich relevanten Fällen auf geheimnisvollen Pfaden in eine »Baugenehmigung« verwandelte, unabhängig davon, wie viel Schaden der Bau an der Umwelt anrichten würde.

Es war klar, dass dieser Weg, soweit es den »großen Stil« anging, mit Geld zusammenhing, das umverteilt wurde. Gegen diesen geheimnisvollen »administrativen Weg auf Geldpfaden« konnten sie, die kleinen *vigili*, nichts ausrichten, das geschah hinter ihrem Rücken. Aber zugleich hetzte man sie keineswegs auf jene, die im »großen Stil« bauten, sondern auf die »Kleinen«, auf ihresgleichen, und diese Ungerechtigkeit »von oben« machte sie parteiisch. Es war eindeutig, dass sie nicht den geringsten persönlichen Ehrgeiz an den Tag legten uns zu verfolgen. Viele der *vigili* konnten von dieser Situation profitieren und ihr kärgliches Beamtengehalt aufbessern. Zwei Millionen Lire oder 1.000 Euro pro Wohnung musste ein Hausbauer schon rechnen, jedenfalls, bevor der Korruptionsschock Italien 1992 überrollte. Danach wusste niemand mehr so recht, wie er sich verhalten sollte. Ob unsere beiden *vigili* je irgendetwas erhalten haben? Wir wissen es nicht. Von uns – keine Lira. Vittorio hatte behauptet, ja. Denn mit den *vigili* »zu reden« war im Kubikmeterpreis, den wir ihm zahlten, inbegriffen. Aber wir bezweifeln, dass er es je getan hat. Er war Sarde, er war Mann, und er war das Gesetz.

Bezahlt oder nicht bezahlt. Unsere beiden *vigili* waren aber nicht nur deshalb *unsere vigili*, weil sie für unsere Gegend verantwortlich waren. Sie wurden zu den Unseren, weil sie uns sagten, als wir gar keinen Mut hatten weiterzubauen: »Setzt doch endlich ein Dach auf euer Haus!« Weil sie, während wir das Dach bauten, sich offiziell nie blicken ließen, und erst als es fertig war, mit überraschten Kinderaugen feststellten, dass wir – »Wie habt ihr das bloß gemacht?« – plötzlich ein Dach über unseren Köpfen hatten. Sie wurden *unsere vigili*, weil sie zögerten, als sie das Dach in unsere Akten aufnehmen mussten, denn das Dach war ja »widerrechtliches Weiterbauen« und würde eventuell ein neues *cartello* nach sich ziehen, was die spätere Strafe erhöhte. Die Faustregel war, je mehr *cartelli*, desto höher die Strafe im nachfolgenden Prozess. Wir bekamen aber kein neues *cartello*. Hatte selbst einer ihrer Vorgesetzten eingesehen, dass Sven und ich im Verhältnis zu den anderen Bausündern genug eingesteckt hatten? War es dieser jemand, der den offiziellen Einsatzbefehl gegen uns zurückgenommen hatte?

Wir haben nie erfahren, wer hier Milde walten ließ. Für den Abrisseinsatz mussten wir übrigens später 1.000 Euro zahlen. Strafrechtlich gab es keine Folgen. Ich bekam eine Vorladung vor Gericht, jemand hatte mir einen vierten Anwalt genannt, einen, der sich mit abusivem Bauen auskannte, so hatte man mir jedenfalls versprochen. Diesmal hatten wir Glück, es handelte sich um einen richtigen Anwalt mit einer richtigen Kanzlei, und er schimpfte uns auch nicht aus und sagte nicht, dass es leichtsinnig und dumm war, abusiv zu bauen. Er war Strafverteidiger, und neben dem Abusivismus war sein Spezialgebiet Drogenkleinkriminalität. Viele Römer halten abusive Siedlungen für einen Hort der Kriminalität, was nach meinen Erfahrungen Unsinn ist, denn gerade eine abusive Siedlung wird durch die ständige Präsenz von *vigili* und *carabinieri* mehr kontrolliert als andere Stadtteile. Unser vierter, letzter und bester Anwalt erklärte mir, dass bei der ersten Vorladung meistens nichts passierte, sie würde vertagt, weil immer zu viele Termine auf einen Tag gelegt werden. Trotzdem sollte ich lieber anwesend sein, das mache einen guten Eindruck auf die Richter. Mein Termin war Ende Februar des nächsten Jahres. Aber wir warteten nicht tatenlos auf abstrakte juristische Entscheidungen.

Seit den diversen Versuchen der *Comune* Roms, abusive Häuser abzureißen, hatte es in unserer Siedlung immer wieder Versammlungen und Manifestationen der Anwohner gegeben. Der Schock des drohenden Abrisses und die Unsicherheit darüber, ob tatsächlich alle Abrissbefehle, wie man munkelte, ausgesetzt waren oder eben doch noch durchgeführt werden sollten, saß tief. Einer, dessen neu erbautes Haus ebenfalls bedroht war, hatte eine spontane Demonstration vor der *circoscrizzione*, dem Bezirksrathaus, organisiert. Über 200 Leute hatten sich am späten Nachmittag vor dem grottenhässlichen Gebäude eingefunden und verlangten, mit dem Bezirksleiter zu sprechen. Das Volk war in Aufruhr.

Tatsächlich, nach einer Stunde des Wartens im Regen auf der Straße, ließ die Obrigkeit, bestehend aus dem eilig herbeigetrommelten Vizebezirksleiter, dem Bauamtsleiter, dem *geometra* des Bauamtes und zwei weiteren Beamten des Bauamtes, eine Abordnung der Abusiven hereinbitten. Dabei erwies es sich als fast unüberwindliches organisatorisches Problem, dass es in unserer Siedlung kein *consorzio* mehr gab.

Consorzio heißt Genossenschaft und ist wie in Deutschland eine Rechtsform für privatrechtlich organisierte Gemeinschaften. Konsortien gibt es in Italien genau wie in Deutschland hauptsächlich auf landwirtschaftlicher Ebene. In abusiven Gegenden schließt man sich zusammen, um die nötigen Erschließungsarbeiten zu organisieren und zu finanzieren. Das erste *consorzio* unserer Gegend war schon vor Jahren zerfallen, weil sich der alte Konsortium-Präsident ganz im Stile des alten Italiens mit einem erheblichen Teil der von den Mitgliedern eingezahlten Geldern bereichert hatte. Statt der vorgesehenen sechs Zentimeter Asphalt waren die Straßen unserer Gegend nur mit vier Zentimetern belegt worden, was die Kosten des Straßenbaus erheblich verringerte. Und von den wegen der starken Regengüsse unbedingt notwendigen Abflüssen waren jeder vierte oder fünfte weggelassen worden, was die effektiven Kosten nochmals verringerte. Während die ausgegebenen Summen natürlich offiziell so hoch blieben, wie sie kalkuliert waren, wurde die Differenz in verschiedene Taschen verteilt. Die sichtbarste Folge der baulichen Sparsamkeit war, dass sich in den Straßen unserer Siedlung nach kürzester Zeit Löcher und Risse bildeten. Aber dieser Verfallsprozess hatte rein verkehrstechnisch auch seine guten Seiten, wie wir unseren deutschen Besuchern gegenüber immer wieder betonen. Denn viele Gemeinden in Deutschland geben beträchtliche Gelder aus, in ihren Straßen den »Verkehr zu beruhigen«, also mit freundlich konstruierten Hindernissen die sinnlose Raserei in den Ortschaften einzudämmen. Hingegen unsere auf italienische Weise verkehrsberuhigten Huckelpisten kosteten die Gemeinde gar nichts, hatten aber die gleiche Wirkung. Alle fahren aus Liebe zu ihren Autos im Schritttempo und in Schlangenlinien um diese natürlichen Hindernisse wie Schlaglöcher und Buckel herum. Viele unserer Nachbarn schworen sich damals, nie wieder einem *consorzio* beizutreten.

Da wir kein *consorzio* mehr hatten, gab es auch keine rechtmäßig gewählten Vertreter auf Volkes Seite, keinen *direttore*, keinen *conciliere* und keinen Kassenwart, den man von der Straße aus an Volkes statt hätte nach drinnen »abordnen«

können. Die praktische Folge davon war, dass wir, das gemeine Volk, allesamt und ungebremst von der Straße in den Plenarsaal stürmten, um den erschrockenen Herren der Verwaltung in aller Öffentlichkeit die endgültige Rücknahme der Abrissbefehle abzuringen. Die Volksübermacht war in dieser Sekunde deutlich, und es hätte eines rüden Polizeieinsatzes bedurft, um die Ordnung wiederherzustellen. Also ließ man uns klugerweise gewähren.

Der Vizebezirksleiter redete mit uns, dem Volk. Immerhin, das war Bürgernähe. Die Diskussion drehte sich um den »Kreislauf des abusiven Bauens« und die damit verbundene Philosophie des »kleinen Mannes«. Diejenigen, die ihr Haus noch nicht durch ein *condono* hatten legalisieren können, fanden es ein Unding, dass die Bagger fertige Häuser einreißen sollten. Warum kam die Administration, wenn sie schon kommen musste, nicht direkt nach der Ausschachtung? Warum zerstörte sie nicht bloß das Fundament? Bei diesem Bauabschnitt sei der Schaden für den Bausünder noch gering. Warum ließ man die Menschen ihr gesamtes Erspartes samt Schulden in Häuser investieren, von denen man dann völlig willkürlich das ein oder andere abriss?

Diejenigen, die ihr Haus bereits in einem der früheren *condoni* legalisiert und die längst ihre Strafe bezahlt oder abgesessen hatten und die man genötigt hatte, die gesamte Erschließungssteuer zu zahlen, beschwerten sich darüber, dass sie niemals auch nur eine einzige Lira ihres Geldes in so genannten »Erschließungen« wiedergesehen hatten.

Da ich von der besonders von unserer Seite im römischen Dialekt gehaltenen Diskussion wenig mitbekam, konzentrierte ich mich mehr auf das Optische. Es war für mich ein klassisches Bild des 19. Jahrhunderts: Hier standen auf der Bühne des Plenarsaals die

Herren Kommunalpolitiker dem aufgebrachten Mob gegenüber. Das Volk unten, scheinbar lauter Bauern und Bauarbeiter, die, weil es geregnet hatte, zum Teil noch in Arbeitsjacken steckten, mit Schiebermützen, ihre Frauen in Kopftüchern, eben vom Feld, aus der Küche und von der abusiven Baustelle zurückgekommen, dem Lumpenproletariat auf den Pressefotos der 20er Jahre nicht unähnlich (was natürlich nicht stimmte, die Besserverdienenden in unserer Gegend fahren alle dicke japanische Geländewagen). Dennoch, das Bild war vollkommen: Gegenüber, auf der Empore, saßen die feinen Herren im Nadelstreifen, gescheitelt mit pomadisierten Haaren.

Sein Haus habe bis zum heutigen Tag kein Wasser, kein Abwasser, kein Gas, keine Straßenbeleuchtung, keinen Busanschluss, nichts, meldete sich ein untersetzter Vierschrat zu Wort. In der Gegend gäb's nicht einmal einen Bebauungsplan, und das, obwohl er zehn Millionen Lire an den Staat abgedrückt habe. Auf dem Podium versuchte man ihn zu unterbrechen. Alles Argumente, die schon hundertmal diskutiert worden waren. Aber unser Mann setzte seine Anklage mit steigender Lautstärke durch. Sein gesamtes Geld sei futsch, und der Staat habe die Beträge einkassiert und veruntreut. Die Stadt benutze die Zwangslage der Bürger, um sich illegal zu bereichern. Also sei es das Recht des Bürgers, seine eigenen Interessen zu wahren. Jetzt so zu tun, als könne man herkommen und diese mühsam ersparten Häuser zur Demonstration von »Recht und Ordnung« wieder niederreißen, sei ja wohl der Inbegriff der Doppelzüngigkeit.

Der Vizebezirksleiter widersprach dem aufgebrachten und trotzigen Bauerngesicht in leisem und sarkastischem Ton. Das abusive Bauen würde die Probleme nicht lösen, weil es für die Gemeinde immer teurer würde, die teilweise weit auseinander liegenden Häuser zu erschließen ...

»Bei uns liegen die Häuser nicht weit auseinander, sondern dicht an dicht, 200 Häuser«, brüllte der Mann aus unserer Mitte.

»Abusives Bauen ist nun mal eine Straftat, da müssen dieselben Regeln gelten wie in anderen europäischen Ländern auch.«

Wir fürchteten, dass unsere Leute solchen Allgemeinplätzen mit einem Wutausbruch begegnen würden, und postierten uns schon einmal prophylaktisch nah an einer Tür nach draußen. Ich bekam gerade noch mit, wie ein anderes Bäuerchen sagte, er habe damals sein Haus so klein und bescheiden gebaut, um das Unrecht des abusiven Bauens möglichst klein zu halten, er habe aber nicht viel weniger Strafe zahlen müssen als diejenigen, die aus reinem Profitdenken mehrstöckige Hochhäuser in die Gegend geknallt hätten. Der Bezirkamtsleiter wurde volksnah und scherzte: »Siehst du, schon hast du wieder was gelernt.«

Zu einem effektiven Zugeständnis war der Bezirksleiter nicht zu bewegen. Logisch: Das wäre geradezu die Aufforderung an alle Grundstücksbesitzer unserer Gegend gewesen, jetzt möglichst schnell schwarz weiterzubauen. Offiziell klein beizugeben hätte unseren Bezirksleiter seinen Kopf bzw. seine Stellung gekostet, denn im Augenblick wehte in Rom der Wind links und sogar grün.

15.

Der Winter ist in Italien kälter als in Deutschland. Das scheint widersinnig, ist aber völlig logisch. Die Sommer in Italien sind lang, und die Wintertemperaturen fallen selten unter null Grad. In Mittel- und Süditalien gibt es viele Wohnungen, die überhaupt keine Heizung haben, nicht einmal einen Holzofen. Energie ist in Italien auch teurer als in den meisten anderen europäischen Ländern, was unter anderem daran liegt, dass sich die Italiener, denen man sonst wirklich nicht übertriebenes Umweltbewusstsein nachsagen kann, in einem Volksentscheid gegen den Bau von Atomkraftwerken entschieden haben. Der Grund war der übliche: das tief sitzende Misstrauen gegen das, was »von oben« verordnet wird.

Die Leute helfen sich zwischen Dezember und März mit elektrischen Heizlüftern, die Unmengen von Strom fressen, oder mit Gasöfen, getrieben von »bombole«, Bömbchen, bei denen man immer aufpassen muss, dass man sich keine Vergiftung holt oder dass sie nicht in der Wohnung explodieren. Restaurant und Kinos heizen sich traditionellerweise erst durch ihre eigenen Besucher auf. Deswegen sind die Nachmittagsvorstellungen meist billiger. Kurz, man fühlt in Rom deutlich: Es ist Winter. Man packt sich in eine dicke Jacke ein, zieht den Kragen hoch, läuft mit leicht eingeknickten Beinen und krummem Rücken zitternd durch die Gassen und macht häufig einen Stopp in irgendeiner Bar, wo es wunderbar duftenden heißen Cappuccino und angewärmte Cornetti gibt.

Im August und auch noch im September hätte man unsere Wohnsituation noch als eine Art von Indoor-Camping betrachten können. Denn wozu braucht man im August warmes Wasser, was macht es aus, in einem einzigen Zimmer zu leben, wenn die Türen nach draußen sowieso immer aufstehen, wenn man auf dem Flachdach direkt unter den Sternen übernachten kann, wenn Regen ausschließlich als willkommene Abkühlung gesehen wird?

Aber jetzt war November, und es wurde langsam kalt. Und ausgerechnet jetzt hatte ich ein Angebot bekommen, in

Deutschland als Setaufnahmeleiterin zu arbeiten. Wir hatten Geld dringend nötig, aber immer noch war unser Haus eine einzige Baustelle, tagsüber fuhr Mauro mit Schubkarren von Zement durch unser provisorisches »Wohnzimmer«. So viel ich auch fegte und saugte, der Zementstaub drang überall ein, auch in das letzte Lungenbläschen.

Winter hin, Winter her, ich ahnte, wie gut es für Susanne war, dass sie arbeiten konnte. Aber ab Anfang Dezember braucht auch hier der sensible Schreibtischhocker vor seinem Computer zumindest gegen Abend zuweilen etwas Anheimelndes. Unsere Kamine waren noch nicht fertig. Ich baute den krummbeinigen englischen Ofen aus unserem alten Zimmer in Ugos *casale* ab und schaffte ihn herüber.

Am Tag, bevor ich fuhr, verabschiedete ich mich vom alten Vito und seiner Frau, die gerade dabei waren, ihre Oliven zu ernten. Sven kam mit. Wir stiegen durch den Gartenzaun in den Nachbargarten. Vito hatte für uns ein kleines Türchen in den Draht unseres gemeinsamen Gartenzauns geschnitten, damit wir nicht um den ganzen Wohnblock laufen mussten, wenn wir uns gegenseitig besuchen wollten. Sven spielte den schmählich zurückgelassenen Ehemann und malte den beiden Alten aus, wie ich jetzt in der Glitzerwelt des Filmgeschäftes meinen großen Auftritt hätte und mir bestimmt einen wahnsinnig gut aussehenden Kerl aufreißen würde (jeder, der schon mal einen Winterdreh in Deutschland mitgemacht hat, weiß, dass man sich dabei zwölf bis 14 Stunden am Tag, in dicksten Skisachen eingezwängt, den Hintern abfriert – keine idealen Voraussetzungen, um Liebesaffären anzuzetteln). Der 80-jährige Vito legte seiner Frau den Arm um die Schulter und erklärte mir und Sven fröhlich: »*Il pane e sempre lo stesso.*« (Das Brot ist immer das gleiche.)

Die beiden Alten standen in diesem Moment Arm in Arm wie ein Monument des Glücks in der Abendsonne. Ich lächelte etwas blöde über diese Weisheit, für die ich, wenn ich sie aus deutschem Originalmund hätte hören wollen, mindestens 2.000 Meter hoch in den bayerischen Wald auf eine Alm hätte hinaufkraxeln müssen. Hier hatte ich die Weisheit direkt vor der Haustür. »Il pane e sempre lo stesso.« Es war beruhigend, zu wissen, dass wenigstens Vito und seine Frau 60 Jahre lang ihr Brot miteinander geteilt hatten, wo in Deutschland ähnlich wie in Italien die Scheidungsrate inzwischen bei 38 Prozent liegt.

Die Übernachtung vor der österreichischen Grenze war der Übergang zurück in die zivilisierte Welt. Dusche mit warmem Wasser, Wärme aus der Zentralheizung und ein Fernseher mit deutschem Programm. Wenn nicht die grauen Wolken gewesen wären, die über den Tiroler Bergen hingen, und der kalte Nieselregen, ich hätte Sven gegenüber ein schlechtes Gewissen gehabt. Aber ich hatte mich ja schließlich zum Geldverdienen in den kalten Norden begeben und nicht zu meinem Vergnügen.

Susanne und ich hatten mit unserem Hausbau eine bemerkenswerte Kraft entwickelt, uns ausschließlich auf das Nächstliegende zu konzentrieren. Jetzt war Susanne weg, und ich stand allein mit meiner Schubkarre in der Landschaft. Ich fühlte mich unendlich tapfer. Es waren Monate, die mit Zementstaub und fundamentalen Gedanken gefüllt waren. Die Zeit zwang mich, Farbe zu bekennen, weil es ringsum nichts mehr gab, was unsere vorläufige Lebensentscheidung, hier unser Haus zu bauen, attraktiv gemacht hätte: Susanne war nach Deutschland geflohen und hatte sich in Arbeit gestürzt, die Sonne schien zwar öfter als in Deutschland, aber das Wetter hatte den Charme des Sommers verloren, das Haus war eine einzige Staubquelle, nach heftigen

Regenfällen watete ich durch den Matsch. Und wenn ich um das Haus herumging, starrten mich die traurigen Reste meiner staatlich zertrümmerten Terrasse an, von der ich nicht wusste, was geschähe, wenn ich sie ohne Baugenehmigung wieder aufbaute.

Die Frage: Was hatte ich hier in Italien verloren? stellte sich erneut und nachhaltiger als in Ugos *casale*. Hier konnte ich nicht mehr von heute auf morgen meine Sachen packen und alles hinter mir lassen. War dieses Land überhaupt »mein Land«? Welchen »Sinn« hatte das alles? Ich konnte mich in italienischer Sprache immer noch nur unvollkommen ausdrücken, wenn ich ins Kino ging, verstand ich nur die Hälfte. Meine ganze Sozialisation war deutsch, meine Arbeitskontakte lagen mehrheitlich in Deutschland. (Auch wenn diese Kontakte zurzeit beharrlich schwiegen.) In meinem Metier konnte ich hierzulande kaum Arbeit finden, nachdem meine italienischen Kollegen schon selbst nichts zu tun hatten. Es gab kaum Eigenproduktionen im italienischen Fernsehen. Das Fernsehen hier war schon damals voll amerikanisiert, die Hälfte davon in Berlusconis privater Hand, eine Kaufserie jagte die andere, das tägliche Programm war an Schwachsinn kaum zu übertreffen.

Mauro und ein Haufen anderer Freunde, die zu Besuch kamen, profitierten von meiner Einsamkeit. Freund Mauro war jetzt der *capo della costruzzione*, der selbst ernannte Bauchef, und ich assistierte. Ich schleppte die *blochetti di cemento* und die Kalktüten, schaufelte den Sand und lud die Zementsäcke vom Transportwagen ab. Geredet wurde nur das Nötigste. In dieser Zeit entwickelte ich neben meiner Bautätigkeit auch rege kulinarische Energie und probierte eine ganze Reihe von neuen Rezepten und Kombinationen durch. Ich schuf für Mauro und mich den so genannten »Universal-Sugo«. Es handelte sich im einen *polpo di pomodoro* auf der Basis von eingekochten Tomatenstücken, ähnlich wie *pomodori a pezzi*, den man in jedem Supermarkt kaufen kann, nur viel besser als diese Dosen. Der Vorteil war, in 15 Minuten, nämlich genauso lange, wie das Wasser heiß und die Pasta im Wasser weich wurde, konnte ich einen »pranzo« auf den Tisch zaubern, und zwar einen, der nicht nach »aufgewärmt« und »Schnellküche« schmeckte. (Das Rezept dazu haben wir im Anhang 3 nebst den dazugehörigen Schnellrezepten ans Ende des Buchs gehängt.)

Ähnlich schnell ging auch mein »Romagna-Radicchio-Rezept«. *Vecchia Romagna* ist ein hier sehr beliebter Weinbrand, und *radicchio* ist der dunkelrote bittere Salat. Im Grunde kann man Pasta mit fast allem kombinieren, ein bisschen Fantasie und Gefühl vorausgesetzt. Und ich halte es keineswegs für eine Mär, wenn mir ein Italiener erklärt, seine Mama hätte ihm ein ganzes Jahr lang Pasta gekocht und sich dabei niemals wiederholt. Im Grunde warte ich drauf, dass einer kommt und fragt: »Hast du schon mal Fusilli mit rostigen Nägeln probiert?«

Rezept 11 / für 4 Personen

Pasta mit Radicchio/Sahne und Vecchia Romagna
(Herstellungszeit: 20 Minuten)

- 1 mittelgroße Zwiebel
- 1 mittelgroßer Kopf Radicchio
Ich ziehe den »Treviso«-Radicchio vor, der ist nicht rund, sondern länglich, ähnlich wie Latuga-Salat (Römer-Salat)
- 100 g »panna cucina« (Küchensahne) oder Crème fraîche
- $^1/_4$ Liter Brühe

Im Grunde ist mit der Angabe der Zutaten schon alles gesagt: Nudelwasser (siehe auch Anhang 2) zum Kochen aufsetzen.

Zwiebel wird in halbe Ringe oder mittlere Stücke geschnitten, ebenso der Radicchio. Öl erhitzen. Beides zusammen mit dem Öl in der Pfanne anschwitzen. Vorzeitig einige Blättchen

- 2 gute Schuss »Vecchia Romagna« (oder einen anderen Cognac od. Weinbrand)
- geriebener Parmesan
- Salz, Pfeffer
- Olivenöl
- Ein Hauch Mehl zum Verdicken der Soße
- 350-400 g Linguine piccole, Linguine, Fettuccine, Fettuccelle oder Spaghettini, Fedelini oder halt irgendetwas »Zartes« und »Flaches«

Radicchio aus der Pfanne nehmen. Beiseite.
Dann das restliche Radicchio-Zwiebelgemisch einen Moment lang weiter anrösten (die Blätter sollen nicht ganz dunkel werden) und mit der Brühe und dem Vecchia Romagna ablöschen. Die Sahne dazu. Danach, sehr wichtig, das Ganze mindestens um ein Drittel einköcheln. Durch ein Sieb etwas Mehl drübersieben. Umrühren.

Währenddessen: Wasser salzen. Die Pasta ins kochende Wasser.

Wenn die Pasta fertig ist, abtropfen und in der Pfanne mit dem Radicchio-Zwiebel-Sahne-Cognac-Gemisch und den beiseite gestellten Radicchio-Blättern vermischen. Fertig.

Bereits anhand Svens intensiver Kochtätigkeit lässt sich erahnen: Es war hart für ihn. Selbst unseren alten Peugeot musste ich ihm wegnehmen, ein Auto war für den Job in Deutschland die Voraussetzung gewesen. Ugos 85-jähriger Vater half uns aber aus der Bredouille. Er hatte sich nach dem Tod seiner Frau noch einmal einen Traum erfüllt und einen gebrauchten Alfa Romeo gekauft, mit dem er die letzten zwei Jahre seines Lebens unsere Gegend unsicher machte. Deshalb lieh er Sven in meiner Abwesenheit großzügig seinen antiken altrosa Panda, der trotz Rostbeulen und anderen Defekten erstaunlich einsatzbereit war.

Ich liebte diesen Panda: Er hatte nur einen Sitz, die Rückbank war irgendwann einmal ausgebaut worden, und als Beifahrersitz diente eine Obstkiste. Er verbrauchte etwa so viel Öl wie Benzin, und man bremste ihn, wenn man unbedingt musste, mit der Handbremse. Das Bremspedal drückte man nur, um das eine funktionierende Bremslicht zum Leuchten zu bringen, als Signal für den Hintermann. Ich dachte mir, als ich den Wagen das erste Mal fuhr, wenn der alte Sandri-Boriani mit seinen 85 Jahren dieses altrosafarbene Wrack jahrelang unfallfrei gefahren hatte und der Polizei nie ins Netz gegangen war, dann konnte er jetzt auch ruhig mit seinem »Alfa-Romeo-Geschoss« durch die Gegend brettern. Der flotte Greis musste fahrtechnisch spitze sein. Zwei Monate lang transportierte ich jedenfalls mit dem altrosa Panda tonnenweise Baumaterialien nach Hause, immer heimlich an Pipos Baumarkt vorbei. Eines Tages, als ich die massiven Treppenstufen unserer Holztreppe auf dem Dach hatte, brach der Panda in der Mitte durch. Damit endete seine Geschichte.

In Deutschland wohnte ich bei Rudi, dem mit uns befreundeten Produzenten, für den ich auch arbeitete. Er machte einen von diesen Filmen, die man »politisch ambitioniert« nennt. Der wieder aufflammende Rechtsradikalismus in Deutschland war das Thema der Stunde. Aber Rudi hatte sich innerlich schon eine ganze Weile von der Filmemacherei verabschiedet. Die nachgemachte konservierte Realität interessierte ihn nicht mehr wirklich. Für jeden Brötchenbäcker hatte er mehr Wertschätzung als für Menschen, die seiner Meinung nach vor dem wahren Leben in die abgehobene Welt des Filmemachens flüchteten. Dabei unterschied er allerdings zwischen den kreativen Filmleuten wie Regisseur, Autor, Kameramann, Ausstatter und Kostümbildner und dem organisatorischen Personal. Vor allem seine eigene Kaste, die Produzenten und Redakteure, kamen dabei schlecht weg. In seinen guten Zeiten war er einer der wenigen Produzenten, die vor echter Kreativität eine gewisse Ehrfurcht wahrten. Er hat, soweit es einigermaßen im finanziellen Rahmen blieb, seine Leute »machen lassen« und ihre Kreativität so wenig wie möglich in finanzielle Enge und autoritäre Vorgaben eingezwängt, wie es bei anderen Produzenten üblich war.

Dagegen von unserem Hausbau war Rudi auf Anhieb begeistert. Ein Haus zu bauen, das im Gegensatz zu einem Film einen praktischen Nutzen hatte, das war nicht nur ehrliche Arbeit, das gehörte für ihn zu den Grunderfahrungen des Menschen, getreu dem Motto, jeder Mann sollte einmal in seinem Leben einen Baum gepflanzt, ein Haus, ... und so weiter. Er, der, wenn Freunde ihre Urlaubsfotos zeigten, nicht einmal so tat, als würden die ihn interessieren, konnte sich an den Fotos von unserer Hausruine nicht satt sehen. Fachmännisch fragte er mich über Fundament, Hydraulik und Isolierung aus, und man merkte ihm an, dass er jeden Tag bedauerte, den er selbst noch in Deutschland verbringen musste. In genau dieser Zeit schlug er das Angebot aus, seine bisher gemietete ausladende Berliner Altbauwohnung für einen sehr akzeptablen Preis zu kaufen. Dann hätte er zwar eine brauchbare Altersversorgung gehabt, aber er hätte weiter um Filmaufträge buhlen müssen, um die Wohnung abzubezahlen. Rudi pfiff auf die finanzielle Sicherheit und bereitete sich auf Irland vor. Unsere Entscheidung, in Italien ein Haus zu bauen, fand seine uneingeschränkte Zustimmung.

Selbstverständlich fand Rudi es viel sinnvoller, dass ich unter dem italienischen Regen for nothing Schubkarren durch den Matsch schob, statt in Deutschland als teurer Regisseur für gutes Geld den Drehablauf einer Arzt-Serienfolge zu beaufsichtigen, in denen der sympathische Oberarzt mit dem Einsatz seiner gesamten Persönlichkeit den Selbstmord einer liebeskranken Kollegin vereitelt, die einem als »Blinddarm« getarnten Heiratsschwindler zum Opfer gefallen war.

Meine beste Freundin Angelika war da ganz anderer Meinung. Im Oktober hatte sie einen Kurzurlaub in der Toskana verbracht und einen Abstecher nach Rom unternommen, um mich zu besuchen. Etwas zurückhaltend schritt sie mit ihrem Ehemann Eddi durch unsere beiden improvisierten Zimmer und begutachtete unsere gerade fertig gestellte erste Dachhälfte. Wenn das der Traum vom Süden sein sollte, wollte sie lieber verzichten. »Was willst du da?«, fragte sie mich, als wir uns in Deutschland trafen. »Mit deinem Sven Tomaten züchten? Hast du deswegen studiert? Hast du deswegen promoviert? Sven, der kann sich das vielleicht leisten, der bekommt, auch wenn er da unten wohnt, immer noch den ein oder anderen Auftrag. Aber du, du musst doch hier sein vor Ort Erfahrungen sammeln, Verbindungen schaffen. Willst du immer nur in seinem Fahrwasser schwimmen? Du musst dich endlich mal auf eigene Füße stellen!«

»Wenn das Haus erst mal fertig ist, dann ist das kein Problem. Dann schließen wir es ab und kommen hoch, wenn wir hier arbeiten müssen. So wie bisher auch.«

»Es ist ein Riesenunterschied, ob man bei Freunden ein Zimmer hat oder ein eigenes Haus, das kann man nicht so ohne weiteres monatelang allein lassen.«

»Dann werden wir eben schreiben.«

Angelika verkniff sich ein allzu spöttisches Lächeln. Hatte das nicht jetzt schon seit drei Jahren nicht richtig geklappt, und zwar deswegen, weil wir, statt unser persönliches Beziehungs-Netzwerk zu pflegen, uns nach Italien zurückgezogen hatten?

»Schreiben allein reicht nicht aus, das musst du doch langsam kapiert haben.«

Es war zu spät für diesen Einwand. Unser Haus hatte inzwischen ein Dach auf beiden Seiten, der Abrissbefehl war aufgehoben, sollte ich jetzt aufgeben, nur weil meine Freundin mich für eine Träumerin hielt? Außerdem hatte ich zu tun. Als Setaufnahmeleiterin konnte man mich nicht gerade als Routinier bezeichnen, der Job nahm mich voll in Anspruch. Und die ausweglose Geschichte der sozial Benachteiligten, die wir gerade in möglichst authentischen Berliner Motiven drehten, in öden Wohnvierteln und heruntergekommenen Mietwohnungen, mit den zerfrorenen Füßen im deutschen Schneematsch, hielt die Sehnsucht nach südlicher Sonne wach, die auch im Winter scheint, wie mir Sven am Telefon versicherte. Etwa ein Fünftel meiner Gage haben wir an die deutsche *Telekom* und die *Sip* weitergeleitet.

Für mich allein gesehen war der Bau dieses Hauses eigentlich Schwachsinn. Da konnte es noch so schön werden – und es wurde schön! –, ich brauchte es nicht. Wenn Susanne jetzt plötzlich ein verlockendes berufliches Angebot in Berlin bekäme, was sollte ich hier unten? Im Grunde passte der Panda, den mir der alte Sandri-Boriani zu Verfügung gestellt hatte, sehr gut zu meiner Situation, ohne Bremse und mit Obstkiste als Sitz. War ich dabei, mich selbst gegen die Wand zu fahren? Und nicht nur mich. Vielleicht auch meine ständige Beifahrerin? Hatte sie sich das überhaupt so konkret vorgestellt, als sie sich so für den Hausbau einsetzte? Mir hätte auch der Campingbus auf dem Grundstück genügt. Aber sie hat mir das nie geglaubt.

Eines Morgens stand ich an einer Kreuzung, an der es eine Tankstelle und eine Bar gibt. Ich hatte meinen altrosa Panda mit zwei Liter Öl und fünf Liter Benzin betankt und die morgendliche *collazione* eingenommen: einen *cappuccino* und ein warmes *cornetto* mit Marmeladenfüllung. An der Kreuzung gab es den normalen lebhaften morgendlichen Arbeitsverkehr, Vorort-Rushhour. Aber der Verkehr stand nicht still – er floss. Hier an dieser Stelle kreuzten sich zwei Straßen, eine Hauptstraße, eine der vielen altehrwürdigen »Wege, die alle nach Rom führen«, und eine Nebenstraße. Beide Straßen waren knapp zweispurig, also zu eng für das Verkehrsaufgebot. Normalerweise hätte der Verkehr von einer Ampel oder der Vorfahrtsstraße aus diktiert werden müssen. Eine Ampel gab es nicht, und das Diktat der Vorfahrtsstraße hätte zur Folge gehabt, dass die Schlange auf der Nebenstraße sich ins Unendliche verlängert hätte.

Stattdessen gab es an der Kreuzung ein faszinierendes Schauspiel: Etwa nach drei, vier Wagen, die die Hauptstraße passierten, schoben sich Wagen aus der Nebenstraße auf die Kreuzung und bogen ab und nahmen den Wagen der Hauptstraße glatt die Vorfahrt. Die Wagen auf der Vorfahrtsstraße hielten einen Moment lang ruhig an. Ein Linksabbieger von der einen Seite erlaubte wiederum schnell einem Linksabbieger, sich von der anderen Seite einzufädeln, obwohl der nach bestehender Rechtslage hätte bis in alle Ewigkeit warten müssen. Und erst nach diesem Zwischenspiel setzte der Verkehr auf der Hauptstraße wieder ein. Und das Ganze geschah ohne Proteste und Gehupe.

Eigentlich die typische Konfliktsituation: Eine Fahrtrichtung besitzt formales Recht, die andere aber das Recht der Notwendigkeit. Normalerweise führt so was zu Bürgerkriegen. Aber die Fahrer an unserer Kreuzung schufen sich vor Ort ihre eigene Rechtsbasis, ihre eigene Vorfahrtsregel. Es entstand auf diese Weise ein ununterbrochener Fluss ohne Ampelstopps, der allen Verkehrsteilnehmern zugute kam, ein Maximum an Effizienz. Ich stand an der Kreuzung und fragte mich: Wer hat diesen erwiesenermaßen egoistischen Italienern diesen Grad von Effizienz gegeben? Effizienz, die man auch »Vernunft« nennen konnte. Max Horkheimer hatte Platon zitierend gesagt: »Vernunft ist die

Art und Weise, wie das Individuum in seinen Handlungen den Ausgleich zwischen seinem eigenen Nutzen und dem der Gesamtheit herstellt.« Genau das geschah hier. Wer hatte den Italienern diese Methode beigebracht? Die Fahrlehrer? Nie. Kein Fahrlehrer der Welt konnte den Rat geben: Schieb dich vor, bis zur Mitte der Kreuzung, egal, ob du Vorfahrt hast oder nicht, und wenn du das Gefühl hast, jetzt bist du auch mal dran, dann fahr einfach los, der »andere« wird schon halten! Die Leute fuhren zwar auf ihren Vorteil bedacht, aber nicht um »jeden Preis«, sondern abwägend. Jeder entschied für sich selbst, versuchte sein Interesse einzubringen – aber jenseits dieser Schwelle gab er dem Gegenüber nach.

Lange hat mich diese Beobachtung fasziniert, ohne dass ich mir vorstellen konnte, wie sie zustande gekommen war. Die Methode der Italiener, ohne Vorfahrtsrecht über eine Kreuzung zu kommen, war die gleiche, mit der sie in den 80ern die Schwedinnen aufrissen: einfach probieren, ohne Gewissensbisse. Es war eine Sache des Selbstvertrauens. So weit war mir die Sache schon klar. Heute weiß ich: Es waren die Mütter, die ihren Söhnen und Töchtern diesen Fahrstil beigebracht hatten, und zwar etwa im Alter von null bis fünf Jahren, mit ihrer unermüdlichen Geduld, ihrem Zuhören, ihrem Gewährenlassen, ihren frommen Lügen, zum Beispiel ihrem Sohn ins Ohr zu flüstern, er sei »das Allergrößte«, »der Retter«, »die Sonne«, also »Massimo, Donato, Vittorio, Elio«, oder sie, das Töchterchen, sei »die Freude«, »Befreite«, »der Dank«, »der Sieg«, also »Gioia, Letizia, Liberata, Gracia und Vittoria«. Dies sind alles gebräuchliche Vornamen. Namen sind zwar nur äußerliche Merkmale, und die Namensgebung nur ein Symbol unter vielen. Aber sie erklärt etwas von dem Verhältnis der italienischen Eltern zu ihren Kindern. Würde in Berlin ein Elternpaar zum Standesamt kommen und sagen: »Unser Sohn soll ›Massimo, der Größte‹ heißen«? Dem Standesbeamten würde das Kinn auf die Schreibtischplatte fallen. Und schon haben wir statt eines »Massimo« wieder einen kleinen Detlef mehr, der geduldig an der Straßenkreuzung wartet, bis er dran ist.

Solchermaßen in die »Welt der Großen« eingeführte »kindliche Souveräne« können, so dreckig auch das Leben mit ihnen spielt, in ihren Gefühlen immer auf einen gewissen Zeitraum zurückverweisen, in dem sie »besonders«, »einmalig« und in jeder Hinsicht »privilegiert« waren. Man achte einmal darauf, wie sorgfältig diese Kinder gekleidet sind. Stets an der Grenze zu »gestylt«, und manchmal auch darüber hinaus. Man muss diesen Kinder-Glamour nicht teilen, aber die Italiener bleiben, auch später als Erwachsene, in ihren Gefühlen immer ein wenig jener Zeit verhaftet, in der sie »König« und »Königin« waren. Sie bleiben im Grunde »kindliche Souveräne« und präsentieren ihr Erwachsensein ganz aus dieser Perspektive heraus.

Bei einer italienischen Familie eingeladen zu werden ist immer ein bisschen, als sei man »bei Hofe« zu Gast. Hier kommt der sinnlos repräsentative *ingresso* zum Zuge. Man wird »empfangen«. Die Speisefolge ist ebenfalls aristokratisch: Selbst bei den Ärmsten steht ein »antipasto« auf dem Tisch, und seien es irgendwelche Wurstzipfel oder eine gebackene »zucchino«. In ihrer reichsten Variante ist der *antipasto Italiano* eine Unzahl kleiner verspielter Leckerbissen, an denen man sich verlustiert. Der *primo*, also die Pasta, ist der »Sattmacher«, obwohl man meistens nach dem *antipasto* schon satt ist. Ein typischer Zug der Italiener: Sie lassen immer etwas auf dem Teller liegen. »Es wird aufgegessen, was auf dem Teller liegt!« hat ihnen nie einer gesagt. Dann folgt auf Biegen und Brechen noch der *secondo*, und sei es auch nur ein Stück Käse oder eine Scheibe Parmaschinken. Dann folgt ein »dolce«, meist »pastarelle«, kleine mit *zabaglione* gefüllte Törtchen, und schließlich der *caffè*, in den verspielten Kindertässchen meistens in Begleitung eines Grappa oder eines Amaro.

Alles, was sie anfassen, wirkt verspielt, ohne damit infantil zu sein. Man betrachte den Polizisten auf der Straßenkreuzung, wie er den Verkehr »dirigiert«, oder den *carabinieri* mit seiner martialischen Uniform, wie er »Vertreter der Macht« spielt. Man beachte den teigschleudernden Pizzabäcker oder einfach nur die Ausstattung einer »Bar«, voll von Leckereien und Kinder-Schnickschnack, der bis zur Decke hochgestapelt ist.

Oder allein schon die »caffè-Kultur«! Das alles lässt sich mit einem einzigen Tässchen Kaffee bestellen, der 60 Cents kostet, ohne dass der »barista« ausflippt: »*caffè lungo*«, »*corto*« (also Kaffee, schwächer oder stärker), »*caffè corretto*« (einen »korrigierten« Kaffee, korrigiert mit einem Schuss Grappa, Cognak, Bitter oder einem anderen Likör), dann »*caffè macchiato*«, »*con latte freddo, caldo o tiepido*« (Kaffee mit einem Schuss Milch, kalt, heiß oder lauwarm), dann den »*cappuccino con cioccolata o senza*« (mit und ohne Schokoladenpulver).

In den Minuten des Kaffees in der Bar zeigt sich wieder der »kleine geliebte Souverän«, mit seinen Gefühlen immer irgendwo zwischen »vier und sechs Jahre alt«, auch wenn er mit der Erscheinung des ernsthaft diskutierenden Erwachsenen ummäntelt ist. Nie habe ich so viele bunte blinkende Lämpchen gesehen wie in den Armaturen der Alfa Romeos, der Lancias und vor allem der Fiats. Der »Smart« ist hier zurzeit der absolute Renner, nicht nur wegen der günstigen Parkgröße, sondern weil er ein *giocattolo* ist, ein Spielzeug. Nie habe ich so viele Handys gesehen, mit denen in allen Lagen permanent gequasselt wird, es gibt hier doppelt so viele Abonnenten wie in Frankreich. Nie habe ich so viele fantasievolle Wohndesigns gesehen, die, auch wenn sie sich noch so glatt und kühl gaben, weit entfernt waren von jeder praktischen Vernunft. Sie blieben nur sich selbst treu, ihrer eigenen Linie. Und die Kehrseite der Medaille: Nie habe ich so viel Müll auf der Straße herumliegen sehen, nie so viele schlecht gewartete Straßen, so viele nichtfunktionierende Fahrkarten-Automaten, so viele unfertige öffentliche Einrichtungen. Wenn »Erwachsensein« auch heißt: formschöne Papierkörbe nicht nur zu entwerfen, gestalten und aufzuhängen, sondern zuweilen auch zu leeren, also Verantwortung für die Folgen einer Entscheidung zu übernehmen, dann leben wir hier im Kinderland.

Die Italiener sind schick, fesch, niedlich, hübsch, adrett, puppig und natürlich eitel, kurz narzisstisch. Sie spielen Theater, um sich zu gefallen, so wie sie in ihren Zeiten als »Souverän« ihren Eltern gefielen. Sie sind die unkündbaren Hauptdarsteller in ihrem eigenen Theater. Die italienische Sprache ist keineswegs weniger präzise als die deutsche, aber wie wird sie genutzt! Jede sprachliche Äußerung ist eine Form einer Selbstdarstellung. Wenn man so genannte »sich knallhart gebende« journalistische Berichte in italienischen Zeitungen liest, dann ist es am auffälligsten. Selten sind sie wirklich »auf den Punkt«. Auch wenn ich hundertmal die Sprache gelernt habe, alle Vokabeln kenne, die Grammatik beherrsche: Jeder Italiener spürt anhand meiner Art, Sätze zu bilden, dass ich kein Italiener bin. Ich bin »fundamental« in der Sprache, sie dagegen »aphoristisch«.

Das spiegelt auch ihre Musik wider. Egal, ob Klassik oder Pop. Ihre Qualität ist nicht der »harte Beat« oder die »kantige Struktur«, sondern Melodik und Gefälligkeit. Musik wird auch nicht so recht ernst genommen, kaum einer hört richtig hin. Es gibt einen Mitschnitt eines Konzertes des Popsängers Baglioni, da singt sein Publikum das gesamte Konzert über seine Songs fast lauter als er selbst. Wie konnten die dann ihr Idol noch hören?

Für mich, aufgewachsen unter strengem protestantischen Kontrapunkt, war dieses Land, in dem »das Prinzip« nichts gilt, stattdessen die spontane Entscheidung vor Ort desto mehr geschätzt wird, eine Art Wunderland, »das Paradies des Zusammenlebens«. Genau genommen müsste man alle Politiker aus den Konfliktgebieten der Welt an unsere kleine überforderte Kreuzung schicken, damit sie in diesem Verhalten der Autofahrer erkennen, wie sich unlösbare Konflikte lösen lassen. Ein frommer Wunsch, denn wer kommt schon hier an unsere Kreuzung ...

Ohne zu wissen, was wir wirklich taten, hatten Susanne und ich uns in dieses feudale Kinder-Ego-System eingepasst. Wir hatten uns in Hinblick auf unser Haus wie Italiener verhalten, ohne groß darüber nachzudenken: Wir wollten ein Haus im Süden, also haben wir es uns gebaut. Wir setzten uns durch, anstatt zu warten, bis die Ampel dazu »grün« zeigte. Wir »spielten«. Nur: Die Italiener in der Behörde setzten sich ebenfalls durch und warteten nicht erst darauf, dass die Ampel »grün« zeigte! Prezzolini hatte in seinen »Regeln des italienischen Lebens« geschrieben: »In Italien herrscht die Regierung nicht. Im Allgemeinen herrscht in Italien niemand, sondern alle setzen sich durch.« Das war 1917 so, und ich schwöre, daran hat sich kein Jota geändert. Er sprach von der »ausgleichenden Ungerechtigkeit«, die dafür sorge, dass sich abwechselnd jeder einmal an den Fleischtöpfen bedienen könne. Reihum, so wie an der Kreuzung. Die Sache wird nur dann gefährlich, wenn eines Tages einer kommt und sich zwar wie vorgesehen durchsetzt, aber danach dieses Prinzip des »Reihum« für alle anderen abschafft.

Mussolini hatte Anfang der 20er Jahre diesen »natürlichen Automatismus« unterbrochen, indem er dafür sorgte, dass kein anderer mehr außer ihm selbst sich noch durchsetzen konnte. Seine Mittel waren: Eliminierung der Kritik in Zeitungen und Radio, Zerschlagung der Gewerkschaften, Inszenierung eines nationalen Pseudooptimismus.

Während wir um unser Haus kämpften, schickte sich am Horizont der italienischen Politik jemand ein zweites Mal an, das zu tun: »Il cavaliere Berlusconi«. Susanne und ich bemerkten ihn gar nicht, weil wir viel zu sehr in unseren Hausbau verstrickt waren. Berlusconi präsentierte seine Partei mit allen raffinierten Mitteln der Konsumwerbung seiner Werbeagentur »Pubitalia«. Und die Italiener liefen ihm nach wie die Kinder dem Rattenfänger. Er hatte alles, was sie im Grunde auch haben wollten, und er hatte es genau auf dem Weg erreicht, auf dem sie es auch gern tun würden: mit Egoismus und Schlauheit. Seine Doppelbödigkeit war jedem Italiener klar, von Anfang an. Die Italiener lieben das Halbseidene hinter einer großen Fassade, das Spiel hinter dem vorgegebenen Ernst. Natürlich waren sie nicht so blöde, allen seinen Versprechungen von Steuersenkung, Rentenerhöhung, Sanierung des Gesundheitssystems und Sieg über die Kriminalität zu glauben. Daher also ihre relativ bescheidene Enttäuschung, als das alles nach der Wahl nicht stattfand. Sie wählten ihn aber trotzdem vier Jahre später wieder. Es war die »Methode«, an die sie glaubten. Besonders die kleinen und mittleren Unternehmer nahmen an, dass dieser Mann Dinge durchsetzen würde, die ihm als Geschäftsmann wichtig waren, Dinge, die ihnen letztlich auch nützen würden.

Das in etwa waren die politischen Geschehnisse, die sich hinter meinem Rücken zutrugen, während ich im Keller meines Hauses, der noch nicht zementiert war, zur Sicherheit zwei Brunnenschächte grub, von denen aus sich hochsteigendes Grundwasser schnell ableiten ließ, wenn es einmal nötig werden sollte. Nach feuchten Wintern und tagelangen Regenfällen stieg der Grundwasserspiegel, und Wasserfontänen schossen von unten durch den aufgeschütteten Zementschutt und setzten dann die Keller unter Wasser, wenn man nicht vorgesorgt hatte.

An den Nachmittagen und gegen Abend kamen in dieser Zeit öfters Nachbarn vorbei. Die Nachbarn begutachteten die Baufortschritte, erkundigten sich nach meiner »Susannina«, der kleinen Susanne, und hielten mit mir ein Schwätzchen. Offenbar meinten sie, so was wie ein Schwätzchen fehle mir jetzt sicher. Auch unseren Freunden machte meine Einsamkeit zu schaffen. Sie brachten mir zu essen mit oder riefen rund um die Uhr an, um sich nach meinem Wohlergehen zu erkundigen: Flavio und Victoria, Ugo und Annamaria, Aldo und Sandra, Goffredo, Cesare und Brigitte, Antonio und Francesca, natürlich Nona und ihre gesamte Hundebande im Auto und schließlich Mauretta, die Englischlehrerin. Mauretta schleppte mit Vorliebe ihre »hässlichen« Freundinnen an, wahrscheinlich sollte ich mich mit Susanne, selbst wenn sie abwesend war, glücklich wähnen. Aber sie alle, aus welchen Gründen sie auch kamen, hatten etwas, was ich in Deutschland nur noch selten angetroffen hatte: Sie hatten Zeit.

An diesem Punkt bin ich mit den Gedanken von Giuseppe Prezzolini nicht einverstanden. Er schreibt als Letzte seiner »Regeln«: »Die Zeit ist das, was in Italien am reichlichsten vorhanden ist, angesichts der mit ihr betriebenen Verschwendung« (58). Klar, die meiste Zeit wird hier »verquatscht«. Man kommt von Hölzchen zu Stöckchen, und die Zeit geht unproduktiv vorbei. Ich muss zugeben, ich bin heute noch nicht an dem Punkt angekommen, in Ruhe meine kleine »chiacchierata«, mein »Quatscherchen«, zu halten. Ich werde nervös. Dabei entkrampft sich beim Quatschen das Hirn. Statt ständig in logischen Verknüpfungen, Verwertungsdenken und Terminen gefangen zu sein, beginnen die Gedanken »zu springen« und können dabei frei für Analogien und Assoziationen werden, die Basis aller Kreativität. Bisher hatte ich Zeit immer nur in kleinen absoluten Einheiten wahrgenommen, Zeit war etwas wie »Sprit« im Motortank. Du hast soundso viele Liter, damit kommst du soundso weit. Und wenn du eine andere Fahrweise wählst, kommst du noch ein bisschen weiter. Und wenn du eine Abkürzung nimmst, kommst du noch mal ein Stückchen weiter. Also, wie schaffst du es, mit dem vorhandenen »Sprit« möglichst weit zu kommen?

Zeit besitzt aber auch die wichtige andere »qualitative« Dimension, die ich fast vergessen hätte. Mein Freund Rudi, der Berliner Produzent, hatte immer in Hinsicht auf die Drehzeit bei Filmen gesagt: »Um 80 Prozent einer möglichen Qualität zu erreichen, brauchst du eine bestimmte Zeit, um diese Qualität um 10 Prozent zu verbessern, brauchst du noch einmal hundert Prozent dieser Zeit.« Genau diese »andere Dimension der Zeit«, die kreative, ist im Arbeitsleben, so wie ich es kenne, mehr und mehr verschwunden. Sie wurde schlicht abgeschafft, weil Zeit ausschließlich in das Koordinatensystem des Gelderwerbs eingespannt wurde.

Am Telefon erzählte mir Sven, dass er gerade das Obergeschoss fliesen lasse. Ausgerechnet Vittorio, der sich monatelang bei uns nicht mehr hatte blicken lassen, bot sich für diese Arbeit an. Waren wir mit dem nicht durch? Er braucht unbedingt Geld, und er ist immer noch unser Nachbar, sagte Sven. Und du müsstest mal sehen, wie er arbeitet! Wenn der Baumaterial in die Hand nimmt, dann vergisst man einfach seine schlechten Eigenschaften. Der arbeitet mit Hingabe, man könnte es sogar Liebe nennen. Sven hatte offensichtlich zu viel Zeit mit Steinschneide- und Zementmischmaschinen verbracht. »Du weißt ja nicht, was das für eine Fisselarbeit ist, Stück für Stück die schmalen Rechtecke und kleinen Dreiecke für den runden Treppenschacht zu schneiden«, fügte er noch hinzu, und das klang schon wieder ein bisschen erdverbundener. Bei uns hatten nicht nur die Fenster Rundungen, auch der Treppenschacht, der das Erdgeschoss mit dem ersten Stock verbinden sollte, war rund. Dort hatte Sven eine Wendeltreppe geplant. Okay, also noch einmal Vittorio. Sven hatte immer schon ein Faible gehabt für Leute mit einem gewissen Wahnsinn. Es dauerte mehr als eine Woche, bis Vittorio alle Kachel-Stückchen und -Stückelchen zusammengesetzt hatte, aber immerhin – diesmal wurde er fertig.

Als ich in diesen Tagen einmal heimkam, zu meiner Baustelle, stand ein merkwürdiges Wesen vor dem Haus. Das Grundverhalten dieses Wesens deutete auf Hund. Die spitzen Ohren und der buschige Schwanz hätten einem reinrassigen deutschen Schäferhund Ehre gemacht. Aber darunter, unter dem Schäferhundaufbau auf kurzen, krummen Beinen mit den dicken Pfoten, sah es aus, als habe seine Schäferhund-Mama sich von unserem alten kurzfüßigen englischen Ofen besteigen lassen. Um die Augen hatte dieses Tier einen schwarzen Rand und auf dem Lid einen schwarzen Senkrechtstrich, in der Art wie Clowns geschminkt sind. Ich kannte diesen seltsamen Hund von unserer Kreuzung, wo er sich oft herumtrieb. Die Kinder der Siedlung fütterten ihn mit Brotstücken und Knochenresten und nannten ihn, wegen seiner äußerlichen Anlehnung an einen deutschen Schäferhund, Frizz. Freund Frizz half mir, den Zustand, in dem ich mich befand, verstehen zu lernen. Er tat nichts als fressen und scheißen und wollte als fauler Kumpel anerkannt werden. Er gehörte zu jenen Bedauernswerten, die, zur Unzeit geboren, dann irgendwo ausgesetzt, in ihrem meist kurzen Leben als *trovatelli*, Findlinge, herumlaufen, aber meist nicht gefunden werden. Nur zum Schluss findet sie das Abdeck-Kommando. Frizz hatte den scharfen Wind des »Nichtgewollten« frühzeitig um die Nase gehabt. Er gehörte zu einem Haus, deren Besitzer bislang nur im Sommer dort wohnten und in den Wintermonaten den Hund sich selbst überließen. Aber Frizz ließ sich nicht hängen. Er hatte einen unwiderstehlichen Hunde-Charme. Keinen Verliererblick. Und jeder, der mit ihm spielte, spürte das. Frizz jammerte nicht. Er jammerte nie, er nahm alles mit, was er kriegen konnte. Ich habe Frizz inzwischen zu meinem »Permaf«, zum »persönlichen Mafioso« erklärt, und er erhält grundsätzlich zehn Prozent jeder Schinkenstulle, egal wie hungrig ich bin. Hätten die Kinder ihn nicht schon »Frizz« genannt, ich würde ihn »Craxi« rufen.

An dem Tag, als Frizz bei uns einzog, hatte ich so früh Drehschluss, dass ich zu Hause anrufen konnte. Sven erzählte, dass *sie alle drei* gerade vor dem warmen Ofen lagern würden und es ihnen gut ginge. Ich ahnte, dass wir einen neuen oder eine neue Hausgenossin hatten. Ich kannte Svens Affinität zu armen streunenden Tieren, und ich kannte sein distanziertes

Verhältnis zu Aufräumen und Saubermachen. Ich fürchtete, unsere Baustelle würde in meiner Abwesenheit ein Hunde- und Katzenasyl werden wie das Haus unserer Freundin Nona Medici mit ihren sechs Hunden, zu der die Postboten sich wegen zerrissener Hosen seit Monaten weigerten, die Post auszutragen. Nona hatte seit jeher Hunde und Katzen um sich gehabt, denen sie Brot und Obdach in hierarchischer Reihenfolge bot. Ihre Lieblingshündin »*Patatina*«, wörtlich übersetzt »Kartöffelchen«, sinngemäß ... na ja, die jedenfalls durfte bei ihr im Bett schlafen, zwei weitere Hunde, unter anderem die fette »Diana«, schliefen außerhalb des Bettes im Zimmer. Der Rest draußen. Im Lauf der Zeit »erkämpften« sich aber die nicht geduldeten Hunde von draußen die Räumlichkeiten drinnen, und zum Schluss ließ Nona sie alle bei sich im Bett schlafen. Weil sie danach aber selbst nicht mehr richtig schlafen konnte, zog sie die Konsequenzen und verließ das untere Stockwerk. In ihrem eigenen Gästezimmer im ersten Stock fand sie eine neue Bleibe für die Nächte. Nach einiger Zeit richtete sie sich oben auch eine neue Küche ein und zog dann vollständig in den ersten Stock, während unten das hochherrschaftliche Parterre nun mehr oder weniger den zugelaufenen Tölen vorbehalten blieb. Dieses Bild des wunderschönen, aber von Hunden unbesuchbar gemachten Landhauses hatte ich vor Augen. Aber ich wusste, das jeder Protest aus 2.000 Kilometer Entfernung zwecklos war. Und einen Hund wie Frizz, den konnte man nicht draußen stehen lassen, das musste ich zugeben, als ich ihn später kennen lernte.

Bei einem anderen unserer teuren Anrufe erzählte mir Sven von jener Familie, deren Haus an einem regnerischen Tag in einem Überraschungsschlag vom Polizeikommando ganz eingerissen worden war. Diese Familie hatte ihre alte Wohnung bereits verkauft, um mit Beginn des abusiven Neubaus über Bargeld verfügen zu können. Sie standen einerseits vor einem

Trümmerhaufen und sahen sich andererseits gezwungen, bis zu einem bestimmten Termin aus ihrer alten Wohnung auszuziehen. Sie hatten verhindern können, dass das Fundament beim Abriss allzu sehr beschädigt worden war. Kaum hatte der Bagger, eskortiert vom Polizeiaufgebot, den Trümmerhaufen verlassen, kratzten sie ihr letztes Geld zusammen, kauften auf dem schwarzen Arbeitsmarkt zehn Polen ein und zogen die beiden niedergerissenen Stockwerke mit dem Mut der Verzweiflung auf dem alten Fundament einfach wieder hoch. Da niemand mit dieser Finte gerechnet hatte, blieb auch die Polizei lange Zeit ahnungslos. Selbst den Zement hatten die Arbeiter mit der Hand gemischt, um das eindeutige Geräusch zu vermeiden, das eine Zementmischmaschine verursacht. Sie hatten keine andere Wahl gehabt, erzählten sie uns später.

16.

Als ich Mitte Januar wieder nach Italien kam, war Sven bereits nach oben gezogen. Das obere Stockwerk war verputzt, Flavio hatte seine Aluminiumfenster eingesetzt, die nach altem römischen Landhausstil alle einen Rundbogen hatten. Die Rundbögen in weißem Aluminium waren Flavios besonderer Stolz. Jeden, der in seinem Beisein unser Haus besuchte, fragte er, wie ihm die Fenster gefielen. Er fotografierte sie, und noch heute sind die Fotos in seinem Laden ausgestellt. Eigentlich hätten wir Holzfenster für den Stil unseres Hauses besser gefunden, aber das hätten wir Flavio, dem Mann der ersten Stunde, nicht antun dürfen. In stundenlangen Vorträgen überzeugte er uns von der überlegenen Qualität seiner *deutschen* Aluminiumfenster, besonders im Hinblick auf Haltbarkeit und Isolation.

Im oberen Schlafzimmer stand das große Himmelbett, der Strom kam aus vier verschiedenen im Raum verteilten Steckdosen, nicht mehr aus einer Steckerleiste, von der sich Stolperkabel über das ganze Zimmer verteilten. Sogar weiß gestrichen war der Verputz. Und noch ein größeres Wunder hatte Sven vollbracht: Wir hatten warmes Wasser. Im Garten stand, wie in einen Brunnen eingemauert, ein Butangas-Tank, der am Tag vor meiner Ankunft gefüllt worden war. Eine Prinzessin, der man einen roten Teppich ausrollt, hätte sich nicht geehrter fühlen können. Und im oberen Badezimmer war Walter, der schnellste Wandkacheler des nördlichen Rom, dabei, unser Bad zu fliesen. Nichts mehr provisorisch. Mittelpunkt des oberen Geschosses war ein nagelneuer Kamin mit einer vom dörflichen Steinmetz aus weichem Pepperinostein gemeißelten Einfassung, der trotz seines kurzen Abzuges unglaublich zog. Er diente natürlich nicht nur zum Heizen, Wärmen und Hineinträumen, sondern auch zum Grillen und Braten, einer Lieblingsabendentspannung italienischer Männer im Winter. Vor dem Kamin stand unser runder englischer Chippendaletisch, das einzige etwas wertvollere Möbelstück, das wir besaßen. Und natürlich hatte Sven seine überdimensionale Stereoanlage aus dem *casale* von Ugo herübergeschafft und sie an eben die Säule gekettet, an die er sich vor einem halben Jahr selbst gefesselt hatte. Es sah noch nicht ganz nach »schöner Wohnen« aus, aber es war eine kleine heile Insel. Von der heilen Insel führte die von Mauro gezimmerte Treppe, die natürlich wieder provisorisch war, nach unten ins Reich des Chaos.

Die beiden unteren Zimmer, von dem das eine immerhin noch als Küche diente, hatte Sven bei all der Arbeit ein bisschen vernachlässigt. Säcke mit Zement standen neben dem Bücherregal aus Brettern und Ziegelsteinen, Reste von Fußbodenkacheln, dazwischen Plastikschläuche und Kabel, Aldos Elektromaterial und auf Ugos altem Tisch ein verkümmerter Kaktus. Aldo war dabei, oben die elektrischen Leitungen zu verlegen. Spüle und Gasherd waren das Einzige, was unten noch funktionieren musste, denn gekocht wurde noch dort, gegessen oben am runden Tisch vor dem Kamin, abgewaschen längere Zeit gar nicht mehr, Spinnweben und eine dicke Staubmasse bedeckten Stapel von unabgewaschenem Geschirr. Nach der Eierkruste in der obersten Spaghettischüssel musste das letzte Gericht eine Carbonara gewesen sein, eine Pasta, die ebenso zu Rom gehört wie das Pantheon. Und gerade weil sie so beliebt ist, wird sie in jedem Haus anders gemacht. Es soll Ehepaare geben, die über die Frage, ob in eine Carbonara Petersilie gehört oder nicht, die Scheidung eingereicht haben. Mache würden statt Petersilie Rosmarin nehmen, andere finden Parmesan einen kulinarischen Fehltritt und bestehen auf dem salzigen römischen Pecorino. Sven und ich streiten uns höchstens darüber, wie fein der Speck geschnitten werden soll. Ich habe ihn lieber hauchdünn, Sven schneidet lieber Würfel. Hier das ultimative Rezept:

Rezept 12 / für 4 Personen

Spaghetti Carbonara
(Herstellungszeit: 20 Minuten)

- 400 g Spaghetti (oder »maccheroni alla chitarra« oder »linguine piccole«)
- 100 g Pancetta
Pancetta ist luftgetrockneter Bauchspeck, also zarter als geräucherter Speck. Es gibt ihn in zwei Formen, als Scheibe oder gerollt (»roto-

Sich wegen einer *Carbonara* scheiden zu lassen halte ich für untypisch, weil in einer italienischen Familie in Hinsicht auf die *Carbonara* sowieso immer nur einer von beiden das Sagen hat, meist der Signore, mit dem Hinweis auf die Gepflogenheiten seiner angebeteten Mutter.

lata«). Und ich füge, wenn vorhanden, noch einige Würfel »gambuccio« dazu (Ende eines Parmaschinkens).
- 4 Eigelb
- 3 Eiweiß
- Olivenöl, extravergine
- schwarzer Pfeffer
- Prezzemolo (glatte Petersilie)
- geriebener Parmesan/ Pecorino

Gegen sie wird keine kluge Ehefrau ernsthaft die Stimme erheben.
Aber es gab einen Familienzwist zwischen zwei adeligen Familien in Verona, deren Hausfrauen unterschiedliche Ansichten in Hinblick auf die Verwendung von *Prezzemolo* in der Carbonara vertraten, was einen handfesten Streit erzeugt, dessen Ursprung aber allmählich in Vergessenheit gerät, sich aber über Jahrhunderte kontinuierlich zu einer familiären Verfeindung aufbaut, deren letzte Opfer die zwei Jüngsten sind, die sich über die Familiengrenzen ins Unglück lieben: Das ist wirklich italienisch.

Die *Carbonara* ist schnell fertig, weil die Carbonari, die Mitglieder einer ehemaligen Geheimloge in Genua, vor lauter Intrigen und Machenschaften keine Zeit zum Mittagessen hatten. Es musste alles hopplahopp gehen. Das sagen die einen. Die anderen sagen: Quatsch, der Name »Carbonara«, also die Pasta der »Kohlenträger«, käme von der Farbe der aus der Mühle darüber gebröselten schwarzen Pfefferstückchen. Daran ist zumindest eines wahr: Das Geschmacksgeheimnis der Carbonara ist Pfeffer. Gäbe es eine geheime militärische Losung für Carbonara, hieße sie »schwarzer Pfeffer!«.

Also, Beeilung bitte:
Zwei Flammen. Auf der einen Flamme das Wasser für die Spaghetti aufsetzen. Später gut salzen. Auf der anderen Flamme ein wenig später das Pfännchen oder besser: eine größere Pfanne für die Pancetta anheizen.

Käse und Käsereibe in Griffweite platzieren. Prezzemolo mittelfein haxeln.

Eier in ein Gefäß aufschlagen, pro Person ein Ei, minus ein Eiweiß. Für 4 Personen also 4 Eigelb plus 3 der Eiweiße. Das verbleibende Eiweiß kriegt der Hund ins Futter. Zu viel Eiweiß macht die Carbonara schlabberig, zu wenig macht sie trocken. (Sahne, die man in Mailand dazu nimmt, ist hier in Rom streng verboten! Ich selbst finde sie auch geschmacklich nicht richtig.)

Dann Pancetta und Schinken in nicht zu große Würfel/Scheiben schneiden und in Öl anbraten. Der Trick ist: Die Pfanne muss glühend heiß sein, die Speck- und Schinkenstückchen erhalten so eine »Kruste«, dürfen aber keinesfalls vertrocknen oder gar anbrennen! Also frühzeitig: raus aus der Pfanne!

Dazwischen: Die Eier mit schwarzem Pfeffer und, wenn man will, etwas von dem geriebenen Parmesan/Pecorino hineinreiben und verquirlen.

Pasta abgießen, etwas vom heißen Nudelwasser aufheben. Pasta in eine gut vorgewärmte feuerfeste Schüssel oder gleich in die Pfanne mit der Pancetta geben. Die Eiermasse untermischen. Jetzt kommt der entscheidende Punkt: Die Eiermasse muss eigentlich von der Hitze der Schüssel und der Nudeln stocken, aber nur ein wenig, sonst wird die Carbonara zu trocken! Sollte die Hitze der Schüssel zum Stocken der Eiermasse nicht reichen, muss man die Schüssel vorsichtig auf dem Herd erwärmen, bis das Ei zu stocken beginnt. Denn die Carbonara darf nicht »flüssig« sein. Sobald sich die ersten gestockten Eierkrümel zeigen – SCHLUSS mit der zugeführten Wärme und sofort eine gute Menge Käse untermischen.

Nochmals frischen Pfeffer und die Petersilie drüber. Eventuell mit Nudelwasserrest noch etwas verflüssigen. Und eilig RAUS auf den Tisch!

Ich selbst habe die Carbonara schon zu kalt serviert, zu trocken, zu schlabberig, die Speckstückchen zu klein, zu groß, insgesamt zu salzig, zu wenig käsig, zu wenig gepfeffert oder gar zu pfeffrig! Man sollte dieses Gericht nicht unterschätzen.

Im komfortablen Deutschland hatte ich schon ein bisschen vergessen, wie es ist, auf einer Baustelle zu leben. Erst langsam gewöhnte ich mich wieder an das Zusammenleben mit Zementstaub und das morgendliche Aufwachen mit ratternden Baumaschinen.

Für das Ende des Monats März hatte sich meine Mutter angekündigt. Meine Mutter, die nie an das Haus geglaubt hatte, die uns wahnsinnig nannte, Träumer, Spinner, Verblendete. Die vor lauter Angst, wir verlören unser Geld in sinnlosen Spekulationen, sich geweigert hatte, uns 5.000 Mark zu leihen. In den vier Jahren nach dem Grundstückskauf hatte sich ihr Verhältnis zu Sven wieder verbessert. Wir hatten ihr Fotos gezeigt, auch von den anderen Häusern der Gegend, und sie darüber aufgeklärt, dass wir kein richtiges Bauland gekauft hatten, allerdings ohne ihr zu sagen, dass unser Grundstück auf dem Papier reines Ackerland war. Sie wunderte sich nur etwas, dass man in Italien in Häuser einzog, die unverputzt waren und keine Dachschindeln auf dem Dach hatten. Aber bei einem Urlaub in Griechenland hatte sie Ähnliches gesehen und schrieb es dem mediterranen Lebensstil zu. Sie ahnte, dass unser Bauvorhaben irgendeinen Haken haben musste, aber vielleicht wollte sie gar nicht so genau wissen, welchen.

Nun wollte sie endlich sehen, was wirklich los war. Wir brauchten für sie ein weiteres Zimmer. Nochmal Wolken von Dreck, Gipsstaub und Zement, denn die provisorischen Wände unserer ersten beiden Zimmer mussten wieder herausgerissen werden. Eine Woche Chaos und Kälte. Es war Ende Februar, eigentlich hätte die größte Kälte schon vorbei sein müssen. Der Anfang des Monats war so mild gewesen, dass ich beim Streichen unserer Türrohlinge schon im T-Shirt arbeiten konnte. Aber der Winter wollte sich doch noch stilecht mit einem *tramontana*, den »vom Gebirge kommenden« eisigen

Nordostwind, verabschieden. Gerade in diesen Tagen baute Flavio die Fenster ein. Es ging nicht anders. Für die darauf folgende Woche sollte Fabrizio zum Verputzen kommen. Bis dahin mussten die Fenster drin sein.

Bis zur Ankunft meiner Mutter blieb kaum noch eine Woche. Vittorio, der unten die Fliesen legen sollte, ließ sich nicht blicken. Es würde uns nichts anderes übrig bleiben, als nochmals auf ungefliestem Boden im Zementstaub zu übernachten. Wieder half uns Mauro aus der Bredouille. Sein Freund Quinto würde das ganze Untergeschoss in zwei Tagen fliesen, behauptete er. Solche Versprechen hört man in italienischen Handwerkerkreisen oft. Nur glauben tut sie niemand. Es fängt schon damit an, dass es Wochen dauern kann, bis der vom einen Handwerker empfohlene andere Handwerker überhaupt vorbeischaut, um sich ein Bild zu machen, was auf ihn zukommt. Denn gute Handwerker sind in unserer bauwütigen Gegend immer für Wochen im Voraus ausgebucht. Aber Quinto kam mit einer Mannschaft von vier finsteren Gestalten. Einen von seinen Leuten schien Quinto nur deshalb engagiert zu haben, damit er den ganzen Tag jemanden hatte, mit dem er streiten konnte, über den richtigen Abstand der Fliesen zueinander, über den Zeitpunkt, Mittagspause zu machen, über die aktuelle politische Lage in Italien. Beide waren aber durchaus in der Lage, zu streiten und gleichzeitig zu arbeiten. Sie waren Profis. Am Tag vor der Ankunft unseres ersten Gastes aus Deutschland war das Untergeschoss gefliest.

Die Eile beim Fliesen des Erdgeschosses kam hauptsächlich aus einem psychologischen Druck. Wir hatten den Zementstaub satt, satt satt. Die Terrasse hingegen hätte aus psychologischen und finanziellen Gründen ruhig noch ein bisschen warten können, obwohl diese Terrasse nach Südwest, so wie Sven sie konzipiert hatte, für mich der Inbegriff des Wohnens in einem Haus im Süden war. Groß genug für einen Tisch, an dem mindestens zwölf Leute bequem essen und quatschen können, an den heißen Sommertagen geschützt von einer Steineiche, die im Winter ihre Blätter abwirft und die Sonne zu uns durchlässt, mit einer Einfassung drum herum für Blumen und Kräuter und zwei Treppen, die in den Garten führten. Wenn wir so eine Terrasse jedoch je bauen wollten, mussten wir das jetzt tun. Gegen mich als eingetragene Grundstücksbesitzerin lief das Verfahren wegen Schwarzbauens. Die erste Gerichtsverhandlung war genau, wie unser Anwalt es vorausgesagt hatte, vertagt worden. Wenn ich erst einmal als Schwarzbauerin vorbestraft war, würde der Wiederaufbau der Terrasse eine Wiederholungstat sein, er musste also unbedingt vor einer Verurteilung stattfinden. Wiederholtes abusives Bauen kann nicht mehr mit Eigenbedarf gerechtfertigt werden und wird sehr viel schärfer bestraft als die Ersttat. Es blieb einem dann nichts anderes übrig, als einen Antrag zu stellen, der aber, da der Bau einer Terrasse eine Erweiterung der Wohnfläche ist, mit Sicherheit abgelehnt worden wäre. Vittorio hatte nach seinem Prozess nicht einmal mehr Ziegel auf sein Dach legen dürfen. Sein Haus ist heute noch nicht regendicht.

Gleichzeitig war es gefährlich, diese Terrasse wieder aufzubauen. Die Theorie, dass sich unser Grundstück aus zwei Parzellen zusammensetzte, von der die eine wegen der alten Eichen unter Naturschutz stand, war noch nicht widerlegt. Und gerade auf einem Teil dieser Parzelle hatte ja die Terrasse gestanden.

Wir sprachen mit Adriano, dem Baumeister unserer Siedlung, der uns vor einem guten halben Jahr gerettet hatte, indem er über Nacht ungefragt unser erstes Zimmer gebaut hatte. Adriano machte uns einen äußerst fairen Kostenvoranschlag und schickte uns zwei Zimmerleute, die die Terrasse verschalten. Wir fragten uns erneut, warum dieser Mann, mit dem wir niemals persönlichen Kontakt hatten, uns so unter die Arme griff. Parallel dazu bereitete Sven eine neue Operninszenierung vor, Probenbeginn sollte Mitte April sein.

Meine Mutter kam an. Für unsere Begriffe wohnten wir schon in völlig geordneten Verhältnissen. Aber für einen aus deutschen Verhältnissen Kommenden war das reiner Kosovo. Das Grundstück um das Haus herum war immer noch Baustelle, der Außenputz fehlte, abgewaschen wurde im Badezimmer, denn die Küche bestand nach wie vor nur aus dem zweiflammigen Campingkocher, Ugos schöner Credenza und dem englischen Tisch, der dem Kamin gegenüberstand. Der Kamin war zu diesem Zeitpunkt die einzige Heizquelle. Den englischen Ofen, dessen Füße den krummen Beinen von Frizz so ähnlich waren, hatten wir abgebaut, als Quinto mit seiner Mannschaft das Untergeschoss flieste.

Falls meine Mutter die Wohnsituation ungewöhnlich fand, ließ sie es sich nicht anmerken. Sie kam schließlich aus der Generation, die einen Weltkrieg miterlebt hatte. Unser Chaos erinnerte sie offenbar an ihre Flucht aus dem russisch besetzten Osten und die Aufbauphase in der Zeit danach, Trümmer beseitigen, Mäuse totschlagen. Das weckte ihre Energien. Sie krempelte sich wortlos ihre Ärmel hoch. Noch am Tag ihrer Ankunft half sie mir, den Fliesenboden von den letzten Zementresten zu befreien, bis ihre Nylonstrümpfe von der Reinigungssäure völlig durchlöchert waren.

Zwei Tage nach ihrer Ankunft wurde die Terrasse gegossen. Das war keine Sache, die man mit der Hand machen konnte. Adriano schickte eine große Zementmischmaschine nebst Pumpe, zwei Zwölf-Tonner-Lastwagen. Noch einmal zwei Stunden Zittern. Aber nichts geschah. Adriano machte einen völlig heiteren und relaxten Eindruck. Er konnte sein Risiko offenbar genauer einschätzen als wir.

Während die Terrasse trocknete, musste die Instandsetzung

der Innenräume vorangetrieben werden. Die Wendeltreppe vom Erdgeschoss ins Obergeschoss schien uns das nächste wichtige Detail. Selbst gestandene Zimmerleute und Tischler haben vor dem Treppenbauen, und erst recht vor Wendeltreppen, Respekt. Mit dem Bau einer harmlos scheinenden Außentreppe, die von der Terrasse in den Garten führen sollte, ging auch unsere Zusammenarbeit mit Mauro zu Ende. Mauro war besonders dann ein guter Handwerker, wenn es darum ging, für ein ungewöhnliches Problem eine spontane Lösung zu finden, oder dann, wenn körperliche Höchstleistungen zu vollbringen waren, wie etwa zentnerschwere Balken auf ihren Platz zu wuchten oder tonnenweise Zement zu mischen und in vorbereitete Verschalungen abzugießen. Darin sah Mauro einen Sport, eine Art Bau-Triathlon mit drei Disziplinen – Mischen, Karren, Schütten. Dagegen Genauigkeit, etwas im Voraus berechnen oder bei der Arbeit immer wieder prüfen, ob die Wände auch gerade oder Abstände richtig eingehalten sind, solche Feinheiten waren nicht Mauros Sache. Aber diese Außentreppe wollte er bauen.

Die ganze Nacht vorher hatte er sich überlegt, wie er es machen wollte, und war zu einem komplizierten Ergebnis gekommen. Ich versuchte, Mauro vorsichtig davon zu überzeugen, dass seine Berechnung falsch war. Mauro wollte das nicht einsehen. Dass er hin und wieder mal eine wütende Diskussion vom Zaun brach, war nichts Ungewöhnliches. Das brauchte er wie mittags den Kaffee und das Glas Weißwein. Am liebsten diskutierte er über politische Themen, denn er war, ebenso wie Aldo, auch noch nach der Umbenennung der Partito Comunista Italiana in Partito Democrazio della Sinistra, treuer Kommunist. Aber bei der Treppe ging es nicht um eine Meinung, es ging um die Ehre. Er packte sein Handwerkszeug in seinen blauen Ritmo und fuhr von dannen. Er hat uns nie wieder besucht, aber wir sahen uns des Öfteren und gedachten bei einem gemeinsamen Kaffee oder Wein der vergangenen Zeiten.

Da Mauro jetzt weniger ausgelastet war, ging er wieder joggen. Er kannte eine wunderschöne Strecke, nicht die Straße entlang, sondern vorbei an Weizen-, Mais- und Gemüsefeldern und über Pfade durch die *macchia*, die nur von Jägern betreten wurden. Er wusste von meiner Sportbegeisterung, und nach einiger Zeit Geplänkel und Gefrotzel, wer wen abhängen würde, gingen wir gemeinsam auf die Strecke. Eine gleißend untergehende Wintersonne belächelte unsere sportlichen Anstrengungen. Irgendwann wurde Mauro langsamer. War er schon jetzt geschlagen? Ich drosselte ebenfalls mein Tempo, um ihn ein bisschen anzustacheln. So früh konnte er doch nicht aufgeben. Mauros Atem ging für drei gelaufene Kilometer wunderbar regelmäßig. Trotzdem verfiel er ins Schritttempo. Schweigend gingen wir nebeneinanderher, betrachteten das goldene Spektakel, das die Sonne uns bei ihrem heutigen Abgang bot. »*Bello vero*?«, fragte Mauro. Ich nickte. Dann wollte Mauro wissen, wie ich denn mit seiner Arbeit zufrieden gewesen wäre. Uneingeschränktes Lob von meiner Seite, von den schiefen Mauern kein Wort. Das war ein Fehler. Mauro bat mich um einen Kuss. Ein bisschen merkwürdig fand ich das schon, aber bei mir fiel der Groschen noch immer nicht. Irgendwie hatte ich das Gefühl, ich könnte ihm einen Kuss nicht verweigern, wenn ihm so daran gelegen war. Er war ein Freund, er hatte uns bis zur Erschöpfung geholfen. Aber danach versuchte ich, unsere Laufübung wieder in Gang zu bringen. Mauro trabte brav an, ließ sich nach einem Kilometer wieder zurückfallen. Ich verfiel ebenfalls in ein Zuckeltempo. Als der Weg an einer Heuwiese vorbeiführte, holte er wieder auf. »*Aspetta*«, sagte er, »*che ne pensi di una bella scopatina?*« Oder in Deutsch: »Was hältst du von einem kleinen Fegerchen?« Wer sich darunter eine rein hausfrauliche Tätigkeit vorstellt, hat nur teilweise Recht. Mauro hatte mich etwa in dem Ton gefragt, den man anschlägt, wenn man unverhofft vor einer Eisdiele gelandet ist: Was hältst du von einem hübschen kleinen Eis? Ich machte einen erschrockenen Satz nach vorne. Ich war in dieser Hinsicht vielleicht ein bisschen naiv, aber mit diesem Angebot hatte ich einfach nicht gerechnet. Mauro war für seine Mitte fünfzig gut erhalten, aber er war ungefähr 20 Jahre älter als ich. Irgendwie irritiert mich der Satz. Der Typ hatte genau mein Alter. So richtig geglaubt hat er auch nicht, dass ich auf sein Anerbieten eingehen würde. Aber er war Italiener, er war *un uomo*, und ich gefiel ihm. Versuchen musste er es einfach. Ich brachte das Thema sehr schnell auf seine Enkelkinder, und Mauro verstand. Mit hängenden Ohren trabte er zum Auto zurück, und wir fuhren, ohne das Thema noch einmal zu berühren, nach Hause. Einen kleinen Riss in unserer Freundschaft hat dieses Ereignis hinterlassen, denn Mauro wusste genau, dass ich Sven davon erzählen würde. Es war genau *dieser* Gedanke, und keineswegs gekränkte Männlichkeit. Italiener verhalten sich auch in diesen Momenten nicht anders als in ihren Autos an Kreuzungen. Eine Zeit lang haben wir uns nicht gesehen, aber jetzt trinken wir wieder zusammen Cappuccino.

Bauarbeiten, Theatervorbereitung und der Besuch unseres ersten deutschen Gastes hatten uns die italienische Parlamentswahl fast vergessen lassen. Am 29. März 1994 wurde Silvio Berlusconi zum ersten Mal Ministerpräsident. Die italienische Linke jammerte, das italienische Volk sei eine Masse von Halbidioten, die sich von Berlusconis Fernsehprogrammen widerstandslos verblöden ließen. D'Alema, Führer der linken Partei PDS, bezichtigte die Italiener der »galoppierenden Verdummung«. Diese Linke übersah dabei, dass sie selbst in die Korruptionsskandale nicht weniger verstrickt war als die anderen Parteien, da half auch die Umwandlung des Adjektivs »kommunistisch« in »sozialistisch« nichts. Der Kursverfall der Lira, die steigende Arbeitslosigkeit und die Entmachtung der Parteipotentaten, die, wenn auch gegen finanzielle Gegenleistung, bei der Lösung von Alltagsproblemen halfen, hatte die Sehnsucht nach einem Wunderheiler übermächtig werden lassen. Das eigentliche Wunder, das Berlusconi aber vollbracht hatte, war: Er hatte es geschafft, dass all die dunklen Seiten seiner Vergangenheit in Vergessenheit gerieten. Berlusconi vermittelte den Italienern einen neuen Optimismus, während sich die Linken in internem Parteiengezänk verstrickten.

Viele Italiener, vor allem aus dem Mittelstand, dachten sich in diesen Tagen: Was soll ich noch mit diesen Parteien und ihren Schwätzern, die nichts weiter im Sinn haben, als sich, ihre Familien und Parteien finanziell zu bereichern? Die stören doch nur! Je näher meine Interessen an die meines Arbeitgebers heranrücken, desto weniger brauche ich einen Politiker dazwischen. Im Grunde wäre es doch am besten, wenn es nur noch einen einzigen Konzern gäbe und dessen Chef wäre gleichzeitig mein Kanzler. Kurz: Das ganze Land als ein einziger Konzern.

Es war so, als hätte in Italien nie eine Gewerkschaft existiert, nie eine starke Linke. Vor der Wahl hielt sich im Süden Italiens hartnäckig das Gerücht, dass jeder arbeitslose Forza-Italia-Helfer einen Posten bei Berlusconis Megakonzern »Fininvest« bekäme. Von neuen Filialen der Berlusconi-eigenen Supermarktkette »Standa« war die Rede, die natürlich örtliche Arbeitskräfte brauchen würde. Solche Gerüchte glaubten die Leute ernsthaft. Einige hatten ja tatsächlich vom Wahlsieg profitiert: Mindestens 20 der neuen Abgeordneten waren ehemalige oder noch Angestellte in Berlusconis Firmenkonzern, die meisten von ihnen Anwälte. Als Begründung für ihre Wahlentscheidung haben uns einige Italiener erklärt: Die anderen Politiker waren im Grunde genau wie Berlusconi zu ihren Vermögen gekommen, nur er wäre darin einfach handwerklich besser gewesen. Das hätte doch sein Erfolg als Unternehmer gezeigt. Und der Beste sollte eben Italien leiten.

Die italienischen Arbeitnehmer hatten – ich behaupte: unfreiwillig –, quasi in einem europäischen »Pilotversuch«, den alten Traum des Kapitals erfüllt, der beim genauen Hinschauen auch der Traum des alten Kommunismus war: die Einheit von Politik, Wirtschaft und Verwaltung, von Legislative, Judikative und Exekutive. Die Ausschaltung der störenden Gewaltenteilung. Und sie hatten zu diesem Zweck den reichsten Mann Italiens (auf Platz 14 der Reichsten der Welt) gewählt. So komisch das anmutet – das Fatale ist, je mehr dieser Zustand fortschreitet, desto schwerer wird er danach wieder umkehrbar. Man hofft inständig, dass sich die Italiener dessen bewusst sind.

Im Internet bin ich auf folgende sarkastische Notiz gestoßen:
»Salve! Ich bin ein Journalist, der in einem Unternehmen arbeitet, dessen Hauptaktionär der Ministerpräsident ist. Auch der Präsident des Aufsichtsrats dieses Unternehmens arbeitet für den Ministerpräsidenten. Auch der Herr Direktor und mein direkter Vorgesetzter arbeiten für den Ministerpräsidenten. Ich lebe in einer großen Stadt, in einem Mietshaus, das der Ministerpräsident hat bauen lassen. Auch die Versicherung des Autos, mit dem ich zur Arbeit fahre, gehört dem Ministerpräsidenten. Jeden Morgen halte ich irgendwo an, um eine Zeitung zu kaufen, deren Besitzer der Ministerpräsident ist. Nachmittags hab ich frei, spaziere in einem Supermarkt des Ministerpräsidenten und kaufe dort die Dinge, die von Firmen des Ministerpräsidenten hergestellt werden. Am Abend sitze ich vor dem Fernseher und sehe mir die Programme der privaten Sender des Ministerpräsidenten an oder alternativ die vom Ministerpräsidenten kontrollierten staatlichen Sender, wo die Spielfilme (sehr häufig Produktionen des

Ministerpräsidenten) ständig unterbrochen werden durch die von der Werbeagentur des Präsidenten produzierten Spots. Das ödet mich an, und ich gehe lieber auf einen Surf ins Internet mit Hilfe eines Providers des Ministerpräsidenten, sehe mir die Resultate der Fußballmannschaften an, weil ich der Fan einer Mannschaft des Ministerpräsidenten bin. Mehr oder weniger einmal die Woche gehe ich in ein Kino der Kinokette des Ministerpräsidenten. Auch dort sehe ich einen vom Ministerpräsidenten produzierten Film, wobei auch hier die Werbespots vor Beginn der Vorstellung aus der Werbeagentur des Ministerpräsidenten stammen. Sonntags bleibe ich zu Hause und lese ein Buch aus einem Verlag, der dem Ministerpräsidenten gehört. Kürzlich habe ich selbst ein Buch geschrieben, das der Ministerpräsident herausgegeben hat. Ich hoffe, der Ministerpräsident liest es.«

Sven baute die Terrassentreppe selbst zu Ende, und damit war unser letztes Geld aufgebraucht. Aber wir hatten ja einen Theaterauftrag im Rücken. Sven fuhr nach Deutschland, um Mozarts »Entführung aus dem Serail« zu inszenieren in einem Kleinstädtchen, dessen langjährige provisorische Bühne in einem ehemaligen Stadt-Kino demnächst einem neuen Theater weichen sollte. Das Provisorische ließ uns nicht mehr los. Sven machte aus der Not eine Tugend, baute eine Rahmenhandlung um die »Entführung« herum: Ein Land-Edelmann lädt eine Theatertruppe zu einer Aufführung von Mozarts »Entführung« in seinen Pferdestall ein, unter der Bedingung, dass er dabei selbst den weisen Bassa Selim geben darf, schon bei Mozart eine Sprechrolle. Denn sein einziges Interesse an dieser Aufführung ist: Er kann sich so der Primadonna der angemieteten Truppe, die natürlich in der Aufführung die Constanze singt, nähern. Eine provisorische Bühne, mit einem scheinbar provisorischen Bühnenbild, echten Hühnern, Eifersüchteleien und Eitelkeiten in der Rahmenhandlung, Balletttänzer, die Constanzes südlichen Lustgarten von Palmen über die Brunnenputten bis zur Gartenbank improvisierten – er ließ sich von unserer italienisch ländlichen Atmosphäre inspirieren. Die Zuschauer waren begeistert, die Provinzkritik überschlug sich, sogar ein Kritiker von der Opernwelt hatte sich in dieses Städtchen verirrt und die Inszenierung in seinem Blatt zur Inszenierung des Jahres vorgeschlagen. Aber die Reaktion in Bezug auf Nachfolgeaufträge war die gleiche wie schon zuvor in Ulm – wieder gar keine. Irgendwas machten wir falsch.

Aber immerhin, mit Svens Gage zahlten wir die Schulden, die sich schon wieder angehäuft hatten, und andere Kleinigkeiten wie das Fliesen der Terrasse, Lampen, Herd, Waschmaschine, was man in einem bürgerlichen Haushalt eben so braucht. Viele unserer Einrichtungsgegenstände erwarben wir auf dem Flohmarkt Porta Portese, dem größten, den ich je gesehen habe. Es gibt Römer, die keinen Sonntag auf das Erlebnis Porta Portese verzichten. Die Suche nach einem Schnäppchen kann wie der Kauf von Aktien zur Sucht werden. Es gibt zwei Zeiten: Ganz frühmorgens und kurz vor Schluss. Wenn man wirklich etwas Bestimmtes sucht, muss man ganz frühmorgens hingehen. Vielleicht findet man tatsächlich einen gut restaurierten Art-déco-Schrank, einen robusten Bauerntisch, Büromöbel oder Lampen aus den 30er Jahren. In den meisten Fällen wissen die Händler, was sie da anbieten, und fordern gesalzene Preise. Dann heißt es handeln. Die Antwort auf die Frage, was das Stück denn kosten soll, zögert der Händler so lange wie möglich heraus, um dann irgendwann einen absurd hohen Preis zu nennen. Der erfahrene Käufer kann nur lachen, hält kühl mit einem Viertel des Preises dagegen. Der Händler verzieht keine Miene und erklärt ebenso kühl, verarschen könne er sich auch alleine. Der interessierte Käufer zuckt nur mit den Schultern und wendet sich zum Gehen, der Verkäufer bremst ihn, weil er ihn, den Käufer, eigentlich ganz sympathisch findet. Und deshalb ginge er mit dem Preis ein bisschen herunter, aber nur deshalb. Der Käufer kommt jedenfalls wieder zurück, unterzieht jetzt die Ware einer genauen Untersuchung, findet sicherlich einen kleinen Fehler. Der Händler streitet ab, dass der Fehler ein Fehler ist. Im Gegenteil: Es ist der Beweis, dass es sich hier um Handarbeit handelt, trotzdem gewähre er ihm noch einmal einen Preisnachlass, mit der Bemerkung, das wäre jetzt schon der Preis, den er für das Stück selbst bezahlt habe. Und er würde es überhaupt nur zu diesem Preis verkaufen, weil er keine Lust mehr hat, das gute Stück wieder auf seinen LKW zu laden. Und außerdem ist der Käufer ja fast schon ein *amico* oder eine *donna bellissima*, und er, der Händler, freut sich mit seinem Käufer, der dieses wunderbare Stück zu einem so vorteilhaften Preis erstehen will. Wenn die Kaufintension nicht ganz so dringlich ist oder der Käufer gute Nerven hat, sagt er, er werde sich's nochmal überlegen, und macht eine kleine Runde über den Markt. Das birgt natürlich das Risiko, dass das Stück inzwischen anderweitig verkauft ist. Ist es jedoch noch da, dann hat der Käufer jetzt gute Karten. Ein letztes Kauf- und Verkaufsangebot, auf dessen Mitte man sich einigt. Der Kauf ist abgeschlossen, was der Händler dadurch zeigt, dass er den betreffenden Gegenstand kurz entschlossen in eine alte Zeitung einpackt und dem Käufer wortlos vor die Nase stellt. Geld und Ware wechseln wie auf jedem Flohmarkt quittungslos den Besitzer. Wir selbst haben einen großen Teil unserer Einrichtung auf diese Weise erhandelt und auf dem Dachgepäckträger unseres alten Peugeots nach Hause transportiert.

Eines Tages, als ich zu unserer Bank ging, machte der Herr hinter dem Schalter ein sehr strenges Gesicht. Nein, er könne mir kein Geld mehr geben, das Konto sei schon überzogen.

Irgendwo hatten wir uns verrechnet, statt 3.000 im Plus waren wir mal wieder 3.000 im Minus. An Schulden waren wir eigentlich gewöhnt, aber diesmal waren sie gefährlicher, weil nicht nur kein neuer Auftrag in Sicht war, sondern unser Haus immer noch Geld verschlang wie ein gieriger Drache. Gedrückter Stimmung kam ich von der Bank zurück, wir setzten uns auf die mit teuren Kacheln frisch geflieste Terrasse, schauten in unser Eichental. Der nachmittägliche, angenehm kühlende Wind fuhr den Bäumen durch ihre maigrünen Blätter, die Grillen zirpten, und wir rechneten, welche Projekte am Haus unbedingt nötig waren, welche wir wohl oder übel verschieben mussten, als unser absolut legales Telefon klingelte. Eine Filmproduktion wollte Sven sprechen, bot ihm eine Komödie an, die in Berlin gedreht werden sollte, ob er frei und bereit sei. In dieser Situation hätte Sven auch die Oberfläche einer Zehn-Pfennig-Briefmarke inszeniert, wenn man sie ihm angeboten hätte.

Bei dem angebotenen Drehbuch handelte es sich tatsächlich mehr um eine Zehn-Pfennig-Briefmarke als um ein brauchbares Drehbuch. Ein renommierter Kollege, dem man aus Kostengründen untersagt hatte, den angestaubten Plot wenigstens in die 50er Jahre zu verlegen, war verzweifelt abgesprungen. Sven schaffte es, durchzusetzen, dass er das Buch wenigstens bearbeiten durfte, kostenlos natürlich.

Wir bereiteten unsere erste längere gemeinsame Abwesenheit vor. Und wir hatten genau die Probleme wie jeder Hausbesitzer, wenn er länger wegfährt. Wir würden den ganzen Juli und den ganzen August nicht da sein. Wer würde sich um meinen Garten kümmern? Ich hatte meine ersten eigenen Tomaten gepflanzt, und die fingen gerade an, reif zu werden. Und war nicht zwei Monate Abwesenheit geradezu eine Einladung an die zahlreich vorhandenen Diebesbanden? Einbrüche sind in unserer Gegend an der Tagesordnung. Die Versicherungsprämien für Einbrüche sind so hoch, dass man so eine Versicherung nur in Sonderfällen abschließt oder gezwungen ist, alle drei Jahre bei sich selbst einzubrechen. Wir trafen die landesüblichen Schutzmaßnahmen und sicherten unsere Fenster mit Fenstergittern oder schweren vierfach verschließbaren *persiane* (Fensterläden) aus Eisen.

Also auf nach Deutschland! Am letzten Abend gab's noch ein sommerliches Abschiedsessen mit unseren Freunden. Beim Einkauf bei unserem Dorf-*alimentaro* begegneten wir unserem Nachbarn, dem Sarden Vittorio, den ich schon eine ganze Weile nicht gesehen hatte, mit einer Flasche Whisky im Einkaufswagen. Es hatte kurze Zeit so ausgesehen, als hätten er und Letizia wieder zueinander gefunden, aber Vittorio hatte nie gelernt, Frauen wie gleichberechtigte Menschen zu behandeln, schon gar nicht seine schöne Ehefrau. So hatten böse Streitereien sie wieder auseinander getrieben. Das ein oder andere Mal hatte sie sogar die *carabinieri* zu Hilfe gerufen. Vittorio wohnte bald nicht mehr ständig in seinem Haus, sein Garten war vertrocknet, das Gras stand meterhoch. Er kümmerte sich auch nur sporadisch um seine alte Schäferhündin, die zum Schrecken aller Hühner der näheren Umgebung geworden war.

Diese Hündin war nicht nur der Schrecken aller Hühner, sondern auch das Eldorado aller Hundemänner dieser Gegend. Nie habe ich begriffen, wie diese grottenhässliche Hundeschlampe sich zum Hunderotlicht-Center Nr.1 der Gegend hat entwickeln können. Wir ziehen heute noch ihren Nachwuchs auf.

Vom Einkauf zurückkommend sahen wir, wie Angelo, der Profigärtner von gegenüber, sich einen Unterstand in seinen Nussbaum zimmerte. Eine *spinoza*, ein Stachelschwein, hatte sich seit Wochen schon an seinem jungen Salat vergriffen. Das hatte er noch zähneknirschend zugelassen. Jetzt war der Räuber jedoch zu den Tomaten übergewechselt, und da war Angelos Geduld zu Ende. Er gibt sich bei seinen Tomaten die gleiche Mühe wie »der kleine Prinz« bei seiner Rose. Verständlich, dass er sich die Früchte seiner Arbeit nicht kampflos wegfressen lassen wollte. Wir versprachen ihm, am Abend mit unseren Gästen möglichst wenig Lärm zu machen.

Es gab an diesem Abend Pasta Tonnata:

Rezept 13 / 4 Personen

Pasta Tonnata (bianca)
(Herstellungszeit: 20 Minuten)

- 400 g Spaghetti, besser noch Linguine oder Fettuccine
- 4–6 Zehen Knoblauch
- 1–2 Dosen Thunfisch (160 g)
- 4–6 eingelegte Sardellen
- einige Kapern aus dem Glas
- Prezzemolo (glatte Petersilie)
- 1 Esslöffel Olivenöl
- 100 g Sahne oder Crème fraîche
- Pfeffer aus der Mühle

Pasta mit Thunfischsoße kann man »rot« und »weiß« essen, also mit Tomaten und ohne. Dies hier ist die weiße Variante, die Susanne vorzieht. Meine Version ist in Anhang 3 zu finden.

Wasser aufsetzen, wenn kocht, salzen. Pasta hinein.

Derweil: Knoblauch klein schneiden (siehe Rezept 1), in Öl anbraten, zerpflückten Thunfisch dazu, etwas anschmoren, die Hälfte der klein geschnittenen Petersilie dazu, dann die klein geschnittenen Kapern und zum Schluss die Sahne hinein. Etwas pfeffern. Wenn man will, kann man jetzt die Hälfte, aber nur die Hälfte!, der entstandenen Soße aus der Pfanne herausnehmen und im Mixer zerquirlen (oder mit dem Stabmixer direkt in der Pfanne zerquirlen, Vorsicht: Sauerei!) und dann wieder zurück in die Pfanne geben. Die Soße wird dann geschmeidiger.

> Nudeln abgießen, etwas Nudelwasser übrig behalten.
>
> In vorgewärmter Schüssel die Thunfischsoße mit den Nudeln mischen, nochmals pfeffern und den Rest der Petersilie dazugeben. Diese Pasta wird sehr schnell trocken. Daher mit aufgehobenem Nudelwasser vor dem Servieren wieder etwas verflüssigen.

Wir waren gerade mit dem Abendessen fertig, als wir von nebenan einen schrillen Schrei hörten. Dann Stille. Dann noch einen Schrei. Im ersten Augenblick dachte ich, es seien die Schreie einer rolligen Katze, aber dann konnte man deutlich eine menschliche Stimme hören, die *»aiuto!«* (Hilfe!) schrie. Die Schreie kamen von unserer Nachbarin Letizia, dazwischen hörte man den aufgebrachten harten sardischen Akzent von Vittorio. Unsere Gäste dachten erst, das gehöre hier zur Gegend. Da unser Haus sowieso unter so absurden Bedingungen entstanden war, konnten auch solche Geräusche ohne weiteres dazugehören. Ich sprang vom Tisch auf, brüllte aufgeregt herüber, dass ich die *carabinieri* holen würde. Ehe ich um unser Haus herumgelaufen war, war Angelo von seinem Nussbaum heruntergeklettert. Er stand mit seinem Jagdgewehr in der Hand am offenen Gartentor und redete beruhigend auf den stockbesoffenen Vittorio ein, der den Hals seiner schönen Frau im Würgegriff hatte. Keiner würde die Polizei holen, sagte Angelo zu Vittorio, seine Frau krächzte zustimmend, aber er solle jetzt bloß keine Dummheiten machen, mit denen er sich sein ganzes Leben versauen würde. Angelos unaufgeregte Art wirkte. Vittorio ließ von Letizia ab. Sie schnappte nach Luft. Verzweifelt brüllte er in die Nacht: *»Sono un uomo! Sono un uomo!«* Ich bin ein Mann! Ich bin ein Mann! Dann schwang er sich in seinen mittlerweile zerbeulten Alfa und knatterte davon. Letizia war mit einigen Würgemalen am Hals davongekommen, aber sie wollte, dass Vittorios Angriff aktenkundig wurde. Die *carabinieri* zu rufen hatte keinen Sinn, sie würden sowieso wieder erst Stunden später kommen. Angelo, der seinen Namen wirklich zu Recht trägt, brachte sie ins Krankenhaus. Dort war man verpflichtet, den Vorfall zu melden.

Dieses »Sono un uomo! Sono un uomo!« benutze ich heute noch bei passenden Gelegenheiten, nicht gerade, wenn ich Susanne im Würgegriff habe, aber um mich herauszureden oder mich durchzusetzen, und ich muss sagen, es kommt immer wieder gut an! In Italien genügt es, »Mann« zu sein. Das erklärt alles.

Seit diesem Vorfall hatte Letizia keinen Mut mehr, in ihrer Wohnung zu bleiben. Sie zog mit ihrer Tochter zu einer Tante, die in der Nähe wohnte. Trotzdem kam sie mindestens jeden zweiten Tag vorbei. Sie musste Präsenz in ihrer Wohnung zeigen. Denn wenn man ihr nachweisen konnte, dass sie einen anderen ständigen Wohnsitz hatte, würde sie ihren Anspruch als Ehefrau auf die Hälfte des abusiv gebauten Hauses verlieren.

Das war das Ende des sardischen Schäfer-Märchens. Zwei Menschen gingen auseinander, deren Geschichte mit der Geschichte unseres Hauses eng verknüpft war. Der Auftrag zum Bau unseres Hauses war für sie sozialer Höhepunkt und zugleich das Ende ihrer Beziehung. Und noch zwei gingen auseinander.

Neun Jahre waren auch Flavio, der Fensterbauer, und Victoria zusammen. Und es gab keinen Augenblick in dieser Zeit, in dem sie nicht entweder gerade dabei waren, sich zu trennen, oder gerade dabei waren, sich wieder zu vertragen. Wie und hauptsächlich warum sie es so lange miteinander aushielten und am Ende sogar heiraten wollten, war allen ein Rätsel.

Victoria ist ein Vorortkind, groß geworden mit Fernsehwerbung und Supermärkten und einem Schnürleibchen, das kleinen Mädchen eine anständige Körperhaltung beibringen sollte. Kein Wunder, dass Victoria nicht im Mindesten verstehen konnte, wieso Flavio seinen Kleiderschrank nicht nach der Funktion seiner Kleiderstücke ordnete, also in »Hemden, Hosen« unten, und »Pullover-und-so-weiter« oben, sondern er ordnete seine Kleidung nach Farben, »Braun« unten rechts, »Gelb« unten links, »Schwarz« oben rechts, »Grün« oben links, und zwar alles, von der Socke bis zum Pulli.

Nach neun Jahren ihres Zusammenseins sah auch Flavio ein, dass jetzt irgendwas Konkretes mit ihrer Beziehung geschehen musste, und es kam ihnen nichts anderes in den Sinn, als einen Hochzeitstermin anzusetzen. Vier Wochen vor diesem Termin starb aber sein Vater unerwartet an einem Herzinfarkt. Die Hochzeit wurde daraufhin verschoben. Als Victoria nach vier Wochen dezent anfragte, wie es denn mit einen neuen Hochzeitstermin stünde, stritt Flavio ein letztes Mal mit ihr und schmiss sie aus der gemeinsamen Probewohnung. Beide haben inzwischen einen anderen Partner gefunden.

Aber seine Vision vom »Haus der Zukunft« hatte Flavio zielstrebig und unabhängig von glücklichen oder unglücklichen Begegnungen mit eiserner Energie weiterverfolgt. Er sah, dass wir es mit unserem Haus allmählich schafften, und setzte alles dran, um *sein* Haus ebenfalls zu realisieren. Diese Geschichte ist genau genommen ein zweites Buch zu dem Thema, wie man in Italien sein Haus *legal* baut. Hier die Kurzfassung der Geschichte:

Flavio ist, wie wir wissen, Pferdenarr und schwärmte schon immer von einem Haus, aus dessen Fenstern er in der Abendsonne auf seine eigenen Pferde blicken konnte.

Das ist doch jetzt Nebensache. Viel wichtiger ist: Er schwärmte auch immer von den Tugenden des genehmigten und legalen Bauens, so etwa wie in Deutschland, wo alles seine Ordnung hat und man seine Nerven schont und man nicht, wie in Italien, auf der Abschussliste sitzt und darauf wartet, dass sie kommen ...

... und einem das »unter Opfern« erkämpfte Eigenheim wieder niederreißen.

Das waren seine offiziellen Gründe, warum er legal bauen wollte. Zu diesen gesellten sich noch, und das ist jetzt Svens und meine Ansicht, ein inoffizieller Grund hinzu: Nicht zuletzt lag das Motiv, legal bauen zu wollen, auch in Flavios, na, sagen wir »Sparsamkeit« begründet. Er sah einfach nicht ein, warum er eventuell 5.000 Euro Bestechungsgelder an irgendwelche Beamten zahlen sollte, nur damit er ein eigenes Dach über dem Kopf hatte, das ihm sowieso zustand. Und zehn Millionen Lire oder 5.000 Euro war etwa die Summe, die man damals als *tangenti* für ein Einfamilienhaus veranschlagen musste.

Sein Vater hatte ihm und seinem Bruder Roberto als vorgezogenes Erbe zwei Hektar Land gekauft ...

Wissen wir doch.

... ja, gut, inmitten eines wunderschönen landwirtschaftlichen Areals, wo zwischen im Winde wogenden Korns idyllische einzelne bäuerliche Anwesen verstreut lagen, wo Pferde auf Weiden wieherten und Schafe ihre Knittel fallen ließen. Dort war es laut Gesetz einem ansässigen Bauern theoretisch möglich, ein Haus für seinen Ruhestand zu planen.

Voraussetzung dafür war, man besaß mehr als zehn Hektar zusammenhängendes Land. Diese Bestimmung hatte den Sinn, dass der jeweilige Sohn des alten Bauern ohne Probleme den Hof übernehmen konnte, während der alte Bauer sich beschaulich auf seinen Alterssitz zurückzog.

Flavio und sein Bruder Roberto waren jedoch weder Bauern noch Söhne eines Bauern. Sie waren auch nicht alt, jedenfalls nicht so alt, dass man einem von ihnen den Alterssitz hätte glauben können, sondern sie waren junge Unternehmer, Aluminium-Fensterhersteller.

Sie besaßen auch nur diese zwei Hektar Land, die sie sich dazu noch teilen mussten. Aber sie wollten trotzdem unbedingt legal bauen.

Und diese Wünsche nach Ordnung und Rechtssicherheit bestimmten von nun an ihr weiteres Handeln.

Etwa in der Zeit, als wir mit dem Ausschachten des Kellers begannen, stellte Flavio seinen ersten ordentlichen Bauantrag an die Kommune von Rom. Und als die Beamten vier Wochen später kamen, um unser Haus einzureißen, lag Flavios Antrag im Bauamt auf Eis, denn es war Sommer, und im Sommer arbeitet in Italien eine Behörde nicht.

Offiziell arbeitet sie natürlich schon, aber es kommt irgendwie nichts Rechtes dabei heraus.

Irgendwann im folgenden Frühjahr, es war nach dem ersten Amtsantritt Berlusconis ...

... wir hatten unsere Innenräume längst verputzt ...

... kam die erste Ablehnung von Flavios Bauantrag.

Die Beamten des Bauamtes hatten im Grundriss seines Plans eine merkwürdige Symmetrie festgestellt, so als wären zwei Eingänge ins Haus geplant, zwei Küchen, zwei Bäder etc. Es war aber für den Ruhesitz des Bauern nur eine einzige Feuerstelle genehmigt.

Natürlich hatten die Beamten das völlig richtig gesehen: Das Haus wollten sich ja Flavio und sein Bruder teilen. Folglich hatten sie dieses Haus als Doppelhaus geplant.

Ihr Architekt war aber nicht so schlau gewesen, ein Haus zu entwerfen, dem man seine Bestimmung nicht auf den ersten Blick ansah. Flavio ärgerte sich, warf den Plan weg, wechselte den Architekten und startete das Vorhaben neu.

Ich glaube, den Architekt hatte er nicht gewechselt, sondern der wurde alt und starb.

Das kommt später.

Gut. Auch Flavios zweiter Bauantrag wurde vom Bauamt abgelehnt. Die Begründung war, ein legaler Alterssitz braucht einen Anschluss ans öffentliche Trinkwassernetz oder einen ausgewiesenen Trinkwasser-Brunnen.

In der Regel handelte es sich dabei um den seit jeher vorhandenen Brunnen des Hofes, in den nun der Sohn eingezogen war.

Flavio war aber nicht der Sohn eines alten Bauern ...

Hast du schon gesagt!!

... und hatte beim Kauf auch nicht daran gedacht, dass Wasser ein Problem werden würde. Wasser gab's seiner Meinung nach überall.

Die Gegend aber, in der Flavio sein Grundstück hatte, war kilometerweit nicht erschlossen. Es war eine reine Agrargegend. Also gab's kein Wasser.

Natürlich standen auch in seiner Gegend einige hübsche Häuser, auch diese konnte man keinesfalls als Alterssitze von Bauern bezeichnen. Sie waren wohl alle abusiv entstanden und daher ebenfalls nicht an irgendein städtisches Wassernetz angeschlossen. Sie verfügten deshalb in Ermangelung von Wasser alle über eigene Brunnen.

Diese Häuser konnten aber nicht als Gegenargumentation gegen einen amtlichen Bescheid herangezogen werden, denn es handelte sich bei diesen Häusern ausschließlich um ehemalige illegale Bauvorhaben, die irgendwann nachträglich legalisiert worden waren. Sein Haus jedoch, das legal war, brauchte von Anfang an legale Bedingungen.

Nun wollte Flavio – gemäß der Landessitte – einen Brunnen bohren lassen, um den im Nachhinein als, HOPPLA!, plötzlich gefundenen anzugeben.

Diesen Schachzug konnte Flavio aber nicht durchführen, weil der ehemalige Besitzer von Flavios Grund und Boden, der alte Bauer, keinerlei Unregelmäßigkeiten gegenüber der Behörde auf seine Schultern nehmen wollte.

An dieser Stelle fragten wir uns natürlich, was hatte denn der ehemalige Besitzer von Flavios Baugrund, der alte Bauer, für einen merkwürdigen Einfluss auf Flavios Entscheidungen?

Und dabei stellte sich heraus, dass dieser Mann der eigentliche Antragsteller von Flavios Antrag war. Denn Flavio musste, um legal ein Haus an dieser Stelle bauen zu können, über zehn Hektar Land verfügen und ein alter Bauer sein ...

Das wissen wir schon.

... Nur zur Erinnerung! ... er besaß aber nur zwei Hektar, und er war ein junger Mann.

Also hatte man mit dem alten Bauern beim Landkauf eine Sonderabmachung getroffen, dass der alte Besitzer den Verkauf seines Bodens so lange nicht an das Katasteramt weitergab, bis das Haus Flavios fertig und eingetragen sein würde.

Den Bauantrag zu Flavios Haus hatte deshalb der alte Bauer unter seinem eigenen Namen und für sich selbst als Alterssitz gestellt, dabei hatte er die Wasserfrage zu lösen vergessen. Denn er selbst hatte ja Wasser, und was mit Flavios Wasser sein würde, interessierte ihn nicht.

Mit Hilfe eines Anwalts und viel Geld gelang es Flavio, einen zusätzlichen Vertrag mit dem alten Bauern aufzusetzen, der ihm die Mitbenutzung dessen Brunnens garantierte. Er musste nur noch eine neue Expertise für die Trinkbarkeit des Wassers erstellen lassen, ein langwieriges Verfahren, denn für Trinkwasser bestehen besonders strenge Bestimmungen. Aber dann konnte er zum dritten Mal den Antrag bei der Kommune einreichen.

Inzwischen war jedoch der betreuende Architekt des Bauprojekts verstorben, und man musste das gesamte Vorhaben einem neuen Architekten andienen, was die gesamte Sache natürlich wieder verzögerte und verteuerte.

Wir überspringen jetzt einmal alle die Leiden Flavios in den folgenden Jahren, die daher rührten, dass der alte Besitzer von Flavios Grundstück und Antragsteller von Flavios Bauvorhaben mit fortschreitendem Alter immer starrköpfiger und uneinsichtiger wurde.

Endlich bekam Flavio seinen neuen legalen Bauantrag genehmigt. Er begann sofort zu bauen. Die Behörde kam, prüfte den Fortgang der Bauarbeiten ...

... wobei Flavio immer wie zufällig auf seinem eigenen Baugrund herumstand, wenn die Beamten kamen. Denn er durfte ja nicht der ausgegebene Bauherr sein.

Bei solchen Gelegenheiten musste jedes Mal der alte Bauer herbeigeholt werden, der nun allmählich tatsächlich einen Alterssitz benötigte und den ganzen Vorgang nicht mehr so recht im Blick hatte.

Was konnten einen alten Mann auch die Details eines Hausbaus interessieren, mit dem er beim besten Willen nichts zu schaffen hatte?

Mit der Zeit vergaß der Alte sogar, warum er immer zur Baustelle geholt werden musste, und fragte sich, was die vielen Leute, die da herumstanden und ihn anglotzten, damit meinte er Flavio und die Bauarbeiter, eigentlich auf seinem Grund und Boden verloren hatten.

Er glaubte zwar, Flavio zu kennen, hatte aber vergessen, woher. Zu diesem Zeitpunkt war ihm völlig entfallen, dass er einmal einen Teil seines Grund und Bodens an den Vater von Flavio verkauft hatte.

Irgendwann wurde es ihm zu bunt, und er erklärte den Beamten, als man ihn wieder einmal auf seinen Acker holte, dass man ihn schlichtweg verwechsele, denn er würde gar kein Haus bauen.

Nur mit Mühe gelang es Flavio, die Situation zu bereinigen, indem er gerade den Gedächtnisschwund des Bauherrn als offensichtlichen Grund zum Bau eines Alterswohnsitzes ausgab.

Man ließ Flavio das Haus praktisch fertig bauen. Als die Beamten wieder einmal kamen und Messungen durchführten, stellten sie fest, dass eine zentrale Mauer, verglichen mit dem Bauplan, aus Versehen um 40 Zentimeter versetzt gebaut worden war.

Daraufhin wurde Flavios gesamtes legales Bauprojekt erst einmal amtlich gestoppt. Er hatte nun die Wahl, das Haus an dieser Stelle einzureißen, die tragende Mauer zu erneuern, oder er konnte einen langjährigen Prozess gegen die Kommune führen, dessen Ausgang, vielleicht in zehn Jahren, höchst ungewiss war.

Flavio, der Freund der Legalität, streckte die Waffen. Mit Hilfe seines Architekten bezahlte er die üblichen *tangenti* bei Schwarzbau an die Beamten der Baubehörde, und der verhängte Baustopp wurde wie eh und je bei solchen Angelegenheiten aufgehoben.

Genau zehn Jahre später als wir konnten er und sein Bruder nun in ihr legales Haus einziehen.

Und wir werden ihn nie, nie fragen, ob er aus dieser Geschichte irgendwelche Schlüsse für künftiges Bauen in Rom gezogen hat.

Und wir würden diese Meinung auch nie veröffentlichen! Nie! Ich verspreche es!

Während Flavios erster Bauantrag abgelehnt wurde, kamen Gerüchte auf, dass es einen neuen *condono edilizio* geben würde. Der letzte *condono* war 1985 erlassen worden, und seit den 60er Jahren hatte es etwa alle zehn Jahre einen neuen gegeben, gleichgültig welche Partei gerade an der Macht war. Es wäre also durchaus der richtige Zeitpunkt gewesen. Aber Berlusconi hatte den Bürgern Italiens und ganz Europa eine grundsätzliche Erneuerung Italiens versprochen, und da konnte er in die ausgetretenen Pfade nicht wieder zurückmarschieren. Nein! Ende Mai erklärte er definitiv: »Ich versichere euch, es wird keinen weiteren *condono edilizio* geben!«

Bei solchen Versprechen teilt sich Italien immer in zwei Hälften: Diejenigen, die früher einmal abusiv gebaut hatten und deren Haus inzwischen legalisiert ist, finden den Schritt hin zur Normalisierung absolut richtig und sagen: »Das muss endlich aufhören, dieses abusive Bauen!« Die anderen, die gerade erst gebaut haben, deren Haus noch nicht legalisiert ist, oder diejenigen, die noch bauen wollen, finden solche Versprechen verlogen und verweisen darauf, dass das noch nie geklappt habe, weil der marode Staat sowieso auf die Straf- und Steuerzahlungen der Bausünder angewiesen sei.

Für uns war die Erklärung Berlusconis ernüchternd. Denn wenn es keinen erneuten *condono* gab, würde unser Haus niemals uns gehören, und wir würden für den Rest des Lebens immer nur von der *Comune di Roma* geduldete Bewohner sein. Nachbarn erzählten uns, dass die links-grüne Regierung in Rom vorhabe, abusive Hausbauer zwar in ihren Häusern wohnen zu lassen, dafür aber Miete zu kassieren, da ihre Häuser ja sowieso der Gemeinde gehörten. Was zunächst ganz vernünftig und logisch klang, schließlich war unser Haus von der *Comune di Roma* beschlagnahmt worden, versetzte uns bei genauerem Nachdenken in Rage. Gut, das Haus war beschlagnahmt, aber es stand auf unserem Grund und Boden, wir hatten es entworfen, den Bau überwacht, mit unseren Nachbarn die *vigili* verscheucht. Den Bauschutt weggeräumt, Zementstaub geschluckt und mit der *Enel* und der *Sip* für Strom und Wasser gekämpft. Und jetzt wollte sich die *Comune di Roma* als Eigentümer aufspielen? Dagegen würden wir uns wehren. Freunde, die nie etwas mit abusivem Bauen zu tun gehabt hatten, brachten unsere Beurteilung der Lage ins Wanken. Dies sei die einzige effiziente Möglichkeit, den Leuten die Lust auf abusives Bauen zu verderben. Das waren Aussichten: Zur Miete wohnen im eigenen Haus? Das hätten wir wirklich einfacher haben können.

Sven kam aus Deutschland zurück, und wir lebten in unserem wunderschönen, aber abusiven und uns nicht gehörenden Haus unter der Sonne Italiens ein ganz normales Leben. Dass noch Treppen, Geländer, Terrassenfliesen, Einrichtungsgegenstände und der Außenputz fehlten, hakten wir unter *piano, piano!*, eins nach dem anderen, ab. *Piano, piano!*, das ist die meistgenannte Antwort, wenn man echte Abusive nach dem Fortschreiten ihrer Bautätigkeit fragt. Man wohnt in seinen eigenen vier Wänden, das ist das Wichtigste. Alles Weitere wird in Angriff genommen, wenn die Mittel es erlauben, eben: eins nach dem anderen.

Am 23. Juli erschien unser Freund Aldo überraschend zum Frühstücks*cappuccino* auf unserer Terrasse und brachte einen

Stoß Zeitungen mit. Nicht nur »Il Manifesto«, das er als treuer Kommunist regelmäßig las, sondern auch bürgerliche Blätter wie »Il Tempo« und »Messaggiero«. Er war völlig aufgelöst und kippte erst einmal einen Grappa herunter, was er normalerweise um diese Zeit nie tat, bevor er drei gehäufte Löffel Zucker in den Cappuccino feuerte. Aldo schimpfte wie ein Rohrspatz über irgendeinen *buggiardo*, einen Lügner.

»Ich sage stets die Wahrheit, schon deshalb, weil ich kein gutes Gedächtnis habe und meine Lügen vergessen würde«, blaffte uns Aldo an. »Wie könnte man jemandem vertrauen, der ›Lügen‹ als Mittel im politischen Kampf benutzt?« Wir verstanden kein Wort, aber wir merkten sehr schnell: Das waren nicht Aldos eigene Worte. »Die Leute haben nur Vertrauen in jemanden, der die Wahrheit sagt.« Es schien so, als zitierte Aldo jemanden. Er wedelte mit einer seiner Zeitungen, die schon etwas älter aussah. »Steht da! Steht da, hat er gerade gesagt!«, regte er sich auf. »Und eine Woche später jetzt das hier!« Er knallte mit der flachen Rückhand auf eine andere Zeitung und warf sie auf den Tisch.

Erst allmählich ließ er sich so weit besänftigen, dass wir verstanden: Der »Lügner«, um den es hier ging, war Silvio Berlusconi, der derzeitige Ministerpräsident. Worüber regte sich Aldo auf? Was hatte er wieder verlauten lassen, das sich im Nachhinein als Lüge entpuppte? Wir versuchten zu raten und fuhren alles auf, was wir wussten:

Dass er behauptet hat, in der Pariser »Sorbonne« studiert zu haben, dort Kanu-Meister der Universität gewesen zu sein, und sein Studium als Sänger in Pariser Kneipen verdient zu haben?

Ach, Quatsch, wen interessiert das schon! Angeberei!

Dass er seine Verbindung zur »P2«, der verbotenen Geheimloge, deren Präsident, Licio Gelli, gerade in diesen Tagen zu 17 Jahren Haft verurteilt worden war, heruntergespielt hatte? Berlusconi hatte behauptet, er wäre dort niemals ordentliches Mitglied gewesen.

Ja. Das hat doch jeder schon gewusst, dass es nicht stimmte, seufzte Aldo.

Oder dass er überall verlauten ließ, niemals eine müde Lira vom Staat als Unterstützung bekommen zu haben, obwohl seine »Fininvest«, die Holding aller seiner unternehmerischen Aktivitäten, unter Anklage steht, Hunderte von Milliarden Lire zugeschanzter öffentlicher Gelder veruntreut zu haben, die in seinen Verlagen, Zeitungen und im Lebensmittelkonzern »Standa« verschwunden sind.

Ja. Auch dieser Spruch ist ja bekannt. Aldo winkte müde ab. Bis dieser Prozess durch die ganzen Instanzen gegangen ist, ist die Sache sowieso verjährt.

Oder Grundsätzliches, dass er nie, nie in die Politik gehen und eine Partei gründen wollte?

Er ist doch drin in der Politik! Und seine Partei hat gesiegt! Was soll ich mich da noch aufregen? Außerdem ist das doch keine Lüge! Das sind doch diese kleinen Dementi, die eine politische Karriere für die Presse so spannend machen: Er geht, er geht nicht, er kommt, er kommt nicht ...

Dass er immer gesagt hat, es sei eine nationale Schande, wenn persönliche Interessen die Politik bestimmen?

... Jaja, nebbich. Das sagt jeder. Dabei hat er doch gerade ein Dekret erlassen beziehungsweise sein Justizminister Biondi, dass verurteilte Korruptionssünder ihre Strafe nicht in Gefängnissen absitzen müssen, sondern Hausarrest bekommen. Das Dekret kam gerade zum rechten Zeitpunkt, als sein Bruder Paolo wegen Korruption ins Gefängnis gehen sollte.

Dass er immer von der »moralischen Erneuerung« des Staates gesprochen und sich moralisch davon distanziert hat, wie frühere Regierungen ihre Politik mit dreckigem Geld finanziert hatten?

Ja, tatsächlich, das hat er. So wie alle anderen. Na ja, wenn einer schon mit Worten wie »moralischer Erneuerung« hausieren geht.

Hatte es was mit Bettino Craxi zu tun? Hatte er nicht gesagt: »Ich lege alle meine Ämter nieder, wenn irgendeine Verbindung der ›Fininvest‹ oder einer ihrer Gesellschaften mit Bettino Craxi nachgewiesen werden kann«? War es das?

Aldo stöhnte auf. Aber das ist doch schon so alt, dass es schon praktisch nicht mehr wahr ist! Es ist doch hinreichend bekannt, dass Craxi ein Gesetz erließ, mit dem Berlusconi seine beiden damals illegalen privaten Fernsehsender legalisieren konnte.

Berlusconi versprach doch auch, dass er alle seine Konzerne, vor allem seine Fernsehsender, verkaufen wollte, um mit seinen politischen Aufgaben nicht in Interessenkonflikte zu geraten?

Klar hat er das gesagt, hundertmal: »Ich bin der Erste für eine strikte Trennung zwischen den Aufgaben des Landes und den Rechten des Privatbesitzes«, er wollte mit seinen Fernsehsendern an die Börse gehen oder sie international verkaufen. Was ist geschehen? Nix. Die Medienprüfstelle der Universität Pavia stellte inzwischen fest, dass Berlusconi nebst seiner Familie der auf den Bildschirmen seiner eigenen Sender »am meisten erscheinende Politiker« ist.

Langsam ging uns die Luft aus. Irgendwie kamen wir so nicht weiter. Das war doch schon eine ganz schöne Latte, die wir als Ausländer da zusammenbekommen hatten. Hilf uns, Aldo!, baten wir.

Mensch! Denkt doch mal nach! Was geht euch an? – euch beide! Persönlich!

Er patschte aufgeregt mit seinem Cornetto im Cappuccino herum und tippte auf die Überschrift einer Zeitung. Dort stand in dicken Balkenlettern zu lesen:

»VIENE IL CONDONO EDILIZIO!«

»Die Bauamnestie kommt!« Berlusconis Regierung hatte entgegen Berlusconis zwei Monate zuvor geäußerter öffentlicher Verlautbarung doch eine Bauamnestie erlassen. Das bedeutete: Wir konnten unser Haus, das bis zum heutigen Tag noch *abusiv* und illegal, immer noch beschlagnahmt und im Besitz der Gemeinde war, das konnten wir jetzt mit einem Antrag und dem Zahlen einer Strafe legalisieren. Wir wussten nicht, wie wir uns jetzt verhalten sollten. Für uns war es natürlich die Erlösung. Für Aldo hatte sein Land, der italienische Staat, trotz aller lautstarken Vorsätze, wieder ein Zeichen seiner Unfähigkeit gesetzt. Und alle jene, die abgewunken und gesagt hatten: Die können gar nicht anders, die müssen eine neue Bauamnestie erlassen, damit sie wieder ein bisschen Geld in die Kasse bekommen, hatten letztlich Recht gehabt. Aldos Gesicht war traurig und wütend. »Es hört nicht auf«, sagte er. »Es ändert sich nie!« Wir fragten uns, warum er uns dann so freundschaftlich geholfen hat, unser Unrechtshaus hochzuziehen, wenn er jetzt so unter dem Unrechtsstaat litt. Wir schlossen uns dennoch schuldbewusst seinem Gesichtsausdruck an. Aber innen drin, in unseren Herzen, da jubelte es.

Wir schwiegen eine halbe Minute zusammen. Allmählich, fast unmerklich veränderte sich Aldos Gesichtsausdruck, und seine Trauermiene ging in ein breites Grinsen über. »Hey, ihr blöden Barbaren! Wollt ihr euch nicht freuen? Ihr habt gewonnen! Das Haus ist euer! Dankt eurem Retter: Silvio Berlusconi! Dankt ihm, stiftet für ihn eine Kerze in San Pietro! BERLUSCONI SALVATORE! BERLUSCONI SALVATORE!«

»Ihr habt eines der schönsten Fleckchen Erde weit und breit gekauft, völlig ahnungslos ein nettes Haus draufgesetzt, es fast von der Polizei einreißen und im letzten Moment von uns retten lassen, und noch nicht einmal ein Jahr später könnt ihr euer Haus bereits legalisieren und das alles wegen diesem ...!« Was »wegen diesem« folgte, halte ich im Rahmen dieses Buches für unwiederholbar. »Ihr habt doch wirklich ein riesiges deutsches stinkendes«, er breitete die Arme aus und umarmte uns, »gigantisches *bucio di culo*!«*)

---

*) Das ist römischer Dialekt und heißt frei übersetzt genau das, was wir gehabt hatten: Schwein. Die wörtliche Übersetzung würde man in Deutschland nur missverstehen.

ANHANG 1

Silvio Berlusconi. Eine kleine Chronik

Der Vater des Ministerpräsidenten, Luigi Berlusconi, arbeitete als Prokurist in einer kleinen Mailänder Privatbank, der *Banca Rasini*, einem Kreditinstitut mit nur einer einzigen Filiale. Seine Söhne Silvio und den 13 Jahre jüngeren Paolo schickte der Vater als externe Schüler auf das strenge humanistische Gymnasium des Salesianer Ordens in Mailand.

Sein Jurastudium finanziert Silvio Berlusconi durch diverse Jobs. Er arbeitet als Staubsaugervertreter, tingelt als Sänger einer Band auf Kreuzfahrten, sammelt Medienerfahrungen als Fotograf auf Hochzeiten und Beerdigungen und wird schließlich noch während des Studiums gut verdienender Angestellter einer Baufirma.

In den frühen 60ern realisiert Berlusconi sein erstes Bauprojekt, bei der Finanzierung hilft die Bank seines Vaters. Diese Bank geht nach einer Verhaftungswelle in Mailand am 14. 2. 1983 als Bank »der Mafia der weißen Kragen« in die italienische Kriminalgeschichte ein.

Sein erstes Großprojekt als Bauunternehmer nimmt Berlusconi in den 60er Jahren in Angriff, ein Luxuswohnviertel für 10.000 vermögende Menschen, mit großzügig geschnittenen Eigentumswohnungen im mailändischen Stadtteil Segrate im Norden der Stadt, später *Milano 2*, oder auch kurz »M2« genannt. Um den Bau von M2 finanzieren zu können, gründet Berlusconi die Baufirma *Edilnord*. Das Grundkapital von 50.000 Schweizer Franken wird von einer »Aktiengesellschaft für Immobilienanlagen in Residenzen Ag« hinterlegt.

Wer sich hinter diesen Schweizer Geldgebern und dem labyrinthischen Gefüge ihrer ineinander verflochtenen Gesellschaften und Firmen versteckt, ist kaum auszumachen. Die italienischen Autoren Giovanni Ruggeri und Mario Guarino haben hinter der Schweizer Firma die »Mafia der weißen Kragen« ausgemacht. Ein Abgesandter Berlusconis will ihnen das Buch vor Veröffentlichung abkaufen. Als die das ablehnen, verklagt sie Berlusconi. Die Autoren werden in allen drei Instanzen freigesprochen.

Berlusconi verteilt das unternehmerische Risiko bereits seit den 70er Jahren auf verschiedene andere Banken, vornehmlich auf solche, die fest in der Hand der Mitglieder der verbotenen Geheimloge P2 sind. Berlusconi behauptet später, er sei nur ganz kurz Mitglied der Loge gewesen und habe nie Mitgliedsbeiträge gezahlt. Dieser Aussage widerspricht vor Gericht der Präsident der Loge, Luigi Gelli. Der Gerichtshof in Venedig spricht Berlusconi des Meineids schuldig. Aber der Meineid fällt in eine 1989 unter der Craxi-Regierung erlassene Amnestie.

1980 legt Berlusconi mit dem Kauf von *Canale 5* den Grundstein zu seinem Medienimperium, kauft dann zwei weitere private Fernsehsender, *Italia 1* und *Retequattro*, hinzu. Seit 1976 ist, um die Meinungsvielfalt zu sichern, verfassungsrechtlich festgelegt, dass Übertragungen privater Sender weder live noch landesweit ausgestrahlt werden dürfen. Berlusconi umgeht diese Bestimmungen, indem er inhaltsgleiche Kassetten an seine Sender verschickt, die diese alle in Sekundenabständen ausstrahlen, jeder Sender nur in seiner Region, aber alle Sender zusammen dennoch landesweit. Das ist für die Werbeeinnahmen und die Zeitungswerbung wichtig.

Erst 1984 reagiert die Justiz auf diesen Trick und verdunkelt die Berlusconi-Sender in drei Provinzen. Aber in diesen vier Jahren hat der Medienfürst durch Sendungen wie »Dallas« und »Denver« ein treues Publikum gewonnen, das lautstark gegen diese Entscheidung protestiert. Berlusconi kommt nach Rom, um zu zeigen, welche Macht er mit dem Unterhaltungsimperium inzwischen besitzt. Noch am selben Tag unterschreibt der amtierende Ministerpräsident Craxi ein Dekret, das den richterlichen Beschluss aufhebt. Berlusconi sendet seitdem ungehindert landesweit.

Was mit einer fast sympathisch zu nennenden *furbizia* begann (der Trick mit den Kassetten ist ja wirklich nicht schlecht) und von den »Dallas«- und »Denver«-Fans mit Hilfe von Craxi rechtlich festgeschrieben wurde, hat sich heute zu einem Medienmonopol entwickelt. Die drei nationalen Sender Berlusconis, *Canale 5*, *Rete 4*, und *Italia 1*, haben zusammen im Durchschnitt eine Einschaltquote von 45 Prozent und nehmen mehr als 90 Prozent der gesamten Fernsehwerbekosten der Privatsender ein.

Zu den Europawahlen im Juni 2000 hat Berlusconis Partei *forza Italia* das Land mit 803 Werbespots in eigener Sache überzogen, mehr als viermal so viel wie jede andere Partei. Seine Werbung belastet seine Partei nur mit den Herstellungskosten der Fernsehspots, während seine politischen Gegner für jede Sendeminute ihrer Werbeeinschaltungen bezahlen müssen.

Versuche der Legislative, ein Antitrust-Gesetz gegen die Berlusconi-Holding auf den Weg zu bringen, werden vor Berlusconis erster Regierungsübernahme von Craxis Sozialisten blockiert. Ein 1990 ebenfalls mit Craxis Unterstützung vom Minister für Telekommunikation erlassenes Gesetz sichert die Sender-Privilegien Berlusconis und baut sie in einem Maße aus, als hätte Berlusconi dieses Gesetz persönlich für sich entworfen. Dafür garantiert Berlusconi den Politikern Craxi, Andreotti und Forlani, also genau jenen Politikern, die später als Vertreter der Schmiergeldpolitik geoutet werden, die Plattform seiner drei Sender. Craxi entzieht sich der italienischen Gerichtsbarkeit durch Flucht nach Tunesien und wird in Abwesenheit zu 28 Jahren Haft verurteilt. Andreotti wird nach seinem obskuren Freispruch in zweiter Instanz 2002 zu 25 Jahren verurteilt und geht in die dritte Instanz. Bei seinem Freund Craxi hat sich Berlusconi auch finanziell großzügig bedankt. Mailändische Beamte haben mindestens sechs Millionen Dollar entdeckt, die von den Auslandskonten der *Fininvest* auf tunesische Bankkonten gezahlt worden sind, Konten, die von Craxi kontrolliert wurden.

1995 soll in einem Volksentscheid darüber befunden werden, ob das Mediengesetz geändert werden soll, und damit jedem privaten Besitzer nur einen einzigen Sender erlaubt. In seinen drei Sendern brennt Berlusconi zuvor ein Dauerfeuer ab, Entertainer und Gäste beliebter Show-Sendungen präsentieren sich ihren Zuschauern mit Tränen in den Augen und werden nicht müde zu erklären, wie viele Shows und Filme das Publikum nicht mehr sehen wird, wenn es dem Referendum zustimme. Das Publikum stimmt nicht zu. Berlusconi behält seine Sender.

Bevor Berlusconi 1994 an die Regierung kam, schwor er, er würde in der RAI (dem staatlichen Fernsehen) niemals auch nur ein Topfpflänzchen verrücken.
 Drei Monate im Amt des Ministerpräsidenten, entlässt Berlusconi den gesamten Verwaltungsrat der RAI inklusive Generaldirektor und ersetzt sie durch ehemalige Angestellte seiner Firma *Fininvest* mit der Begründung: »Das ist doch anormal, wenn ein öffentlicher Sender in einem Staat existiert, der die Regierung gegen den Willen der Mehrheit erpresst. Diese RAI

gefällt den Leuten nicht, hat mir ein Meinungsforscher erklärt.« Er klagt die RAI an, immer noch einer Politik Ausdruck zu geben, die mit der Wahl überwunden sei. Die Berichterstattung sei völlig unausgewogen und das journalistische Personal kommunistisch unterwandert.

Danach eliminiert Berlusconi missliebige Journalisten und Sendungen der öffentlichen Sender, obwohl das Gesetz jegliche Intervention des Ministerpräsidenten gegenüber der RAI untersagt. Auf einer Pressekonferenz – weit weg in Bulgarien – erklärte der Ministerpräsident: »Biagi, Santoro und Luttazzi«, drei Moderatoren und Unterhalter der RAI-1 und RAI-2 mit teilweise äußerst populären Sendungen, »haben das – aus den Geldern aller Bürger bezahlte – öffentliche Fernsehen in krimineller Weise genutzt.« Die Journalisten hatten ihn lediglich kritisiert – unter Verwendung von Gerichtsakten aus den zahlreichen Verfahren und mit Hilfe des Komikers Roberto Benigni. »Ich denke, es ist die klare Pflicht der neuen RAI-Spitze, nicht mehr zuzulassen, dass solche Dinge geschehen.« Innerhalb von drei Monaten sind alle drei Journalisten von den RAI-Bildschirmen verschwunden. »Neue Gesichter« sollen her, murmelt der Fernsehdirektor von Berlusconis Gnaden als Erklärung.

Aber das Fernsehen ist nur ein Teil des Berlusconi-Konzerns, sein Verlagshaus *Mondadori* dominiert mit mehr als 30 Prozent den italienischen Buchmarkt und gibt unter anderem die meistgelesene Wochenzeitschrift *Panorama* heraus. Die Tageszeitschriften *Il Giornale*, ein Blatt für konservative Leser, gehört seinem Bruder Paolo und *Il Foglio* (das »Blatt«), das ideologische Sprachrohr Berlusconis, gibt seine Frau Veronica heraus. Indo Montanelli, der Gründer und Chefredakteur von *Il Giornale*, weigert sich, vor der Wahl 1993 in seinem Blatt Berlusconi offen zu unterstützen. Am 11. Januar 1993 reicht Montanelli seinen Rücktritt ein.

Der Verkauf seines Zeitungskonzerns an seinen Bruder Paolo, den Berlusconi anstrengt, um dem ständigen Vorwurf der Machtkonzentration entgegenzutreten, hat der publizistischen Dominanz des Berlusconi-Clans keinen Abbruch getan. Neben seinen Zeitungen bieten ihm seine eigenen drei Fernsehkanäle eine ständige Plattform für politische Auftritte, in denen er vom neuen Italien predigen kann, ohne sich kritischen Fragen von Journalisten stellen zu müssen. In den Nachrichten der Berlusconi-Sender werden Berichte über Korruption und Schmiergeldzahlungen seiner diversen Firmen von vornherein dementiert. Die Dementi der betroffenen Firmensprecher und Politiker werden in den Nachrichtensendungen seiner Sender wie ganz gewöhnliche Nachrichten verlesen. Als ein Nachrichtensprecher aus professionellem Skrupel einmal einem dieser Dementi »nach Meinung des Hauses« hinzufügt, erhält er eine wütende Abmahnung.

Wollte Berlusconi Mitte 1994 noch den Chefankläger der Bewegung *mani pulite* Antonio Di Pietro zu seinem Innenminister und den Richter Piercamillo Davigo zum Justizminister machen, bezichtigt er die Staatsanwälte und Richter schon im Herbst danach der Rechtsbeugung. Gegen den Chefankläger, Staatsanwalt Borelli, erhebt nun die Regierung Berlusconis offiziell Anklage, als er gegen den Forza-Italia-Abgeordneten Biondi einen richterlichen Untersuchungsbescheid ergehen lässt. Kurze Zeit vorher war Berlusconis Finanzdirektor Vittorio Sciasca wegen der Schmiergeldzahlungen von einigen hunderttausend Euro an die *guardia finanza* angeklagt worden, und auf die Frage, wer ihn zur Zahlung veranlasst habe, antwortete er: Paolo Berlusconi. Paolo entzieht sich der Verhaftung durch Flucht, stellt sich dann doch und wird noch am gleichen Abend, statt in Untersuchungshaft zu wandern, lediglich mit Hausarrest belegt. Für dieses Privileg sind er und 30 Mitangeklagte bereit und in der Lage, im Verlauf der Jahre 53 Millionen Euro zu zahlen. (53 Millionen auf dem Papier, wirklich berappt haben die Herren sicher nur ein Bruchteil.)

Die Mitte-Links-Regierung *Ulivo*, 1996–2001, schafft es innerhalb dieser Legislaturperiode nicht, die zahlreichen gegen Berlusconi laufenden Prozesse voranzutreiben. Nur vier Prozesse werden überhaupt beendet. Berlusconi wird wegen Schmiergeldzahlungen, illegaler Parteienfinanzierung, Steuerhinterziehung in erster Instanz verurteilt. Aber immer wieder gelingt es ihm mit Hilfe seiner Anwälte, die Prozesse in weiteren Instanzen so lange hinauszuzögern, bis die Straftaten verjährt sind. Während der Regierungszeit von D'Alemas Mitte-Links-Bündnis ist nichts dazu getan worden, die Kartelle der *Fininvest* zu entflechten oder gar die Verbindungen zur Mafia öffentlich zu diskutieren. (Für diese Praxis der faulen Kompromisse fand man einen Ausdruck in römischem Dialekt: *inciucio* – gesprochen: Inschudscho, ein vulgärer Begriff für »Mauscheln«.)

Viel Energie verwendet Berlusconi darauf, kraft seines Amtes als Ministerpräsident Grundgesetze zu ändern, um sich den diversen gegen ihn anhängigen Prozessen zu entziehen. Unter den Deputierten seiner Partei *forza Italia* finden sich über 80 Rechtsanwälte, von denen waren 24 direkt für ihn oder seine Firmen tätig.

Ein neues Gesetz, das sie schufen, hat beispielsweise zum Ziel, Bilanzfälschung von einer schweren Straftat zu einem Bußgeld-Vergehen herunterzustufen, etwa einer Geschwindigkeitsübertretung mit dem Auto vergleichbar, nachdem das Strafmaß dafür in Amerika gerade auf 25 Jahre Gefängnis hochgestuft worden war.

Das Gesetz zur Verwendung ausländischer Dokumente in Prozessen sollte eigentlich die Formalitäten beim Austausch von Unterlagen zwischen Italien und der Schweiz (wie im gesamten übrigen Europa) vereinfachen. Bei der Ratifizierung dieses Gesetzes ließen sich die Anwälte Berlusconis etwas Neues einfallen: Fehlt bei Bankdokumenten aus der Schweiz ein bestimmter Beglaubigungsstempel, kann das übersandte Papier in Italien als Beweismittel bei den Gerichten nicht mehr anerkannt werden. Der laufende Prozess wird dann unterbrochen, und das Dokument geht in die Schweiz zurück. Die Auskünfte über die Finanzverbindungen verzögern sich damit um Monate. Und manche vertraulichen und nachrichtendienstlichen Auskünfte werden auf diese Weise praktisch unmöglich.

Die Schweizer Justizministerin Ruth Metzler-Arnold kommentierte diesen Vorschlag: »Die Schweiz denkt nicht daran, sich von Italien zum Komplizen für ein Rechtshilfe-Verhinderungsabkommen machen zu lassen.« Und der Berner Staatsanwalt Bernard Bertossa bringt es in einem Interview mit der *La Repubblica* ganz deutlich auf den Punkt: Italien gehe es mit diesem Gesetz offensichtlich darum, »die Verwendung wichtiger Beweise in den Prozessen zu verhindern, die Mitglieder der Regierung betreffen«.

Ein anderer Versuch, das italienische Grundgesetz zu ändern, ist die von der *forza Italia* eingebrachte Gesetzesvorlage, die »mildernde Umstände für ältere Herrschaften über 65« vorsieht. Just im letzten Jahr ist der Regierungschef 65 geworden. Diese »mildernden Umstände« sollen nach den Vorstellungen von Berlusconis Anwälten schwerer wiegen als im gleichen Prozess erscheinende »erschwerende Umstände«. Von dieser Abwägung hinge nicht nur das Strafmaß ab, sondern oft auch die Verjährungsfrist. Eine Straftat, die üblicherweise in zehn Jahren verjährte, wäre bei Zubilligung dieser

»mildernden Umstände« schon in fünf Jahren erledigt. In Mailand ist ihm und einigen anderen der Prozess wegen Richterbestechung anhängig. Wenn diese Reform durchkommt, dürfte dort das Staatsoberhaupt trotz Verurteilung wegen »mildernder Umstände« sofort freigesprochen werden.

Andere seiner »Reformen« sehen vor, einen Prozess aus einer Stadt in eine andere zu verlegen, wenn es dem Angeklagten aus Gründen der »Unabkömmlichkeit« nicht möglich ist, zum Prozesstermin zu erscheinen. Dass mit der Verlegung des Prozesses zugleich auch der Richter wechselt, ist ein kleiner, aber erwünschter Nebeneffekt. Es soll übrigens schon der »Verdacht des Angeklagten« genügen, um einen Richter als befangen abzulehnen.

Und so setzt sich das fort. Der jüngste Versuch ist eine Gesetzesvorlage, die vorsieht, dass ein Ausschuss des italienischen Parlaments die Arbeit aller *magistrati*, der Richter und Staatsanwälte, im Land überwacht, als dass auch die höchsten Justizbeamten direkt durch das Parlament gewählt werden. Das bedarf zwar einer Grundgesetzänderung, die ist in Italien aber bereits mit absoluter Mehrheit plus einem Referendum durchsetzbar. Sollte das italienische Volk dem zustimmen, hieße das im Klartext: Die im Parlament herrschende politische Majorität, nämlich Berlusconi, dominierte damit die gesamte Justiz Italiens, oder anders ausgedrückt: Die Gewaltenteilung, diese fundamentale Errungenschaft der Demokratie, wäre damit praktisch ausgeschaltet. Sollte diese Grundgesetzänderung die parlamentarischen Hürden passieren, wäre das ein »heimliches italienisches Ermächtigungsgesetz«.

Der römische Philosophie-Professor Paolo Flores D'Arcais nennt Berlusconis Regierungstätigkeit das Errichten eines »Regimes mit peronistischem und videokratischem Einschlag«. Er attestiert ihm »eingefleischten Hass auf kritische Intellektuelle«, der alle, die ein bisschen links argumentieren, wie in finstersten McCarthy-Zeiten als »Kommunisten« brandmarkt. Aber in seinem Ursprung, so meint D'Arcais, habe Berlusconis »Regime mit rechtsliberalen Positionen nichts gemein«. Es ziele schlicht auf die Zerstörung aller autonomen Gewalten in einem Rechtsstaat – der Justiz, der freien Meinungsäußerung, der Gewerkschaften. Berlusconi halte eine vollkommen außerhalb der liberalen Demokratien stehende Position. Er vertrete, wenn überhaupt, klassisch jakobinische Grundsätze, also radikal rechtsanarchistisches Gedankengut.

Auch diese Definition bleibt relativ unklar, denn wirkliche Politik, auch jakobinische, hat eine (wenn auch makabere) Vision. Sie versucht in die Entschlüsse und Gesetzesvorhaben Allgemeingültigkeit und »Zukunft« einzubringen. Jeder, der zurzeit von außen in dieses Land sieht, bemerkt aber, dass praktisch allen Gesetzesvorlagen und Verordnungen trotz aller gegenteiligen Beteuerungen genau dieser Aspekt der Allgemeingültigkeit und der Zukunftsvision fehlen. Es fehlen schlicht die Aspekte einer Ideologie. Hier betreffen alle Gesetzesvorlagen nur kurzatmig das Überleben einer kleinen Gruppe, eines Clans, eigentlich nur einer einzigen Persönlichkeit. Berlusconis zentraler und radikaler Gedanke ist: Nur von »oben nach unten« kann er sich als Bürger vor Gesetzen schützen, die seinen persönlichen Interessen schaden, indem er sich selbst an jene Stelle hievt, wo die Gesetze verfertigt werden, an die Spitze der Regierung. Dort kann er dann die Gesetze zu seinem eigenen Schutz umstricken. Wie äußerte sich noch Fedele Confalioneri, sein alter Kumpel, in der La Repubblica am 25. Juni 2000: »Die Wahrheit ist, dass, wenn Berlusconi nicht in die Politik gegangen wäre und nicht die forza Italia gegründet hätte, wir heute unter einer Brücke oder im Knast mit Mafia-Anklagen am Hals säßen.«

Bleiben wir im Land: Berlusconis »Regimegründung« ist eher ein altrömisches, denn ein jakobinisches Verfahren. Es ist ein Verfahren »von oben nach unten«, nicht umgekehrt. Das späte Rom hatte sich »von oben nach unten« aus einer Republik zu einem imperialistischen Feudalstaat entwickelt und besaß in seinen letzten Jahrhunderten außer dem Selbsterhalt des Kaisers und der Oberschicht keine gesellschaftliche Funktion mehr. (Julius Cäsar hatte den römischen Senat schlicht »Qasselbude« genannt.) So weit ist es wohl noch nicht. Aber Berlusconi stützt sich, wie er selbst zu seiner Verteidigung sagt, auf ein seit dieser alten Zeit bewährtes und denkbar einfaches Prinzip: Letztlich entscheide einzig und allein der Konsens der Wähler über sein Schicksal. So hat er sich zum Erhalt seiner Macht nach altem römischen Vorbild konsequent ein mediales »Brot-und-Spiele«-System geschaffen. Steuergeschenke und bunte Unterhaltung. Die Fernsehschirme haben die Funktion des Kolosseums übernommen. Und bislang hat das funktioniert.

Man kann aber auch in Berlusconis Regierungsmethode den schlichten Versuch sehen, auf italienische Art eine Kreuzung zu überqueren, auf der er eigentlich keine Vorfahrt hat. Und mit dieser Vorstellung erklären sich alle die scheinbaren Widersprüche seiner Regierungstätigkeit widerspruchslos.

Die Fakten unseres Buches stammen aus folgenden Quellen:
Elio Veltri und Marco Travaglio: »L'odore dei soldi« (Der Duft des Geldes);
Werner Raith: »Der Korruptionsschock« 1994;
Marco Travaglio (2. 5. 2001): »Le bugie del Cavaliere: il catalogo è questo« aus der Homepage von Antonio Di Pietro;
»Capitali svizzeri e società romane a Segrate« berlusconi – Inchiesta sul signor TV, 12. 9. 2002;
»Mani pulite, anno zero« ASI (Archivo Storico dell'Informazione) von Gianni Barbacetto, da »diario della settimana«;
»Bern und Rom streiten über Rechtshilfe« von Michael Braun (Taz v. 15. 2. 2002);
Interview Michael Braun/Paolo Flores D' Arcais (Taz v. 23. 1. 2002);
»Demokratie geht von Berlusconi aus« von Valeska von Roques (Spiegel Nr. 8, 94);
»Mamma Berlusconi« von Sergio Benvenuto;
»Reise zurück ins Zwielicht« von Michael Braun (Taz v. 16. 2. 2002);
»Aus Berlusconien« von Ignacio Ramonet: Le Monde diplomatique Nr. 6677 v. 15. 2. 2002)

Die Prezzolini-Zitate stammen aus »Schade um Italien. Zweihundert Jahre Selbstkritik«, ausgewählt und übersetzt von Anselm Jappe, Frankfurt/M. 1997.

ANHANG 2

Pastatipps

Dieser Nachtrag entstand unter der Aufsicht unseres Freundes,
des Komponisten Rolf Wehmeier

Wir haben hier einmal zusammengestellt, was uns für alle unsere Pastarezepte im Buch gleichermaßen wichtig erscheint.

1. Viel Wasser

Der häufigste Fehler, der beim Nudelkochen gemacht wird, ist ein zu kleiner Topf, zu wenig Wasser für die Pasta. Nehmen Sie reichlich Wasser! Drei Liter für vier Personen (400 g). Den »Trick« mit dem Öl, das man ins Wasser träufeln soll, kann man sich getrost schenken. Gute Pasta klebt nicht, wenn man genügend Wasser nimmt, und gutes Olivenöl im Nachhinein mit dem Nudelwasser wieder wegkippen widerstrebt den Italienern.

2. Viel Salz nach dem Aufkochen des Wassers

Das Salzen des Wassers verdient einen eigenen Hinweis. Grundsätzlich das Nudelwasser nach dem Kochen salzen, also kurz bevor man die Pasta hineingibt. Denn zuweilen versäumt man den Moment, in dem das Wasser kocht, und wenn es einige Zeit kocht, reduziert es sich und wird damit immer salziger. Um das zu vermeiden: erst nach dem Aufsprudeln des Wassers salzen und umrühren, bis sich das Salz aufgelöst hat.

Die Italiener verwenden für die Pasta oft Meersalz oder Salz aus Sizilien, und zwar in einer besonders groben Form, genannt »sale grosso«. (Gibt's auch bei den Italienern in Deutschland.) Im Grunde ist es natürlich egal, welches Salz man nimmt, aber ich habe in Deutschland oft gemerkt, dass die Hausfrauen ihr Nudelwasser genauso wie ihr Essen mit einer »Prise« salzen. Nudelwasser salzen ist aber nicht dasselbe wie Nudeln salzen. Denn die Nudeln nehmen lediglich einen Bruchteil des Salzes auf, und das Nudelwasser wird nach dem Kochen ja meist weggeschüttet. Kurz und gut: Das Nudelwasser sollte salzig wie eine Instantbrühe sein. Ich nehme aus dem Glas mit dem »sale grosso« eine halbe Hand voll in einen Zwei-Liter-Topf. Wenn ich nicht sicher bin, koste ich davon.

3. Wenig Soße

Pasta ist ein Arme-Leute-Essen. Nudeln sind billig, und die Beilage, die Soße, sollte gerade einen Hauch von Geschmack hinzugeben. Früher hing bei armen Leuten ein gebratener Fisch am Schwanz über dem Tisch, jeder nahm ein Stückchen Polenta und kratzte damit am Fisch entlang, um der Polenta, die ja kaum Eigengeschmack hat, so etwas wie ein »Aroma« zu verleihen. Auch heute noch nehmen Römer, so sie nicht zu den reichen Leuten gehören, zuweilen die Soße des Hauptgangs (»secondo«) und untermischen damit ihre Pasta. Zum Beispiel, wenn der zweite Gang am Sonntag Lammbraten oder Hasenragout ist, nehmen sie die Soße des Bratens oder des Ragouts für ihre Pasta. Dann hat man im Vorgericht und im Hauptgericht den gleichen Geschmack. In Deutschland würde man stattdessen alles zusammen essen, Fleisch und Nudeln, genannt »gutbürgerliche Küche«. Die Italiener, auch die ärmsten, orientieren sich aber in ihren Essengewohnheiten an der »feudalen Küche« mit mehreren Gängen.

Alle unsere Gerichte (außer der Tomatensuppe) sind »paste asciutte«. »Pasta asciutta« heißt »trockene Pasta«, im Gegensatz zu »paste in brodo«, in Suppe. Der Begriff »trocken« soll hier nur heißen, dass die Pasta nicht in der fetten Soße schwimmen soll, wie zum Beispiel die Amerikaner das gerne sehen. Die Pasta verdickt nicht die Soße durch ein paar Nudelteilchen, sondern umgekehrt, die Nudeln werden durch einen Hauch von Soße gewürzt. Die Pasta sollte die dazugehörige Soße gerade aufsaugen, ohne nach dem Essen große Mengen Flüssigkeit am Schüsselboden zurückzulassen. Das hat keine ideologischen Gründe, sondern die Nudeln schmecken einfach besser, homogener, wenn sie nicht in Massen von Soße schwimmen.

4. Die richtige Pasta für die jeweilige Soße

Pasta besteht nur aus Hartweizenmehl und Wasser. Kommt noch Ei dazu, heißt sie »pasta all'uovo«. »Pasta all'uovo« (meist frische Pasta) kann man vor allem für alle feinen Käse- und Tomatensoßen nehmen. Es ist keineswegs gleichgültig, welche Pasta man zu welcher Soße nimmt! Der Geschmack eines Nudelgerichtes ändert sich durch die Form der Nudeln, obwohl sie alle aus der gleichen simplen Masse hergestellt sind! Im Prinzip ist es so: Je zarter der Soßengeschmack, desto feiner die Nudelart: Fedelini, Linguine piccole, Maccheroni alla Ghitarra, Spaghettini, Spaghetti, Farfalle etc. Und je rustikaler der Soßengeschmack, desto klobiger auch die Pasta: Vermicelli, Buccantini, Penne, Mezze Penne, Cannelloni, Pipe etc.

5. Durchschnittliche Kochzeiten (»cottura«) jeweils auf der Verpackung »al dente« kürzer, »cotta« länger

Je nach Sorte (Form) variieren die Kochzeiten bei den getrockneten Nudeln in der Regel zwischen 7 bis 15 Minuten, bis sie »al dente« sind. (Frische Nudeln haben viel kürzere Kochzeiten!) Normalerweise ist die durchschnittliche Kochzeit auf der Packungsbeschriftung angegeben, manchmal sogar zwei Werte: »al dente« und »cotta«. Die Differenz sind etwa zwei bis drei Minuten. Prinzipiell kann man sagen, je länger die angegebenen Kochzeiten, desto besser. Denn die Nudeln verkleben dann nicht so leicht, und sie lassen sich besser auf den »al dente«-Punkt bringen, denn es kommt bei längeren Kochzeiten dann nicht auf ein paar Sekunden mehr oder weniger an. Alle berühmten Nudeln, De Cecco, Delverde etc., haben lange Kochzeiten. Barilla und Buitone (aus der Schweiz) haben kürzere, weil sie kalkulieren, dass die Hausfrauen von heute keine Zeit zum Kochen mehr haben. Diese Nudelsorten sind dank aktiver Verkaufspolitik in Deutschland bekannter. Am Schluss, etwa eine Minute vor Ende der angegebenen Kochzeit, probiere ich meist eine Nudel. Sie sollte auf jeden Fall den Zähnen noch leichten Widerstand entgegensetzen. Eben »al dente« sein. Bis man sie vom Feuer genommen und das Wasser abgegossen hat, ist sie dann genau richtig.

6. Etwas Nudelwasser beiseite nehmen

Ich selbst nehme mir in jedem Fall, vor dem Abgießen der Nudeln, eine kleine Tasse des kochenden Nudelwassers beiseite. Nudeln haben die Angewohnheit, nach dem Abgießen schnell zu trocknen. Schon nach einer Minute haben sie alle Feuchtigkeit der Soße aufgesaugt. Auch der untergemischte Käse (zum Beispiel bei der Aglio, Olio) lässt die Pasta zusätzlich schnell trocknen und zusätzlich erkalten. Es heißt zwar »pasta asciutta«, also »trockene Nudeln«, aber fertige Pasta darf nicht wieder trocken werden! Wenn das Nudelgemisch vor dem Servieren zu trocken geworden ist, einfach etwas von dem aufgehobenen heißen Nudelwasser dazugeben und die Sache insgesamt wieder einen Hauch verflüssigen. Aber Vorsicht mit der Menge! Zugleich mit Zugabe des Nudelwassers wird das Pastagericht etwas salziger! Pasta nach dem Abgießen kalt abspülen ist übrigens eine Unsitte. Pasta muss heiß sein!

7. Eine große Schüssel nehmen und sie vorwärmen

Nehmen Sie eine genügend große Schüssel für die Nudeln, denn die Soße muss ja noch darin verrührt werden. Bei einer zu kleinen Schüssel verteilen sich dann die Nudeldinger rings um die Schüssel auf dem Küchentisch und erzeugen eine handfeste Sauerei, und das verringert den Eindruck der Kompetenz, den der Nudelkocher bei den wartenden Gästen besitzen sollte. Ich selbst verrühre auch oft die Nudeln in der großen (hohen) Pfanne, in der ich die Soße fertig gestellt habe, zum Beispiel bei der Aglio, Olio oder bei der Carbonara. Das hat auch wärmetechnische Vorteile. Denn die Pastaschüssel sollte vorgewärmt sein. Ich stelle die Schüssel mit dem Sieb meist in den Abfluss und seihe die Nudeln über der Schüssel ab, in der man die Pasta gleich servieren wird, das erspart mir energiefressendes Vorwärmen der Schüssel im Backofen. Eine halbe Minute mit dem heißen Wasser stehen lassen, dann ausleeren, und schon kann ich die Nudeln hineingeben.

8. Zeitliche Probleme zwischen Pasta und Sugo

Es ist kaum zu erklären, aber von ziemlicher Wichtigkeit: Die Pasta und die jeweilige Soße sollten fast zur gleichen Zeit fertig sein, die Soße immer etwas früher als die Pasta. Fatal ist es, wenn die Nudeln bereits gekocht, der Sugo aber noch nicht fertig ist. Dann zerkochen entweder die Nudeln, werden schlabbrig, oder aber die Soße schmeckt noch nicht richtig. Schätzen Sie daher den rechten Zeitpunkt ab, wann Sie die Pasta ins Wasser geben!

ANHANG 3

Schnelle Pastagerichte unter Verwendung unseres »Universal-Tomaten-Sugo«

Für diejenigen, die ernsthaft in die Welt der Pasta einsteigen wollen, sind hier noch einige der wichtigsten Rezepte zusammengestellt, die sich mit unserem »Universal-Tomaten-Sugo« ganz schnell herstellen lassen, quasi in der Mittagspause, und zwar ohne Qualitätsverlust! Zerknirscht muss ich zugeben, dass man anstelle des genialen »Universal-Tomaten-Sugo« auch schlichte »Dosen« aus dem Supermarkt nehmen kann: Sie heißen dann »polpo di pomodoro«, und es gibt auch heute schon »polpo di pomodoro ›plus‹«, das heißt, mit Basilikum, Gemüse (»verdura«), Oliven. Dennoch: kein Vergleich! Diese Dosen sind zwar erhitzt, aber nicht eingekocht. Mehr Würzen bringt es nicht. Nur durch Reduzieren des Wasseranteils kann man den eigenen Geschmack besser hervortreten lassen.

Je süßer und reifer die Tomaten, desto besser natürlich das Ergebnis. Frische »abgezogene« Tomaten für den Sugo, reif und süß, sind durch keine Dose zu ersetzen. Der Unterschied zwischen unserem »Universal-Sugo« und den Tomatendosen, egal welcher Marke, ist: Dieser »Universal-Sugo« ist bereits stark eingekocht und vorgewürzt. Man kann ihn kalt aus dem Glas löffeln, und schon da schmeckt er traumhaft. Und er lässt sich dann in hundertfacher Form mit minimalem Aufwand für verschiedene Pastarezepte mit Fleisch, Fisch und Gemüse variieren.

Der Grundgedanke ist: Man mutet sich nur ein einziges Mal den Aufwand des Einkochens zu. Und man kann dann über Monate gut und im Schnellverfahren die besten Sachen zubereiten, und zwar ohne jeden Konservierungsstoff. Heute kochen Susanne und ich jeden Sommer unsere 20 Gläser jenen »polpo di pomodoro« ein, wenn wir die Zeit dazu haben, die dann den Winter über reichen sollen, es aber nie tun.

Die beste Zeit dafür ist Ende Juli bis Anfang September. In dieser Zeit sind die Tomaten am billigsten und am schönsten. Sie sind reif, tiefrot und süß. In der übrigen Zeit kann man sich nach kleinen spanischen oder nach so genannten »Pacchino-Tomaten« umsehen, die in der Nähe des Strunks einen grün-bläulichen Ton haben. Aber ehe man es mit miesen, trockenen, hellroten Holländern probiert, sollte man lieber Dosen nehmen.

Man spart mit der Herstellung kein Geld. Dosen sind in jedem Fall billiger. Aber geschmacklich kein Vergleich! Und man muss sich zunächst auch einige Stunden Zeit nehmen, um das gleich vorwegzuschicken. Zu zweit werkeln macht diese Arbeit natürlich weitaus angenehmer. Man sollte sich den Partner seines Herzens zur Hand nehmen und einfach einen Nachmittag lang »altes Ehepaar« spielen. Danach weiß man oft viel besser, wie's im Leben weitergeht.

Hier der Weg:

Rezept 14: Polpo di pomodoro – Universal-Tomaten-Sugo

10–15 Kilo Tomaten
6–8 große Zwiebeln
1 großer Strauß Prezzemolo (glatte Petersilie)
1 großer Strauß frisches Basilikum
2 Esslöffel gekörnte Brühe
Olivenöl (extravergine)
Salz
Zucker
ein paar Bauhandschuhe

Man ersteht auf dem Markt eine Kiste Tomaten. Da dürften etwa zehn bis fünfzehn Kilo drin sein. Wenn man so viele auf einmal kauft, kann man den Gesamtpreis ruhig auch ein bisschen runterhandeln.

Ebenso kauft man einen kleinen Sack Zwiebeln, zwei dicke Bunde Prezzemolo und einen Strauß Basilikum. Sodann müssen Einmachgläser verschiedener Größen besorgt werden. Das System ist heute ziemlich simpel geworden: Die Gläser haben Schraubverschlüsse und dünne Blechdeckel mit einem inneren Gummirand als Beschichtung. Für zehn Kilo gekaufter Tomaten dürften vier große Gläser reichen, oder acht mittlere oder sechzehn kleine. Es ist aber immer besser, man hat ein paar mehr zur Hand.

Zwiebeln und Prezzemolo mittelfein schneiden. Die Zwiebeln werden in gutem Olivenöl angebraten, bis sie glänzen, und dann beiseite gestellt.

Das Basilikum sollte man von Stengeln säubern und jeweils frisch mit der Hand reißen, wenn es gebraucht wird. Es wird nämlich hässlich schwarz, wenn es allzu lange geschnitten herumliegt.

Die Tomaten werden entpellt. Am besten, man füllt einen mittleren Topf, halb voll kochendem Wasser, mit Tomaten, so viel halt hineingehen, so dass sie bedeckt sind. Nach etwa zehn Minuten Kochen holt sie mit einem Sieb raus, sie sollten dann teilweise schon aufgeplatzt sein. Man schreckt sie unter laufendem Leitungswasser ab und kühlt sie zugleich. Währenddessen füllt man gleich die nächsten Tomaten in den Topf nach.

Die Haut der abgekühlten Tomaten lässt sich nun leicht entfernen. Man schneidet die Tomaten in Stücke, eher in große als in kleine. Den harten Knollen des Stilansatzes jeweils wegwerfen. Die bei dieser Sauerei auf dem Arbeitsbrett entstehende Tomatenflüssigkeit sollte man extra auffangen. Kann man später zum Wiederverdünnen nehmen. Die Tomatenstücke sammelt man ebenfalls in einer Schüssel, bis in entsprechender Weise alle Tomaten verbraucht sind.

Danach lagert man die Tomatenstücke schichtweise in einen großen Topf ein. Dieses Gefäß sollte schon zehn Liter fassen. Die erste Lage Tomaten wird zunächst ganz wenig gezuckert, und zwar nach Bedarf: Sind die Tomaten selbst schon süß, kann man das Süßen auch lassen. Dann wird gesalzen, eine Prise pro Lage, dann eine Prise gekörnte Brühe (empfiehlt sich vor allem bei wässerigen Sorten aus den Treibhäusern), dann eine Hand voll der gerösteten Zwiebeln drüber, eine Hand voll des geschnittenen Prezzemolo und einige zerrissene Basilikum-Blätter. Und schon kommt die nächste Lage Tomatenstücke usw. usw., so lange, bis der Topf voll ist.

Der Topf kommt aufs Feuer, die Tomaten werden zum Kochen gebracht, dann umgerührt, bis etwa zehn bis fünfzehn Prozent des Volumens eingekocht ist. (Vorsicht, dass der Sugo am Topfboden nicht ansetzt! Die Mischung sollte immer genug Flüssigkeit enthalten!) Öfter mal rühren!

Die zuvor einbehaltene Tomatenflüssigkeit kann in einem anderen Topf zugleich parallel eingekocht werden.

Nach etwa einer bis eineinhalb Stunden (je nach dem Grad der Flüssigkeit in den Tomaten) ist es dann so weit: Die Gläser werden zum Aufheizen in die angeheizte Backröhre gestellt, die Deckel etwas später ebenfalls. Nun stülpt man sich die Bauhandschuhe über die Hände, fischt eines der heißen Gläser aus dem Backofen und füllt sie mit dem kochenden Sugo. Danach gibt man eine Lage Olivenöl über die Füllung, so dass etwa noch ein Zentimeter Luft im Glas bleibt, dann klaubt man sich einen Deckel aus der Backröhre, verteilt einige Tropfen Olivenöl innen auf den Gummirand des Deckels und schraubt mit männlicher Kraft das Glas fest zu. Fertig. Es geht ans nächste Glas. Wenn gegen Ende der Sugo im Topf zu stark eingedickt ist, kann er mit der eingekochten Flüssigkeit wieder etwas rückverdünnt werden.

Das heiße Glas (und seine gefüllten Schwestern) lässt man in Ruhe stehen und sich abkühlen. Nach etwa zwei Stunden, inzwischen hat man die versaute Küche längst gereinigt, hat geduscht und sieht sich ahnungslos die Fernsehnachrichten an, erschreckt man: Es hat in der Küche laut geknallt! Was ist passiert: Der erste Blechdeckel hat sich nach innen »umgestülpt«, zu einer konvexen Form. Die heiße Luft im Glas hat sich abgekühlt und sich dabei zusammengezogen. Es entstand ein Vakuum im Glas, unter dem sein Inhalt jahrelang haltbar bleibt. Man sollte das Glas mit einem Aufkleber in Großmutterhandschrift versehen, diebstahlsicher unterbringen und verfügt nun in Zukunft über eine Basis ungeahnter kulinarischer Möglichkeiten.

Wenn man die folgenden Rezepte *ohne Verwendung* unseres »Universal-Tomaten-Sugo« macht, also mit schlichten Tomatendosen, muss jeweils zu Beginn
1. eine kleine Zwiebel geschält, geschnitten und im Topf angedünstet werden, und
2. müssen für das Einkochen der Tomaten etwa fünfzehn bis zwanzig Minuten zusätzlich veranschlagt werden.

Rezept 15 / 2 Personen

Tomatensuppe

Einen Löffel Olivenöl in einen Topf, eine kleine Karotte zweigeteilt dazu und, wenn man will, einige Scheibchen Knoblauch. Man kippt dann ein Glas »Universal-Sugo« dazu, plus etwa die halbe Menge frisches Wasser und kocht das Ganze auf. Gleichzeitig kocht man separat eine Tasse Reis (mit zwei Tassen gesalzenem Wasser) oder eine Tasse Suppennudeln (kurze Pennette oder »Sternchen«) so lange, bis sie fast gar sind. Dann entfernt man die beiden Karotten-Stückchen aus dem Topf, wenn man will, kann man die Suppe mit einem Mixstab im Topf zerkleinern, und mischt danach den Reis unter die Tomatensuppe. Fertig.

Rezept 16 / 2 Personen

Napoletana (feine Version)

Spaghettiwasser aufsetzen, kochen lassen, salzen, 180–200 g Pasta (Ravioli gefüllt mit Riccotta und Spinat oder Tortellini, Spaghetti, Spaghettini, Vermicelli, Fedelini, Fettuccine, Fettuccelle oder Maccheroni alla Ghitarra) hinein.

Gleichzeitig: Einen Löffel Olivenöl, eine in zwei Stücke längsgeteilte kleine Karotte, zwei Zehen Knoblauch (in sehr kleine Stückchen geschnitten) in einem Topf oder Pfanne, Knoblauch ganz leicht angilben, zwei Suppenkellen unseres »Universal-Tomaten-Sugo« dazu, aufkochen lassen und die Karotten-Stücke herausnehmen. Das Ganze in einen Mixer ausleeren.

Das Gemisch fein zermahlen (zerhaxeln, pürieren), in die Pfanne zurückgeben. (Oder mit einem Mixstab den Sugo in der Pfanne zerkleinern, was allerdings säuisch spritzen kann!) Kann mit etwas Majoran, Oregano oder mit einer Mittelmeer-Gewürzmischung etwas gestylt werden.

Speziell für eine »ganz feine« Version: Das Ganze durch ein grobes Sieb drücken. Wenn man will, kann man danach den feinen Sugo noch mit einem Spritzer Küchensahne (Crème fraîche) verfeinern.

Spaghetti drüber, durchmischen, fertig. Wenn gewünscht: »Parmeggiano« oder »Grana« draufbröseln.

Das Gleiche geht auch mit Mozzarella als

Rezept 17 / 2 Personen

Napoletana Mozzarella

Genauso vorbereiten wie die feine Napoletana, nur nach dem Durchhaxeln (und dem eventuellen Durchs-Sieb-Drücken, wenn man will) mit Mozzarella-Stückchen bestreuen. Wichtig ist: Die Mozzarella-Stückchen erst ganz am Schluss, sonst lösen sie sich zu sehr auf!

Ich streue hier noch etwas Parmesan drüber. Aber Susanne ist strikt dagegen.
Dies Rezept ist natürlich eine Variante unserer Caprese (Rezept 6), nur ist die Caprese wegen der frischen und wenig einkochten Tomaten, die auch am Stück bleiben, deftiger und »sommerlicher«, dagegen die Napoletana Mozzarella würziger und feiner.

Rezept 18 / 2 Personen

Spaghetti Bolognese (con ragu)

Spaghettiwasser aufsetzen, kochen lassen, salzen, 200 g Pasta (Spaghetti, Vermicelli, Maccheroni alla Ghitarra) hinein.

Gleichzeitig: Einen Löffel Olivenöl, eine in zwei Stücke längsgeteilte kleine Karotte, zwei Zehen Knoblauch (in sehr kleine Stückchen geschnitten). Desgleichen ein Stückchen »sedano« (Staudensellerie). Etwas später zwei Zehen Knoblauch (in kleine Scheiben geschnitten) kurz angilben. Dann 150–200 g Rinderhack darin anbraten. Fleisch mit der Gabel beim Braten klein krümeln.

Wenn Fleisch leicht angebraten, zwei Suppenkellen unseres »Universal-Tomaten-Sugo« in die Pfanne dazu, verrühren, alles heiß werden lassen. Die Karotten- und Sedano-Stücke herausnehmen.

Spaghetti drüber, durchmischen, fertig. Parmeggiano oder Pecorino oder beides gemischt drüberstreuen.

Die Variationen, die sich mit dieser Basis herstellen lassen, sind quasi unbegrenzt. Hier einige Varianten:

Rezept 19 / 2 Personen

Fettuccine al tonno rosso

Alles genauso wie bei der Bolognese (Rezept 18), nur statt Hackfleisch nimmt man eine Dose, etwa 150 g, »tonno al olio di oliva«, Thunfisch in Olivenöl (das man zuvor durch ein Sieb wegkippt) oder »tonno al naturale«, Thunfisch im eigenen Saft. (Saft auch wegkippen.)

Und »fettuccine« oder »linguine« machen sich hier besser als »spaghetti«.

Rezept 20 / 2 Personen

Fettuccine con scampi (rosso)

Alles genauso wie bei der Bolognese (Rezept 18), nur statt Hackfleisch nimmt man zehn frische oder tiefgefrorene Riesengarnelen, Kopf ab und entpellen. Etwas mehr Knoblauch, etwas mehr Öl. Die Garnelen dürfen nur kurz angebraten werden (bis sie sich röten und krümmen).

Rezept 21 / 2 Personen

Penne all'arrabiata

Genau wie die Bolognese (Rezept 18), aber mit anderer Pasta: Rigatoni, Penne oder Mezze Penne, also kurzer Pasta.

Anfangs gebe ich zu der Möhre und dem Sedano noch eine halbe Schote »peperoncino« (am besten frischen) dazu. So eine Schote ist frisch fünf bis sieben Zentimeter lang. Trockener »peperoncino« aus dem Glas ist meist nicht so scharf. Ich nehme, wenn trockene, dann eineinhalb der kleinen trockenen Schoten von etwa einem Zentimeter Länge.

Wer will, kann auch noch einer »salsiccia« (italienisches Schweinewürstchen) die Pelle abtrennen und den Inhalt zum Rindfleisch dazugeben. Es ist halt eine deftige Variante der Bolognese.

Man kann auch statt der »salsiccia« eine Hand voll zerkleinerter Scheiben von Salami (Milanese oder Ungarese) nehmen, eine Anregung, die ich von einem Koch aus Kalabrien habe, aber Susanne mag das nicht. Pecorino am Schluss ist hierbei angesagt.

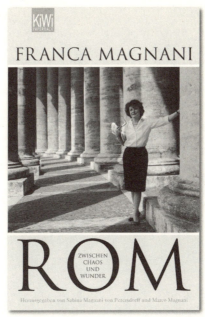

Franca Magnani. Rom. Zwischen Chaos und Wunder. Hg. v.
S. Magnani von Petersdorff und M. Magnani. KiWi 484

Franca Magnani berichtete 23 Jahre lang aus Rom und prägte als die »Stimme Italiens« das Italienbild der Deutschen. In den hier zusammengefassten Beobachtungen und Berichten aus »ihrem Rom«, nimmt sie den Leser mit auf eine spannende Entdeckungsreise und vermittelt ihr ganz persönliches Rom-Erlebnis.

www.kiwi-verlag.de

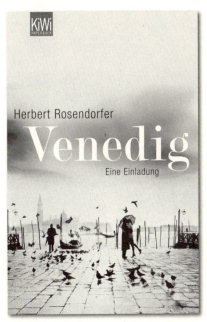

Herbert Rosendorfer. Venedig. Eine Einladung. KiWi 1033

Noch gibt es Venedig, diese Stadt, die längst zum Traum ihrer eigenen Schönheit und Vergangenheit geworden ist. Herbert Rosendorfer nimmt uns mit auf die gewundenen Wege ihrer Entwicklung und Topographie und führt uns in die Einzigartigkeit ihrer Symbiose aus Natur, Geschichte, Reichtum und Kunst ein. Seine Einladung ist eine dringende: Besuchen Sie Venedig, dieses Wunder einer »Inszenierung des Lebens«, bevor es stirbt!

www.kiwi-verlag.de

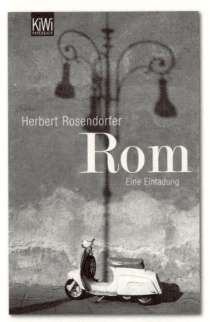

Herbert Rosendorfer. Rom. Eine Einladung. KiWi 1034

Diese Einladung nach Rom ist ein Intensivkurs besonderer Art: Mit seiner Kennerschaft und Lust, Orte und Zeiten überraschend und plaudernd miteinander zu verbinden, Gegenwart durchsichtig und Geschichte aktuell zu machen, führt Herbert Rosendorfer immer tiefer in das Geheimnis der Ewigen Stadt, die »seit zweitausend Jahren die Stadt, die Mutter, die Seele, das Herz der Welt ist«.

www.kiwi-verlag.de